세계 공포 초특급

스티븐 킹 외 / 정태원 역

명지사

세계 공포 초특급

차례

쓸쓸한 계절 / 잭 웨브

Lonely Place

• 잭 웨브(1928~   )

Jack Web

1960년대 전반 〈알프레드 히치콕 미스테리 매거진〉에서 활약. 그의 단편은 Dell사의 페이퍼백 앤솔로지에 많이 수록되어 있다.

1949년에 라디오, 1951년에 TV, 그 후 영화화되어 유명한 「드럭넷」의 원작자이기도 하다.

MWA 라디오 부문 2회, 에미상 1회 수상.

라디오·TV 프로듀서, 영화감독, 배우로도 알려져 있다.

쓸쓸한 계절

6월의 어느 더운 날, 점심 때가 조금 지나 그 남자를 처음 봤을 때 스텔라는 싫은 느낌이 들게 하는 남자라고 생각했다. 남자를 처음 본 사람은 스텔라였다.

남자는 차양이 넓고 낡은 펠트 모자를 쓰고는 작열하는 태양 아래를 천천히 서쪽에서 걸어왔다. 10마일을 걸어도 마을다운 마을에는 도달할 수 없는 이 시골길, 그 길을 혼자서 걸어오는 방랑자의 발걸음은 마치 쓸쓸한 가로수길을 거니는 것처럼 느긋했다.

좀처럼 그런 짬이 없는 스텔라 커즌즈가 때마침 현관 문에서 멍하니 서 있었던 것은 정말 우연이었다.

하지만 그런 식으로 스텔라가 거기에 서 있었던 것은 처음 있는 일은 아니었다. 어째서 그런 버릇이 생겼는지 자신도 설명할 수 없었다. 그때도 점심식사를 아직 덜 끝낸 에머리 옆에 농부의 아내답게 부엌의 테이블에 앉아 있지 못하고 그런 곳에 나와 멍하니 길을 보고 있던 이유를 자신도 설명할 수 없었다.

스텔라가 부엌일을 하는 주부로서 당연히 해야 할 것을 하고 있었다면, 그때 현관 문 앞에 서 있지 않았을 것이고 그 남자가 스텔라를 보고 멈추지도 않았을 것이다.

그러나 길을 걸어온 사람은 보통 있는 광경이라고는 할 수 없었다. 차나 트럭은 가끔 지나갔지만 걸어오는 사람은 좀처럼 볼 수 없었던 것이다. 생각을 더듬어보아도 그런 광경은 전혀 기억나지 않았기 때문에, 스텔라는 일종의 황홀한 상태로 그곳에 서 있었다.

물론 남자는 집을 보았을 것이다. 도로를 따라 멀리 내다보아도 단 한 채의 집밖에 없기 때문에 그냥 지나칠 리가 없었다. 그러나 이 집을 방문할 목적으로 온 모양은 아닌 것 같았다.

다가오는 남자를 보면서 스텔라는 생각했다.

그럼, 도대체 어디로 가는 걸까? 어떤 사람일까? 이 근처에 있는 사람은 아닌데. 도보 여행자도 아닌 것 같고, 차의 가솔린이 떨어져 가솔린을 구하러 오는 운전사도 아닌 것 같다. 그렇다면 부랑자가 아닐까?

스텔라는 몸을 떨었다. 부랑자는 정말 싫은 것이다.

물끄러미 보고 있자, 남자는 스텔라가 두려워하고 있는 것처럼 먼지투성이인 비포장 사잇길 입구에 멈춰 서 있었다. 그리고 얼굴 위에 드리워졌던 펠트 모자의 차양을 올렸다. 남자가 있는 곳에서 스텔라가 서 있는 곳까지는 50미터 정도였기 때문에 색이 약간 검다는 것밖에 남자의 풍모는 알 수 없었다. 그러나 무엇을 보고 있는지는 알 수 있었다. 남자는 집 뒤쪽 오른쪽으로 펼쳐진 복숭아밭을 보고 있었다.

‘아니, 그것은 안 돼요, 제발.’

스텔라는 속으로 외쳤다. 복숭아가 알맞게 열려서 수확을 위해 사람의 손을 기다리고 있는 것을 남자는 알았을 것임이 틀림없다.

‘아니, 그러면…… 그것은 그럴지도 모른다. 그러나 그 남자는 안 돼.’

갑자기 스텔라는 남자가 나무에서 시선을 떼고 지금은 집 쪽을 바라보고 있다는 것을 깨달았다. 그리고 단순히 집을 보는 것이 아니라 자신을 보고 있다는 것도 알았다. 출입구의 밝은 곳으로부터 몸을 피해야 했다. 그러나 이미 늦었다. 남자는 스텔라를 노려보고 있었다.

그 순간, 스텔라는 움직일 수 없었다. 남자의 시선은 마치 어떤 힘이라도 있는 것처럼 스텔라를 그 자리에 단단히 묶어두었다. 일종의 교류가 두 사람 사이에 흘렀다. 그것은 말이 아닌, 말로는 표현할 수 없는 감정의 불꽃이었다. 스텔라의 감정은 공포였다.

남자가 사잇길에 발을 들여놓자, 스텔라는 현관의 출입구에서 물러나 부엌으로 향해 달렸다. 그리고 멀리서 달려온 사람처럼 숨을 헐떡이면서 부엌으로 뛰어들어갔다. 그러나 아직 테이블에 앉아서 점심 식사 때 먹다 남은 콩과 런치 햄, 그리고 집에서 가져온 토마토 자른 것을 열심히 먹고 있던 에머리는 먹는 것에 완전히 정신을 잃고 있었다. 모래색의 머리카락이 이마에 어지러이 흩어져 있는 것도 아랑곳하지 않는 듯했다. 평범한, 어느 한 군데도 특징이 없는 얼굴은 정말 평온해 보였다.

"에머리! 사람이 와요."

스텔라가 말했다.

에머리는 아내의 목소리에 담긴 이상한 울림을 알아채지 못했다.

"사람?"

그는 멍하니 말했다.

"복숭아밭을 보고 있었어요. 틀림없이……."

겨우 마음이 동한 에머리는 일어섰다. 몸이 크지 않은, 극히 적당한 사이즈였다. 에머리는 더러워진 셔츠에다 손을 닦았다.

"복숭아 수확을 도와준다고 한다면 좋지 않을까?"

"안 돼요, 에머리."

에머리는 의아스러운 표정을 지었다.

"어째서지?"

"에머리, 그 사람을 고용하지 말아요."

"어째서?"

"몰라요. 설명할 수 없지만⋯⋯."

에머리는 겨우 아내의 이상한 낌새를 알아챘지만 이해하지 못하는 것 같았다.

그는 의자를 뒤로 잡아당기고 일어서서 테이블을 돌아 스텔라 쪽으로 왔다.

"도대체, 어째서 그런 말을 하지, 스텔라?"

"제발, 내가 말하는 대로 해 줘요. 그 사람을 고용하지 말아요."

"몰라서 그래. 지금은 고양이 손이라도 빌리고 싶은 때라구. 복숭아는 지금이 알맞는 수확기야. 2백 그루의 복숭아가 다 익었어. 좀더 있다가는 거둬들이는 사람을 구할 수 없을 거야. 작년에도 그랬잖아. 복숭아를 많이 썩게 했어."

현관에서 노크 소리가 들렸다. 스텔라는 무심코 남편의 손을 잡았다.

"저 남자예요."

스텔라는 속삭였다.

"들어오라고 해야겠어."

"안 돼요, 에머리⋯⋯ 제발."

에머리는 결국 짜증을 냈다.

"스텔라, 도대체 왜 그러는 거지? 그 남자가 복숭아 수확을 거들어준다고 한다면 더 이상 바랄 것 없잖아."

"안 돼요, 엠! 그런 것 시키지 말아요!"

스텔라에게 필사적으로 손을 붙잡힌 에머리는 순간적으로 몸을 움직이지 못했다.

“복숭아는 거둬들이지 않아도 좋단 말이야, 응?”

에머리는 아내를 달래기 시작했다.

“좋아요.”

“돈을 갖고 싶지 않아?”

“싫어요!”

“카탈로그에 있던 침실의 가구를 사고 싶지 않아?”

“이제 괜찮아요, 그것은…… 네, 제발 엠, 들어…….”

스텔라는 끝까지 말을 할 수 없었다. 이미 너무 늦었다는 것을 깨달았던 것이다. 뒤돌아볼 틈도 없이 아까의 낯선 남자가 부엌의 입구에서 들어왔다.

“노크, 들리지 않았죠? 그렇게 큰 소리로 얘기하고 있었으니까요.”

남자가 말했다.

스텔라는 비로소 남자의 얼굴을 천천히 보았다. 어떤 얼굴을 예상하고 있었는지 자신도 몰랐다. 냉소를 띤, 뒤틀린 얼굴로 모자 밑의 머리가 각이진 그런 인물을 예상했는지도 모른다. 남자는 모자를 벗었다.

어느 의미에서 스텔라는 실망했지만 다른 의미에서는 그렇지 않았다. 나이도 분간할 수 없었다. 30세 정도일지도 모르고 더 젊은지도 모른다. 좀전에 알았듯이 이틀 동안이나 깎지 않은 것 같은, 약간 검은색의 무성한 수염이 뺨에서 턱에 걸쳐 돋아나 있었다. 머리카락 역시 검었으나 빗지 않고 이글거리는 태양 아래를 걸어온 탓으로 땀에 젖어 있었다. 눈은 그것과 대조적으로 엷어 회색빛으로 보였다. 핸섬하다고 할 수 있는 얼굴은 아니었지만 좌우의 균형이 맞다고 하기도 어려웠다. 왼쪽의 눈꺼풀은 처져서 그 때문에 얼굴 전체에 불안정감을 주고 있었다. 마치 신이 얼굴의 오른쪽 절반은 신경써서 만들고 왼쪽 절반은 미완성인 채로 세상에 내보낸 것 같았다.

"무슨 용무로 이런 곳으로 왔죠?"

에머리가 물었다. 이런 식으로 무례하게 들어온 것을 책망하고 있는 듯했다.

스텔라는 그 말이 희망적으로 들렸다. 그러나 그 목소리 속에는 스텔라가 느끼고 있는 것과 마찬가지로 이유 없이 나타나는 희미한 공포가 담긴 것처럼 생각되었다.

"복숭아밭을 봤죠. 수확하는 데 거둘 손이 필요하지 않을까 해서요."

남자의 목소리는 차분했지만 뭔가 위압하는 울림이 들어 있었다.

"그래서 노크했다 이거군요. 짐작하고 있었소."

에머리가 말했다.

"그러나 이런 곳까지 들어올 이유는 없을 텐데……."

에머리가 남편이 아니었다면, 그를 잘 몰랐다면 이 말이 허세에 불과하다는 것을 알아채지 못했을 것이다. 그러나 에머리는 벌벌 떨고 있었다. 그래, 분명히 두려워하고 있는 듯했다. 그러나 에머리는 밖으로 나타내지 않으려 하고 있었다. 아니, 그런 것은 믿을 수 없었다. 그런 것은 결코 생각할 수 없었다. 에머리는 두려워하지 않는다. 놀라워할 뿐이다.

스텔라는 두 남자를 비교하고 있었다. 그리고 낯선 남자 쪽이 몸이 크다는 것을 깨달았다. 에머리보다 머리 절반 정도나 키가 크다는 것을 알았다. 어깨가 처져 있기 때문에 폭의 넓이는 그다지 느낄 수 없었지만 몸 전체가 탄탄해 보였다. 체중은 에머리보다 50파운

드쯤 더 많을 것이라고 스텔라는 생각했다.

그러나 남자는 육체적인 우위를 이용하려고 하지 않았다. 목소리를 부드럽게 했다.

"죄송합니다. 가라면 가겠습니다."

남자는 몸을 절반 정도 밖으로 틀었다.

순간, 두 사람은 주저했다. 어떻게 하면 좋은가라고 에머리가 주저하고 있는 동안, 남자는 주의 깊게 스텔라로부터 눈을 떼고 있었다. 남자의 시선이 부엌을 쭉 둘러봤다. 구석이지만 잘 닦여진 냉장고, 창에 걸린 무늬 있는 커튼, 화분 등에 심어져 있는 담쟁이덩굴 등의 관엽식물들을…….

이 남자에게는 체면 따위는 없다고 스텔라는 생각했다. 도도하다. 이런 집에 머물 가치가 있는지 없는지 여부에 대해서 음미하고 있는 듯했다. 에머리를 바보로 보고 있는 것일까라고 스텔라는 생각했다. 아니면, 에머리는 바보가 되고 싶은 것인가. 복숭아를 수확하는 일조차 없었다면…….

"복숭아를 수확해야 되는 건 확실하지만……."

에머리는 말을 걸었다. 낯선 남자는 아직 여기저기 돌아보면서 희미한 웃음을 띠었다.

"고용인을 이 집에 머물게 할 순 없지. 뒤에 별채가 있소."

"좋습니다."

남자가 말했다.

"식사는 이 부엌에서 하지만 뒷문으로 들어와요. 들어올 때는 반드시 노크하고……."

"알았습니다."

"식사와 방을 제공. 그 밖의 급료는……."

스텔라는 말리는 것을 단념했다. 말리는 것이 쓸데없는 짓이라는

14

것을 알았다.

에머리는 처음 이 남자에게 위압되어 수상한 녀석이라고 여기면서도 벌써 잊어버린 것처럼 보였다. 그의 머릿속에는 지금 복숭아밖에 없었다. 그 밖에 저 지긋지긋한 흙에 뭔가를 심는 것으로 가득 찼다.

식사 제공에 급료를 줄 남자를 고용한 이상, 에머리는 그 자리에서 복숭아 수확에 착수하고 싶어했다. 너무 익은 것보다 아직 덜 익은 쪽이 낫다고 에머리는 말했다. 더 이상 크게 되는 경우는 없기 때문에 복숭아의 출하처로 근처의 통조림 공장과 계약했지만 공장에서는 질이 좋은 것밖에 사지 않는다. 절반 정도 썩은 것이나 일단 떨어진 것은 받아주지 않는다.

스텔라는 우선 남자에게 식사를 주지 않으면 안 되었다. 남자의 이름은 제시라고 했다. 남자는 음식물을 걸신들린 것처럼 먹었다. 스텔라는 그런 것에는 개의치 않았다. 먹는 것에 신경을 빼앗기고 있는 동안만큼은 스텔라에게 주의를 기울이지 않았다. 그리고 오후, 남자는 에머리와 함께 복숭아밭으로 나갔다. 혼자 있게 된 스텔라는 비로소 자신이 왜 저 제시라는 남자를 이토록 두려워하는가를 생각할 여유가 생겼다.

설거지가 끝나자 스텔라는 침실로 들어가 바로 화장대의 거울 앞으로 가서 거기에 비치는 자신의 얼굴을 살펴보았다. 거기에 있는 것은 32세라는, 아니 1, 2년은 더 늙었을지도 모르는 여자의 얼굴이 있었다. 그리고 제대로 손질이 되지 않고, 꾸밈 없이 그냥 뒤로 묶여진 까만 머리카락에는 흰 머리가 하나둘씩 섞여 있었다. 자신이 예전에 미인이었다고는 생각 안 했지만 적어도 젊음은 있었다. 그러나 지금은 그렇지도 않다. 여기에 와서 촌부가 되어 일하는 사이에 젊음도 아름다움도 사라졌다. 지금의 자신은 단순한 암컷이며 여자는 아니다라고 여겨졌다.

그런 생각에 스텔라는 잠시 제시를 잊고 갑자기 남편에 대해서 화가 났다. 나는 여자인데도 에머리는 여자가 할 수 있는 이상의 일을 요구해 온 것이다. 나와 결혼할 때 그가 바랐던 것은 값싼 노동력이었다. 그리고 내부에 '여자'의 요소가 다 없어져 버릴 때까지 사용했다.

'그런데 저 제시라는 남잔 도대체 나에게 무엇이 있어서 그 남자는 다른 농가로 가지 않고 왜 우리 쪽으로 왔을까? 여기에 올 때까지 도로 연변에는 농가가 몇 채나 있었을 것인데…… 에머리는 노동력 때문에 나와 결혼했다고 본다. 저 제시라는 남자는 나에게 무엇을 요구할까?'

생각하면 생각할수록 머리가 뒤죽박죽이 되어 기분이 점점 나빠졌다.

아아, 운전을 할 수 있다면! 그렇다면 트럭을 타고 마을로 가서, 복숭아의 수확이 끝나고 제시가 나갈 때까지 2, 3일 호텔에 머물다가 올 텐데. 그러나 운전을 못한다. 그렇다면 에머리에게 태워 달라고 할 수밖에 없다. 따라서 에머리에게 그것을 납득시켜야 한다.

오후에서 저녁때까지 쭉 스텔라는 그런 것만 생각했다. 남자들이 돌아온 것은 약간 어두워져서였다. 과일 상자를 가득 실은 트럭 타이어는 마른 흙이 많이 묻어 있었다.

피곤에 지친 두 남자는 말없이 식사를 끝냈다. 에머리는 자주 제시가 일을 잘한다고 칭찬하고 있었지만, 제시는 고용주의 그런 의견에는 전혀 반응을 보이지 않았다. 이유는 그저 그가 에머리보다 더 피곤한 것에 불과할지 모르지만.

그러나 그의 침묵이나 피곤함조차 스텔라는 불안했다.

'이 남자는 농촌에서 일한 적이 없는 것은 아닐까? 이렇게 피곤해하다니 이상하다. 처음에는 열심히 일하고 싶어하는 것처럼 보였지만, 지금은 후회하는 것처럼 보인다. 도대체 왜 일을 시켜 달라고 했을까? 왜 여기로 온 것일까? 왜 여기에 머물기로 한 것일까?'

그러나 남자는 쭉 그곳에 앉아 있었다. 기묘하게 약간 뒤틀린 얼굴은 무표정하여 어떤 성격인지 알 수 없었다. 스텔라가 디저트로 복숭아를 내왔을 때 비로소 남자의 얼굴에 표정다운 것이 띄었다.

"복숭아는 이제 질렸어요."

갑자기 남자가 말했다.

"수확기의 복숭아는 먹을 만해요."

스텔라는 강한 어조로 그의 웃는 얼굴에 되받아쳤다. 무엇보다도 상대를 두려워하지 않는다는 것을 보여주고 싶었다.

남자는 어깨를 들썩거렸다. 그러나 그는 복숭아를 무시하지 않았다. 그는 바지의 포켓에서 칼을 꺼냈다. 엄지로 뭔가를 누르자 4인치 정도 되는 칼날이 짤까닥 소리를 냈다. 남자는 그것으로 복숭아 하나를 잘랐다.

스텔라는 물끄러미 그 남자를 보고 있었는데, 에머리도 마찬가지로 남자를 보고 있다는 것을 알았다. 그런 칼을 보는 것은 처음이었다. 도구라기보다는 무기처럼 보였다. 그리고 제시가 항상 그런 식으로 복숭아를 먹을 리가 없다는 것을 알았다. 거기에는 모양의 좋음도, 솜씨의 좋음도 없었다. 마치 칼을 가지고 있다는 것을 과시하려고 할 뿐이라는 느낌이 들었다.

남자는 천천히 그리고 한마디도 하지 않고 계속 먹었다. 그리고 질렸다고 한 복숭아를 세 개나 해치우고 더러워진 냅킨으로 열심히 나이프를 닦더니 칼을 엄지로 눌러 칼날이 보이지 않게 하였다.

에머리가 테이블에서 일어서자, 남자도 일어섰다. 그리고 아무 말도 하지 않고 천천히 뒷문을 향해 걸어갔다.

"안녕, 제시."

에머리가 말했다. 그 목소리에는 겨우 안심했다는 식의 울림이 담겨 있었다. 남자는 돌아보았지만 스텔라 쪽만 보았다.

"안녕!"

남자는 뒷문으로 나가 사라졌다.

"엠."

남자가 없어지자, 스텔라가 말했다.

"나는……."

에머리는 얼굴을 외면했다. 칼 따위는 보지 않았다는 몸짓을 하고 있는지 모른다. 아니면 저런 것 따위는 아무것도 아니라는 표정이었는지도.

"나는 4시에 일어나 복숭아를 통조림 공장으로 실어가야 해. 일 나갈 시간까지는 돌아올게."

"나도 함께 가겠어요."

"무엇 때문에?"

"마을 호텔까지 데려다 줘요. 저 사람이 갈 때까지 호텔에 있고 싶어요."

"그런 말을 하다니……."

"엠, 제발……."

"도대체 그 남자가 무슨 짓을 했는데, 응? 말해 봐. 확실히, 오늘 하루 저 남자와 일을 했지만 일을 잘하는 사람이야. 있어 주지 않으면 곤란해. 저 남자가 무슨 짓을 했어? 당신에게 무슨 말을 했어? 어떻게 했냐구?"

"칼을 가지고 있어요!"

그 말은 무심코 나왔다.

그것은 남편의 아픈 곳이었다. 그도 그 칼에 대해서 알고 있었다는 것을 생각케 하는 것이었다. 그러나 그것이 계산 착오였다는 것을 바로 알았다. 에머리는 증오에 이글거리는 눈으로 아내를 봤다.

"그런가? 그럼 데려다 주지. 호텔에 머문다면 좋아. 여기서 식사를 만들어주지 않게 된다 해도 상관없어. 복숭아의 수확을 하고 싶지 않다고 해도 좋아. 복숭아를 못 팔아서 돈도 없는데 호텔에 머물면서 돈을 쓰고 싶다고……. 좋도록 해. 아무튼 내가 나쁘다고 말하고 싶겠지. 나는 쓸모없는 농부야. 항상 가난하게 살아. 내 여자가 바라는 것조차 해 줄 수 없어."

에머리의 눈에는 눈물이 고여 있었다. 그 얼굴을 보자 스텔라는 무심코 팔을 올려 포옹하고 몇 번이나 키스했다. 그리고 그가 좋은 농부라는 것을, 좋은 남편이라는 것을, 아내를 확실히 지켜준다는 것을, 그리고 그러한 남편을 자신은 신뢰한다는 것을 말로 하지 않고 전달하려고 했다.

그리고 가장 중요한 것은 그녀 자신이 남편을 진심으로 사랑한다는 것이었다. 그래, 어떤 일이 발생하더라도…….

시계의 알람이 울리자, 에머리는 조용하게 일어나 어둠 속에서 옷을 갈아입었다. 스텔라는 남편이 방을 나가 부엌을 거쳐 뒷문으로 나가는 소리를 듣고 있었다. 마지막으로 트럭의 엔진 소리가 들렸다. 트럭은 사잇길을 지나가 기어를 바꾸는 소리를 내고는 멀어져 갔다.

스텔라는 오랫동안 어둠 속에 누워 자신이 지금 여기에 제시와 둘이서만 있게 된 것을 의식하고 있었다. 그리고 다른 일, 예를 들면 복숭아를 팔아서 살 저 카탈로그에 있는 가구에 대해서 생각하기로 했다.

아침의 빛이 방을 비추자, 스텔라는 상상의 가구를 빛이 들기 시작한 방에 둬 보기도 하고 그 멋진 광경에 대해서 자기 자신에게 말해 보기도 했다.

5시가 지나, 스텔라는 침대에서 나와 옷을 갈아입고 부엌으로 가서 아침 식사 준비를 시작했다. 에머리는 6시에는 돌아올 것이다. 빵 케이크를 만들기로 했다. 에머리가 좋아하는 아침 식사여서 오늘 하루의 노동에 어울릴 거라고 생각했다.

그 때문에 제시가 열쇠가 채워지지 않은 뒷문으로 들어오는 것을 스텔라는 알지 못했다. 작은 헛기침의 소리를 듣고 돌아보자, 냉장고에 기대 있던 제시가 쭉 스텔라 쪽을 바라보고 있었다.

"안녕."

급히 스텔라가 아침 인사를 했다.

제시는 대답하지 않았다. 아직 깎지 않은 수염이 한창 짙고 길게 돋아나 있었다. 검은 수염에 비해서 눈의 색이 대조적으로 엷어 거의 하얗게, 아니 무색처럼 보였다.

"아침 인사는 아직 안 했어요."

스텔라가 말했다.

"아아, 알아요. 에머리는 아직 돌아오지 않았겠죠."

'그런가, 알고 있었던가? 에머리가 말했나 보군. 하지만 통조림 공장이 어느 정도 멀리 있는지, 에머리가 언제 돌아오는지 알고 있을까?'

스텔라는 몸 안에 퍼지며 숨쉬기 어렵게 하는 공포와 싸웠다. 자신이 이렇게 떨고 있는 것을 이 남자가 알아서는 안 된다.

"식사를 할 수 있을 때까지 기다려 주세요."

스텔라가 말했다.

"어째서 여기 있으면 안 돼죠?"

“남편이 말했죠, 고용인이 여기에 있는 것은 식사 때뿐이라고.”

남자는 스텔라의 명령조를 무시했다.

“어째서 그렇게 날 두려워하죠, 스텔라?”

남자는 한껏 친한 듯이 말했다.

스텔라는 남자의 입에서 나온 자신의 이름에 깜짝 놀랐다. 일부러 친근한 어조로 말하고 있는 것 같았다. 무심코 남자로부터 한 발짝 떨어졌기 때문에 스텔라는 겨우 안도의 숨을 내쉬었다.

“어째서 내가 당신을 두려워한다고 생각했죠?”

“내 얼굴을 볼 때, 뺨에 핏줄이 서고 얼굴이 파랗게 됐어요. 이건 바로 두려워하는 좋은 증거죠.”

스텔라는 웃으려고 했다.

“그럴 리 없어요.”

그러나 남자가 웃으며 말한 그 모양으로 그런 항의는 아무런 소용이 없다는 것을 알았다. 이 남자에게 그렇게 말해도 소용없다.

“당신을 보고 두려워한다면, 당신에게 그런 무엇인가가 있기 때문이겠죠. 가르쳐 줘요. 그건 뭐죠?”

스텔라는 갑자기 대담해졌다.

“모르지.”

제시는 정신 나간 표정으로 말했지만 주의 깊게 말하지는 않았다.

“거짓말, 어째서 이쪽으로 왔죠? 복숭아를 수확하고 싶어서 온 것은 아니겠죠?”

돌연 남자의 얼굴 전체에 웃음이 퍼졌다. 그 웃음은 얼굴이 좌우로 불균형을 점점 강조해 보이게 했다. 그 얼굴은 괴물과 비슷했다.

‘싫은 얼굴, 악마 같다.’

"듣고 싶소?"

"그래요. 가르쳐 줘요."

스텔라는 확실히 말했다.

"그건 길 맞은편에서도 나는 알았지. 당신이 날 싫어하고 있다는 것을…… 나를 두려워한다는 것을…….”

그의 의도가 스텔라를 한 번 더 위협하는 것이었다고 한다면, 그 이상 유효한 말은 없었다. 스텔라는 이미 공포를 감추려고 하지 않았다. 상대의 눈앞에서 파랗게 질려 부르르 몸이 떠는 것을 자신도 느꼈다.

"그럼, 어째서 그런……?"

스텔라가 물었다. 소리가 상당히 높았지만 그런 것은 이제 아무래도 좋았다.

"어째서 그런 생각을 하죠?"

남자는 두 발자국 스텔라 쪽으로 다가가 옴싹달싹도 못하는 손을 보고 방긋이 웃었다.

"나 때문이지, 스텔라? 나는 그런 것이 좋아. 나의 얼굴을 보면 알 수 있겠지. 나를 두려워하는 인간은 많아. 특히 여자들은 더 그렇지. 여자는 남자를 유혹하지. 남자는 그것을 기다리고…… 유혹당하는 것은 즐거운 일이지, 멋진 일이고. 그러나 나를 유혹하려는 여자는 없어. 내가 얻으려고 하는 것은 그것과는 완전히 정반대지. 당신처럼 '옆으로 오지 말아요' 하는 것 말이야. 그런 식으로 하면 내가 즐거워할 거라고 생각하는가? 그런 식으로 말한 여자를 만나서 꼭 해 줄 것이 있지."

스텔라는 남자의 말에 귀를 기울여 알아들었지만 의미는 알 수 없었다. 비명을 지르고 싶었지만 누구도 듣지 않는다는 것을 알았다. 도망치고 싶었지만 도망갈 장소도 없었다. 오히려 눈물이라도 나와 준다면——눈물은 돌처럼 굳은 몸을 부드럽게 해 줄지도 모른다——그러나 울 수도 없었다. 그녀는 거기에 서서 상대의 창백한 눈이 자신을 바라보며 뒤틀어진 입이 냉소를 띠는 것을 바라볼 수밖에 없었다.

"알았어요. 그래요, 두려워요, 당신이……."

스텔라는 쏘아붙이듯이 말했다.

"제시라고 불러!"

남자가 말했다.

"뭐라고요? 어째서……."

남자의 눈은 몸을 마비시킬 듯한 힘을 가지고 있었다. 높은 곳에서 나락의 밑을 들여다보는 듯한 느낌을 들게 했다. 그 공포는 낙하의 공포였다.

"제시라고 불러!"

남자가 반복했다.

"알았어요, 제시."

스텔라는 그 말이 금기의 단어라도 되듯이 말하지 않으려고 했다. 말을 목에서 나오지 않도록 눌러 버리려고 했다. 하지만 저절로 나와 버렸다. 그리고 입술이 탔다.

그러나 그때 마침 사잇길로 들어온 트럭의 엔진 소리가 길었던 침묵과 고통의 시간을 깼다. 고용된 남자는 스텔라로부터 몸을 멀리하고 여전히 웃으면서 테이블에 앉았다. 에머리는 뒤의 입구에서 벙글거리며 의기양양하게 들어왔다. 제시가 거기에 있는 것조차 신경쓰지 않는 듯했다.

"최고의 품종이래."

에머리는 기분 좋게 말했다.

"정말 대단하잖아. 내 복숭아가 최고 품종이라니."

에머리는 싱크대로 가서 손을 씻었다. 그리고 테이블로 돌아와 제시의 옆에 앉았다.

"자, 나머지도 문제없어."

스텔라는 힘없이 두 사람을 봤다. 제시는 이제 스텔라와 있었던 일을 잊어버린 것처럼 에머리 쪽을 보며 접시 옆에 큰 손을 둔 채 가만히 들고 있었다. 손을 지탱하는 손목이 굵었으며, 말아올린 소매의 밑에 나와 있는 팔도 튼튼해 보였다. 손도 팔도 검은 털에 휩싸였지만 털이 짙기 때문에 사람의 팔이라기보다 동물의 등처럼 보였다. 그 남자 옆에 있는 에머리는 가련할 정도로 작고 약해 보였다.

"최고품의 복숭아지. 그렇지, 응!"

에머리는 말했다.

그럴 리 없다고 스텔라는 생각했다.

'이 사람이 지금 좋은 기분이 된 것은 그 때문이 아니다. 만약 그런 것이라고 한다면 나는 이 사람을 증오할 것이다. 이 사람과 흙, 그리고 흙 속에서 자란 것을 고생해서 수확하고, 상자에 넣어 그것을 먹는 사람을 위해 출하하는 그런 것의 모두를 증오해 줄 테다. 그런데 제시와 말한 것을 지금 말한다면 좋지 않을까? 그러나 어떤 식으로 말하면 좋지? 도대체 제시는 무엇을 말하려고 한 것일까? 그래, 제시는 자기를 위협하기 위해 여기로 왔다. 그리고 사실 위협했다. 그러나 그 전에는……'

점심 때가 되기 조금 전이었다. 두 남자는 밭으로 나갔다. 엷은 구름이 조금씩 모이며 커다란 덩어리를 형성할 기미를 보이기 시작했다. 그것이 기후 급변의 징조인지 아닌지는 알 수 없었지만, 스텔라는 다른 것에 신경을 쓰면서도 농부 아내로서의 경험으로 어떤 하늘의 변화에도 일단은 의심해 볼 필요가 있다고 생각했다.

남자들이 점심 식사하러 돌아왔을 때, 스텔라는 에머리도 하늘의 상태에 대해서 신경쓰고 있음을 느꼈다. 에머리는 거실에 있는 라디오를 켰다. 아나운서는 한랭전선이 천천히 다가온다고 했을 뿐이다.

그럼에도 불구하고 남자들은 점심 식사를 성급하게 다 먹어치웠다. 제시는 어제보다 한층 더 피곤해 보였다. 기다리지 않고 쫓기기라도 하는 듯이 두 사람은 복숭아를 수확하러 밭으로 돌아갔다.

그러나 그 날의 작업은 순조롭지 않았다. 전날처럼 능률도 오르지 않았다. 두 번째의 짐을 쌓은 트럭이 돌아왔을 때는 거의 저녁 식사 전이었다. 부엌에서의 저녁 식사는 괜히 우울했다. 그때도 제시는 스텔라에게 눈길 한 번 돌리지 않고 식사가 끝나자 서둘러 별채로 돌아갔다.

에머리는 오늘은 피곤하기 때문에 통조림 공장까지 차를 운전해 가는 것을 내일 아침에 한다고 했다. 일이 진척되지 않은 것은 제시가 피곤했기 때문이라고 그는 은연 중에 나타냈지만, 스텔라는 가만히 있었다. 제시를 그만두게 하는 노력도 이제는 끝났다.

한밤중에 에머리는 밖으로 나가서 밤하늘을 쳐다보았다. 하늘은 완전히 구름으로 뒤덮였다. 가끔 강한 바람이 불어온다고 그는 중얼거리는 것처럼 말했다. 그리고 침대로 들어가지 않고 라디오 옆의 안락의자에 앉아 라디오의 소리를 높이고 일기예보를 기다렸다.

스텔라는 그런 남편을 오랫동안 보고 있었다. 기분이 조금 나빴다. 그의 독특한 고집이 숨겨져 있는 것 역시 신경쓰이는 일이었다. 그러나 그 신경도 지금은 밭 작물이 대부분을 차지했다.

이 사람은 자신의 일밖에는 아무것도 생각한다고 할 수 없었다. 복숭아를 수확해 버리려고 하는 것은 그 자신을 위함과 동시에 나

를 위한 것이기도 했다. 그는 그 나름대로 성실하고 좋은 남편이라
고 할 수 있었다. 저 침실 가구를 카탈로그에서 발견한 사람도 그가
아니었던가. 그리고 내가 좋아할 만한 가구를 골라 주었다. 그는 나
를 사랑하였다. 그것을 의심할 여지가 없었다.

　그러나 스텔라는 침실에 들어가면서 저녁 키스를 하지 않았다.
가만히 방을 나가자 뒷손으로 문을 닫고 그가 자신이 없어진 것을
알아챘는지의 여부를 알기 위해 달라붙어 귀를 기울였다. 에머리가
흥미를 가지고 있는 부분에 대해서 지껄인 라디오는 지금 음악을
내보내고 있었다.

　스텔라는 전등을 켜지 않았다. 전등 따위를 켜지 않아도 침실 어
디에 무엇이 있는지는 환히 알고 있었다. 조그만 슈트케이스는 작
은 옷장 위에 있었다. 자신의 물건을 챙긴다고 해봤자 그리 많지 않
았다.

　5분 간으로 준비는 끝났다. 양심의 가책은 없었다. 아무튼 영원히
집을 떠날 생각은 없었다. 복숭아 수확이 끝나고 제시가 가 버리면
돌아올 테니까. 그리고 가만히 그를 두고 나간 뒤에 생긴 일은 돌아
와서 하면 된다고 생각했다.

　스텔라는 슈트케이스의 뚜껑을 탁 닫고 방 창문을 열어젖혔다.
별도 달도 없는 흐린 하늘이라 정말 어두워서 좋았다. 스텔라는 슈
트케이스를 창에서 밑으로 떨어뜨렸다. 그리고 창을 타고 넘었다.

　밖으로 나가 잠시 귀를 기울이고 서 있었다. 라디오에서 흘러나
오는 소리는 침실 안과 거의 마찬가지로 확실히 들려왔다. 밖으로
나왔으므로 이제 들렸던 소리들은 곧 사라져 버릴 것이다.

　'이것으로 됐다. 도로로 나가 마을을 향해서 걸어가자. 태우고
가 줄 만한 차나 트럭이 다니지 않는다면 1마일 정도 걷고, 도로
끝에 있는 건물에 들어가서 새벽까지 자야지. 날이 밝기만 하면

두렵지는 않으니까 지나다니는 차를 세워 태워 달라고 해야지.'

스텔라가 몸을 구부려 슈트케이스를 주워들었을 때 감각보다 빨리 무언가를 감지했다. 바로 그때 오늘 아침의 그 차가운 공포가 되돌아와 몸을 움츠러들게 하고 꼼짝 못하게 했다. 밤의 어둠보다 한층 검은 제시의 거대한 몸이 위압하는 듯이 가로막고 서 있었다.

제시는 스텔라가 전혀 예상하지 않았던 단어로 말을 걸어왔다.

"안녕, 스텔라."

상대가 무엇을 하려고 하는지 알 수 없는 것이 공포를 한층 더하게 했다. 알고 있는 것은 결코 복숭아를 따러 가지 않는다는 것뿐이었다. 이 남자는 스텔라보다 빨리 달릴 것이다. 그리고 동물처럼 어둠 속에서도 눈이 보이는 것 같았다. 비교도 될 수 없을 정도로 강한 듯했다. 마비되어 버린 것처럼 서 있는 스텔라의 마음이 천천히 움직이는 것을 깨달았다.

집안에서는 아직 라디오의 소리가 들려왔다. 스텔라는 일상 생활과 유일한 연결인 그 소리에 매달리듯이 듣고 서 있었다. 조용하고 평범한 아나운서의 목소리가 이렇게 말했다.

"일기예보를 전해 드리겠습니다……."

'저 라디오의 옆에 에머리는 있다. 에머리는 내 남편이다. 아내를 위험에서 구해 줄 것이다. 비명을 지르면…….'

스텔라는 머릿속으로 그런 계산을 했다.

찢어질 듯한 커다란 비명을 질렀다. 그 비명은 제시가 입을 막을 때까지 주위의 어둠으로 퍼져나갔다.

정말 강한 남자가 어느 정도 강한지, 그때까지 스텔라는 몰랐다. 에머리의 손에 잡힌 적은 몇 번 있었지만 항상 스텔라의 저항을 약간 상회하는 정도의 강함밖에 없었다. 제시의 손은 굉장히 거칠고 야수 같았다. 그 손에 코와 입이 틀어막히고, 숨이 막힐 정도가 되고, 입술은 치아 위에서 째지는 것 같았다. 머리는 집의 외벽에 짓눌려 빠개져 버리는 것은 아닌가라고 생각될 정도였다. 그렇다면 한 번에 끝이다. 에머리가 오지 않는 한…….

'에머리는 어떻게 하고 있을까?'

라디오는 선전 문구가 빈번하게, '밀러 가구점의 대 바겐……'하며 반복하고 있었다. 그러나 그 소리는 지독히 멀리, 작고 희미하게 들렸다. '밀러 가구점의 대 바겐…….'

갑자기 제시의 손이 풀리고 숨쉬기가 쉬워졌다.

"어째서 그런 소리를 지르지, 스텔라? 에머리에게 도움을 청하려고, 응? 스텔라, 못된 생각은 하지 않는 게 좋아. 자아, 오게 해 봐. 사람을 노예 취급하다니? '어이, 제시, 양지는 자네가 생각하는 것처럼 덥지 않아. 자, 제시, 상자를 더 높이 들어올려, 더 높이. 어이, 이봐. 제시, 더 힘을 써 봐. 땀을 흘리는 것은 좋은 일이야.'라고. 자아, 이리 불러 와, 스텔라. 지금은 햇빛이 비치지 않지만 땀을 흘리게 해 볼까?"

갑자기 제시는 스텔라의 입에서 손을 떼고 한 발 물러나면서 스텔라로부터 몸을 뗐다. 그리고 그대로 스텔라를 보고 웃었다. 어둠 속에서도 그것을 알 수 있었다.

"스텔라, 저 녀석이 나오는 것을 보고 싶어."

작게 탁 하는 소리가 들렸다. 스텔라는 그것이 무엇인지 바로 알았다. 그 두려운 칼을 포켓에서 꺼내 펼쳤다.

"큰 소리로 외쳐, 남편을 불러. 그리고 나를 향해서 한 번 더 '제시, 빨리 와'라고 말해 봐. 복숭아 정도의 크기로 찢어 바스켓에 넣어서 통조림 공장으로 가져갈 테니까. 에머리를 넣은 통조림에 어떤 라벨을 붙일까. 자아, 스텔라, 외쳐 봐!"

이 미친 남자의 화풀이가 다른 방향으로 향한 것을 스텔라는 알았다. 자신에 향해졌던 분노가 지금은 가련한 에머리에게 향해졌다. 보수분만큼의 노동을 요구했을 뿐인 에머리에게…….

"아니, 왜 소리지르지 않지, 스텔라. 빨리 소리질러!"

그러나 스텔라는 외치지 않았다. 이 남자가 무엇을 하더라도 소리 하나 지르지 않을 것이다. 스텔라는 그렇게 함으로써 이 남자보다도 강하게 된다고 생각한 것이다. 다행히 에머리는 잠든 것 같았다. 일어나지 않았다. 나는 그를 사랑한다. 이것이 극히 단순한 이유이다.

"기상청은……."

라디오가 두 사람 사이의 침묵을 깨고 울렸다.

"그랜드 바레이 주변 농가의 여러분에게 경고합니다. 싸라기눈이 내릴 염려가 있습니다……."

"싸라기눈?"

제시는 앵무새처럼 말했다. 그리고 웃었다. 스텔라는 정신병원에 가 본 적이 없지만 제시의 웃음 소리를 들으면서 정신병자 중에서도 심한 정신병자가 아니면 이런 것은 이상하다고 느끼지 않겠지라고 생각했다.

어둠 속에서 모습은 보이지 않았지만 소리로 스텔라는 제시가 기묘한 춤을 추고 있다는 것을 상상할 수 있었다. 그리고 그 광기 속으로 끌려 들어가지 않으려고 필사적으로 벽에 달라붙어 있는 사이에 제시의 미친 것 같은 외침은 멀리 사라졌다.

남자는 가 버렸다. 복숭아를 실은 트럭을 타고…… 스텔라는 벽에 기대어 서서 트럭의 엔진 소리가 사잇길에서 도로로 나가 동쪽으로 향해 점점 사라져 가는 것을 듣고 있었다.

남자가 없었기 때문에 스텔라는 슈트케이스를 주워 들고 창을 통해 집안으로 들어갔다. 슈트케이스는 옷장 속에 숨겼다. 나가려고 한 것을 에머리에게 알리고 싶지 않았기 때문이다. 그리고 욕실로 들어가 불을 켜고, 제시에게 거칠게 잡힌 혼적을 치료하고는 가능한 한 에머리가 알 수 없게 하려고 했다. 그리고 잠옷으로 갈아입고 거실로 나갔다.

에머리는 아까의 그대로 안락의자에 앉아 있었다. 눈을 감고 목을 꾸벅꾸벅 가슴 위에서 움직이고 있었다. 스텔라는 라디오를 끄고 남편 의자 옆에 무릎을 꿇었다.

'에멀, 에머리, 일어나요."

스텔라는 부드럽게 깨웠다.

처음에는 반응이 없었다. 조금씩 소리를 높이면서 몇 번 불렀다. 에머리는 겨우 눈을 떴다.

아까의 일기예보가 스텔라의 목숨을, 어쩌면 두 사람의 목숨을 구했다고 말할까? 아니, 그것은 아무래도 좋다. 급한 것을 먼저 해야 한다.

"에머리, 경찰을 불러요. 제시가 트럭을 갖고 노망쳤이요. 도망쳤다구요."

에머리는 몸을 폈다.

"제시가?"

"누군지는 확실히 모르겠지만 제시라고 생각돼요."

스텔라는 갑자기 말을 바꿨다.

에머리는 의자에서 일어나 스텔라의 앞을 지나서 부엌으로 가더니 뒷문으로 나갔다. 그리고 1분도 채 되지 않아 돌아왔다.

"트럭이 없어졌군."

그러나 에머리는 행동으로 옮길 수 없었다. 손이 혼들리고 얼굴이 창백해져 아내와 눈이 마주치는 것을 피했다.

'불쌍한 에머리. 나쁜 사람은 나인데 자신의 탓이라고 생각하고 있지. 제시는 나를 보고 이쪽으로 왔는데……'

"내가 전화하겠어요. 트럭을 찾아와야 해요."

스텔라는 말했다.

"그런 것 아무래도 좋아!"

에머리는 돌연 외쳤다.

놀람과 쇼크로 거의 말 한마디 하지 못한 스텔라는 상대를 바라보았다. 이 남자는 자신이 말한 의미를 깨닫지 못하고 있었다. 에머리는 밤하늘을 물끄러미 쳐다보았다. 하늘에는 번개가 번뜩였다.

그러나 에머리는 예보관이 아닌 것이다. 뉴스를 들었음에 틀림없다. 싸라기눈을 예보한 저 라디오의 방송. 이것은 아내의 비명을 들었다는 이야기가 된다. 그리고 제시의 크게 웃는 소리도…… 그런데도 이 사람은 나오지 않았던 것이다.

'나는 이 남자를 위험에 빠뜨리는 것보다는 내가 죽는 쪽이 낫다고 생각했다. 얼마나 어리석은 생각이었는가. 이 남자는 내가 어떤 일을 당해도, 죽어도 좋은 것이다. 나는 이 사람을 사랑했다. 그러나 이 사람은 거기에 보답해 주지 않았다. 아주 조금도 보답해 주지 않았던 것이다.'

지금 스텔라는 그때까지의 오랜 세월의 고생이 전부 헛된 것임을 알았다.

"에에, 보안관님."

스텔라는 전화를 향해서 말하고 있었다.

"제시라고 했습니다. 이름은 그것밖에 모르지만 얼굴은 기억하고 있습니다. 트럭의 형태도 알고 있습니다. 에에, 동쪽으로 갔습니다. 에에, 나는 괜찮습니다. 걱정됩니다만 의사를 불러 주세요. 남편에게는 그런 대로 도움이 될 테니까요. 제시가 부엌칼로 적어도 12번은 찔렀으니까요.”

스텔라가 수화기를 놓자마자 끊임없이 지붕을 두드리는 소리가 나기 시작했다. 싸라기눈이 내리기 시작했던 것이다. 마치 커다란 돌을 깨부수는 듯한 소리였다. 스텔라는 귀를 기울이며 방긋이 웃었다.

나의 어머니 / 제임스 야페

My Mom, Detective

• 제임스 야페(1927~   )

James Yaffe

　유태인 역사의 권위자로 유명한 제임스 야페는 범죄소설의 세계에서
도 '어머니'라는 소수 민족 출신의 탐정을 탄생시킨 작가로 알려져 있
다. 이 어머니 시리즈는 꾸준한 인기를 얻고 있다. 뉴욕 시경에 근무하
는 아들을 둔 이 유태계 어머니는 안락의자형 탐정(Armchair
detective)이라고 할 수 있다.

나의 어머니

아내인 셰리와 나는 어머니의 재혼에 대해 의견을 같이했다. 우리는 어머니가 혼자 사시는 것에 대해 오래 전부터 내심 안타까워했기 때문이다. 생각다 못해 내가 먼저 그 이야기를 꺼냈다.

"어머니는 전혀 50대 같지 않으시잖아. 30대 여자들보다도 훨씬 생기가 있으시단 말야. 게다가 난 어머니가 브롱크스에 있는 그 아파트에 혼자 사시는 게 정말 싫다구."

셰리의 대답은 단도직입적이었다.

"그러면 상대는 누가 좋을까요?"

이렇게 되면 답은 정해져 있는 것이나 다름없었다. 의논해 볼 것도 없이 그 상대는 밀루너 경감이다. 그는 내가 일하고 있는 살인과에서 최고참이었고, 내 생각으로는 갖추어야 할 조건은 모두 갖추고 있었다. 생김새도 그 정도면 준수한 편이었고, 늘씬한 키가 중후한 인상을 풍겼다. 촌스러운 구석이 있긴 했지만, 어머니라면 기름기가 번지르르하게 흐르는 멋쟁이 타입보다 그런 쪽을 마음에 들어 할 것이다. 경감은 내성적이고 자신감이 부족한 편이었으나, 오히려 그런 편이 어머니가 부담없이 대하기에 좋을 것이다. 경감은 유태인이었다.

어머니는 유태인 외의 남자는 별로 마음에 들어 하지 않았다. 그들은 어머니의 농담을 이해할 수 없었고, 어머니도 그들과의 대화에서 여러 가지 답답함을 느꼈기 때문이다. 그리고 경감과 어머니는 범죄라는 공통 관심사를 갖고 있었다. 지금까지 어머니가 나를 위해 해결해 준 사건은 이루 다 헤아릴 수가 없을 정도였다.

"그럼 먼저 어떻게 해야 할까?"

우선은 잘 어울리는 이 커플을 서로에게 소개부터 시켜야 했다. 그러기 위해서는 거짓말도 한 방법일 수 있었다. 어머니에게는 밀루너 경감은 불쌍한 독신자인데 이제 식당 음식에는 질려 버려서 어머니가 집에서 손수 만든 요리를 한 번 맛볼 수 있겠냐고 내게 물어왔다고 이야기했다. 밀루너 경감에게는 미망인인 어머니는 자기 혼자밖에 먹지 않는 요리를 만드는 것에 질려서 그 근사한 맛을 알아주는 신사에게 자신이 만든 쇠고기 요리를 선보이고 싶어하신다고 말해 두었다.

그렇게 해서 그 다음주 금요일 밤, 셰리와 나는 밀루너 경감과 함께 어머니를 찾아갔다.

사실 어머니가 밀루너 경감에게 어떤 인상을 줄지 조금 걱정이 되긴 했다. 어머니는 붙임성이 별로 없고 지나칠 정도로 솔직한 편이었기 때문에 그런 데 익숙하지 않은 사람을 당황하게 하는 일이 종종 있었기 때문이다. 미국 대통령이 집으로 왔다 해도 어머니는 틀림없이 평소와 다름없이 꾸밈없는 모습으로 대통령을 맞았을 것이고, 늘 내놓는 누들 수프를 그에게 대접했을 것이다. 그리고는 평소와 같은 신랄한 어조로 대통령의 정치에 대해 자신의 의견을 이야기할 것이다.

그러나 셰리와 나는 그 걱정이 쓸데없었다는 것을 알았다. 어머니에게 밀루너 경감은 대통령 이상의 대접을 해 주고 싶은 사람이었던 것이다. 밀루너 경감의 눈은 어딘지 슬픈 빛을 띠고 있었는데, 어머니는 그런 슬픈 눈에는 아주 약한 분이었다. 돌아가신 아버지의 사진이 그 증거이다.

밀루너 경감이 어머니의 아파트에 발을 들여놓은 지 2분도 채 안 되어 늘 굳어 있던 어머니의 표정이 부드러워졌다. 무슨 이유에선지 나에게는 여전히 무뚝뚝했지만 셰리에게는 아주 상냥하게 말을 걸어왔다. 밀루너 경감과 얼굴이 마주치기라도 하면, 어머니는 갑자기 다정다감한 사람이 되어 그의 마음을 편안하게 하려고 애쓰며 열심히 이야기를 들어주었다.

식사를 하면서 분위기는 점점 무르익어 갔다. 화제는 어느 사이엔가 살인사건으로 흐르고 있었다.

어머니는 지금 어떤 사건을 맡고 있느냐고 내게 물었다. 어머니는 밀루너 경감과 내가 현재 같은 살인사건을 조사 중이라는 것을 알고 기뻐하는 것 같았다.

"아직 여러 모로 부족한 제 자식에게는 좋은 일이군요. 밀루너 경감님 같은 훌륭한 분과 일을 함께 하다니 말이에요. 아무쪼록 부탁드리겠어요."

그 말을 들은 경감의 태도는 의외로 담담했다. 그 사건에 대한 좋지 않은 인상이 그의 머리를 떠나지 않고 있었기 때문이다.

"친척에게 그런 짓을 하다니, 32년 동안이나 경찰에 몸담아 왔지만 그런 일은 처음입니다."

어머니는 웃으며 말했다.

"글쎄요…… 전 이곳 브롱크스에서 52년이나 살았지만 경감님처럼 그렇게 충격적인 사건을 본 적이 없어서……."

"아마, 들으시면 놀라실 겁니다."

밀루너 경감이 말했다.

"어떻게 사람이…… 자네가 얘기해 드리게, 데이브. 난 사건을 생각하면 화부터 나서 말야."

어머니가 동정어린 눈빛으로 밀루너 경감을 바라보고 있는 것을 보고, 나는 셰리와 의미 있는 눈짓을 주고 받았다. 그리고는 이야기를 시작했다.

"이 범죄에 대해서 사전에 경고를 받았다는 사실이 우리의 감정을 더욱 자극하고 있습니다. 1주일쯤 전에 에드워드 윈터즈라는 사람과 그의 부인 에디스가 우리를 찾아왔습니다. 37, 8세쯤 되어 보이는 남편은 약간 마른 편이었고 얼굴색도 그다지 좋지 않았습니다. 전체적으로 병약한 느낌에다가 사람을 성가시게 하는 구석도 있었지요. 연하의 부인은 체구는 작았지만 냉정해 보였고 거만한 구석도 있었어요. 틀림없이 그 남편이라는 사람은 공처가일 거예요. 그런 것을 보면 결혼이란 제도는 남자를 못 쓰게 만드는……."

날 노려보는 셰리의 시선이 느껴져 나는 서둘러 말을 이었다.

"아, 물론 경우에 따라 다르겠지요. 그렇게 되어 버리는 사람도 있겠고 저같이 아무런 문제없이 사는 사람도 없겠고…… 어쨌든 결혼이라는 건 인생에 있어서 중요하고도 고귀한 결정인데, 제 주변에는 그런 결정을 회피하려는 사람들이……."

"그 사건 얘기나 계속해 주렴."

반짝 빛나는 어머니의 눈빛에 나는 잠시 말문이 막혔다. 혹시 셰리와 나의 계획을 눈치챈 것이 아닐까? 그러나 그럴 리는 없다고 나는 생각했다. 어머니는 남을 의심하지 않는 성격이니까. 나는 그 사건의 설명을 계속했다.

"이 윈터즈 부부는 연로한 마가레트 아주머니를 걱정하고 있었답니다. 두 사람의 얘기로는, 마가레트 아주머니의 나이가 올해 58세 가량 되신다더군요. 5번가에서 조금 안으로 들어간 곳의 낡은 2층집에 살고 계신데, 친척이라고는 조카인 에드워드와 그의 처 에디스뿐입니다. 아주머니와 그들 부부는 서로를 깊이 사랑하고 있었답니다. 윈터즈 부부는 1주일에 두세 번씩은 그 아주머니와 저녁을 같이 하곤 했다더군요. 아주머니는 두 사람을 극장에 데리고 가기도 했답니다. 두 사람은 아주니의 옷을 골라 드리기도 했고, 아주머니의 생신을 잊지 않고 챙겨 드렸답니다. 그들의 얘기로는, 그게 아주머니가 삶의 보람을 느끼게 하기 위한 노력이었다더군요."

어머니가 고개를 끄덕이며 말했다.

"그 아주머니는 꽤 부자신가 보군. 그리고 그 조카 부부는 갖고 있는 돈이 그다지 많지 않을 거구. 내 말이 맞니?"

나와 밀루너 경감은 어머니의 그 말에 깜짝 놀랐다.

"그걸 어떻게 이셨죠?"

"네 얘기를 들어보니 그렇더구나. 5번가에서 조금 들어간 2층집에 살고 있다고 했지? 그곳의 집세라든가 세금을 생각해 보면 그 아주머니가 부자라는 얘기가 되지."

밀루너 경감이 물었다.

"조카 부부에 대해서는 어떻게 아셨습니까?"

"데이브 얘기로는, 아주머니가 두 사람을 극장에 가끔 데리고 가기도 한다던데, 그건 비용을 아주머니가 부담한다는 얘기지요. 그건 그 조카 부부가 가진 돈이 별로 없어서일 테구요."

"전문가 이상이시군요."

밀루너 경감은 어머니의 추리에 감탄한 듯 고개를 끄덕였다.

"예, 맞아요. 아주머니가 표를 사 주시지요."

나는 설명을 계속했다.

"원터즈 부부의 얘기를 들어보니, 그들은 완전히 아주머니의 힘으로 살고 있더군요. 원터즈는 생활비를 벌고 있지 않았어요. 자칭 건축가였는데 최근에는 전혀 건축에 손을 대고 있지 않다는 사실을 확인했습니다. 뉴욕시를 해체하고 재개발한다는 복잡한 계획에 거의 모든 시간을 투자하고 있답니다. 부인 쪽도 돈이 없기는 마찬가지였어요. 중서부 출신의 여자인데 결혼 전에는 비서로 일하고 있었다더군요. 지금은 직업이 없구요. 그런데 두 사람은 옷차림도 수준 이상이었고, 동부 60번가에 근사한 아파트도 갖고 있으며, 검소한 생활과는 거리가 먼 사람들이었어요. 그 돈이 다 어디서 났겠어요? 다 아주머니의 지갑에서 나온 돈입니다. 그래서 두 사람은 아주머니의 만류를 뿌리치고 경찰서를 찾아온 거죠. 누군가가 아주머니를 죽이려 하고 있다는 생각을 하고 있었는데, 그들에게 아주머니의 죽음이란 돈줄이 없어진다는 걸 의미하거든요. 아주머니를 죽이려고 한다는 사람의 이름까지 가르쳐 줬습니다. 켄터키주 루이빌에서 담배를 재배하는 토마스 키스라는 사람이라구요."

"잠깐만요."

셰리가 끼어들었다. 그녀는 자신도 추리 솜씨가 뛰어나다는 걸 어머니에게 보여주고 싶어했다.

"당신 얘기가 약간 이상한데요? 마가레트 아주머니는 조카 부부 외에는 아는 사람이 없을 텐데, 어떻게 켄터키에서 담배를 재배한다는 사람과 관계를 맺을 수가 있었죠? 그 아주머니와 무슨 관계가 있었길래 죽이려고 했을까요?"

"그건 쉬운 문제 아니니?"

셰리와는 반대로 어머니는 추리라는 것이 아무나 할 수 없다는 것을 세리에게 깨닫게 해 주고 싶어했다.

"그 아주머니는 독신인데다가 식객 같은 조카 부부 외에는 친척이 없는데, 그렇다면 답은 간단하지. 신문이나 잡지에 있는 교제란에 편지를 보내는 일 말이야. 교제 상대를 구하는 광고인데, 편지로 사람을 사귈 수 있는 난이지. 곱게 자란 내성적인 여성들이 많이 이용하고 있다고 들었어."

"굉장하시군요."

밀루너 경감이 중얼거렸다.

"맞아요, 어머니."

나는 어머니의 추리 실력에 또 한 번 감탄했다.

"2, 3개월 전, 원터즈 부부는 마가레트 아주머니 댁을 찾아갔답니다. 거기서 두 사람은 우연히 바닥에 떨어져 있는 편지를 발견했다더군요. 토마스 키스가 아주머니에게 보낸 편지였답니다. 그들이 아주머니에게 그 편지를 내밀자, 아주머니는 모든 걸 얘기했답니다. 잡지 교제란에 교제 광고를 냈던 겁니다. '교양 있는 중년 신사와의 교제를 원합니다.'라구요. 키스가 그 광고를 읽고 아주머니에게 답장을 보냈던 겁니다. 편지를 주고 받으면서 아주머니와 키스의 사이는 점점 좋아졌다더군요. 키스는 마가레트 아주머니가 자신의 인생에 많은 영향을 주었다는 내용의 편지를 자주 썼는데, 아주머니는 그걸 읽고 무도회에 처음 나온 아가씨처럼 들뜨곤 했었답니다."

어머니는 몹시 불쾌한 얼굴이었다.

"그 시원찮은 조카 부부는 그런 게 마음에 들지 않았던 게로군? 나이를 먹으면 인생을 즐길 자격이 없어진다고 생각하는 건가?"

세리와 나는 어머니의 이 말에 의미어린 눈짓을 주고 받았다.

"물론 마음에 들지 않았었겠죠."

나는 이야기를 계속했다.

"두 사람은 충고를 한답시고 아주머니를 괴롭히기 시작했어요. 그런 편지 왕래는 어리석고 위험한 짓이라면서요. 상대는 돈이 목적이다, 감언이설로 아주머니를 속이고 있다, 어쩌면 아주머니에게 해를 입힐지도 모른다, 그들의 잔소리는 끝이 없었지요. 그러나 두 사람의 그런 잔소리가 심해질수록 아주머니의 태도는 완고해지기만 했답니다. 원래 아주머니는 조카 부부의 의견을 잘 듣는 편이었는데, 키스와의 편지 왕래는 무슨 일이 있어도 그만둘 수 없다고 조카 부부에게 말했다는 걸 보면 그 관계는 꽤 소중했던가 봅니다. 태어나서 처음 경험하는 진실한 사귐이었던 거지요."

"마가레트 아주머니의 마음을 이해할 수 있을 것 같구나."

어머니는 고개를 끄덕였다.

"이해할 수 있을 것 같군요."

밀루너 경감도 조용히 고개를 끄덕였다.

"조카 부부의 반대에 아주머니는 그 전보다 더 정성이 담긴 편지를 쓰게 됐습니다. 그리고 결혼이라는 말이 편지에 조금씩 나오게 됐지요. 두 사람은 아주머니에게 언성을 높인 적은 없다고 했지만 틀림없이 다툼이 있었을 겁니다. 하긴 그 에디스라는 여인은 있는 대로 소리를 질러대며 얘기하기보다 조용한 한마디로 상대를 상처입히는 타입이니까, 어떤 식의 다툼이었는지 자세한 건 알 수가 없지요. 결국 키스로부터 결정적인 내용의 편지가 와서 원터즈 부부는 우리에게 온 것입니다. 키스를 교도소에 넣어달라는 게 두 사람의 얘기였습니다. 그런 남자는 위험 인물이라면서요. 사기꾼인데다가 살인을 저지를지도 모른다나요? 에드워드 원터즈의 어머니는 오래 전에 돌아가셨는데, 25년쯤 전에 아주머니

같이 교제 광고를 냈다가 큰일을 당하셨답니다. 결혼 사기꾼에게 거액의 돈을 빼앗기고는 평생 동안 그 상처로부터 헤어나지 못하셨대요. 어머니에게 이런 사정이 있었기 때문에 원터즈는 키스 같은 남자에게 적의를 품고 있는 것 같습니다. 제 생각에는 그 적의라는 것이 마가레트 아주머니의 재산을 다른 사람과 나누게 될지도 모른다는 불안과도 관계가 있는 것 같아요. 우리는 원터즈 부부에게 한마디 해 주었습니다. 키스는 전과도 없고 다른 주에 살고 있기 때문에 유산 상속에는 당신들이 우선권을 갖고 있다구요. 그리고 마가레트 아주머니는 누구든 좋아하는 사람과 편지 정도는 주고 받을 권리가 있다고도 말해 주었습니다. 에디스 원터즈는 그 얘기에 화를 내더군요. 그러더니 나중에는 아주머니 몰래 키스의 편지를 한 통 가져왔습니다. 상대가 얼마나 추잡한 사람인지를 증명해 보이겠다면서요. 읽어보니 그들의 말대로 내용이 좀 그렇더군요. 수상하다고나 할까요? 원터즈 부부의 말이 맞다는 생각이 들 정도였습니다.”
“어떤 점이 그렇게 수상하던?”
어머니가 물었다.
“예를 들어보렴.”
나는 1분 이상이나 생각한 끝에 겨우 말했다.
“글쎄요, 읽기에 약간 역겨울 정도의 아부라든가 너무나 남부적인 표현이 곧잘 눈에 띄었어요. 예를 들면 ‘나의 가련한 매그노리아의 꽃이여’라든가, ‘내 인생의 꽃이여’ 같은 식이었습니다. 꾸며 쓴 흔적이 역력한 필체였습니다. 글씨체도 내용도 한마디로 구식이었어요. 그중에서 가장 심했던 곳은 추신 부분이었습니다. ‘이 가슴의 두근거림’, ‘내 사랑의 천사’ 같은 식으로 죽 늘어서 놓고는 가까운 장래에 직접 만날 수 있게 되기를 기대하고 있다

44

는 내용이었어요. '당신이 살고 있는 그 도시를 찾아갔던 것은 1927년의 일이었습니다. 나는 그때 완전히 외톨이였고, 마음은 텅 비어 있었지요. 자유의 여신도 제게는 한갓 돌덩어리에 지나지 않았습니다. 엠파이어 스테이트 빌딩에서 내려다보면 눈 아래에 펼쳐진 것은 옥상과 굴뚝뿐이었습니다. 센트럴 파크를 산책해 봐도 나무들은 제게 아무 말도 걸어오지 않았습니다. 그러나 이제 당신이 있는 뉴욕으로 다시 가게 된다면 나의 마음은 당신에 대한 마음으로 가득 채워지고, 뉴욕은 마법의 거리가 되어 나에게 다가올 것입니다.' 대충 이런 내용이었어요. 아주머니는 그 미사여구에 완전히 빠져 버렸구요."

어머니는 어깨를 으쓱했다.

"이건 전형적인 남자의 논리군. 남자들은 듣기 좋은 말로 여자를 꼬드기고는 여자가 그 아부에 넘어가지 않으면 실망해서 어쩔 줄 몰라하지. 만일 여자가 거기에 넘어가기라도 하면 금방 코웃음치며 '여자는 역시 바보야!'라고 떠들어대고."

"남자라고 다 그렇지는 않아요."

셰리는 뭔가 말해야겠다고 느꼈다.

"여자에게 경의와 동경의 마음을 갖고 있는 남자도 많이 있다구요."

어머니는 셰리의 말에 엷은 웃음을 지었다. 우리를 눈치챈 듯한 미소였다. 어머니는 나에게 다음 이야기를 재촉했다.

"그 두 사람이 그러더군요. 경찰이 도와주지 않겠다면 자기들이 어떻게든 해서 사태를 수습하겠다구요. 그게 무슨 뜻인지 나중에 가서야 알았습니다. 에드워드 윈터즈는 키스를 만나 아주머니에게 접근하지 못하게 할 생각으로 그날 밤 루이빌로 날아갔다가 다음날 아침 뉴욕으로 돌아왔답니다. 그날 오후에 아주머니를 만나 보니 안절부절 못하고 있었답니다. 키스에게서 전보를 받았던 거죠. 그것도 수신인 부담으로요. 이런 남자의 머릿속은 어떻게 생겨먹었을까요? '가장 사랑하는 사람과의 기쁨을 영원한 것으로 하기 위하여' 추신에는 이렇게 씌어져 있었는데, 그날 밤 뉴욕으로 오겠다는 내용이었습니다. 그래서인지 마가레트 아주머니는 거의 제 정신이 아니었답니다. 교제가 그렇게까지 발전하리라고는 예상하지 못했던 거지요. 이 남자와 결혼한다는 것이 기정 사실화된다는 게 그녀로 하여금 주눅들게 했던 때문인지, 무서움에 벌벌 떨고 있었대요. 아주머니는, 오늘 밤은 식사도 같이 하면서 키스가 도착할 때까지 집에 있어 달라고 조카 부부에게 부탁했답니다. 세 사람은 12시 넘어까지 가다리고 있었습니다. 물론 이건 원터즈 부부가 한 얘기입니다. 하지만 키스는 나타나시 않았어요. 결국 원터즈 부부는 그냥 돌아갔습니다. 다음날 아침, 두 사람은 마가레트 아주머니에게 선화를 걸어봤지만 응답이 없었답니다. 그래서 아주머니집에 가 보니 현관이 열려 있었고, 거실 바닥엔 아주머니가 쓰러져 있었다더군요. 그녀의 목은 자신의 스카프로 묶여 있었고, 오른손은 키스의 전보를 꽉 쥔 채였습니다. 그제서야 모든 게 분명해졌습니다. 조카 부부가 떠나간 후에 남부의 로미오가 온 것입니다. 그는 청혼하러 왔다고 말을 했겠죠. 아주머니는 생각이 바뀌어서 결혼하고 싶지 않다고 대답한 겁니다. 그녀가 전보를 받고 무서움에 떨고 있었던 점으로 미루어볼 때 말입니다. 키스는 화가 나서 그녀를 죽인 겁니다. 물론 돈도 탐이 났겠지요. 사건의 내용은 대충 이렇습니다."

우리는 한동안 아무 말 없이 쇠고기 요리를 먹고 있었다. 이윽고 어머니가 고개를 끄덕이며 물었다.

"그래서 이제 어떻게 할 거지? 그 토마스 키스를 찾아달라고 켄터키주 경찰에 부탁해 놨니?"

"그 일은 이미 끝났어요. 우리는 어제 그의 신병을 인도받아서, 그는 지금 구치되어 있어요."

"그놈은 짐승이야."

내 말이 끝나기가 무섭게 밀루너 경감이 내뱉듯이 말했다.

"세상에는 그렇게 인간 같지 않은 녀석도 있지."

그러자 어머니는 나를 응시하며 물었다.

"정말 그 사람을 찾은 거야? 그런 이름을 가진 남자가 실제로 있었어?"

"아아, 무슨 말씀을 하고 계신 건지 알겠어요, 어머니."

나는 웃으며 말했다.

"키스는 가명이었어요. 마가레트 아주머니에게 보내는 편지에 싸인할 때에만 쓰는 이름이지요. 하지만 우리는 사진으로 알아냈어요."

"사진이라고?"

어머니는 매우 화가 난 표정으로 자리를 고쳐 앉으며 말했다.

"왜 그런 사실을 숨기고 있었지? 다 얘기해 버리면 내가 너무 쉽게 해결할 것 같아서? 그건 그렇고, 어디서 그 사진을 찾았니?"

"아주머니의 침실에서요. 더 정확하게 말하자면 베개 밑이었어요. 아주머니는 베개 밑에 이 남자의 사진을 넣고 자곤 했대요. 파일을 조사해 보니, 역시 샘 키드라는 왕년의 사기꾼의 사진이더군요. 새까맣고 짙은 콧수염하며, 번쩍이는 머리칼도 옛날 그대로예요. 동부 일대를 휘젓고 다니던 놈이었는데, 1929년에 뉴욕에서 체포되어 남부에서 5년형을 살고 있었죠. 출옥 후에는 착실해졌답니다. 당국에서는 물론 감시를 계속하고 있었지요. 신사용품을 팔고 있었는데 북부에는 두 번 다시 오지 않았답니다. 하지만 뒤에서는 독신녀를 상대로 위장 결혼을 하려고 했던 게 틀림없어요.”

“1929년 당시에도 그런 타입의 사기꾼이었니? 고독한 여자를 노리는 결혼 사기꾼이었어?”

어머니가 물었다.

“그랬을 거예요. 사기꾼의 그 많은 타입 중에서도 결혼 사기에는 도가 튼 녀석이었으니까요. 어머니께서도 만나보시면 아실 거예요. 물론 지금은 늙었어요. 콧수염이나 머리가 초라하게 변해 버린 백발 노인이죠. 하지만 말솜씨 하나는 여전해요. 독신으로 사는 노부인이 넘어가는 것도 무리는 아닌 것 같아요.”

“그래서, 혼자 사는 여자는 위험하다는 거예요.”

셰리가 끼어들었다.

“그건 그래. 사람들은 그런 사람을 결혼시키려고 하니까, 그런 위험이 따르는 거야.”

셰리가 그 말에 대답을 못하고 우물쭈물하고 있자, 어머니는 나에게 물었다.

“그래서, 켄터키에 산다는 그 남자를 찾았니? 그 루이빌이라는 곳에서?”

“아니, 루이빌이 아니었어요. 그게 이 사건에 오점을 남기고 있지요. 이 샘 키드는 조지아주의 아틀란타에서 양복점을 경영하고 있었어요. 녀석은 자기는 루이빌에 한 번도 간 적이 없으며, 마가레트 아주머니나 그 가족에 대한 얘기도 전혀 들어보지 못했다고 주장하고 있었지요. 엎친 데 덮친 격으로, 루이빌에 있는 전보회사의 담당 여직원은 누가 마가레트 아주머니에게 그 전보를 보냈는지 알 수 없다고 하더군요. 한 가지 곤란한 것은, 필적 감정가조차도 그 편지를 그가 썼다고 딱 잘라 말할 수 없다는 거예요.

그 필적이 꾸며 쓴 것일지도 모른다는 얘기죠. 하지만 우리는 한 가지 단서를 잡고 있습니다. 키드는 사건 당일 밤의 알리바이가 없어요. 어쩌면 그가 뉴욕으로 날아와서 아주머니를 죽인 후에 아틀란타로 돌아간 것인지도 모르죠."

"사건 내용이 뚜렷한 사건입니다. 저도 누가 누명을 쓰고 벌을 받는 것은 보고 싶지 않습니다. 하지만 이 사건만큼은 그가 범인이라는 게 확실하다고 생각합니다."

밀루너 경감이 말했다.

"근사한 사건인데요. 하지만 단 한 가지 난점은, 여러분의 추측이 이 사건의 진상과는 그다지 관계가 없다는 거예요."

나도 이제는 어머니의 이런 폭탄 선언에 익숙해져 버렸다. 이제는 한쪽 귀로 듣고 한쪽 귀로 흘려 보내는 것이다. 그리고 마음속 저 깊은 곳에서는 이렇게 외치고 있었다.

'이젠 이렇게 당하는 것도 지겨워 죽겠어!'

하지만 마음속으로만 그렇게 생각할 뿐, 겉으로는 태연한 척하고 있었다. 밀루너 경감은 어머니에게 이런 식의 말을 듣는 것이 처음이었기 때문에 나처럼 태연할 수 없었다.

"모르겠군요. 무슨 근거로 그렇게 자신만만하게 판단하실 수 있는 거죠?"

"그냥 제 나름대로 생각해 봤을 뿐이에요. 별것 아니지만 제가 드리는 서너 가지 질문에 대답해 주셨으면 해요. 그럼 확실한 걸 알 수 있을 거예요."

밀루너 경감은 더욱 어리둥절해졌다.

"글쎄요, 어떤 질문이신지……?"

나는 밀루너 경감을 도와주고 싶었다.

"아무것도 아닙니다. 어머니는 물어보는 걸 좋아하셔서요. 깊이 파고들기를 좋아하시는 거죠. 호기심 같은 겁니다.”

그러나 사실, 나는 걱정이 되었다. 어머니가 말하는 ‘별것 아닌 질문’이란 어처구니없는 것일 수도 있었다. 밀루너 경감이 어머니를 머리가 이상한 사람으로 생각하게 하긴 싫었다.

“해 보세요, 어머니.”

말은 그렇게 했지만 나의 마음은 무거웠다.

어머니는 아주 사무적으로 나를 보았다.

“첫번째, 마가레트 아주머니가 그 토마스 키스라는 사람으로부터 받은 편지 말인데, 소인이 어디라고 찍혀 있었지? 틀림없이 루이빌에서 온 건가?”

엉뚱한 질문은 아니었다. 나와 셰리는 안도의 한숨을 쉬었다.

“무슨 말씀인지 알겠어요.”

내가 말했다.

“샘 키드가 그 편지들을 루이빌이 아니라 아틀란타에서 보낼 수도 있다는 말씀이군요. 소인으로 그걸 알 수 있겠고, 그렇게 되면 우리는 움직일 수 없는 증거를 잡은 게 되겠죠. 하지만 유감스럽게도 그건 불가능하게 됐습니다. 마가레트 아주머니는 편지 봉투를 따로 갖고 있지 않았어요. 원터즈 부부의 얘기로는, 다 버렸다더군요.”

“그래? 그 점을 알게 돼서 다행이군.”

어머니가 말했다.

“알게 돼서 다행이라구요? 하지만 전혀 좋은 소식이 아니잖아요.”

어머니는 질문을 계속했다.

“둘째, 마가레트 아주머니는 다른 여자들과 비교해서 어떤지, 꼼꼼하고 깨끗한 걸 좋아하셨나? 집안이 깔끔하고 몸차림도 단정하셨나?"

이 질문으로 나는 또 조금 불안해졌다. 이 두번째 질문은 첫번째 것만큼 정상적이지 않았기 때문이다.

"예, 아주머니는 꼼꼼하고 깨끗한 걸 좋아하는 타입이셨어요. 가택수색으로 안 것입니다."

"셋째, 그 식충이 조카는 늘 아주머니에게 긁어낸 돈으로 지내고 있었다는 얘긴데, 혹시 그가 지독한 구두쇠는 아니었나? 인색한 타입이지?"

나의 불안은 더욱 커졌다. 어머니의 질문을 농담으로 흘려 들으려고 웃으며 말했다.

"글쎄요, 그게 무슨 의미가 있는지 모르겠는데요."

"몰라도 좋으니 질문에 대답이나 하렴."

"우연의 일치겠지만 어머니가 하신 말씀은 맞습니다. 우리는 원터즈 부부와 접촉이 있던 이웃 사람들, 그곳 장사치들에게 물어보았습니다. 그 사람들 얘기로는, 에드워드는 그곳에서 구두쇠로 유명하더군요. 자기 혼자 즐길 때는 돈을 아까워하지 않지만 다른 사람과 어울리게 되면 구두쇠가 된대요."

나는 어머니 질문에 자연스럽게 대답하면서도 자꾸 밀루너 경감의 어리둥절한 표정에 신경이 쓰였다.

"마지막 질문은 뭐죠, 어머니?"

나는 '마지막'이라는 말을 강조했다.

"넷째, 이게 마지막이야. 마가레트 아주머니가 토마스 키스한테서 받은 편지에는 밑줄을 그은 말이 많이 있었니?"

"밑줄이라구요?"

밀루너 경감이 신경쓰였지만 나는 놀라지 않을 수 없었다.

"밑줄…… 그런데, 어떻게 그걸……."

"그래, 밑줄 말야. 글 아래에 긋는 선. 갑자기 내 발음이 이상해 졌니?"

"그게 아니고…… 왜 그런지 저는 잘 모르겠지만 편지마다 밑줄 이 잔뜩 있었어요."

밀루너 경감이 윗몸을 앞으로 내밀며 감탄한 목소리로 어머니에 게 천천히 이야기했다. 마치 병자나 아이에게 하는 듯한 말투였다.

"무슨 암호라고 생각하시나요, 스파이들이 잘 쓰는? 스파이들은 중요한 말에 밑줄을 긋지요?"

"암호라구요?"

어머니는 웃음을 머금고 경감을 보았다.

"글쎄요, 그럴까요? 어떤 사람에게는 암호였을지도 모르죠."

이 말이 무슨 뜻인지 알 수가 없었기 때문에, 세 사람은 머뭇거리 며 당황할 뿐이었다. 간신히 셰리가 그 침묵을 깼다.

"어머니, 그래서요? 경찰이 잡은 사람이 진짜 범인인가요?"

"진짜 범인이냐고?"

어머니는 코웃음을 쳤다.

"범인은 지금 거리를 활보하고 있지."

어머니의 또 다른 폭탄 선언이었다. 우리들은 거기에 어울리는 반응을 보이고 있었다. 밀루너 경감은 망연자실한 모습이었다.

"그런데 지금 뭐가 밝혀진 거지요? 우리는 아직 우리가 모르는 것은 얘기하지 않았는데…… 무슨 말이냐 하면 당신의 말에 반론 을 제기할 생각은 없지만……."

"당신들이 아직 모르고 있는 사실을 알아낸 건 아니에요. 하지만 나는 내 발로 뛰어서가 아니라 내 머리로 알아낸 거지요."

어머니는 밀루너 경감에게 미안하다는 듯한 웃음을 웃어 보였다.

"물론 당신들이 모자라다는 얘기는 아니에요. 다만 젊은 사람들이……."

그 미안하다는 듯한 웃음은 험상궂은 표정으로 바뀌어 나에게 향해졌다.

"알겠어요, 어머니."

나는 긴 한숨을 쉬며 말했다. 밀루너 경감과의 인연은 이걸로 완전히 무너져 버렸다고 확신했기 때문이다. 어머니는 불쌍한 경감을 두려움에 떨게 했고, 또 거리감을 갖게 했다.

"이제 이 이야기는 끝내기로 하죠. 그런데 이 살인사건을 푸는 열쇠는 뭐죠? 바보 같은 경찰이 어디서 틀린 거죠?"

"실수의 원인은 우리가 핵심을 놓쳤다는 점이야. 정육점 파인버그라는 게 누구지? 이 사건에는 지금까지 그런 이름이 전혀 나오지 않았지만……."

"정육점의 파인버그가 무슨 짓을 했나요?"

나는 침착하게 물었다.

"설명해 드리지. 이번 전쟁으로 고기가 부족해진 건 기억하고 있지요? 불쌍하게도 파인버그는 오랫동안 손님에게 팔 고기가 없었대요. 어느 날, 어떤 여자가 가게에 들어와 역사책에서만 읽었던 얘기를 하는 거예요. 나폴레옹의 보나파르트 시대에도 고기가 부족해지자, 정육점에서는 고양이를 죽여서 팔기도 했다는 얘기였어요. 파인버그는 이 얘기를 아주 열심히 들었어요. 다음날 아침 우리들은 고기를 사러 갔다가 깜짝 놀랐어요. 썰어놓은 지 얼마 안 된 고기가 놓여 있었던 거예요. 더욱 놀라웠던 일은 언제나 가게 안을 돌아다니고 있던 고양이 두 마리가 없어진 거였어요. 그날 아침 고기를 사러 온 손님은 그렇게 많지 않았어요. 우리는 이렇게 얘기했지요. 우연의 일치치고는 너무 딱 맞아떨어져서 살 마음이 안 생기는군요."

"이런 길고 복잡한 얘기가 이번 살인사건과 무슨 관계가 있는 거죠?"

셰리가 말했다.

"아, 알겠군."

밀루너 경감이 주저하며 끼어들었다.

"정육점의 파인버그가 사실은……."

어머니는 맞았다고 말하려는 듯이 고개를 끄덕이며 말했다.

"머리가 좋으신 분이군요. 경찰에 이런 분이 있었다니…… 이제야 똑똑하신 경찰관을 만나뵙게 됐군요. 단순명쾌한 일 아니겠어요? 예를 들면 마가레트 아주머니가 루이빌의 키스에게서 받았다는 전보 말이에요. 수신인 부담이라고 했죠? 이 사기꾼은 돈을 목적으로 그녀와 결혼하고 싶어했어요. 그렇다면 자신도 부자고 담배 농장의 주인이라고 상대를 믿게 하는 것이 필요했겠지요. 결혼 얘기가 정리될 때까시 부지인 척하는 것을 그만둘 수는 없다는 거죠. 그런 그가 수신인 부담의 전보를 칠 정도의 바보일까요?"

"물론 그렇지 않죠. 왜 그런 걸 금방 깨닫지 못했을까?"

"그렇게 말씀하시는 것으로도 대단하신 거예요. 하지만 증거는 그것만이 아니에요. 예를 들면 사진이 있겠죠. 마가레트 아주머니의 베개 밑에 있었다죠? 이 키스의 사진은 그가 쓴 편지 중 한 통에 동봉되어 온 걸로 되어 있지요. 하지만 중대한 사실이 있어요. 25년 전에 찍은 사진이라는 것 말이에요. 얘기를 들어보니 1929년의 복역하기 전 사진 같더군요. 검은 머리, 검은 콧수염이라고 했죠? 그리고 지금은 백발에다가 콧수염도 하얘지고 있다고 했고요. 그런데 돈 많고 나이든 여자와 결혼할 생각을 가진 사기꾼이 25년 전의 사진을 그녀에게 보냈을까요? 그녀가 본인을 만나 현재의 모습을 보면 어떻게 되겠어요? 환멸의 감정을 느끼겠죠. 결혼 그 자체가 수포로 돌아갈지도 모르구요. 그가 그런 도박을 할 리가 없지요. 그러니까 그는 그런 사진을 그녀에게 보내지 않았다는 얘기예요.”
“듣고 보니 그렇군요. 그러면 샘 키드가 아니었다는…….”
“증거는 더 있어요.”
어머니는 나를 무시하고 이야기를 계속했다.
“샘 키드가 루이빌로부터 전보를 보낸 것이 아니라는 건 이제 증명이 끝났지요? 또 마가레트 아주머니에게 사진을 보내지 않았다는 것도 증명했어요. 이번에는 그가 편지를 한 통도 보내지 않았다는 걸 증명하지요.”
밀루너 경감은 완전히 흥분되어 있었다.
“그래요, 한 통도 안 썼지요. 그 점이 계속 신경쓰였지만 어떻게 단정할 수가 없었어요. 엠파이어 스테이트 빌딩은…….”
“맞아요!”
어머니가 손가락 하나를 꼽으며 말했다.
“엠파이어 스테이트 빌딩에 대해서 얘기하기를 기다리고 있었어요.”
나는 뭐가 뭔지 점점 모르게 되었다.
“그게 어쨌다는 거죠, 어머니?”
“네가 읽어준 편지에는, 즉 키스가 보낸 편지에는 그가 엠파이어 스테이트 빌딩의 전망대에 올라가 다른 건물의 옥상을 내려다보았다고 쓴 부분이었지?”
“그건 당연한 얘기잖아요, 어머니. 많은 사람들이 매일 그러고 있으니까요.”
“그래, 많은 사람들이 매일 그러고 있지. 현재 뉴욕에서 사는 사람이나 뉴욕에서 한동안 지냈던 사람이라면 그걸 당연한 일이라고 생각하겠지. 뉴욕에 사는 우리들은 엠파이어 스테이트 빌딩이 옛날부터 있었다고 믿고 있어. 만일 뉴욕에 사는 우리들이 마지막 뉴욕 여행을 잊지 못하는 남부인에 대해서 적당한 얘기를 꾸며내고 싶으면 당연히 엠파이어 빌딩 얘기에 끼워 넣겠지. 우리 생각이 채 못 미쳤던 건, 엠파이어 스테이트 빌딩은 이 세상이 시작될 때부터 있었던 게 아니라는 사실이야.”

“1931년이죠. 엠파이어 스테이트 빌딩이 완성된 것은 1931년이었어요. 그런데 키스는 편지에서 뉴욕을 마지막으로 찾아온 게 1929년이었다고 했죠.”

밀루너 경감이 말했다.

“그래요, 간단하게 말하면 1929년은 이 샘 키드가 마지막으로 뉴욕에 온 해였어요. 후에 조지아주 아틀란타 교도소에 들어갔죠. 마지막 뉴욕 여행에서 엠파이어 스테이트 빌딩에 갔었다는 거짓말을 왜 했을까요? 그 여행에 대해서 솔직하게 썼다면 그런 얘기는 안 썼을 거예요. 이 편지를 쓴 사람은 오늘까지 쭉 뉴욕에 살고 있었고, 엠파이어 빌딩이 생긴 해를 잘 모르는 사람이에요.”

“하지만 어머니, 샘 키드가 편지를 쓰지 않았다는 건 증명이 되었군요. 그러면 그는 노부인을 죽인 사람이 아니라는 얘기군요. 그럼 편지를 쓴 건 누구죠? 누가 그녀를 죽인 겁니까?”

나는 더 이상 참을 수가 없어서 큰 소리로 말했다.

“정육점의 파인버그야!”

밀루너 경감이 우쭐대며 말했다.

나는 어이없기도 하고 기쁘기도 한 마음으로 경감을 응시했다.

‘놀랐는걸! 생각하는 거니 말하는 게 꼭 어머니 같잖아.’

"정육점 파인버그가 정답이야."

어머니가 고개를 끄덕이며 말을 이었다.

"지금까지 뉴욕에서 계속 살아온 사람이 누구지? 어머니가 25년 전 결혼 사기꾼에게 편지를 쓴 덕분에 그 결혼 사기꾼의 25년 전 사진을 쉽게 입수할 수 있었던 사람은 누굴까? 게다가 경찰을 속일 생각으로 그 사진을 다락방이나 지하실 같은 곳에서 찾아내어 노부인의 침대 밑에 둔……."

"아, 그랬었군요."

나는 감탄하였다.

"그리고 이 전보가 마가레트 아주머니에게 쳐졌을 때, 틀림없이 루이빌로부터였다는 걸 알고 있던 사람이 누구지? 또한 이건 가장 중요한 증거인데, 이 수신인 부담의 전보를 칠 만한 사람이 누구지? 인색하기로 이름난 사람이 누구였지? 네 말대로 다른 사람과 어울릴 때는 구두쇠가 되는 게 누구였더라, 데이브? 대체 누가 수신인 부담인 전보를 치고 싶은 유혹을 이기지 못할 정도의 구두쇠고, 마가레트 아주머니를 이용해 먹는 버릇을 못 버린 거지?"

"조카예요, 어머니."

내가 큰 소리로 말했다.

"그가 이 수수께끼의 토마스 키스를 만들어냈어요. 마가레트 아주머니의 교제 광고를 보고 편지를 부친 거예요. 편지도 전부 그 사람이 썼구요. 루이빌로 가서 자기가 말한 것처럼 키스와 얘기를 한 것이 아니라 전보만 치고 온 거예요. 그날 밤에 마가레트 아주머니를 살해하고 사진을 그녀의 베개 밑에 놓고는 이튿날 아침 발견한 척한 겁니다. 정말 기묘한 흉계로군요. 자신의 죄를 남에게 씌우는 건 둘째치고 죄를 뒤집어쓸 사람을 만들어내기까지

하다니…….”

그러나 밀루너 경감은 뭔가 골똘히 생각하더니 고개를 흔들고 있었다.

“하지만 그걸로 이 사건의 결말이 났다고는 볼 수 없어요. 조카 한 사람의 범행이 아녜요. 필적이라는 증거가 있으니까.”

어머니는 경감의 말에 기쁜 듯이 큰 소리로 웃으며 말했다.

“역시 경감님이시군요. 맞아요, 필적이 있죠. 작고 거미집 같다고 했지, 데이브? 노인의 필적 같다고? 하지만 작고 거미집 같다면 여자의 필적 같기도 해. 그리고 꾸며 쓴 흔적이 보인다고도 했지? 아무래도 여자가 쓸 만한 글씨체 아닐까? 그리고 밑줄이 많이 있었다고 했지? 전형적인 여자의 버릇이야. 역사책에서 읽어 본 적이 있는데, 영국의 여왕, 아아, 빅토리아 여왕이었지? 그녀는 편지에 밑줄을 긋는 버릇이 있었다더군.”

“그럼 조카의 처군요. 진작 깨달았어야 했는데. 그녀는 기가 센 여자라 남편은 전혀 기를 못 펴요. 그녀가 편지를 쓴 거예요. 이 계획도 그녀가 생각해낸 거구요. 아주머니에게 손을 쓴 것도 그녀가…….”

그렇게 생각하자 몸이 조금씩 떨리기 시작해 나는 얼른 입을 다물었다.

“또다시 정육점의 파인버그로군.”

어머니는 만족스러운 듯이 말했다.

“그 조카 부부는 아주머니를 몇 년씩이나 먹이로 삼아 왔어요. 줄곧 아주머니를 격리시켜 왔기 때문에 재산을 증여할 상대가 두 사람 외에는 없었지요. 그런데 갑자기 재산은 조카 부부에게 안심할 수 없는 상태가 되었어요. 그래서 갑자기 아주머니는 살해 당했고, 따라서 조카 부부는 유일한 친척이기 때문에 유산은 영원히 그들의 것이 되는 거예요.”

밀루너 경감이 일어서며 말했다.

“살인과에 전화를 거는 게 좋을 것 같군. 그들 부부를 더 이상 두고 볼 수 없어.”

“기다리세요!”

이번엔 셰리였다. 그 목소리에는 묘한 여운이 있어서 밀루너 경감도 제자리에 앉았고, 우리들은 무의식중에 그녀를 주목했다.

“한 가지 확실하지 않은 것이 있어요. 마가레트 아주머니가 토마스 키스로부터 편지를 받았을 때 편지에는 루이빌의 소인이 찍혀 있었지요. 뉴욕시의 소인이었다면 아주머니는 의심스럽게 생각했겠지요. 어쨌든 윈터즈 부부는 어떻게 해서 루이빌로부터 편지를 보낼 수 있었을까요?”

“맞아, 그건 어떻게 된 거죠, 어머니?”

내가 물었다. 모두 어머니 쪽을 보며 그 대답을 기다렸다.

이상한 일이 일어났다. 두세 마디로 이 질문에 시원스럽게 정리해 줄 것이라고 생각했는데, 어머니는 갑자기 매우 불안해진 듯했다. 뺨이 불그스름해졌다. 어머니는 눈을 내리뜨며 조용히 말했다.

“디저트를 먹자꾸나. 접시를 이리 주렴.”

“안 돼요, 어머니. 제 질문에 대답해 주세요.”

셰리는 득의만면하게 눈을 빛내며 말했다.

어머니는 잠시 망설이다가 얼굴을 들고 우리를 보았다. 어머니의 표정을 보고 나는 가슴이 철렁했다. 매우 슬픈 듯했다. 정말 슬프고 괴로운 것 같았다.

“어머니, 왜 그러세요? 몸이 안 좋으세요?”

어머니는 고개를 저으며 한숨을 쉬었다.

“이것만은 얘기하고 싶지 않았어. 처음부터 비밀이었기 때문에 비밀인 채로 두고 싶었는데…… 얘기를 하긴 하겠지만 이것만은 약속해 줘요, 모두들. 지금부터 내가 하는 말은 꼭 비밀로 해 줘야 해요.”

이유도 모르는 채 우리는 모두 어머니와 약속했다. 어머니는 다시 한숨을 쉬고는 이야기를 시작했다.

“내 사촌인 해녀의 손자, 조엘과 똑같군. 불쌍한 아이였죠. 천성적으로 소극적인 애였어요. 어머니와 아버지는 화려한 걸 좋아해서 파티에 다니느라 바빴지만, 조엘은 집에 내버려뒀죠. 그 애는 친구가 없었다고 하는 것이 이 얘기에서 가장 중요한 점이에요. 그 애에게 있어서는 정말 부끄러웠던 점이기도 하죠. 그 애는 모두가 자기를 우습게 보고 있다고 생각했어요. 친구 하나 못 만드는 못난이였으니까요. 그래서 그 애가 어떻게 했을까? 사람이란 참 불쌍하죠. 그 애는 가상의 친구를 만들어냈어요. 이름, 얼굴, 그 가족에 대한 것까지. 언젠가는 친구와 함께 놀았던 얘기를 해주더군요. 정성들여 만든 얘기였어요. 물론 다른 사람에게 들려주기 위한 얘기였지만 그건 자신을 위해서이기도 했죠.”

어머니는 심호흡을 한 번 하고는 이야기를 매듭지었다.

“나이든 여자나 아이들은 별로 다르지 않아요.”

우리들은 물끄러미 어머니의 얼굴만 보고 있었다.

“어머니, 그렇다면…….”

“네 스스로 찾아내야지.”

어머니가 말했다.

“그 편지의 필적, 그건 확실히 여자의 필적이죠. 하지만 그건 꾸며 쓴 글씨로 현대의 젊은 여성의 버릇이 아니라 구식 여성의 버릇이에요. 나도 젊었을 때는 그런 글씨를 쓰곤 했죠. 그리고 그 많은 밑줄들, 그건 그 에디슨 부인같이 피도 눈물도 없는 여자는 하지 않는 일이죠. 그건 다정다감하고 무엇인가에 빠지기 쉬운 여성들이 잘하는 일이죠.”

“그녀는 자기 앞으로 편지를 쓴 겁니다.”

밀루너 경감의 목소리가 희미하게 떨리고 있었다.

“그녀는 고독했죠. 조카 부부의 모습을 보며 늘 자신의 고독을 뼈저리게 느끼고 있었죠. 그래서 자기도 친구를 가질 수 있다는 걸 과시하기로 결심한 거예요.”

“그래서 봉투를 조카 부부에게 보이지 않은 거로군요. 애초부터 봉투는 없었던 거예요.”

내가 말했다.

“맞아.”

어머니가 말했다.

“그러니까 조카 부부가 마루에 떨어져 있는 편지를 우연히 발견한 거야. 마가레트 아주머니처럼 꼼꼼하고 깨끗한 걸 좋아하는 사람이 중요한 편지를 무심코 떨어뜨리기나 하겠니? 그녀는 두 사람이 편지를 봐줬으면 했고, 친구인 키스를 알아줬으면 했던 거야. 이것이 그녀의 계획에서 가장 중요한 부분이지. 조엘과 어쩌면 그렇게 똑같을까?”

“하지만 어머니…….”

나는 생각에 잠긴 얼굴로 말했다.

“아주머니는 조카 부부에게 멋지게 한 방 먹인 거 아니에요? 두 사람은 아주머니가 자기 앞으로 편지를 쓰고 있었으리라고는 상상도 못 했을걸요? 루이빌에 남자가 있다고 정말 믿었잖아요? 그렇지 않았다면 사진을 베개 밑에 넣고 그 남자에게 죄를 뒤집어 씌우는 그런 위험한 도박은 하지 않았을 거 아닙니까? 그 남자가 경찰에 연락을 해서 사진의 남자는 자기가 아니라고 증언을 하지 않을 것이라고 어떻게 확신할 수 있었을까요?”

“확신 같은 건 없었을 거야. 하지만 자신은 좀 있었겠지. 아마 실제로 존재하지 않는 루이빌의 그 남자는 살인사건의 얘기를 듣고는 경찰을 피해 다닐 거라고 생각한 거야. 더군다나 경찰은 다른 사람의 사진을 갖고 있었잖아. 그러니까 어슬렁거리며 돌아다니다가 위험해질 필요는 없는 거야. 설령 위험을 무릅쓰고라도 돌아다니다가 위험해질 필요는 없는 거야. 또한 위험을 무릅쓰고라도 경찰에 출두해서 ‘내가 그 부인에게 편지를 썼던 사람입니다. 하지만 베개 밑에서 니온 것은 내 사진이 아닙니다’라고 한다고 해도 의심을 받기는 마찬가지겠지. 재산을 노린 결혼 사기꾼이라고 말야. 비록 아주머니를 직접 만날 의사가 전혀 없었다고 해도 그라면 다른 사람의 사진을 보낼 수도 있지. 어쨌든 내 얘기가 무슨 뜻인지 알겠지? 그러니까 루이빌의 남자에게는 형세가 불리하겠지만 조카 부부에게 있어서는 아무렇지도 않았던 거야.”

우리들은 한동안 생각에 잠겼다. 잠시 후 밀루너 경감이 갑자기 공포에 질린 듯한 표정을 지으며 외쳤다.

“전보! 당신은 전보가 그녀의 조카가 친 것이라는 걸 증명했습니다. 그 불쌍한 아주머니는 그 전보를 받았을 때 어떤 기분이 들었을까요? 이 세상에 없다는 걸 알고 있는 남자로부터 온 전보! 그녀가 공포에 질려 당황했던 것도 무리는 아니죠.”

나는 그 이야기를 받아 말했다.

“그녀는 뭐가 어떻게 되고 있는지 몰랐어요. 마치 자신의 백일몽이 갑자기 눈앞에서 현실이 되어 버린 듯했겠지요. 그래서 그녀는 부끄러운 나머지 조카 부부에게 진실을 밝힐 수가 없었던 겁니다.”

“만일 그 사실을 밝히기만 했다면…….”

밀루너 경감은 머리를 끄덕이며 말했다.

"그 두 사람은 그런 짓을 안 했겠지요. 그럴 필요가 없었을 테니까요."

"그래요, 밝히기만 했다면……."

어머니가 말했다. 그 목소리는 진지하면서도 부드러웠다. 어머니의 그런 부드러운 목소리를 들은 것은 내가 아직 아이였을 무렵, 폐렴에 걸려 몹시 아픈 나를 어머니가 철야로 간호해 주었던 이후 처음 듣는 것이었다.

"자신이 독점할 수 있었던 아주 작은 사랑, 그녀가 바라는 건 그것밖에 없었어. 게다가 그것조차 생명과 바꾸지 않으면 얻을 수 없었지."

나를 보는 어머니의 눈은 부드러웠다.

"세상에는 이렇게 운이 없는 사람도 있구나."

한동안 우리는 아무 말도 없었다. 접시는 모두 비어 있었다. 어머니가 손수 만든 디저트인 애플파이는 아무도 손을 대지 않은 채로 남아 있었다. 우리는 왠지 부끄러운 비밀이 들켜 얼굴을 붉히고 있는 마가레트 아주머니가 이 테이블에 우리와 함께 있는 것 같아서 뒤끝이 개운치 않았다.

이윽고 분위기가 바뀌었다. 어머니는 고개를 들고는 웃는 얼굴로 말했다.

"괜찮겠죠, 모두? 이 마지막 5분 동안의 얘기는 없었던 걸로 합시다. 이제 디저트를 먹기로 하죠. 자, 접시를 건네줘요."

우리는 접시를 돌렸다. 밀루너 경감은 살인과에 전화를 걸었고, 셰리는 올 봄의 새로운 모자에 대한 이야기를 시작했다. 그리고 어머니가 이웃에 사는 콩고르드 부인의 재미있는 이야기를 해서 저녁 시간은 즐거운 이야기와 웃음 속에 끝났다.

그날 밤 헤어지면서 어머니와 밀루너 경감은 꽤 오랫동안 악수를 하고 있었다. 셰리와 나는 그 시간을 재고 있었다. 이윽고 어머니가 말했다.

"또 놀러 오세요. 가까운 시일 내에 꼭."

나는 그것이 단순히 의례적인 인사가 아니라는 것을 알았다. 그리고 엘리베이터가 내려가는 동안 밀루너 경감은 자꾸만 고개를 끄덕이며 말했다.

"멋있는 분이야, 정말 멋있는 분이야."

다음날 아침, 나는 어머니에게 전화를 걸어 슬며시 물어보았다.

"멋있는 사람이죠, 밀루너 경감님 말이에요?"

"아! 그 분! 좋은 분인 것 같아. 하지만 너무 마르셨던데? 맛있는 저녁을 두세 번 더 드셔야겠더라."

어머니의 목소리는 짐짓 태연했다.

초록빛 얼음 / 스튜어트 파머

Green Ice

• 스튜어트 파머(1905~1963)

Stuart Palmer

1905년 6월 21일 위스콘신 바라브에서 출생. 시카고 미술대학과 위스콘신 대학을 나와 20세에 쓴 첫 단편이 〈칼리지 유머〉지에 팔렸다. 첫 장편은 1931년 「The Penguine Pool」로 노처녀 탐정 힐데가드 위저스가 등장한다. 그는 헐리우드에서 팔콘, 론 울프, 불독 드라몬드 등 미스테리 영화 각본을 37편 썼다.

그의 트레이드 마크는 그가 그린 애교 있는 펭귄이다. 추리작가, 시나리오 작가로 유명함.

초록빛 얼음

비 내리는 토요일 오후 맨하턴 57번가에는 사람의 왕래가 뜸했다. 하지만 엷은 갈색의 레인코트 차림의 한 남자에게는 그 적은 수의 사람들조차 신경이 쓰였다. 그는 그 부근을 서성거리다가, 큐빛 단추가 반짝이는 제복을 입은 경찰관이 모퉁이에 있는 담배 가게 안으로 사라지자, 모자를 깊게 눌러쓰고 '반더보크 보석상점 창립 1890년 파리'라는 상호가 씌어 있는 쇼윈도우 쪽으로 발걸음을 옮겼다.

그 남자는 흰 종이로 싼 쇼윈도우 유리를 깨고 다이아몬드를 훔쳐 재빨리 달아났다.

도난방지 경보기가 신경을 마비시킬 정도로 요란하게 울려대기 시작했고, 레인코트의 남자는 때마침 그곳을 지나가고 있던 소형 로드 스타에 올라탔다. 차를 운전하고 있는 사람은 선글라스를 낀 금발의 여인이었다. 로드 스타는 속력을 내기 시작했다. 그때 모퉁이 담배 가게에서 제복을 입은 경찰관이 뛰어나와 멈추라고 소리치며 권총을 꺼내려고 했다. 바로 그때, 날카롭고 메마른 총소리가 났다. 그와 동시에 경찰관은 젖은 길바닥에 쓰러졌고, 자동차는 끼익

소리를 내며 모퉁이를 급회전하여 북쪽으로 사라졌다.

비명에 가까운 사이렌 소리가 고막을 찢을 듯한 경보기 소리와 겹쳐졌다. 빗물이 홍건한 차도 가장자리에 쓰러진 경찰관 옆에 순찰차가 다가와 급정거했다. 그 뒤를 이어 도착한 구급차에서 한 의사가 급히 뛰어내려 쓰러진 경찰관을 잠시 살펴보고는 고개를 저으며 말했다.

"죽었습니다."

사건 현장에는 많은 사람들이 몰려들어 보석상점 앞에 흩어져 있는 유리 조각을 밟으며 웅성거리고 있었다. 그곳 경찰서의 형사들은 사고 현장을 조사하고 있다가 북부 도난 특별수사반의 경감보가 나타나자 그에게 자리를 내주었다. 잠시 후, 경찰본부의 검은색 대형차가 그곳에 도착했다. 약간 마르고 다부진 체격의, 머리가 희끗희끗한 아일랜드인이 금색 배지를 오른손에 들고 차에서 내렸다. 경찰은 근무 중에 경찰관이 살해를 당하면 그 사건에 촉각을 곤두세우기 마련이다.

보석을 도난당한 가게 안을 어두운 표정으로 들여다보고 있던 경감보가 뒤로 돌아서며 자기 소개를 했다.

"경감보 그로스코프입니다. 도난 특별수사반 소속입니다."

"난 파이퍼 총경일세. 그리고 이쪽은 메인즈 형사부장."

경찰본부에서 온 그는 차를 몰고 온 남자를 자신과 함께 소개시켰다. 그 메인즈라는 남자는 진지하고 성실해 보였다.

"우린 별 도움이 안 될 걸세. 오히려 방해가 될지도 모르겠군. 그러니까 우리에게 신경쓰지 말게."

경감보가 사건을 대충 설명했다.

"항상 일어나는 사건과 비슷한 수법입니다. 다른 것이 있다면 이번 사건은 범인이 도주하면서 샘 보드리 경찰관을 죽였다는 것

정도이고…….”

“그런가……? 그건 그렇고, 보석상점 유리도 이젠 안전 유리로 바뀔 때가 되지 않았나?”

파이퍼가 말했다.

“목격자는?”

그로스코프 경감보는 어깨를 으쓱하며 가게 안을 가리켰다.

“카네기 홀의 도어맨과 여자가 한 사람 있습니다.”

그 두 사람의 이야기에는 그다지 신통한 게 없다는 태도였다. 총경은 문 쪽으로 걸어가다가 깜짝 놀랐다. 귀에 익은 여자의 목소리가 시끌벅적한 사람들 속에서 들려왔기 때문이다.

“저기, 오스카…….”

총경은 두리번거리며 자신을 부르고 있는 목소리의 주인공을 찾았다. 차가운 느낌을 주는 한 여인이 사람들을 헤치며 출입금지를 나타내는 로프 밑을 빠져나와 검은 우산을 흔들면서 그에게 다가왔다. 그녀가 쓰고 있는 모자는 어딘지 이색적인 분위기를 풍겼다.

“오스카, 얘기 좀 해요.”

“뭐야, 당신이었군!”

총경은 시큰둥한 목소리로 중얼거리며 위저드를 쳐다보았다.

“언젠가 당신의 무전기를 부숴 버리겠소, 조심하시오.”

“경찰의 무전 연락을 엿듣고 온 게 아니에요.”

국민학교 교원인 미혼의 위저드는 볼멘 소리로 말했다.

“마침 이 근처에서 아파트를 찾고 있었는데 사이렌 소리가 들려서…….”

“그래요? 잘 알겠으니 이제 돌아가시오.”

그때 그로스코프 경감보가 흰 종이에 싸인 벽돌을 들고 왔다. 종이가 벌어진 틈으로 축하용의 빨간 끈과 금색 스티커가 삐져나와 있었다.

"범인이 사용한 것일까요?"

위저드는 그 벽돌에 상당한 흥미를 보였다. 파이퍼는 벽돌을 손에 들고 무게를 가늠해 보다가 형사부장에게 잘 보관해 두라며 건네주었다.

"형사 흉내는 이제 그만 내시오, 힐드거드 위저드. 쓰고 버린 벽돌 같은 걸 조사해 봤자 뭐 하겠소."

목격자를 찾아볼 생각으로 총경은 보석상점 안으로 들어갔다. 형사부장은 언제라도 메모할 수 있도록 수첩을 들고 그의 뒤를 따라갔고, 위저드는 그들의 눈에 띄지 않으려는 듯 조심스럽게 그들의 뒤를 밟았다.

목격자로부터 얻은 것은 별로 없었다. 존 애쉬라는 이름을 가진 카네기 홀의 도어맨은 경보기 소리와 총소리가 들려 바깥쪽을 돌아보니 막 달리기 시작한 로드 스타 같기도 하고 포드에서 만든 1938년형 쿠프 같기도 한 자동차가 보였다고 했다.

"너무나 갑작스런 일이라서…… 하지만 차를 운전하는 선글라스를 낀 여자는 보았습니다."

미샤 리 스미스라는 여자는 얼마 전까지 조지아주의 사반나에서 살다가 현재는 뉴욕에서 바이올린을 배우고 있다고 했다. 뉴욕에서의 생활은 그녀에게 크나큰 모험이었다.

"저는 그때 택시비를 아끼려고 걸어가고 있었어요. 그런데 뭔가 깨지는 소리와 함께 경보기 소리가 들렸어요. 고개를 들어 보니 그곳에 웬 남자가 한 명 있었어요. 덩치가 크고 피부가 까무잡잡한 사람이었죠. 그는 차도로 뛰쳐나와 차에 타더니 달아나 버렸어요. 아, 정말 무서웠어요!"

미샤 리는 겁이 나는 듯 어깨를 조금 들썩이며 사건 당시 상황을 이야기했다. 그녀는 자동차의 모양에 대해서는 확실하게 이야기하지 못했지만 범인의 인상에 대해서는 자신이 있는 듯했다.

"키가 매우 컸어요. 여기 계시는 분들보다는 더 컸던 것 같아요."

"자, 이제 돌아가셔도 좋습니다. 여기 있는 형사부장에게 이름과 주소를 말씀해 주십시오."

파이퍼 총경이 그렇게 말하며 돌아섰을 때 눈앞에는 힐드거드 위저드가 서 있었다.

"이번에는 또 뭘 찾고 있는 거요? 내가 말했을 텐데……."

총경이 물었다.

"아무것도 아니에요, 오스카. 뭘 찾고 있는 게 아니에요."

위저드가 말했다. 그녀는 뭔가를 잠시 생각하는 듯했다.

'미샤 리 스미스의 주소와 전화번호를 저렇게 작은 수첩에 대충 써 둘 게 아니라 공부용 수첩에 잘 적어두는 게 좋을 텐데…… 내가 이래라 저래라 할 수도 없는 일이고……'

마지막 목격자는 이 보석상의 주인인 반더보크였다. 멋을 낸 구두를 신었고, 어깨가 좁은 남자였다. 가게 안의 사람으로서 범인의 얼굴을 살짝이나마 본 유일한 사람이었지만 그는 아무것도 알지 못했다.

"저는 종업원들과 가게 안쪽에서 내일 있을 기념 세일을 준비하고 있었습니다. 유리가 깨지는 소리가 나길래 내다보니 모자를 쓴 남자가 진열대에 있는 물건을 훔치고 있는 게 보였습니다. 그 남자는 금세 사라져 버렸구요."

반더보크는 어깨를 으쓱했다.

"다행히 진열대에 있던 것 중에 제일 비싼, 상처 하나 없는 25캐럿짜리 에머랄드는 그 도둑놈이 미처 보지 못했나 봐요. 그리고 도난당한 다이아몬드는 보험에 들어둔 겁니다."

"25캐럿이나 되는 에머랄드를 놓고 가다니, 이상하군."

파이퍼는 그 점이 신경쓰였다.

"어쨌든 좋습니다. 없어진 보석의 목록과 특징을 써 주시죠."

파이퍼는 돌아서며 형사부장을 불렀다.

"제가 목록을 만들어 드리겠어요. 형사부장님은 바쁘시니까요."

위저드가 재빠르게 자청하고 나섰다.

파이퍼 총경은 오늘 신경이 매우 날카로워져 있었다.

"필요 없소, 힐드거드!"

그는 엄지손가락으로 문 쪽을 가리키며 힐드거드를 노려보았다.

"형사부장!"

"오스카, 할 얘기가 좀 있는데……."

위저드는 이야기를 계속했으면 했다.

"나중에 하시오, 힐드거드. 이제 돌아가란 말이오!"

총경은 그녀에게서 등을 돌렸다. 위저드는 어깨를 으쓱하고는 문 쪽으로 발길을 돌렸다.

"형사부장, 목격자의 얘기도 다 들었으니 이제 도둑맞은 물건의 목록을 작성해 주지 않겠나?"

총경이 지시하고 있을 때, 경찰관 한 명이 다가와 경찰본부장에게 전화가 왔다고 전했다.

"시작됐군."

오스카 파이퍼는 신음하듯이 말했다. 그는 주위를 돌아보며 잠시 생각했다.

"그렇지, 방금 나갔다고 전해 주게."

총경은 문 쪽으로 가다가 잠시 멈추어 서서 목격자인 미샤 리 스미스를 경찰본부의 리무진으로 집까지 데려다 줄 필요는 없다고 형사부장에게 말했다.

총경은 위저드에게 정중히 사과했다.

"사과하는 뜻에서 내가 커피 한 잔 사겠소. 이런 일이 생기면 우리 경찰은 다들 신경이 곤두선다는 것을 이해해 주길 바라오. 경찰관이 순식간에 살해당하고, 범인에 대해선 아는 게 하나도 없으니, 원."

"어때요, 오스카?"

기분을 조금 가라앉힌 위저드는 약국 벤치에 앉으며 물었다.

"목격자들은?"

"별로 도움이 안 돼요. 확실한 건 범인이 키가 크고 까무잡잡한 사람 같았다는 얘기뿐이었소……."

그녀가 알겠다는 듯 고개를 끄덕이자, 총경은 단호하게 이야기의 마무리를 지었다.

"그러니 처음부터 다시 시작해야 하는 거요."

"잘은 모르겠지만……."

위저드는 컵에 담긴 커피를 들여다보면서 말했다.

"범인은 나이가 30에서 40 정도이고, 키는 약 170센티미터 정도예요. 사건 당시 엷은 갈색 레인코트에 검은 모자를 눌러쓰고 있었는데 경찰과 잘 아는 노련한 도둑이지요. 보석 도둑으로는 아직 풋나기구요. 그리고 좀 이상한 유머 감각을 가진 제멋대로인 사람이에요. 그리고 또……."

총경의 컵이 받침 접시에 부딪히며 가볍게 딸각거렸다.

"어떻게 그런 걸……?"

"초보적인 거예요, 오스카. 그렇게 제멋대로인 사람이 아니고서는 누가 그렇게 선물이랍시고 벽돌을 종이에 싸서 생일 축하 스티커를 붙이고 그러겠어요? 그 보석상이 개점한 지 15주년 기념 선물이었지요. 범인은 산전수전 다 겪은 프로예요. 생각해 보세요. 범인의 그 재빠르고 능숙한 솜씨를 말이에요. 아마 경찰이 수배 중인 범인일 거예요. 그렇지 않다면 그렇게 총까지 쏘면서 필사적으로 도망갈 필요는 없었을 테니까요. 초범이라면 정상 참작이 돼서 형이 가벼워질 수도 있겠지만요. 그리고 아까 말했듯이 범인은 보석 도둑으로는 아직 풋나기예요. 그 큰 에머랄드를 빼먹고 간 걸 보면 말이에요, 그렇지 않아요?"

파이퍼는 천천히 고개를 끄덕였다.

"기막힌 추리요. 하지만 그 밖에 키라든가 나이 같은 것은……?"

"그건 추리한 게 아니에요."

위저드는 파이퍼를 쳐다보며 커피를 한 모금 마시고 말을 이었다.

"거기서 직접 봤으니까요. 내가 길모퉁이를 막 돌고 있는데 범인이 차에 타고 있는 게 보였어요. 어머, 그런 눈으로 보지 말아요. 아까부터 당신에게 얘기해 주려고 했었잖아요. 어쨌든 40세 이상이라면 그 범인처럼 민첩하게 차에 탈 수 없었을 거예요. 방향이 반대였기 때문에 범인과 운전사의 얼굴은 볼 수가 없었어요. 하지만 그 범인의 키는 알 수 있었죠. 큰 키는 아니었어요."

"나쁘진 않군요, 힐드거드. 괜찮은 정보요."

오스카 파이퍼는 항복하지 않을 수 없었다.

"그건 그렇고, 만일 당신이 덫을 놓고 범인을 잡는다면 어떻게 하겠소?"

"보석상마다 경찰관들을 배치해 두면 어떨까요? 아니면 길 건너편이라든가……."

파이퍼는 고개를 저었다.

"그렇게 되면 범인은 겁을 먹고 나타나지 않을 거요. 나는 이 연속 도난을 근절시키고 싶을 뿐만 아니라 샘 보드리를 죽인 그 놈을 꼭 잡고 싶소. 아마 범인은 또 다른 곳을 덮칠 거요. 미들 타운의 5번가나 메디슨 또는 이 거리에 있는 큰 보석상 중의 한 곳을 노리고 말이오.”

총경은 갑자기 손가락을 튕겼다.

“아, 그렇군! ‘티파니’라든가 ‘블랙 스타 & 골람’ 같은 일류 보석상들은 모두 이 블럭 안에 있소. 모두 경비회사에 연결된 경보기를 갖추고 있죠. 그 경보기를 경찰본부의 무선 지령실에 연결시켜야겠소. 순찰차나 오토바이를 대기시켜 놓으면 다음 번에는 쇼윈도우가 깨져서 경보기가 울릴 때 30초 이내에 그 주변 전체에 비상선을 칠 수가 있소. 그러면 아무도 그 밖으로 나갈 수도, 그 안으로 들어올 수도 없게 될 거요. 우리는 비상선을 좁혀 가며 그 안에 있는 사람 전원을 조사해서 전과가 있는 놈이나 수상한 사람을 가려내는 거요.”

파이퍼는 입기에 웃음을 머금었다.

“일종의 포위망이오.”

“일종의 복주머니군요.”

위저드는 파이퍼의 말을 흉내내었다.

“불평하는 사람들이 있을 텐데요?”

“샘 보드리를 죽인 놈을 잡을 수만 있다면…….”

오스카 파이퍼는 경찰본부장에게 제출할 구체안이 생겨 기분이 좋아졌다. 그는 위저드에게서 5센트짜리 동전을 빌려 근처에 있는 공중전화 박스로 전화를 걸러 갔다.

다음날 아침, 신문에는 ‘경찰관 살해자 아직 잡히지 않아’라는 머릿 기사가 났다. 그 기사를 읽고 난 파이퍼 총경은 기분이 그다지 좋지 않았다. 기사가 잘못 씌어져 있었기 때문이 아니었다. 샘 보드리가 길바닥에 엎어져 있는 사진을 비롯해서 미샤 리 스미스의 이야기를 근거로 만든 살인자의 몽타쥬까지 신문은 그 사건에 대해서 빠짐없이 보도하고 있었다. 다이아몬드만 훔치고 그보다 더 고가인 에머랄드는 내버려 둔 범인을 놀리는 듯한 문장도 있었다. 기사의 끝부분에는 경찰이 계획하고 있는 '포위망'까지 자세하게 해설되어 있었다.

그는 입에 문 담배의 맛을 더 이상 느낄 수가 없었다. 사냥감에게 이렇게 미리 예고를 해서는 포위망도 별 효과를 거둘 수 없을 것이다. 파이퍼는 틀림없이 힐드거드가 기자들에게 정보를 흘린 것이라고 생각했다.

그는 책상 위에 손을 뻗어 '힐드거드에게서 전화, 저녁 식사건으로'라고 씌어진 메모지를 찢어 버렸다. 파이퍼는 이제부터 포위망 계획을 보다 완벽하게 짜리라고 결심했다. 그보다 나은 대안은 없었기 때문이다. 5시경에 위저드에게서 전화가 왔으나, 그는 받지 않았다.

평소에는 쾌활한 성격의 총경이 그런 좋지 않은 감정을 다음날까지 품고 있는 일은 좀처럼 없었는데, 이번의 감정은 좀 특별했다. 책상 위에는 죽은 샘 보드리의 사진이 핀으로 고정되어 있었는데, 그것이 범인에 대한 원한을 더욱 깊게 했다. 이틀 후에 열린 장례식에 익숙치 않은 양복을 입고 경찰본부의 일행과 함께 참석해서 샘 보드리를 애도하는 마지막 기도를 들을 때에도, 그의 감정은 삭아 들지 않았다. 장례식 도중에 사람 좋은 저드 경감이 다가와 귓속말을 했다.

"이번 사건 말야, 아직 결말이 안 났다면 그 여선생한테 말해 보지 그래? 자네와 친한 것 같던데 말야."

보석 도난이 난 지 4일 후인 월요일, 위저드는 또 57번가를 유유히 걷고 있었다. 반더보크의 쇼윈도우는 이제 원상 복구가 되어 있었고, 찬란하게 빛나는 보석은 다시 사람들의 눈을 끌고 있었다. 그리고 그 가운데에는 초록빛의 큰 에머랄드가 박힌 반지가 자리잡고 있었다.

그녀는 완고한 아일랜드인 파이퍼를 도와주고 싶었으나 그 일에만 신경쓰고 있을 수는 없었다. 그녀는 자신이 시작한 일 하나를 먼저 정리해 놓고 싶었다. 그 일이란 자신의 수입에 맞는, 지하철역이 가까운 아파트를 구하는 일이었다.

57번가의 모퉁이를 돌아 얼마 떨어지지 않은 곳에 개조된 갈색 시멘트 건물이 하나 있었다. 사건 당일 그 건물을 밖에서 살펴보고 있을 때 어디선지 요란한 사이렌 소리가 들려와 무슨 일인지 알아보느라고 자세히 알아보지를 못했던 일이 생각났다. 지금 그녀는 그때와 같은 길로 걸어와 깨끗한 글씨로 '새롭게 단장한 아파트, 문의는 관리인에게'라고 써 있는 간판 앞까지 왔다. 현관이 열려 있어서 1층의 거실이 훤히 들여다보였다. 페인트공의 사닥다리, 벽지를 바를 때 쓰는 롤과 페인트가 들어 있는 크고 작은 통들, 천장이나 벽에 바르는 회반죽, 그리고 배관설비 등이 여기저기 어지럽게 널려져 있었다.

그 한가운데 한 젊은 여자가 서 있었다. 그녀와 위저드는 동시에 같은 말을 했다.

"아파트를 찾고 있는데요, 소개소에서 오셨나요?"

두 사람은 입을 다물고 눈을 깜박이다가 미소를 주고 받았다. 젊은 여자가 고개를 갸웃하며 말했다.

"어머, 당신이었군요."

미샤 리 스미스, 도망가는 보석 도둑을 실제로 본 중요한 증인이

었다. 두 사람은 이렇게 만나게 되다니 이런 우연도 있느냐며 이야
기를 주고 받았다.

"결국……."

미샤 리가 말했다.

"이 근처에서는 방이 비어 있는 괜찮은 건물은 여기뿐인 것 같아
요. 요새는 그 사건으로 이 근처가 좀 소란스러워지긴 했지만
요."

그녀는 그곳에서 소개소 사람이 나타나기를 기다리고 있었다. 문
에는 '밖에서 점심식사 중, 30분 후에 돌아오겠습니다.'라고 씌어
있었지만 언제부터 시작해서 30분 후인지는 씌어 있지 않았다.

위저드가 말했다.

"어차피 아파트가 마음에 들고 안 들고는 소개소 사람이 있으나
없으나 마찬가지 아닐까요? 난 2층에 좀 가 볼게요."

미샤 리도 함께 2층으로 갔다. 그녀는 지금 워싱턴에 살고 있는
데, 사람을 초대해도 좋을 만한 아파트를 물색 중이라고 했다.

"그 젊은 미남 형사부장을 집에 초대라도 하려구요?"

위저드의 물음에 미샤 리는 요새 젊은 여자답지 않게 금세 얼굴
을 붉혔다. 두 사람은 2층 방을 들여다보았다. 그곳에 있는 베네시
언 블라인드와 큰 난로가 마음에 들고, 또 광택이 나는 대형 냉장고
가 있어서 두 사람은 매우 흡족했다.

"이 정도 냉장고라면 한꺼번에 많은 얼음을 만들 수 있겠네요."

미샤 리의 말이었다.

위저드는 번들거리는 상아색의 벽이 눈에 거슬렸다.

"안쪽으로 쑥 들어가 있는 곳이라 그런지 생각보다는 조용한 아
파트인 것 같군요."

그 말이 끝나기가 무섭게 그 조용한 아파트가 소란스러워졌다.

또다시 사이렌이 울리기 시작한 것이었다. 이윽고 순찰차가 거리에 나타나 사건이 일어났음을 알렸다. 그 순찰차는 또 다른 사이렌 소리에 냄새를 맡은 사냥개처럼 이곳으로 온 것이다.

위저드는 그 소리를 듣고 계단 쪽으로 달려가다가 멈추어 서서 자신을 억제하려고 노력했다.

"저렇게 시도 때도 없이 멋대로 울려대는 사이렌 소리에는 이젠 넌덜머리가 나요."

"하지만 저렇게……."

미샤 리가 말했다.

젊은 미샤 리는 두근거리는 가슴을 진정시키며 경찰의 움직임에 감탄하고 있었다.

"나도 한때는 그런 기분이 되곤 했지요."

위저드는 솔직한 기분을 털어놓았다.

"하지만 지금은 바보들이 모인 집단이 경찰이라고 생각하고 있어요."

"다 그렇다고는 할 수 없지 않을까요?"

미샤 리가 단호하게 말했다. 그녀는 계단 쪽으로 조금씩 다가서더니 갑자기 맹렬한 기세로 계단을 뛰어내려갔다. 그리고 거의 다 내려가서 넘어졌는데, 넘어지면서 핸드백 속에 들어 있던 것들이 바닥에 다 쏟아졌다. 위저드가 그녀를 일으켜 주며 말했다.

"그래요, 그 형사부장은 이 사건에는 관여하고 있지 않을지도 모르지요."

미샤 리는 툭툭 털며 일어나더니 밖으로 나갔다. 위저드는 그녀의 뒷모습을 보며 사이렌 소리를 쫓아 밖으로 나가려는 자신을 최대한 자제했다. 이윽고 젊은 나이에 머리가 벗겨진 소개소 사람이 껌을 씹으며 모습을 나타냈다.

“리치, 알 리치라고 합니다.”

그 남자는 간단히 자기 소개를 했다.

“늦어서 미안합니다. 방금 그 소리 들었죠? 점심을 먹고 돌아오다가 57번가 쪽이 좀 소란스럽길래 무슨 일인가 알아보려다가 그만……..”

위저드는 꾹 참고 그의 이야기를 들었다.

“뭐, 대단한 일은 아니었어요. 어떤 놈이 반더보크의 쇼윈도우를 깨고는 에머랄드가 박힌 반지를 훔쳐갔다는군요.”

“범인은 잡혔나요?”

“네에?”

위저드가 눈을 깜박이며 물었다.

리치는 고개를 저었다.

“모퉁이를 돌더니 없어졌대요. 그래서 경찰이 이 일대를 포위했다고들 그러더군요. 손님도 돌아가실 때 검문 좀 당하실걸요.”

“예?”

위저드는 눈을 동그랗게 떴다.

리치는 이야기를 계속했다.

“그건 그렇고, 이 아파트 말인데요, 하루나 이틀이면 페인트칠과 내부 장식이 끝날 겁니다. 되도록 많은 사람을 보내 달라고 전화해 뒀어요. 방값은 1년 계약으로 85달러지요. 그리고 페인트 색깔을 바꾸시려면 지금 말씀해 주세요.”

위저드가 망설이고 있자, 리치가 고개를 갸웃거리며 말했다.

“맨 위층은 좀 싸게 해 드릴 수 있는데, 75달러면 어때요? 벽에 칠한 것은 조금 짙은 색이고, 바닥은 깨끗하고 잘 닦여져 있구요.”

위저드는 맨 위층이라면 계약할 생각이 없었다. 하지만 한 번쯤 구경한다고 해서 손해 볼 것은 없었다.

"먼저 가시죠."

리치가 말했다.

"저는 좀 여기 있다가, 페인트공들이 나타나면 점심 시간을 너무 많이 잡아먹었다고 한마디해 줘야겠어요."

그는 그렇게 말하며 문 쪽으로 돌아섰다. 문 밖에서는 트럭이 움직이고 있었다.

힐드거드 위저드는 계단을 올라가 3층에 도착했다. 문을 열고 안으로 들어갔다. 그녀는 미래의 자기 집에 인사라도 할 생각이었는데, 순간 입가에 머금었던 밝은 미소가 싹 사라지고 숨이 턱 막히는 것을 느꼈다. 위저드는 젖은 바닥을 걷는 고양이처럼 조심스럽게 거실로 들어갔다.

크림색의 하얗고 부드러운 거실 벽 표면에 크고 푸른 눈이 그려져 있었다. 그 눈은 벽에 붙인 널빤지에 새빨간 눈물을 흘리고 있었다. 그 옆에는 뿌리 대신 연어의 꼬리를 그려놓은 핑크빛 나무가 있었다. 뜨거운 버터 스카치처럼 부드럽게 휘어진 나뭇가지 한쪽에는 바늘이 5시를 가리키고 있는 회중시계가 있었다.

위저드는 뒤로 물러서 방안 풍경을 잠시 바라보았다. 삼류 초현실주의자의 방 같았다. 그녀는 문득, 방안에 누군가의 기척을 느꼈다. 바로 옆에 한 남자가 서 있었는데, 그녀의 목덜미에다 가쁜 숨을 내뿜고 있었다. 흰 바탕에 줄무늬가 그려진 작업복을 입고 한 손에는 페인트통을 들고 있었다. 얼굴에도 여기저기 페인트가 묻어 있었다.

"솔직한 감상을 말해 봐!"

그는 벽을 향해서 손을 흔들며 그녀에게 물었다.

"내 솜씨가 어때?"

“아, 그러니까⋯⋯.”

위저드는 웃음 소린지 비명인지 모를 소리를 내며 뒤로 물러섰다. 그는 취해서 이러는 게 아니었다. 그에게서는 알코올 냄새가 아니라 아마인유(油) 냄새가 났던 것이다.

“가지 마.”

그는 탁한 목소리로 애원하듯 말했다.

“이제 벽에 그림 그리는 일도 싫증이 났어. 너한테 페인트를 발라 줄게. 온 몸에 하늘색 페인트를 발라 주고 싶어. 머리는 연두색이 좋겠지?”

그의 얼굴에서 미소가 사라졌다. 그는 눈을 크게 뜨며 위저드에게로 다가왔다.

“아프게 하지 않을 테니 가만히 있어.”

그 남자의 앞을 지나 문 쪽으로 가는 것은 무리였다. 위저드는 갖고 있던 우산을 창처럼 머리 위로 쳐들었다.

“비켜요!”

“소리지르지 마!”

그녀는 비명을 질렀다. 째지는 듯한 소리였다. 그 소리가 텅 비어 있는 방안에 공허하게 메아리쳤다.

“가만히 있어!”

그는 그녀에게 던지려는 듯 페인트통을 치켜들었다.

“리치씨!”

위저드는 큰 소리로 외쳤다. 계단에서 발소리가 났다. 그 남자는 무서움에 꼼짝도 못 하고 있는 그녀를 무시하고 문 쪽을 보면서 누군가 나타나기를 기다렸다. 상황을 마냥 즐기고 있는 듯했다. 그는 통을 들어올렸다.

“위험해요!”

위저드가 소리쳤다. 아무것도 모르는 리치는 방으로 뛰어들었다. 그는 방안의 상황을 파악하고 멈추어 섰지만 이미 페인트를 뒤집어 쓴 후였다. 그는 비틀거리며 눈을 비볐다. 그리고는 문 쪽으로 가다가 발을 헛디뎌 계단으로 굴러떨어졌다.

그 이상한 남자는 위저드가 있는 쪽으로 돌아섰다. 그녀는 그 틈을 타서 욕실 안으로 도망쳐 들어가 문을 잠그었다.

"이리 나와!"

그는 문고리를 거칠게 돌리며 소리질렀다.

"아프지 않다니까! 이 문 열라구!"

그는 계속 문을 두드려대고 있었다. 그때 리치는 페인트공 두 명과 함께 근처를 순찰하고 있던 경찰을 불러 계단을 올라오고 있었다. 위저드는 그 남자가 숫적으로 우세한 그들에게 굴복당해 페인드두성이의 바닥에 쓰러지고 나서아 문을 열고 밖으로 나왔다.

구급차가 도착했다. 의사는 환자를 힐끔 보고는 곧 주사기를 꺼냈다.

"스코폴아민."

의사는 일을 즐기고 있는 듯 표정이 밝았다.

"그리고 수면제를 써야겠군."

"그러면 나을 수 있나요?"

위저드가 물었다.

"납중독 말입니까? 그럼요, 낫지요. 유산마그네슘으로 위를 잘 씻어내면 한 1주일쯤? 어쩌면 그보다 더 빨리 완치될 수도 있습니다. 이 병에 걸리는 페인트공이 많아요. 페인트에 들어 있는 납 때문이지요. 망상 같은 게 생겨요. 가벼운 조울증으로 나타나는 일도 종종 있습니다."

"가볍다구요?"

위저드는 아까 당했던 일을 생각하면, 의사의 말에 화가 나지 않을 수 없었다. 그녀는 진정하려고 애를 쓰면서, 바닥에 질펀한 페인트를 밟으며 밖으로 나가려다 문 앞에서 딱 멈추어 섰다. 오스카 파이퍼 총경이 젊은 형사부장과 경찰관을 대동하고 계단을 뛰어올라오고 있었던 것이다.

"구급차는 밖에서 무엇을 하고 있는 거요? 도대체 여기서 무슨 일이……?"

"이렇게 와 주시다니 친절도 하시지. 한 10분밖에 안 늦으셨어요."

위저드는 짐짓 부드러운 목소리로 말했다.

총경은 사정을 듣고는 고개를 저었다.

"힐드거드, 당신이 가는 곳에는 꼭 사고가 있군. 당신은 정말 사고 뭉치야!"

"뭐라구요?"

위저드는 계단을 내려가다가 들것이 올라오는 것을 보고 옆으로 비켜섰다. 총경이 능글맞게 웃으며 그녀를 따라왔다.

"진정해요. 다 농담이었소."

파이퍼가 말했다.

"참, 당신도! 어떻게 저런 사람과 만났소? 그 머리가 이상한 페인트공 말이오."

두 사람은 1층 거실로 내려왔다.

위저드가 단호하게 말했다.

"적어도 오늘 57번가에서 일어난 사건이 마치 내 잘못인 것처럼 말하지 말아요. 그건 순전히 우연이었다구요. 그건 그렇고, 그 포위망은 잘 되어가고 있나요?"

총경은 어깨를 으쓱했다.

“아직 모르겠소. 하지만 범인은 이제 다 잡힌 거나 다름없소. 당신이 신문에 아무리 다 폭로해도 말이오.”

“그거 잘됐군요.”

그녀의 목소리가 부드러워졌다. 그러나 잠시 후, 그녀는 놀란 말처럼 목을 쑥 빼며 말했다.

“내가 신문에 뭘 어떻게 했다구요?”

총경은 고집스럽게 같은 말을 반복했다. 그녀는 뾰로통해져서 그 자리에 굳은 듯이 서 있었고, 총경은 부하들과 의사와 함께 협의를 시작했다. 구급차에 실린, 머리가 이상한 페인트공의 신원에 대해 다소의 문제가 있는 듯했다.

“당분간은 신원불명으로 병원에 넣어두시오. 메인즈, 직업 소개소와 페인트공 조합에 연락해서 신원을 알아봐 주게.”

총경은 위저드 쪽으로 몸을 돌렸다.

“어이, 어디 가는 거요?”

“돌아가겠어요!”

그녀가 단호하게 말했다.

“그럼 검문을 피할 수 있게 메인즈 형사부장과 같이 가도록 하시오.”

“당신 신세는 지고 싶지 않아요!”

그녀는 딱 잘라 거절했다.

“내가 신문에 다 떠들었다고 생각하다니!”

“아니었소?”

파이퍼가 어깨를 으쓱하며 물었다.

“경찰 외에는 포위 작전에 대해 아무도 모르오. 당신과 본부장을 빼고는…….”

“그래요, 내가 다 말해 버렸어요! 나는 기자 분들을 셀 수 없을

정도로 많이 알고 있어요. 그리고 난 정치에도 관계하고 있기 때
문에 신문사에 잘 보여야 된다구요.”

드디어 그녀의 화가 폭발했다.

총경은 뭔가 말하려고 했으나, 그녀는 들으려고 하지 않았다.

“그래요, 당신이 맞아요, 오스카 파이퍼. 저녁 약속을 펑크내기나
하고! 좋아요, 어디 한 번 당해 보세요. 다 자업자득이니까. 자,
이제 당신이 그렇게 애지중지하는 그 포위망인지 뭔지로 돌아가
세요. 어떤 사냥감이 잡힐지 기대되네요. 그리고 실패하더라도
날 찾아오지 말아요!”

“이것 참, 아픈 데만 골라서 잘도 찌르시는군.”

총경이 천천히 말했다.

그의 옆에 서 있던 메인즈 형사부장은 눈을 가늘게 뜨고 돌아가
는 위저드의 뒷 모습을 바라보고 있었다.

“유감이지만 위저드의 말은 다 맞아.”

파이퍼는 그렇게 결론을 내렸다.

자신의 말이 틀린 것이 아니라는 것을 그녀도 잘 알고 있었지만
집으로 돌아가는 마음은 왠지 개운치 않았다. 게다가 검문에 걸려
핸드백 검사를 당하느라고 20분 정도 줄에 서 있어야 했다. 검문은
역시 삼엄했다.

그녀는 서부 70번가에 있는 아파트로 서둘러 돌아갔다. 1월 중에
이사가려고 결심한 아파트였다. 그날 오후는 경찰의 무선 연락을
들으며 보냈다. 오후 6시 라디오 스위치를 켜자 뉴스를 알리는 아
나운서의 목소리가 들려왔다.

‘오늘 뉴욕에서는 총잡이 크로리 체포 이래로 가장 큰 규모로 수
사가 행해졌다고 합니다.’

이 수사는 지금쯤 틀림없이 실패로 끝나고 있을 것이다.

"내가 그렇게 말했는데……."

위저드는 거울을 보고 앉으며 심드렁하게 말했다. 저녁 식사를 끝내고, 설거지를 다 마치고 난 후, 그녀는 묘한 기분에 빠졌다. 지금껏 여러 번 경험했던 마음속 깊은 곳에서 반짝이는 적신호가 느껴졌던 것이다. 그것은 어떤 찬스를 놓치고 있다는 느낌이었다. 그 적신호는 분노의 신호이기도 했다.

오후 9시, 거리에서는 신문을 파는 소년이 '경찰 살해자 되돌아오다――남은 보석을 훔치다'라는 표제가 붙은 호외를 팔고 있었다. 그리고 그 신문에는 경찰과 경찰 본부의 대폭적인 인사 개편을 다룬 기사가 실려 있었다.

얼마 지나지 않아, 벨이 울리고 총경이 나타났다. 위저드는 놀라운 기색을 전혀 보이지 않았다. 마치 그가 오리라는 것을 미리 알고 있었다는 듯이…… 총경은 초췌하고 풀이 죽은 모습이었다.

"꽃이라도 보낼까 생각했는데 꽃집이 전부 닫혀 있었어요. 그래서 웨스턴 유니온이라는 심부름 센터에 연락을 해서 나 대신 노래를 한 곡 부르게 하려고 했는데, 당신에게 어울리는 가사가 들어 있는 곡을 고를 수 없었소."

파이퍼는 힘없이 웃었다.

"알고 보니 그 얘기를 신문기자에게 흘린 것은 본부장이었어요."

"알겠어요, 무슨 얘긴지. 자, 들어오세요."

위저드는 파이퍼를 물끄러미 바라보았다.

"식사는 하셨어요?"

총경은 어깨를 으쓱했다.

"글쎄, 먹은 것 같기도 하고, 안 먹은 것 같기도 하고."

파이퍼는 안으로 들어와 의자에 몸을 깊숙이 묻었다.

"어쨌든 배는 고프지 않군요. 오늘 아침에 총경 배지를 반납했는데, 그 일 때문인지 생각도 별로 없고, 배가 부른지 고픈지도 잘 모르겠어요…… 난 이제 지서(支署)로 가게 될 거요.”

“포위 작전이 잘못됐나요?”

“그래요. 수배 중인 절도범을 서너 명 잡긴 했는데, 모두 피라미들뿐이었어요. 게다가 그 초록빛 얼음 덩어리라 불리는 에머랄드는 완전히 오리무중이고.”

위저드가 만든 스크램블 에그로 간단하게 식사를 끝낸 후, 파이퍼는 그녀에게서 담배를 피워도 좋다는 허락을 받았다. 이런 것은 그녀의 아파트에서는 좀처럼 볼 수 없는 특권이었다.

오스카 파이퍼는 날아오르듯 천천히 퍼져 가는 담배연기를 무심히 바라보며 말했다.

“먼젓번과 같은 놈이오. 이번 사건에도 그 돼먹지 못한 유머 감각을 발휘했더군요. 나와 경찰 전체를 웃음거리로 만들고 있어요.”

“제멋대로인 그 사람.”

위저드는 그의 말에 동의했다. 마음 깊은 곳에서 붉은 전구가 네온사인같이 점멸하고 있었다.

“정신이상자…….”

위저드는 크게 숨을 들이켰다.

“오스카! 당신의 포위 작전이 실패한 건, 범인이 구급차를 이용했기 때문이 아닐까요? 구급차는 검문을 받지 않았죠?”

파이퍼는 주의 깊게 그녀의 이야기를 다 듣고는 천천히 고개를 저었다.

“아니오, 다 조사해 봤어요. 그 이상한 페인트공을 의심하고 있는 거요? 그 사람, 진짜 페인트공이오. 등록도 되어 있어요. 틀림없소. 게다가 벨뷰 병원에 전화를 걸어보았는데, 중독 환자로 분

류되어 구급병동에 수용되어 있었어요.”
“그게 언제였죠?”
“글쎄, 한 시간쯤 됐을까?”
그녀는 벌떡 일어서더니 전화기가 있는 침실로 갔다. 오스카 파
이퍼는 여전히 담배만 피우고 있었다. 그녀가 전화를 끝내고 돌아
왔을 때, 긴 회색 재가 바닥에 툭 떨어졌다.
“오스카!”
위저드가 말했다.
“페인트공 조합 진료소에서 보냈다는 간호원이 그를 데리러 와
서는 20분 전에 병원에서 그 남자를 퇴원시켰대요!”
“그게 어쨌다는 거요?”
“전화번호 안내소에 전화를 걸어보았는데, 페인트공 조합 진료소
같은 곳은 없다더군요.”
총경은 넉아웃 펀치를 맞은 듯이 비틀거리며 일어났다.
“그래, 이제 알겠소. 난 경찰로 밥 먹고 살긴 애초에 틀린 놈인가
보오.”
그는 방안을 왔다갔다하며 중얼거렸다.
“잡았던 거예요! 다 잡았던 걸 그 미친 척하는 연극에 속아서 구
급차로 곱게 보내 줬어요! 나 이런!”
“에머랄드는 어떻게 됐을까요?”
위저드가 물었다.
“삼켜 버렸을 거요, 아마…… 결국 다 사라져 버렸군. 범인도 보
석도…….”
그녀는 고개를 저었다.
“그 영리한 범인이 그렇게 위험한 짓을 했을까요? 병원에서 위를
세척할지도 모르는데 말이에요. 그건 아니에요, 오스카.”

"그럼 어떻게 했을 것 같소?"

붉은 빛이 다시 마음 깊은 곳에서 빛나기 시작하더니, 이윽고 타임즈 빌딩 주위의 네온사인의 글자처럼 뚜렷한 메시지가 되어 확연히 빛나기 시작했다.

"오스카! 그 포위 작전인지 뭔지 이제 해제됐나요?"

총경은 고개를 끄덕였다.

"성과가 없으니 부하들을 원래 있던 위치로 다시 보낼 수밖에."

위저드는 어느새 모자를 손에 들고 있었다.

"자, 나가죠! 택시를 잡아야겠어요."

젊은 메인즈 형사부장과 본부차가 아래에서 기다리고 있었기 때문에 굳이 택시를 잡을 필요는 없었다. 위저드가 행선지를 말했다.

"그리구요, 사이렌은 울리지 말아 주세요! 어린애들이 피리를 좋아하듯이 여러분이 사이렌을 좋아하신다는 건 알고 있지만, 이번만은……."

차는 빨간 라이트를 번쩍이며 센트럴 파크 웨스트를 따라 내려가 콜롬부스 서클에서 왼쪽으로 돌아 달렸다. 이윽고 그 이상한 페인트공과 마주쳤던 갈색 아파트 앞에 도착했다.

"여기서 기다리고 있게."

파이퍼는 형사부장을 보고 명령했다. 위저드는 이미 계단을 올라가고 있었고, 총경도 그 뒤를 따라갔다. 정문이 반쯤 열려 있었는데, 몹시 어질러진 1층의 거실에는 푸른빛 전구가 유독 외롭게 빛을 내고 있었다. 그 전구는 특히 그들의 출현에 놀라 미샤 리 스미스를 비추고 있는 듯했다.

"아직 소개소 사람을 못 만났어요?"

위저드가 물어보았다.

미샤 리는 바싹 긴장하며 눈을 깜빡이고 있었다.

"어머, 당신이었군요! 저, 저는……."

그녀의 눈길은 문 쪽을 향해 있었다.

"아까 제가 핸드백 떨어뜨린 거 기억하시죠? 그때 방값 85달러를 잃어버렸어요. 없으면 안 되는 돈인데…… 혹시 못 보셨나요?"

위저드는 고개를 저었다. 총경이 끼어들었다.

"무슨 일이오?"

"스미스양 기억하시죠? 아파트를 구하다가 오늘 이 아파트에서 만났어요. 자주 만나네요, 스미스양."

파이퍼가 미샤 리에게 물었다.

"위층에서 누구 못 보았나요?"

"위층에는 안 가 봤어요. 깜깜하고 아무도 없어서. 그 돈은 내일 아침에나 다시 찾으러 올까 생각하고 있던 중이었어요."

"알겠어요. 그런데 이렇게 혼자 다니기에는 좀 늦은 시간인 것 같군요. 그건 그렇고……."

위저드는 이렇게 말하고는 목소리를 낮추어 말하였다.

"밖에 있는 차에 당신 친구가 타고 있어요."

위저드와 파이퍼는 손전등 빛에만 의지하며 소리가 나지 않도록 발끝을 들고 3층으로 올라갔다. 조심스럽게 문을 열고 들어가 보니, 커다란 거실에는 아무도 없었다. 거실 벽의 페인트는 아직 덜 말라 있었다. 부엌, 욕실, 침실, 화장실 모두 텅 비어 있었다.

"늦었군."

파이퍼가 말했다.

"놈은 병원에서 나와 곧바로 이곳으로 와서는 이곳에 숨겨 두었던 에머랄드를 갖고 도망친 것 같군요."

위저드의 생각은 달랐다. 두 사람은 수색을 시작했다. 이렇게 아무엇도 없는 방에 에머랄드를 숨길 곳이 있을 것 같지 않았다. 파이퍼는 싱크대 아래쪽의 배수관도 하나하나 조사했다. 난로 연기가 빠지는 통로와 베네시언 블라인드 뒤쪽도 살펴보았다. 창을 하나하나 열고 에머랄드가 창 밖에 끝으로 매달려 있지는 않은지도 확인해 보았다.

마침내 두 사람은 에머랄드 찾는 것을 그만두었다.

"저기요."

위저드가 말했다.

"스미스양에게서 뭔가 정보를 얻을 수 있을지도 몰라요. 지금 그 잘생긴 형사부장과 밖에서 얘기하고 있어요."

총경이 창 밖으로 내다보니 위저드의 말대로 두 사람이 이야기하고 있는 것이 보였다. 총경이 막 밖으로 나가려고 할 때, 위저드가 제자리에 얼어붙은 듯이 서며 조용히 말했다.

"발목에 바람이 느껴져요."

파이퍼는 그녀에게로 고개를 돌렸다.

"오스카! 누가 지금 뒷문을 연 것 같아요……."

총경은 고개를 끄덕였다. 그들은 발소리를 죽여 다시 방안으로 돌아왔다. 그는 위저드에게 자기 뒤로 숨으라고 하고는 방안의 기색을 살폈다.

"손 들어!"

등뒤에서 나는 소리쳤다.

"높이 들어, 더 높이!"

욕실 문이 열리고 몸집이 작은 한 남자가 나타났다. 키는 170센티미터 정도, 나이는 35, 6세 정도였다. 그의 입가는 기묘한 웃음으로 비뚤어져 있었다. 오른손에는 자동 권총을 들고 있었다.

"뒤로 물러서!"

그는 조용히 명령했다.

"자, 움직여. 둘 다!"

그 머리가 이상한 페인트공이었다. 그의 머리는 사실 멀쩡한 것이었다. 보석 도둑, 샘 보드리를 죽인 범인, 대기하고 있던 자동차에 가볍게 뛰어올라탄, 옅은 갈색 레인코트를 입고 있던 사나이였던 것이다.

"움직이지 마, 경찰 아저씨!"

"이런 짓을 하면 어떻게 되는지 알기나 해?"

파이퍼 총경은 천천히 그렇게 말하며 그가 시키는 대로 했다.

"그 총을 버리고 포기하는 게 어떨까? 난 너를 알고 있어. 너는 조 스윈스턴…… 스윈스턴 맞지? 스윈스턴, 틀림없어!"

어색한 침묵이 흘렀다.

"이거 곤란하게 됐군."

권총을 든 스윈스턴이 말했다.

"내 정체를 알고 있다니……. 당신은 죽어 줘야겠어. 그럴 생각은 없었는데……."

오스카 파이퍼는 태연해 보였다.

"쏠 테면 쏴 봐."

"호, 배짱이 대단하시군."

위저드는 상대가 눈치채지 못할 정도로 조금씩 움직여 창 쪽으로 다가서고 있었다. 그녀는 자신과 파이퍼가 이제껏 경험해 온 수많은 위기 중에 지금이 어쩌면 가장 위험한 순간일지도 모른다고 생각했다.

총경은 몹시 긴장하고 있었지만, 목소리만은 여유를 가장하고 있었다.

"조, 에머랄드는 어디에 숨겼지?"

스윈스턴은 총경의 질문에 넘어가지 않았다.

"알아서 뭐하겠나? 당신은 그 큰 초록빛 얼음 덩어리를 결코 찾아내지 못할 거야."

그는 입으로는 웃고 있었지만 가늘게 뜬 눈으로는 총경을 노려보며 권총을 발사할 때의 반동에 대비해서 몸에 힘을 주고 있었다.

'지금 놓치면 끝장이야.'

위저드는 그렇게 생각하며 베네시언 블라인드의 끝을 잡아당겼다. 블라인드는 커다란 소리를 내며 바닥으로 떨어졌다. 깜짝 놀란 스윈스턴은 그쪽으로 돌아서서 총을 마구 쏴댔다. 그 순간 오스카 파이퍼는 그의 배에 일격을 가했다.

"그다지 멋있는 스포츠맨 같지는 않았지만 타이밍 하나는 잘 맞추었어요, 오스카."

총경은 괴로워 몸부림치는 범인에게 수갑을 채우고는 위저드를 바라보았다.

"괜찮소?"

"이젠 걱정해 줄 여유도 생겼나요?"

그녀는 그렇게 말하며 자신의 왼편 귀 쪽 벽에 생긴 동그란 총알 구멍을 보았다. 지금 가장 그녀의 흥미를 돋우는 것은 바깥의 상황이었다. 총경도 창가로 다가와 그녀와 나란히 서서 아래를 내려다보았다.

저 아래쪽 길 위에서는 경찰본부의 패트롤카 옆에서 메인즈 형사부장이 미샤 리 스미스를 포옹하고 있었다. 기묘한 포옹이었다. 형사부장은 그녀의 팔을 그녀의 등뒤로 비틀어 올리고 있었던 것이다.

"총소리가 나자 갑자기 곤봉을 들고 덤비는 거예요!"

뜻하지 않은 변을 당한 청년 형사부장은 그렇게 투덜거렸다. 그

때 수갑을 찬 두 사람의 범인은 길 옆에서 범인 호송차를 기다리고 있었다.

파이퍼가 싱글거리며 말했다.

"자네 큰일날 뻔했네, 로미오 양반. 이 여자는 금발로 된 가발과 선글라스를 끼고 도주차를 운전하던 여자야. 우리의 추격에서 벗어나자 우리에게로 되돌아와서는 자기 남자 친구인 범인의 인상을 제멋대로 꾸며댄 거지. 내 말이 그럴 듯한가, 스미스양?"

미샤 리는 사우스 부르클린 사투리로 총경에게 욕을 퍼부어댔다.

"조용히 해."

조 스윈스턴이 그녀에게 소리쳤다.

"내버려 두게."

총경이 말했다.

"경찰이 그 에머랄드를 찾으면……."

그는 갑자기 움찔했다. 위저드가 뭔가 젖은 것을 그의 손에 떨어뜨렸기 때문이다. 총경이 스윈스턴을 1층으로 데려갈 때, 그녀는 한동안 방에 남아 있었다.

"이게 뭐요?"

"여기 계시는 스윈스턴씨는 에머랄드를 숨기는 데도 유머를 발휘했어요. 왜 진작 몰랐을까요?"

그녀는 파이퍼가 조심스럽게 들고 있는 것을 가리켰다.

총경의 손바닥 위에는 얼음이 녹고 있었다. 그 얼음 속에는 초록빛 에머랄드가 빛나고 있었다.

유령 / 실리아 데일

The Listening

• 실리아 데일(1921~   )
Celia Dale
여류작가.
「A Helping Hand」, 「A Dark Corner」, 「Helpng with Inquires」
등의 장편을 영국의 맥밀런사에서 출간했지만, 최근에는 〈윈터즈 크라
임 연간 걸작선〉이나 〈알프레드 히치콕 미스테리 매거진〉에 단편을 발
표하고 있다.
　그녀의 작품은 남편과 부인과 애인의 증오에서 범죄가 발생하는 크
라임 스토리가 많은데 그것을 현대생활의 일상적인 장면에서 그리는
것이 뛰어나다.

유령

누군가에게 이 이야기를 들려주고 싶어서 견딜 수가 없다. 그러나 누구에게 들려줄 것인가? 내가 이 이야기를 하면 듣는 사람은 어쩌면 내 정신이 이상하다고 생각할 것이다. 그렇지 않으면 니키 쪽이…….

나는 두렵다. 완전히 겁먹고 있다. 원래는 그런 성품이 아닌데도. 나는 항상 유능하고 확실한 사람이라고 일컬어졌다. 확실히 그렇다. 따라서 전부를 써 본다면 뭔가 아직 상상이라고 납득할 수 있을지도 모른다. 실제로는 그런 일이…….

니키와 사귀기 시작한 것은 2년 전이다. 나에게는 룸 메이트 여자가 두 사람 있었고, 그는 묘한 취미를 가지고 생활하고 있었기 때문에 두 사람만 있기에는 그리 간단하지 않았다. 나는 절반 정도 사람들에게 주목받고 있는 상태, 즉 타인이 바로 옆방에 있거나 30분 후에 돌아올 예정이라고 하면 대단히 친밀한 일을 할 기분이 들지 않게 된다. 니키도 태연한 척은 하고 있었지만 본심은 싫었을 것이다. 결국 우리들은 '환경이 좋은'것일까? 그는 형식을 거부했지만, 정직하게 말해서 나는 다르다. 그는 퍼블릭 학교의 말보로에서도 A

레벨의 과정을 밟지 않았고, 런던 대학의 경제학과를 중퇴했다. 대학을 그만둔 것은 팝 아트의 잡지를 내라는 꿈 같은 권유를 받았기 때문인데, 이것은 창간호로 중단되었다. 나는 집을 나와 물론 취직하고 여러 가지 코스를 밟았는데, 머리 속으로는 사실 올바른 생활을 바라고 있었다. 흥미롭고 급료가 괜찮은 일자리를 찾은 것은 그 때문이라고 생각한다.

그리고 진심을 말하자면 나는 결혼하고 싶은 것이다. 어리석다는 것은 알고 있었다. 아이라도 생긴다면, 아무튼 지금 당장 누가 일부러 결혼 따위로 결단하겠는가. 그러나 나는 역시 결혼하고 싶었다. 니키의 정식 부인이 되고 싶었다. 당연한 말이지만 한 번도 그러한 말을 꺼낸 적이 없었으며, 그와 비슷한 일조차 없었다. 그렇긴 하지만 그는 헤아리고 있었을 것이다.

나는 진심으로 그를 사랑했다. 날씬한 체격에다 힘이 센 겉모습에 반한 것만이 아니라 그의 결점까지도 사랑하고 있었다. 그는 상당히 기분파이면서 신경과민한 구석이 있었는데, 일이 진척되지 않으면 특히 그 경향이 심했다. 그런 때 그는 무뚝뚝하게 침묵하였다. 자신 안에 매몰되는 것이었다. 그것은 참을 수 없었다. 그러나 나는 그를 사랑하기 때문에 어떻게 해서든지 그의 기분을 풀어주려고 열심히 노력하곤 했다. 대개는 잘되어 갔다.

이야기를 돌리자. 나는——우리들은 방을 찾아 함께 살기로 결심했다. 처음에 그는 선뜻 응하지 않았지만 잠시 이야기를 나눈 뒤에 찬성해 주었다.

그래서 방을 찾기 시작했다. 그런데 사글세방이라는 장소의 무시무시함은 정말 믿기 어려울 정도였다. 시체가 살아날 것 같은 지하실, 비에 젖은 듯한 지붕, 조잡한 가구, 낡고 더러운 가스렌지. 아무리 돌아다녀도 마음에 드는 셋방은 하나도 발견할 수 없었다. 나는 화가 치밀었다. 겨우 행동을 하려고 마음먹자 일이 이렇게 꼬여 버리다니, 나는 마구 화가 났다. 계속 니키는 조금 시간을 두자고 말했지만, 나는 둘이서 살 방을 계속 찾아다녔다. 그리고 그는 기관지염인가 뭔가에 걸려서 유리처럼 생긴 듯한 인상이 한층 강했다. 그와 대화를 나누고 충분히 요양을 취하게 하면서 애정을 쏟았다. 나는 진심으로 그를 사랑했다.

그리고 마침내 방을 발견했다. 런던 북부에 위치하고 빅토리아 풍조의 싸구려 건물로 1층짜리 가옥이었다. 황색의 벽돌 구조로 현관에는 포치가 있고, 정면에 있는 월계수 밑에 쓰레기통이 있으며, 방치해 둔 뒤뜰이 있었다. 우선 방이 두 개, 부엌에는 덮개 달린 욕조가 있고, 그런 대로 쓸 만한 가구가 몇 점 있었다. 부근은 쓸쓸하지만 맞은편에는 유리를 끼운 평지붕의 학교가 있었기 때문에 다른 싸구려 집 대신에 하늘을 볼 수 있어서 괜찮았다. 왠지 내가 다른 사람들보다도 운 좋게 빨리 여기를 찾아냈다는 생각이 들었다. 나는 서둘러 6개월 분의 집세를 먼저 지불하고 다음주에 이사하기로 했다.

나는 이곳으로 옮겨 오자 기묘한 태도를 취했다. 고양이처럼 주위를 돌아다니며 냄새를 맡았다.

"아무래도 이상해. 잘 알 수는 없지만, 무슨 여운이 남아 있는 것 같애."

"뭔가 그냥 분위기겠지."

나는 조롱하고 싶은 기분으로 대답했다.

"정말이야. 뭐라고 할까…… 그래, 으스스한 느낌이야."

"당연하겠지. 사람이 없었으니까. 사람이 살지 않는 장소는 으스스하거나 싸늘한 느낌이 들지."

우리들은 실내에 페인트를 칠하고 가재 도구를 조금 운반했다.

니키가 가져온 물건은 그다지 많지 않았지만, 나는 상당히 가져왔고 이사하고 나서도 사들였다. 나는 계단을 닦고, 커튼을 만들어 달았으며, 앉을 수 있는 커다란 쿠션과 부엌용의 테이블도 준비했다. 그리고 요리를 좋아하기 때문에 냄비와 식기를 많이 갖추었다. 부모가 침대를 사 준 것에 대해서는 감격까지 했다. 둘이서 사는 것을 찬성해 주리라고는 생각하지 않았기 때문이다.

어쨌든 매일이 천국이었다. 나는 아침 일찍 일어나 니키가 눈을 떠서 밤에 먹고 싶은 것을 생각할 무렵까지 열심히 집안 청소도 하고 일을 하였다. 우리는 일어나 커피와 사과로 아침 식사를 했다. 그것은 그가 아침엔 그것만 먹고 싶어해서였다. 그리고 아침이면 저녁 때 이곳으로 돌아올 것을 즐겁게 생각하면서 출근했다. 저녁이 되면 맛있는 요리 재료나 쿠션 카바라든가 선반 등 집에서 할일을 안고 일찍 돌아왔다.

그러나 그는 나와는 달리 가끔이긴 하지만 기분 나빠하고 불만족한 하루를 보내고 있음을 알았다. 그래도 우리는 서로의 얼굴을 맞대고 곧장 침대로 갔고, 나중에 식사를 할 때도 있었다. 그리고 그날 밤 내내 우리들은 사랑으로 방안을 가득 채웠다. 깊은 부부애로 말이다. 부부애란 단어는 좋은 단어다. 견실하고 안정감이 있는 부모의 관계를 연상시킨다.

그는 그런 대로 만족하고 있었다. 역시 이런 생활이 좋은지 늘 수족을 뻗고 편안히 지내곤 하였다. 실로 행복한 나날이 계속되었다. 잠시 동안이었지만 말이다.

그의 기분이 하루에도 몇 차례 나빠지는 것은 이전부터 있었던 일이지만, 이렇게 지내면 점차 없어지겠지. 그도 행복해하니까 하고 나는 생각했다. 그런데 그렇지 않았다. 1, 2주일 지나자 예의 상태가 시작되었다. 아무튼 낮 동안에 나는 밖에 나가 있었고, 그는 혼자 집에 있었다. 일하고 나서 돌아왔을 때, 신경과민에 푹 빠져 있는 그를 보면 나는 지독하게 언짢아졌다. 때로는 말 한마디 하지 않는다. 나는 그 상태가 괴롭다. 아무리 말을 걸어도 그는 신음만 했다. 쿠션에 몸을 묻고 책을 읽는 것도 아니고, 나를 전혀 다가오지 못하게 했다. 그러나 성급히 돌아다니거나 뭔가에 귀를 기울이는 적도 있었다. 나의 말은 못 들은 듯이……. 조급히 움직이는 것은 지금까지 볼 수 없었던 행동이다. 그는 어떤가? 수동적이며, 또 혼자 울적해하는 타입이었다.

'어떡하면 말하고 싶은 것을 알아줄 수 있을까?'

이사한 지 1개월 정도 지난 어느 날, 그는 느닷없이 말했다.

"나는 이 집이 싫어."

나는 믹서를 돌리고 있었기 때문에 잘 듣지 못하고 큰 소리로 물었다.

"뭐라구요?"

그는 격한 어조로 다시 말했다.

"나는 이 집이 싫어. 이런 집은 싫어."

나는 믹서의 스위치를 껐다.

"니키! 무슨 말을 하고 있어요! 별다른 불평을 하지 않았잖아요?"

"여긴 지옥이야. 나는 칭칭 얽매여 있어. 당신은 하루 종일 집에 있지 않잖아. 귀를 기울이고 생각해 봐."

"생각이라뇨? 뭘?"

"모든 것이지. 우리들이 여기에 온 것, 전에 다른 사람들이 여기에 살았던 일……. 그리고 어떤 일이 일어난 것인지?"

"어떤 일도 그 무엇도, 다른 누구도 없어요. 이 집은 우리들의 것이에요."

"그런가?"

그는 이상한 눈매를 했다.

"당신 것인지는 몰라도 내 것은 아냐. 이런 곳은 정말 싫어."

그는 말을 끊고 더는 말을 하지 않았다.

나는 알고 있었다. 확실히 어느 의미에서는 그의 변명이라는 것을. 내 쪽이 벌이가 좋기 때문에 이 플랫의 소유자가 누구인지를 결정하게 되면 그가 아니라 나일 것이다. 사실을 말하면 생계를 담당하는 역할은 모두 내가 맡았다. 나에게는 정말 마음에 드는 일이 있고 급료도 충분히 받고 있지만, 니키에게는 벌이가 전혀 없었다. 그는 작가였다. 예의 잡지건은 계기에 불과했다. 현재 두 작품과 씨름하고 있었다. 하나는 학생이 이탈해서 자신을 발견한다는 소설. 또 하나는 텔레비전 드라마의 시리즈로 현대 경제에 관한 다양한 철학적 개념을 넣은 작품이다. 그는 BBC의 제2채널에 어울리는 작품이라고 생각했지만, 이러한 깊이 있는 제재를 완성하는 데는 몇 년이 걸리는데도 그에게는 집필을 격려해 줄 만한 텔레비전 관계자들이 없었다.

이 정도의 일을 하고 있으니까 말할 것도 없이 다른 곳에 취직한다는 것은 그에게는 무리한 일이었다. 따라서 자연스럽게 생활비는 내가 부담하게 되었으며, 그 점을 불만스럽게 생각한 적은 없었다.

'어느 쪽이 내든 상관없는 게 아닐까? 이것은 두 사람의 생활이니까. 여자에게 혜택받는 남자는 얼마든지 있다. 아아, 그런 식으로 표현하는 것은 적당하지 않다. 즉, 나는 벌이가 있고 현재 돈을 가지고 있다. 내가 생활비를 내는 것과 사회 보장을 받는 것은 어떤 차이가 있을까? 나는 그를 사랑하고 있다. 그의 지주가 되고 싶다.'

그도 당연히 이런 사고를 인정하고 있었다. 그렇지만 가정이나 학교에서 가르치는 가치관을 깨끗이 버리는 것은 어려웠을 것이다.

　'나도 어쩌면 결혼을 하고 싶은 갈망에 홀린 것은 아닐까? 결혼
한다고 해서 두 사람의 관계가 변하는 건 없는데, 어째서 그런
바보 같은 소원을 품었을까?'

　아무튼 내가 은밀하게 결혼을 의식하는 것과 마찬가지로, 니키도
마음 한구석에서 여자가 한 집안의 생활비를 책임진다는 사실에 대
해 구애받고 있는 것 같았다. 문제는 그런 것이라고 생각했다.

　우리들에게는 많은 친구들이 있었으며, 누구나가 우리의 이 구상
을 칭찬했고 좋은 방을 찾아 행운이라고 말해 주었다. 신방을 차린
지 6주가 지난 어느 날 밤, 나의 오랜 친구 벤과 니키의 친구들이
와서 커피를 마셨다. 시각은 늦어 한밤중을 지나고 있었다. 니키는
좀처럼 침대로 가려고 하지 않았다. 니키에게는 초저녁이었디. 나의
벤에 해당하는 니키의 친구에게는 벌명이 붙어 있었다. 그들은 어
렸을 때부터 친구로 같이 런던 대학 경제학과에 입학했다――니키
는 지금도 당시의 책들을 가지고 있다――어디를 가든지 함께였기
때문에 니키와 딕의 2인조라고 불렀다(본명은 드릭이라고 한다). 딕
은 금발의 미남자로, 사람을 바보로 취급하는 경박한 태도를 취하
는 버릇이 있고, 좌석의 모두를 흥분시키는 요령을 알고 있었는데,
그 밑바닥에는 악의가 잠겨 있는 경우가 많았다. 특히 나에 대해서
는……. 생각에 지날지도 모르지만 니키를 화나게 할 두려움 때문
에 그러한 생각을 입 밖에 내는 것을 삼가했다. 하지만 때때로 니키
와 나를 비교해 보는 눈매에는 어쩔 수 없이 악의를 느껴 버린다.
덕분에 끊임없이 나를 '부지런한 주부', '우리의 캐리어 우먼'이라
고 부르는 것을 용인할 수밖에 없었다. 두 말 모두 니키가 듣기 싫
어하는 단어인데도…….

　아무튼 우리 네 사람은 그날 밤, 테이블에 둘러앉아 커피를 마셨다. 벤이 돌아갈 채비를 하면서 살기 좋은 둥지를 떠나기가 아쉽다고 말했다. 그리고 나서 그는 덧붙였다.
　"너희들은 대단해. 사랑하는 사람은 이해를 끊임없이 하지. 걱정되지 않아?"
　"걱정되다니, 뭘?"
　내가 물었다.
　"야아, 이건 놀라운데."
　그는 말을 끊고 조소가 섞인 얼굴로 이쪽을 바라보았다.
　"설마 모를 리는 없겠지?"
　"무슨 얘기를 하고 있어?"
　벤이 물었다.
　"여기는 살인이 발생했던 장소야, 수년 전에."
　"살인이라니?"
　입을 연 사람은 벤 혼자뿐이었다.
　"그래, 소름끼치는 살인이지. 몰랐을 리 없었을 텐데?"
　그는 우리들이 몰랐던 것을 몇 번이나 말해 주었다.
　"남자가 아내를 목졸라 죽이고 시체를 식기 선반에 처넣었지."
　그는 손을 휘둘렀다.
　"그런 뒤에도 그 남자는 여기에서 계속 살았지. 매일 일을 나가면서 말이야. 그러다 결국 자살을 했지. 근처의 사람들이 그를 발견했고, 경찰이 그녀를 발견했지. 시비 끝에 저질렀지……. 그 가련한, 크리스티 이후 가장 흥미진진한 살인이 아닐까."
　벤은 새빨갛게 되어 물었다.
　"이 바보, 왜 그런 말을 하지?"
　그러나 나는 아무 말도 할 수 없었고, 니키는 그늘진 얼굴로 입을 절반 정도 연 채 딕을 쳐다봤다.

그로부터는 악몽의 날들이 시작되었다. 나는 문자 그대로 악몽에 시달렸다. 지금도 비명을 지르고 발버둥친 끝에 일어나면, 옆에 자고 있던 니키는 눈을 크게 뜨고 먼 곳에 있는 무엇인가를 응시하며 뭔가에 귀를 기울이고 있었다. 내가 포옹해도 바로 위의 공간을 응시할 뿐 꿈쩍도 하지 않았다. 마치 그곳에 없는 것 같은 느낌이었다. 아침이 되어 내가 출근할 때, 그는 대개 잠들어 있었다.

두 사람 다 니키가 말한 것은 언급하지 않았지만, 나는 46시간 그것을 생각하고 있었다. 행위 그 자체의 광포함이나 무서움은 물론이지만 그 이상으로 살인 후의 일인, 남자였던 한 사람으로 세상에 대해 연극을 하면서 내부에 지옥을 안고 지냈던 공포와 비탄의 날들이 아무래도 머리를 떠나지 않았다.

기분을 감추기 위해 둘만의 밝고 청결하고 새로운 가정이 되도록 한껏 힘을 쏟았다. 니키를 한없는 애정으로 감싸고 그의 근심의 씨앗을 제거하려고 노력했다. 이사할 생각도 하여 신문 광고면의 방을 세놓는 게시란을 신경쓰고 보았다. 그중 한두 곳을 돌아다녀 봤지만 마음에 들지 않았기 때문에 니키에게는 말하지 않았다. 나는 여기서는 아무것도 일어나지 않았고, 어떤 이야기도 듣지 않은 것처럼 생각하고 행동하면서 그의 신경을 건드리지 않으려고 꽤 조심했다.

그런데 런던의 사글세값 상황은 이 플랫을 구할 때보다도 더 어렵게 되었다. 그리고 이미 앞으로 4개월치의 월세를 미리 지불했기 때문에 수중에 돈도 없었다.

'어떻게 해서 비용을 마련하면 좋지? 아무튼 상황이 괜찮아지면 이사하도록 하자.'

나는 이렇게 작정하고 니키에게는 말하지 않고 계속 방을 구하러 다녔다. 딕의 말에 내가 겁먹고 있다는 것을 알리고 싶지 않았던 것이다.

그는 전보다 더 말수가 적어졌다. 그렇지 않을 때는 가끔 아주 쾌활했다. 온 몸이 금속으로 변해 표면을 반짝반짝 빛나도록 닦은 것 같은, 미친 것 같은 쾌활함이었다. 그런 때는 낮 동안에 딕과 만났을 것이라고 추측했다.

내가 근무하러 나가는 동안 그가 무엇을 하는지 알 수 없었다. 집필을 중지한 것은 확실했다. 일이 진척되는 상황을 물어보면 묘한 눈으로 나를 바라보고 이렇게 대답했다.

"이제 쓸 수 없어. 더 이상 쓸 수 없단 말이야."

어느 날 저녁, 퇴근하고 돌아오자 그는 불도 켜지 않고 앉아 있었다. 돌아왔냐고도 하지 않고 색다른 웃음을 띠면서 이쪽을 보고 있었다. 확실치 않았지만 자신만이 아는, 약간 심술궂은 농담을 즐기는 것 같았다.

잠시 동안 나를 바라본 끝에 그는 겨우 입을 열었다.

"그들은 결혼을 하지 않았어. 그저 함께 살았을 뿐이지. 우리들처럼……"

"누가?"

나는 알고 있었지만 짐짓 모른 체하고 물었다.

"테드 프렌샴과 상대 여자. 전 주인이지."

그는 빙긋 웃었다.

"그녀는 임신하고 있었지."

그의 이 말에, 나는 갑자기 소리쳤다.

"나는 임신하지 않았어요."

"좋아, 그러나 그녀는 임신했었어. 도서관에서 다 조사했지. 신문 철을 조사했어. 그녀는 끈질기게 결혼을 원했어."

"듣고 싶지 않아요, 그런 말."

나는 가능한 한 시끄러운 소리를 내어 저녁 식사 준비를 하기 시작했다. 그는 엷은 웃음을 띤 채 잠시 말을 멈추더니 다시 말했다.

"그는 자살을 할 때 글을 남겼어. 저기, 장식으로 꾸며 놓은 저 난로 위에다……."

그는 몸짓으로 그쪽을 가리켰다.

"그 같은 것들을 보아 그는 폐쇄되어 있었다고 느껴져. 그물에 걸려 있었다는 느낌이지. 나는 이해할 수 있어."

"나로서는 이해할 수 없어요. 도망가면 되잖아요."

"실은 그렇게 하고 싶지 않았겠지."

그는 일어서서 이쪽으로 다가와 내 몸을 양 팔로 감싸고, 정말 짧은 순간 사랑을 나타내는 키스를 해 주었다.

그러나 그때가 마지막이었다. 어딘가에서 조금씩 음울한 그림자가 자라나고 있었다. 침묵하는 그의 눈 속이나 때로는 등뒤에 눈으로는 볼 수 없는 그림자가, 어떤 형태가, 어떤 느낌이 느껴졌다. 그러나 모두가 상상의 산물에 지나지 않는다는 것을 알고 있었다. 딕이 니키와 나 사이를 갈라 놓으려고 일부러 그 말을 했다고 생각했다. 그는 니키가 자기 암시에 걸리기 쉬운 성질을 알고 있었기 때문에 특별시 신경쓰지 않아도 되었던 것이다. 그러나 그것은 사실이었고, 니키가 사실을 조사하도록 빈틈없이 권했을 것이다. 테드 프렌샴은 7년 전 헤이레트 로드에서 확실히 여자 친구를 살해했다. 따라서 그 영향을 지금도 느끼는 것은 어쩔 수 없는 일이다.

그 뒤 네 사람이 다시 모였을 때, 닉은 말했다.

"너희들은 위대한 커플이야. 실로 '제왕'의 초석이고. 주부가 휘

두르는 지팡이로 공포 영화를 사랑의 보금자리로 바꾸었지. 유령의 발소리도 없애고, 신음 소리도 없앴으며, 수수께끼를 숨긴 밤의 차가움도 없앴어. 사랑은 모두를 물리쳤어."

"좋은 말을 하지 그래? 인간은 죽을 때는 죽어. 이미 끝났고 정리된 일이잖아."

벤이 말했다.

"너는 유령을 믿지 않니? 감각이 예민한 사람이 나중에 꼬리를 남기는 폭력을 감지한다는 것을……?"

딕은 조롱했다.

"믿지 않아."

딕은 웃었다.

"니키는 믿고 있지. 니키는 민감하기 때문에 살인에는 혼적이 남아 있다는 것을 알고 있지."

벤은 그를 때렸다. 둘 다 앉아 있었기 때문에 그다지 세지는 않았지만 닉은 입술이 터졌다.

딕이 말했다.

"봐, 알았지……? 여기는 폭력의 혼적이 남아 있어."

그 후의 결과를 설명하기란 어렵다. 니키만이 아니라 나 자신에게도 설명하기 어려운 변화가 일어났다. 플랫은 이미 우리들만의 것이 아니었다. 이웃 방에는 항상 어떤 사람인가가 있어 소리를 낮추고 숨소리를 죽이고는 귀를 기울이고 있는 것처럼 느껴졌다. 그런 느낌을 갖지 않은 채 끝난 적도 있었다. 그때는 하루 일을 끝내고 돌아온 후 바쁘게 돌아다니거나 레코드를 틀기도 하고 친구를 부르기도 해서 함께 외출하기도 한 때였다. 그렇지만 두 사람만 남아 이야기가 끊어지면 문의 맞은편 방에, 밖의 복도에 귀를 기울이고 신경쓰게 된다. 나는 두려워하면서도 그러한 신경에 맞서리라는

생각에서 커다란 발소리를 내고 옆방으로 가 보거나 복도로 나가
보지만 거기엔 아무도 없었고, 아무 소리도 나지 않았다. 이윽고 다
른 장소에서 귀를 기울이는 일이 생기고 그림자가 부풀어 갔다.

내가 들은 것은 사실 별로 없었다. 그러나 니키는 더 많은 것을
들었다. 이야기해 주지 않았지만 나는 알고 있었다. 그는 가능한 한
나로부터 떨어져 앉았다. 방심하지 않고 지키며 어떤 모습을 쫓고
무엇인가를 들으려고 하는 것처럼 희미하게 눈꺼풀이 떨리고 있었
다. 옆으로 가려고 하면 야단치려는 표정을 지어 다가가지 못하게
했다. 좋아하는 음식을 일부러 사와도 전혀 받아주지 않았다. 지금
은 드물게 되었지만 가끔 사랑을 나눌 때도 배려하는 마음이 결여
되어 있었다. 당황하고 난폭하게 해서 나를 미워하고 있다고밖에는
생각할 수 없었다. 옛날과 같지 않은 니키가 요즘 나에게 증오를 던
져주고 있었다.

마침내 내가 제안했다.

"니키, 우리 어딘가로 가요. 잠시 집을 비워요. 호텔에 머물러도
좋아요. 돈이라면 얼마가 들어도 괜찮아요."

"그래, 당신이라면 뭔가 하고 싶겠지."

그는 웃었다. 얼굴도 소리도 소름끼치게 했다.

"훌륭한 벌이꾼이지. 훌륭한 여자 보스고. 아빠에게 부탁해서 두
사람의 집을 사 달라고 하면 어때? 거실에 유모차를 둘 수 있는
집으로? 가고 싶다면 맘대로 나가. 빨리 나가는 것이 좋아."

나는 울었다. 그는 몸을 움직이지도 않고 나를 보았다. 그답지 않
게 거칠은 소리로 거절하듯이 말했다.

"역시…… 당신은 항상 울지는 않잖아. 그 방법으로 나를 붙잡겠
지. 그렇게 해서 나에게 그물을 던지겠지."

그는 거칠게 문을 열고 방을 나갔다.

귀를 기울이고 있는, 예의 신경 쓰이는 것들이 구름같이 몰려들어 그 안에서 소리 죽여 웃는 소리와 비슷한 소리가 울려왔다.

'언젠가는 곧바로 나가 버릴 것이다. 그렇지만 나는 그를 사랑하고 있다. 정체를 알 수 없는 무엇인가가 몰래 그의 밑으로 다가가 그에게 붙어 있는데, 사랑하는 그를 불행하게 둘 수 있을까? 나는 절대 그럴 수 없을 것이다.'

그 점이 그로서는 참을 수가 없을 것이라고 생각했다. 나에게는 있고 그에게는 갖춰져 있지 않은 특질이 아무래도 화나게 하는 것 같았다. 성공을 거두고 많은 돈을 버는 것도, 유능하고 확실한 것도, 그리고 부모의 표준에는 미치지 않는다 해도 세상의 관례에 충실한 것도…….

오늘은 말이 그 정도로 끝나지 않게 되었다. 그는 계속 변하고 있었다. 긴장되고 불안정한 것도 그대로이지만 내부에는 전혀 다른 인간이 살고 있는 것 같았다. 니키로 변한 그 남자는 추악하고 고집이 세고, 배출구가 없으며, 인기척 없는 방이나 폐쇄된 문의 저쪽 또는 복도에 폭력의 기운이 떠돌게 하고, 귀 기울이고, 소곤거리며 침입과 점령의 기회를 엿보고 있었다.

나는 승진해서 어느 작은 분야를 책임지는 입장이 되었다. 그래서 자금이 생겼기 때문에 니키에게는 아무 말도 하지 않고 외출해서 개성은 없지만 유령과는 인연이 없는 현대풍의 아파트로 멋진 거실 겸 침실, 부엌, 욕실이 갖춰진 사글세집을 발견했다. 다음주부터 빌리기로 계약을 끝내고 급료를 털어 1개월 분의 집세를 지불했다.

'우리들은 이제 자유로운 몸이 되는 것이다. 테드 프렌샵도 거기까지는 쫓아오지 않을 것이다. 전처럼 두 사람만 있으면 니키는

또 집필을 시작하고, 나에 대한 애정을 되돌이키고…… 모두 다 잘될 거야.'

나는 이렇게 생각하며 집으로 돌아가 니키에게 새로운 방 이야기를 했다. 이 집에 집세를 지불한 기간이 아직 2개월 남았지만 그것은 아무래도 좋다고 말했다.

그는 여느 때와 마찬가지로 어둠 속에 앉아 있었다. 해가 길어졌기 때문에 실제로 저녁 때이긴 했지만 창 밖의 나무들에는 아직 새가 남아 있는 그런 때였다. 나는 사온 물건들을 정리하러 부엌으로 갔다가 돌아와서 상의를 벗었다.

"그래서 주말에 짐을 꾸리고 일요일에 이사해요. 벤의 차를 사용할 수 있어요. 기꺼이 도와주겠대요. 맞은편의 정리되지 않은 가구는 알맞은 곳을 발견할 때까지 이곳에 두도록 하고요."

그는 천천히 일어섰다.

"당신은 어떤 여자지? 거만하고 참견을 잘하는 사람인가?"

그는 내 쪽으로 다가왔다.

"내가 항상 당신을 귀찮게 한다고 생각하지? 당신은 시끄럽고 더러운 악귀인데도 평생 얽매어 있으리라고 생각해? 이젠 아냐. 알았어? 알았냐구?"

그는 양 손을 뻗어 나의 목을 조였다. 나는 소리를 낼 수도 없었다. 필사적으로 그의 손을 떼내려고 했지만 손가락이 철사처럼 강하게 파고들었다. 그의 온 몸은 마치 전류가 통해서 팔에서 손가락으로 전달되는 것처럼 끊임없이 흔들리고 있었다. 무릎의 힘이 빠짐에 따라 그의 얼굴이 흔들리기 시작했다. 나는 쓰러졌지만 흔들리는 강한 팔에 의지해서 간신히 일어섰다. 그의 입언저리는 뼈를 보고 으르렁거리는 개를 연상케 했다. 집요함과 맹렬함 바로 그 자체였다.

　갑자기 전화벨이 울렸다. 우리들은 한순간 움직이는 것을 정지했다. 거의 무릎을 꿇고 목을 조르던 그의 손가락을 양 손으로 느슨하게 하려고 하던 나와 팔을 지탱하고 나에게 덮쳤던 그는 일순 떨어졌다. 나는 맥없이 마루에 쓰러져 숨을 내쉬고 울었다. 그는 멍한 채 계속 울리고 있는 전화기를 바라보았다. 그러더니 방을 가로질러 가서 수화기를 들었다. 저쪽에서 지껄이는 소리가 실내에 울렸다.

"네."

니키는 중얼거리는 소리로 말했다.

"아아, 뭔가?"

그는 내 쪽으로 시선을 옮겼다. 공포가 사라진 표정으로 얼굴이 바뀌고 그의 가면도 사라져 갔다.

"없어졌어? 그런가. 고마워. 음, 알았어. 그녀에게 말을 하지."

그는 저쪽에서 계속 지껄이고 있는데도 전화를 끊고 나를 바라보았다. 표정은 무너져 정리되지 않고, 수면 아래의 물체를 보는 것 같았다.

"벤한테서 왔어."

그는 천천히 앉았다.

"시청에 조사해 보았대. 프렌샴의 집은 여기가 아니고 맞은편 쪽이래. 학교가 세워진 곳……."

나는 생각하며 겨우 일어섰다.

"학교가?"

"프렌샴의 집은 허물어졌어. 이미 없어져 버린 거야. 그는 여기서 산 적이 없어."

나는 잠긴 소리로 말했다.

"여기에 살았던 적이 없다고요? 그렇다면 살인도……?"

우리들의 시선은 마주쳤다. 이미 주위는 어두웠지만 가로등의 빛이 방안으로 흘러 들어왔다. 니키는 몸을 조금도 움직이지 않고 창을 뒤로 해서 검은 모습을 드러냈다.

그는 나른한 소리로 말했다.

"그는 여기서 살지 않았어. 여기에 있었던 사람은 그가 아니야. 우리들 두 사람이야."

지옥의 사랑 / 크리스티아나 브랜드

Akin to Love

• 크리스티아나 브랜드(1909~　　)
Christiana Brand

1976년 장편 「A Ring of Rose」 이후 장편을 발표하지 않지만 회상록과 단편을 왕성히 발표하고, 작가들의 모임에도 자주 나타난다. 유유자적한 생활을 하는 브랜드는 단편 미스테리의 명수이며, 고딕 로망 스타일의 작품을 쓴다.

첫 단편집 「What Dread Hand」에 수록되어 있는 본편도 스트레이트한 고스트 스토리로 의외의 결말을 보여준다.

지옥의 사랑

그녀는 울부짖는다. 소리를 낼 수 있는 한껏 계속 외친다.

"가지 마, 돌아와!"

그러나 아무도 돌아오지 않았다. 소름끼치고 새파랗게 되어…….

이유를 알 수 없는 말을 무의식중에 입 밖에 내면서 세 사람 다가 버렸다. 그녀를 그곳에 혼자 놓아두고…….

기분 좋게 이야기하면서, 길고 웅장한 계단을 통해 그 방으로 올라갔던 일이 지금은 먼 옛날 일, 다른 세계, 다른 시대의 일처럼 생각되었다. 네모형으로 천장이 높고, 가능한 한 18세기의 실내 분위기와 조화를 생각하여 가구를 배치한 훌륭한 방이었다. 커튼은 나일론제였지만 기둥이 네 개인 침대도 있었다. 여주인이 난로의 불을 쑤시고 그녀에게 저녁 인사의 키스를 했다.

"오늘 밤도 그 사람들이 마을에서 떠도는 바보스러운 소문을 들려주지 않으면 좋겠는데…… 당신, 아무것도 없어요, 달링?"

그리고 미소짓고 나갔다. 침대 옆 테이블에 석유 램프가 조용히 불타오르는 가운데, 네글리제 위에 가운을 입은 그녀는 머리카락을 빗으려고 탁탁 소리를 내며 타고 있는 작은 난로 앞에 앉았다.

그녀는 난로 앞에 앉아 브러시로 머리 손질을 하면서 몽상에 잠기는 것을 굉장히 좋아했다. 자살이라든가 유령의 출몰 같은 이야기들이 백 마일이나 떨어진 곳으로까지 어느 결에 생각으로 옮겨갔다. 이 방에서 잔 후 자살한 젊은 아가씨……. 그러나 그것은 50년이 아니면 60년이나 지난 이야기. 가장 최근에도 한 사람 있었지만 그 여인은 남편이 죽어 아직 비탄에 젖어 살고 있다. 그러니까 그 노파도 여기서 자고, 고요함과 냉기를 느꼈다고 했다.

'나쁜 기분이나 말이 위험을 느낄 수 있는 것처럼, 나는 그것을 느끼고 있었어…….'

그러나 그 사람도 이 집에 얽힌 소문을 들었을 것임에 틀림없다. 소문에 의하면, 2백년 전에 젊은 여자가 살았다고 한다. 남자는 아름다운 부인을 버리고 저 '지옥의 접화(불교용어. 세계가 멸망할 때 일어난다는 큰 불) 클럽'으로 들어가 악마에게 혼을 팔았다고 한다. 그 후 뉘우치고 돌아왔지만 아내는 그를 용서하지 않았다. 그래서 그는 자살했다든가, 아내를 죽였다든가, 아니 아내가 그를 죽였다든가? 어쩌면 이 사건은 아무도 모르겠지만, 아무튼 그것 때문에 그의 망령이 여기에 출몰한다고 한다. 따라서 젊은 아가씨나 젊은 미망인이 자살을 하고, 노인들은 뭐라 말하기 어려운 사악한 기분과 고요, 그리고 냉기를 느꼈다고 한다.

확실한 것은 기분이 나쁠 정도로 조용해진 것이다. 정적만이 맴돌았다. 저녁 바람의 한숨, 창문틀에 내려쌓이는 낙엽의 소곤거림이라든가 박쥐나 올빼미 등 야생동물의 날개짓 정도는 들려도 좋을 텐데……. 오히려 이 작은 통나무 불의 불꽃이 요란하게 타는 소리가 들려도 좋지 않을까? 조금 전까지는 활활 타올랐지만 지금은 방음장치된 유리로 가로 막힌 것처럼 그저 빨간 불만 보였다. 방음에다 방열까지 되었는지 불에 손을 쬐도 따뜻함을 느낄 수 없다.

‘전혀 따뜻하지 않은데⋯⋯.’

전혀 따뜻하지 않다. 공포에 질려, 손을 뻗어 난로의 불에 쬐어 봤지만 여전히 손은 차갑다. 얼음처럼 차갑다. 그런 기분이 결국 그녀로 하여금 섬쩍하게 했다. 냉기로 온 몸이 긴장되어 마치 따뜻한 빛을 주는 태양이 사라져 얼어붙게 된 대지 같은 느낌. 그래서 가만히 습기찬 냉기 속으로 뭔가가 다가오는 듯한 사악한 기분⋯⋯.

"말이 위험을 맡을 수 있는 것처럼, 나는 그것을 맡을 수가 있었지⋯⋯."

그 노파는 그렇게 말했었다.

그리고 지금 썩은 냄새처럼, 틀림없이 코를 자극하는 강렬한 냄새가 자욱이 퍼지며 갑자기 그녀를 감쌌다. 사악한 것이 확실히 여기에 있다는 의식, 냉혹하고 고통스러운 것이 확실히 여기에 있다는 의식이⋯⋯.

사악한 것의 중심에 생명이 있었다. 사악한 것으로부터 ‘나는 여기에 있다’하고 속삭이는 소리가 들려왔다.

그리고 그녀는 그가 거기에 조용히 서 있는 것을 보았다. 나이는 30 정도일까. 그녀와 같은 금발로 호리호리한 신체에 18세기 말 정도의 빌로드와 비단옷, 그리고 그 창백한 얼굴을 보자마자 사악한 것과 냉혹한 것은 모조리 사라졌다. 거기에는 현재에도 과거에도, 이 세상 어떤 인간의 얼굴에도 나타난 적이 없는 듯한 슬픔과 절망, 그리고 깊은 애원의 표정을 담고 있었기 때문이다.

그는 움직이지 않았다. 마호가니로 된 침대의 기둥에 한쪽 손을 대고 가만히 서 있었다.

"두려운가?"

그가 물었다.

물론 두렵지 않은 것은 아니었다. 그녀는 의자 앞에서 몸을 움츠리고 덜덜 떨었다. 소리를 질러서 도움을 청하려고 했지만 소리가 나오지 않았다.

"나가! 나가요!"

이렇게 속삭이듯이 말하고 짧게 무의미한, 절규하는 기도를 중얼거렸다.

"가까이 오지 말고, 나가……."

그의 등뒤, 기둥이 네 개 달린 침대 머리맡에서 희미한 빛을 내며 석유 램프가 탔다. 새로운 공포가 가슴을 에이는 가운데 그녀는, 그 램프가 자신 앞에 있는 그를 볼 때 투명하게 하는 것을 깨달았다.

"당신은 누구죠? 누구예요? 인간이 아니죠?"

"원래는 인간이었어. 지금은 아니지."

그는 슬프게 말했다.

그녀는 울면서 입을 열었다.

"유령이죠? 죽었죠? 그럼 지옥에 살고 있다면……."

그녀는 그 온화한 대답과 호소하는 듯한 슬픈 표정을 한 그 얼굴에 마음을 다져먹고 용기를 내서 말했다.

"지옥으로 돌아갔으면 좋겠어요. 당신이 있어야 할 곳으로 가 버려요."

"내가 있어야 할 곳은 여기야. 여기가 내 지옥이지."

"여기가…… 이 방이?"

"내가 이곳을 지옥으로 바꿨지. 내가 지옥을 만들었어. 다른 사람을 위해서이기도 하지만. 그녀는 잘못을 범하지 않고 끝났을 테지. 그래, 이 방에서 나에게 손을 뻗어 여기를 다시 천국으로 소생시킬 수 있었던 것을. 그녀는 그렇게 하지 않았어. 내 덕분에 그녀도 지옥을 헤매게 되었으니까. 그렇게 해 주지 않았어. 아니, 할 수 없었어. 이미 돌이킬 수 있는 길은 없어."

그 말은 슬픔과 한없는 절망을 담고 있었다.

"돌아갈 길은 없어. 다만 하나, 용서를 해 줄 수 있을 정도의 사랑을 가지고 있는 여자의 관용을 통해서밖에는…… 길이 없어."

그런 사연이었구나 라고 그녀는 생각했다. 나쁜 것은 아냐. 옛날의 죄를 회개하고 있으니까. 냉정한 것도 아냐. 돌아온 죄인에게 용서해 주려고 하지 않는 구두쇠 같은 태도야말로 냉정한 거야. 그리고 두렵지도 않다. 두려운 것이 아니라 절망의 극한 속에서 영원히 보상을 받으려는 가련한 망령일 뿐…….

그녀는 중얼거렸다.

"나에게 뭘 바라죠?"

그러나 그녀는 이미 알고 있었다.

"여자의 마음 깊은 곳에 용서가 보이면…… 모든 것을 알고, 어느 정도의 사랑을 가지고 있다면, 적어도 용서를 할 수 있을 만큼의 사랑이 있으면……."

"그래도 당신은 나에게 죄를 범할 리 없는데……."

"나는 여성에 대한 죄를 범했어."

그 말을 하고 그가 다가왔지만 그녀는 두렵다고는 생각하지 않았다. 그리고 그녀가 두려워하지 않자, 그는 더 가까이 다가와 그녀의 발밑에 손가락 하나 닿지 않게 무릎을 꿇었다. 그는 처음으로 애닲게 호소하는 듯한 미소를 지어 보였다.

"어린이들의 동화 같군? 그렇게 생각하지 않아? 왕자가 얼음산 속에 갇혀 있는데 여왕이 눈물 한 방울로 그 산을 허물고 그를 해방시키는 거지."

"동화 속에서죠."

"그래, 그러나 동화는 깊은 뿌리를 지니고 있지. 동화는 먼 옛날 오래된 전설에서 생기고, 전설은 신화로부터 생기며, 그 신화는 신성한 시간에 심오한 태내에서 생기는 거지.”

그가 손을 뻗자, 가는 손목에서 장식된 주름이 거품처럼 흘러내렸다.

“제발 손을, 여왕님. 그렇게 하고 있으면 언젠가 눈물이 고여 내 죄를 완전히 씻어줄 수 있을 텐데…….”

그녀는 생각했다. 그 두 사람, 그녀들은 손을 내주려고 하지 않았다. 눈물을 주려고도 하지 않았을 것이다. 남편이 죽어 자기 자신의 슬픔 외에는 아무것도 받아들이지 않았던 여인과, 이 희생을 원하는 그의 초조한 갈망을 이해하기에는 너무 젊고 배려가 없었던 아가씨. 이 희생을, 죽음의 심연으로부터 구제를 외치는 그에게 불안의 문턱을 넘겨줄 손을 뻗어 주기 위한, 이 짧은 순간, 그래도 나중에 그녀들은 생각하고 또 이해한 것이다.

나는 그런 후회에 견딜 수 없는, 그런 생각에 견딜 수 없는, 그런 정도라면, 그리고 그 정도의 희생을 하고 끝난다면 이 가련한 혼을 해방시켜 주는 쪽이 낫다. 산 자와 죽은 자 사이의 심연을 넘어 연결되는 손과 손……. 그녀는 젊고 사랑스러운 손을 뻗어, 거기에 휘감긴 손가락의 차가움에 손이 어느 정도 흔들리는가를 가급적 그에게 보여주려 했다.

“어떤 것을 용서받고 싶은지 말해 주세요. 당신이 말한 대로 ‘여성’의 이름으로 용서할 수 있는 것이라면, 용서하도록 노력해 보죠.”

그는 말했다.

“‘지옥의 접화 클럽’, 상상도 할 수 없었던 세계, 산을 넘은 사악한 세계로, 처음에는 가벼운 기분으로 입회한 것. 이유도 잘 모른 채 자유 의지를 포기한 것. 깨달았을 때는 이미 늦고, 더러움을 모르는 사람의 마음에는 결코 떠올릴 수 없는 악의 그물에 혼은 완전히 체포되었지……. 마치 늪 속으로 들어가는 것처럼. 환란의 밤, 웃음 소리와 농담, 대량의 술, 그리고 소곤거리는 유혹의 말, 도발, 도박……. 또한 늪의 푸른 풀이 빛을 내고, 천진난만하고 즐거운 처음의 한두 걸음, 그러나 나중에는 이미 되돌릴 수 없었지. 되돌리는 것이 아니라, 아예 돌리고 싶다는 생각도 하지 않게 되었지. 나는 이미……."

그는 학질이라도 걸린 듯이 몸을 떨었다.

"그 밤은 그녀가 제단을 가로질러 갔어."

거기서 갑자기 말을 끊었다.

"당신은 이런 말을 들을 필요가 없어. 그러나 들어주지 않으면 어떻게 당신의 용서를 받을 수 있지?"

다른 여자들, 그 사람들은 듣지 않았고 용서를 해 줄 수도 없었다. 그리고 결국 후회하고 자신들의 목숨을 끊었다고 했다.

그녀는 말했다.

"그렇다면 들려주세요. 괜찮으니까 듣죠."

그는 다시 말했다.

'선'의 정반대를 이루는 것에의 완전한 복종——신성 모독, 새디즘, 모든 깨끗하고 우수한 것에의 강렬한 반감, 순수를 더럽히고 젊고 아름다운 것을 짓밟고 추락시켰다——점점 많은 것을 악 속으로 그리고 악을 원하고 그만둘 수 없는 이 갈망…… 그는 말하고, 그 가운데에 진정으로 감화를 받고 소름끼치는 두려움에 역겨워하면서 그녀는 외쳤다.

"들려주세요!"

그는 차가운 팔을 그녀에게 감고 통한의 말을 마치자, 비로소 그녀를 놓아주고 이렇게 말했다.

"그래서 결국 나는 그녀의 밑으로 돌아가서 이 부정의 무거운 짐을 지금 당신의 발밑에 두도록, 그녀의 발밑에 놓도록 부탁을 한 거야. 나를 용서해 줘. 그녀의 눈물로 나를 깨끗한 몸으로 돌려주면……."

그러나 그 사람은 들을 용기가 없었다. 용서를 해 줄 수 없었던 것이다. 따라서 2백 년에 걸쳐 그는 죄의 무거운 짐을 지고 그것을 다른 여자의 발밑에다 두기 위해 나타났다. 두번 세번…… 그리고 그 여자들도 그를 거부해서 충격을 견딜 수 없게 된 것이다. 아무튼, 결국 이해심이 결여되었다는 것이다.

"그럼 나는…… 나까지 무정하게 등을 돌려도 좋아요?"

마침내 그녀는 머뭇거리다가 말했다.

"만약 내가 '용서해요'라고 한다면……?"

그녀는 다시 그의 눈에 슬픈 표정이 확산되는 것을 보았다.

"입 끝의 공허한 말로는 나를 해방시킬 수 없어."

"나, 눈물을 흘려도 좋아요."

"희생자를 위해서군. 책망받은 자, 창피당한 자, 상처받은 자를 위해…… 그러나 나를 위한 눈물은 아니겠지."

그때까지 쭉 그녀의 발밑에 무릎 꿇고 있던 그가 일어나서 그녀 앞에 섰다.

"당신은 용서를 해 줄 수 없어. 사랑만이 용서를 해 줄 수 있지. 아아, 나는 또 실패했어."

그녀는 방이 다시 차가워지고 조용해지는 것을 느끼며, 그가 자신의 발밑을 떠나려는 것을 알았다.

그는 슬픈 듯한 목소리로 말했다.

"영원히, 영원히……."

천천히 그녀는 일어섰다. 그리고 두리번거리며 말했다.

"적어도 나는 당신에게 동정을 하고 있어요."

얼음처럼 차가운 손이 다시 그녀의 손을 잡았다.

"사랑해 줘! 나를 사랑해 줘! 동정만으로는 부족해."

그녀는 손을 올려 그의 차가운 얼굴을 양 손으로 감싸며 그의 눈을 바라보았다. 거기서 미칠 듯한 절망과 뜨거운 호소를 읽었다.

"동정은 사랑과 거의 같아요."

그녀는 말했다.

입술에의 키스는 죽음처럼 차갑고 그녀를 감싸안은 팔 또한 죽음처럼 차가웠다. 그녀 자신도 1시간 정도 생명이 불어넣어진 죽은 자처럼 힘을 잃고, 그의 황량하고 차가운 격정에 굴해서 살아 있는 사자의 포옹에 처녀의 몸을 맡겼다. 이윽고 그녀는 거대한 네 기둥의 침대에서 그의 움직이지 않는 팔 속에 죽은 것처럼 뉘어져 있었다. 그가 위에서 내려다보고 있었다. 자신이 지불한 희생의 한없는 크기를 생각하고 그녀는 속삭였다.

"자아, 내 덕분에 해방되었다고 말해 주세요."

그녀는 그의 얼굴을 바라보았다.

슬픔은 사라지고 절망의 표정도 애절한 호소도 사라졌다. 그 대신에…… 그녀는 무심코 외쳤다.

"왜 웃고 있죠?"

조소를 띤 채 웃고 있다. 우쭐해서 갑자기 크게 웃었다. 다른 누구도 아닌 자신의 귀에 들린다는 것을 안 그녀는 갑자기 공포에 전율했다. 그의 얼굴은 웃음으로 일그러졌고 보기 싫게 조소하는 얼굴로 변했다. 악의 냄새가 다시 콧구멍을 감싸고, 거대한 침대는 묘같이 차가웠으며, 침대보는 그녀를 덮는 관의 천으로 변했다. 벽난로는 쇠약해져 이제는 소리도 나지 않았고, 방 밖에서 전 세계가 또다시 이상하게 조용해졌다. 그녀의 위에서 내려다보고 있는 그의 얼굴, 암흑의 공허를 생각케 하는 입에서 너무나 큰 소리로 웃는 그의 얼굴은 그날 밤 그가 그녀에게 들려준 꺼림칙한 악덕으로 더러워졌다.

"다른 여자들도, 그 사람들이 듣지 않았다고, 최후의 한 방울까지 다 마시지 않았다고 생각하는가? 그 사람들도 또한 '동정'과 '용서'에 의해서 자신들의 묘를 파지 않았다고 생각하는가? 그 사람들과, 그 전에도 열 사람이나 있었어. 그 어리석은 여자가 '용서'를 해 준 이래 오랜 세월 동안에 여러 사람이 나를 용서했지. 황송하게도 나를 용서해 주었지, 마왕의 친구로서 함께 걸어온 나를……."

그러나 그 이름을 말하는 동시에 그는 머리를 쳐들었다. 그의 이름을 말함과 동시에 갑자기 긴장해서 머리를 들고 침묵했다. 그는 귀를 쫑긋 세웠다. 그리고 방의 냉기는 얼음의 차가움으로 깊어지고, 고요는 이 세계의 끝, 허무의 조용함으로 깊어졌다. 냉기와 정숙 속에서 그가 작은 소리로 말했다.

"마왕이여, 내가 왕이다!"

호출에 응하는 듯이 그렇게 중얼거리며 떠는 개처럼 침대에서 기어 아까 그가 나타난 곳, 악의 그림자 앞으로 서서히 돌아갔다. 그리고 사라졌다.

밖에서 조용하게 바람이 불고, 낙엽이 와삭 창을 때리고, 그리고 수탉이 울고, 어렴풋이 회색의 밤 하늘에 최초의 여명이 비치기 시작했다.

먼 옛날, 먼 옛날 일…… 다른 여자들은 나가서 자살을 했다. 그때까지 더럽히지 않은 시절을 살아온 젊은 아가씨는 기다리지 않았다. 젊은 미망인도 아주 조금 기다렸을 뿐…… 그러나 그녀는 기다렸다. 그리고 지금 쭈그리고 앉아 계속 외치고 있는 것이다.

"돌아와! 돌아와!"

　그러나 그들은 아무도 돌아오지 않았다. 하얗고 눈부시게 빛나는 무정한 그 방은 모든 게 끝난 것처럼 아무것도 움직이지 않았다. 다만 그들이 패닉에 휩싸여 도망가 버린 '휴 후후'하는 한숨 같은 소리를 내고, 여닫이문이 아직 흔들리고 있을 뿐이다.
　"돌아와! 돌아와! 나를 혼자 두지 말고! 나를 두고 가지 마, 이들과 함께!"
　그러나 문은 한숨을 내며 정지하고, 닫혀진 문의 불투명한 유리창에 그녀는 반대로 비치는 문자를 읽을 수 있었다——'분만실'

여자의 마음 / 로렌스 블록

Passport in Order

Lawrence Block

뉴욕주 버팔로 출생. 페이퍼백 라이터로서 많은 오락소설을 발표한 후, 76년에 무면허 알콜 중독자 탐정 매트 스커더가 등장하는 「In the Midst of Death」를 발표. 77년부터 「도둑은 선택할 수 없다」의 바니 로덴버 시리즈를 쓰기 시작. 매트 스커더는 대도시의 감상과 허무를 묘사한 하드보일드. 로덴버 시리즈는 위트가 넘치는 경쾌한 유머. 「새벽의 빛 속에」로 MWA단편상과 미국 사립탐정작가협회(PWA=Private Eye Writers of America Shamus Award) 상을 수상했고, 후에 장편화되었다. 대표작은 PWA상을 수상한 「8백만 가지 죽는 법」, 1991년 「백정들의 미사」가 MWA 최우수단편상 수상.

여자의 마음

마샤는 일어나서 하품을 하고는 둥근 유리 재떨이 위에 담배를 눌러 껐다.

"늦지 않았죠."

그녀가 말했다.

"집에 돌아가야 해요, 헤어지는 것은 싫지만……."

"오늘 밤에 포커라도 하시 않을까, 남편은?"

"그래요, 그렇지만 전화를 걸지도 몰라요. 아차 하는 순간에 많이 잃고 빨리 돌아올지도 몰라요. 물론 화까지 내면서……."

그녀는 한숨을 쉬고 남자 쪽을 뒤돌아보았다.

"이런 식으로 호텔 방이나 모텔에서는 그만 만나는 게 좋을 것 같아요……."

"이것도 오래 가지 않을 거야."

"그럼?"

브루스 파는 웨이브 진 머리를 뒤로 빗어 올리고 담배에 불을 붙였다.

"한 달 후에 재고 정리가 있어. 금방 나는 주목받을 거야. 큰 회사지만 25만 달러나 되는 보석이 사라져 버리면 조만간에 누군가에게 혐의를 씌우겠지.”

“당신이 훔쳤어요?”

그는 빙긋이 웃었다.

“한 번에 조금씩이지. 누구도 찾으려고 하지 않는 것을 훔쳤지만 재고 정리를 하면 없어진 것이 발각되겠지. 깨끗하게 팔아치웠어. 일부는 현금으로 팔고 나머지는 전당포에 넣었지. 10만 달러 정도 될 거야. 확실히 보관했어.”

“굉장해요!”

그녀는 휘파람을 불려고 입을 오므렸다.

“10만 달러라니……!”

“그건 거스름 돈이지.”

브루스의 얼굴 표정을 보고 마샤는 좋은 일이 생길 것 같다고 생각했다.

“소매가의 반액에 가까워, 마샤. 여기까지는 잘되었지만 꾸물거리면 안 돼. 멀리 도망쳐야지.”

“알았어요. 하지만 두려워요.”

“붙잡히지 않으면 돼. 외국으로 나가면 걱정할 필요는 전혀 없어. 2, 3천만 주면 시민권을 얻을 수 있고 본국 송환을 피할 수 있는 나라는 얼마든지 있어. 녀석들에게 우리들이 붙잡힐 것 같아?”

그녀는 바로 그 말을 이해했다. 어떻게 할 것인지 그에게 물었다. 마샤는 얼굴을 돌렸지만 잠시 후에 정면으로 그의 눈을 바라보았다.

“걱정거리는 경찰이 아니에요. 당신이 잘해 준다면 상관은 없지만…… 당신을 믿어요.”

"아니, 뭐가 두려워?"

"레이죠."

마샤는 눈을 내리깔았다.

"더할 수 없이 온화한 남편 레이는 우리들을 찾을 거예요, 달링. 난 알아요. 꼭 그럴 거예요. 캄보디아든 그 어디든 상관없이 말예요. 레이는 지위 때문에 날 찾는 것이 아녜요. 그 사람은……."

그녀는 계속할 수 없어서 뜸을 들였다.

"우리들을 죽일 거예요."

"어째서 찾는다는 거지? 왜 그렇게 생각하지?"

마샤는 머리를 혼들었다.

"당신은 레이를 몰라요."

"알고 싶지도 않아, 허니."

"당신은 그 사람을 몰라요."

그녀는 반복했다.

"나는 알아요. 모르는 편이 나았을 텐데. 그런 사람과 만나지 않았으면 좋았을 텐데. 레이에게 나의 존재는 그저 소유물에 불과해요. 나는 그 사람의 부속품이에요. 그런 내가 도망치면 그 사람은 용서하지 않을 거예요, 결단코. 그가 친하게 지내는 사람 중에는 무서운 사람들이 많이 있어요. 전과자라든가 갱이라든가."

마샤는 입술을 깨물었다.

"여러 가지 방법을 다 동원해서 나를 찾아낼 거예요. 그리고 죽이고, 그래……."

그녀는 끝까지 말하지 않았다. 브루스는 위로하려고 그녀를 안았다.

"나는 당신을 단념하지 않아. 죽여 버릴까?"

"몰라요. 당신은 레이가……."

목소리에 공포감이 묻어 있다.

"광포하고 잔인해요, 그 사람은……."

"선수를 쳐서 처리해 버리면 어때, 마샤?"

'여자를 납득시키지 않으면 안 된다. 어차피 멀리 도망갈 처지는 면할 수 없다. 일생을 혹은 일부를 감옥에서 보낼지도 모른다. 외국으로 나가기만 하면 목숨을 부지할 수 있을 것이다. 그렇다면 도망치는 김에 장애물을 없애는 것이 뭐가 나쁘단 말인가? 남편의 존재가 정말로 위협적으로 느껴진다면 영원히 퇴장시켜 버리면 되지 않겠는가?'

이렇게 생각한 브루스는 말을 계속했다.

"그리고 나는 녀석이 뒈지는 것을 보고 싶어, 정말로. 당신이 내것이 된 지 벌써 몇 개월이 지났는데, 여전히 녀석이 있는 곳으로 돌아가야 되는 것은 참을 수가 없어."

"지금의 일, 생각해 봐야 해요."

"당신은 아무것도 하지 않아도 좋아, 마이 베이비. 내가 다 알아서 할 테니까."

그녀는 고개를 끄덕이며 일어섰다.

"생각조차 하지 않았어요. 살인이라니? 살인이 이렇게 일어나는 건가요? 평범한 인간이 어쩔 수 없는 일에 휘말린 때에, 이렇게 시작되는 거예요?"

"우리들은 그런 차원과는 틀려, 마샤. 근본적으로 말이야, 어쩔 수 없는 일 아냐? 잘될 거야."

"다시 한 번 생각해 봐요. 나, 나도 생각해 볼게요."

마샤가 말했다.

이틀이 지난 후에 마샤가 브루스에게 전화를 걸었다.

"그 동안에 생각해 봤어요? 한 달 정도의 여유 따윈 없어요."

"무슨 의미지?"

"어제 저녁에 레이가 깜짝 놀랄 만한 말을 했어요. 파리행의 항공권 두 장을 나에게 보여줬어요. 작년 여행 때에 사용한 여권이 아직 유효해요. 나는 레이하고 여행하고 싶지 않아요. 정말 견딜 수 없어요."

"생각해 보았는데, 예의……."

"에에, 지금은 상황이 좋지 않아요. 오늘 밤 살짝 도망치려고 생각해요."

"언제, 어디서 만나지?"

마샤는 장소와 시간을 지정했다. 브루스는 수화기를 놓을 때 손이 떨리지 않은 데 대해 깜짝 놀랐다. 얼마나 간단한 일인가. 한 남자의 운명을 결정하는, 그 생명에 종지부를 찍는 계획을 세운다는 것에, 마치 외과의사의 손처럼 미동도 하지 않는다. 이렇게 생사의 문제를 쉽게 결정할 수 있다는 것이 놀랍다.

그날 밤 조금 늦게 그녀가 나타났다. 브루스는 랜돌프 아베뉴의 주점 앞에서 기다리고 있었다. 마샤가 가까이 오자, 그가 가까이 다가가 팔짱을 꼈다.

"여기서 말할 수는 없어. 함께 있는 것을 누가 보면 좋지 않으니까. 한 바퀴 돌지. 차는 저쪽에 주차되어 있어."

그는 크레이본 드라이브로부터 마을의 동쪽 끝으로 나갔다. 그녀는 담배에 불을 붙이고 침묵했다.

"난 생각하지 않을 수 없었어요."

마샤가 말했다.

"어제 저녁 갑자기 남편이 유럽에 간다고 했어요. 3주 간 정도 있을 거래요. 나는 정말 참을 수 없었어요."

“그래?”

“당신이 말한 것을 생각해 봤어요. 즉 레이를 죽이는 일을…….”

“그래서?”

마샤는 숨을 들이마시고 천천히 내쉬었다.

“당신이 말한 대로예요. 그 사람을 처치하는 것…… 쫓기면 한시도 마음을 놓을 수가 없을 거예요. 매일 저녁, 그것도 한밤중에 놀라서 벌떡벌떡 일어날 거예요. 꼭 그럴 거예요. 그럴 바에야 나는…….”

브루스는 한마디도 하지 않았다. 그녀의 눈을 바라본 채 상대의 손을 잡고 있었다.

“단순한 걱정이라는 것 알아요. 경찰을 봐도 부들부들 떨게 돼요. 당신이 말한 본국 송환을 피한다 해도…… 당신이 잘하리라고 생각하지만, 주위를 살피는 사냥감 같은 기분으로 사는 건 딱 질색이에요. 레이에게 잡히는 것보다는 경찰에 잡히는 쪽이 나아요. 설령 그렇게 되더라도 좋은 기분은 아니겠지만…….”

“그래서?”

마샤는 새 담배에 불을 붙였다.

“이런 생각은 바보 같을지 모르지만, 추적의 눈을 당신이 아닌 딴 곳으로 돌리고, 동시에 그 사람을 정리할 방법이 하나 있지 않을까 생각했어요. 어제 저녁에 생각했지만, 당신들은 키가 거의 같아요. 6피트 1인치 정도죠?”

“그렇지.”

“생각한 대로예요. 당신 쪽이 젊고 레이보다 훨씬 멋있는 사나이지만, 신체와 체중은 거의 같죠. 그래서 생각한 건데요…… 아아, 그렇지만 이런 바보같이…….”

“괜찮으니까 말해.”

"텔레비전을 보는 것처럼 쉬운 일은 아니에요. 이런 것을 생각하다니, 어떤 심정이 될지 모르겠어요. 아무튼 당신이 유서를 쓴다면 좋지 않을까 생각해요. 한밤중에 일어나서 자세하게 유서를 쓴다는 내용이에요. '회사에서 보석을 횡령하여 바꾼 돈을 도박으로 날려 버렸고, 그리고도 계속 착복을 한 나머지 점점 깊이 빠져들어가 결국 헤어나올 수 없게 되어 뭔가를 써둡니다. 그래서 결국 하나밖에 없는 길을 선택합니다. 그리고 나는 결심했습니다.'라고 덧붙이죠. 즉 자살이라고……."

"읽을 기분 나겠구만."

그녀는 눈을 내리깔았다.

"당치않은 계획이죠?"

"아냐. 당신도 상당히 교활하군. 그렇게 해 두면 레이가 죽었는데 내가 죽은 것처럼 보일까?"

마샤는 고개를 끄덕였다.

"가능성 있는 방법을 생각해 봤어요. 이런 말을 하고 있는 사람이 정말 나인지 믿을 수 없지만, 이 정도면 가능하지 않을까 생각했어요. 당신이 우리 집에 와서 레이가 푹 잠들어 있을 때 습격해요. 베개로 얼굴을 누른다든가 어쩐다든가 해서 일이 끝나면 그 사람을 당신의 차에 태워 어딘가로 데려가는 거예요."

"언덕에서 버리나?"

브루스의 눈은 솔직하게 칭찬하는 기미가 나타났다.

"훌륭해, 정말 훌륭해!"

"정말 그렇게 생각해요?"

"그 이상 명안은 없어. 녀석은 버젓이 유서를 손에 쥐고 있을 테니까. 내가 쓴 자필 유서를……. 그리고 언덕 밑의 내 차와 타 버린 시체를 발견한다. 확실히 자살이라고 생각하겠지. 당신은 천

재야, 달링."

마샤는 애써 미소를 지어 보였다.

"이렇게 되면, 회사도 당신을 쫓진 않겠죠?"

"나도, 그리고 돈의 행방도 없지. '도박으로 전부 날려 버렸습니다.' 이렇게 써두면 감쪽 같겠지. 나는 지금까지 말에 2달러 이상 걸어본 적이 없지만, 이것으로 당신의 온화한 남편이 저 세상으로 가는 거야. 아, 좀 기다려. 누군가가 당신 남편의 행방에 대해서 생각하기 시작할지 몰라."

"그럼 어떡하죠?"

"점점 명안이 떠올라. 녀석은 내 운전석에 앉고, 나는 유럽행 비행기의 녀석의 자리에 앉는 거야. 우리들의 키는 거의 같고, 녀석의 여권은 유효하며, 예약은 모두 완료되어 있잖아. 표를 이용해서 호화 여행을 하는 거야. 그리고 돌아오지 않는 거야. 아냐, 돌아와서 우리들에 대해서 아는 사람이 없는 곳에 정착해도 좋겠지, 달링. 장애물만 제거하면 되는 거야. 그런데 언제 떠나기로 되어 있지?"

마샤는 눈을 감고 일정을 잘 생각해 봤다.

"내주 금요일 아침에 뉴욕으로 날아가서 다음날 오후에는 파리에 도착해요."

"좋아, 목요일 저녁에 그쪽으로 가지. 녀석이 잠들면 살짝 내려와서 나를 들여보내줘. 유서는 준비해 두지. 녀석을 처치하고 바로 공항으로 향하는 거야. 그렇게 하면 집에 돌아올 수고도 생략되니까."

"돈은?"

"함께 가져가는 거야. 목요일에 짐을 꾸려 두면 만반의 준비가 되지. 여권도 그 무엇도."

브루스는 믿을 수 없다는 듯이 고개를 흔들었다.

"항상 당신을 멋있는 사람이라고 생각했어, 마샤. 그러나 머리가 이렇게 좋으리라곤 생각하지 못했지."

"정말 잘되리라고 생각해요?"

그가 키스를 하자, 그녀는 달라붙는 것처럼 몸을 움직였다.

그는 한번 더 키스했다. 그리고 나서 그녀의 얼굴을 쳐다보고 방긋 웃으며 말했다.

"실패할 리가 없잖아."

하루하루가 천천히 지나갔다. 목요일 밤까지는 만나는 따위의 위험한 짓은 할 수 없었다. 그렇게 길지 않다고 말하며 브루스는 마샤를 위로했다.

그러나 실제로는 길었다. 생각보단 훨씬 안정되었지만, 그 결과가 어떤 식으로 될까를 생각하면 마샤는 역시 불안했다.

목요일 오후, 브루스로부터 최후의 판국을 엮는 전화가 걸려왔다. 두 사람은 순서를 결정했다.

'레이가 깊이 잠들면 그녀는 침대를 몰래 빠져나와서 전화를 건다. 그는 그때까지 유서를 마무리하고, 돈을 차의 트렁크에 넣는다. 전화를 신호로 그녀의 집으로 향한다. 그녀는 기다리고 있다가 그를 안으로 들여보낸다.'

이와 같은 순서를 확인하듯 서로 말을 주고 받은 다음, 브루스가 그녀를 안심시키듯 말했다.

"어떤 일이 일어나도 걱정할 필요는 없어. 아무튼 내가 잘할 테니까."

마샤에게는 그날 밤과 다음날이 한 달 정도로 길게 느껴졌다. 금요일 오전 3시 20분, 결국 그녀는 브루스에게 전화를 걸었다. 그는 바로 나갔다.

"영원히 걸지 않을까 걱정했어."

"레이가 늦게까지 자지 않았어요. 그렇지만 이제 잠들었어요."

"바로 갈게."

그녀는 현관에서 기다렸다가 차가 멈추는 소리가 나자 노크하기 전에 문을 열었다. 브루스는 재빨리 들어와 문을 닫았다.

"전부 준비됐어?"

"돈은?"

"트렁크 속에…… 007 가방에 가득 담겨 있어."

"훌륭하군요."

그녀는 말했다.

"잘해 줘요, 달링."

그러나 브루스는 그녀의 말을 끝까지 듣지 못했다. 그녀가 입술을 움직여 말을 마치자마자, 그의 등뒤에서 사람의 그림자가 습격하여 보기 좋게 그의 후두부를 강타했기 때문이다. 브루스는 오른쪽으로 쓰러져 아무 소리도 내지 못했다.

레이 더데이는 몸을 재빨리 일으켰다.

"썰렁해서 기분이 안 좋아. 진행 상황을 잘 살펴. 쓸데없이 근처 사람들에게라도 들키면 재수 없으니까."

마샤는 문을 열고 밖으로 나갔다. 주위는 아직 어둡고 조용했다. 신선한 공기를 가슴 가득히 들이마시는 것이 즐거웠다.

레이가 말했다.

"놈의 차를 이 앞으로 가져와. 좀 기다려, 키가 있을 거야."

그는 브루스의 포켓에서 꾸러미로 된 키를 꺼냈다.

"좋아, 가져가."

마샤는 차를 옆의 입구에 세웠다. 레이는 맥없는 브루스의 몸을 일으켜 문가로 끌고 와서 운전석 옆에 앉혔다.

"우리 차에 타."

레이는 아내에게 말했다.

"뒤에서 따라와. 꼭 따라 붙어야 해. 북쪽 32번 도로로 간다. 국경에서 1마일 반쯤 되는 곳에 안성맞춤인 언덕이 있어."

"너무 안성맞춤이면 곤란해요."

그녀는 말했다.

"숯검둥이가 되면 신원을 모르게 될지도 몰라요."

"그런 걱정은 없어. 치아의 X선 사진을 보면 바로 알게 돼. 놈이 거기까지 신경쓸 만큼 영리한 놈이 아니었기에 다행이야."

"특출한 머리라고는 할 수 없었어요."

"할 수 없지, 자."

레이는 정정했다.

"아직 뒈지지 않았으니까."

마샤는 1블럭 반 정도의 거리를 두고 남편의 뒤를 따랐다. 지정된 장소에 오자, 마샤는 그가 트렁크에서 돈을 꺼내고 브루스의 포켓을 뒤져 단서가 될 만한 것을 가지고 있지는 않은가를 확인하는 것을 물끄러미 바라보았다. 레이는 브루스를 운전석에 앉히고 다리를 액셀러레이터에 놓았다. 그때 그가 몸을 움직이기 시작했다.

"안녕, 브루스."

마샤가 말했다.

"자신이 얼마나 형편없는 남자인지, 당신은 모르겠지."

레이가 손을 뻗어 기어를 넣자, 무거운 차는 달리기 시작하여 순식간에 철책을 무너뜨리고 한순간 공중에 매달리는 것이 아닌가라고 생각하는 찰나에 무서운 기세로 아득히 깊은 곳으로 떨어졌다. 첫 충격음이 들렸다. 결국 한번 더 폭발의 굉음이 일어나자 차체는 순식간에 화염에 휩싸였다.

돈이 가득 찬 007가방을 싣고 두 사람은 스피드를 천천히 올리며 달렸다.

"바보 하나 처리했군."

레이는 들떠서 말했다.

"뉴욕행을 타려면 2시간이 남았어. 그리고 나서 파리로 향하지."

"파리!"

그녀는 안도의 숨을 내쉬었다.

"초라한 여행은 아니겠죠, 그전처럼? 이번에는 호화롭게 즐길 수 있겠죠?"

마샤는 미동도 하지 않는 양 손을 주시했다. 놀랄 정도로 안정된 기분이란 이런 것일까? 마샤의 얼굴에는 천천히 웃음이 퍼지기 시작했다.

살인 방식 / 리차드 & 프란세스 로크리지

Murder Method

• 리차드 & 프란세스 로크리지
Richard & Frances Lockridge
　부부 작가인 프랑세스(1896~1963)와 리차드(1898~1983)는 많은 작품을 남겼다. 70년대까지 리차드의 소설에는 부인과 함께 만들어낸 시리즈 주인공이 꾸준히 등장한다. 그중에서도 가장 유명한 것은 노스(North) 부부인데, 1940년에 출판된 「노스 부부 살인을 만나다」에서 처음 등장했다.
　부부는 1960년 미국추리작가협회 회장을 지내기도 했다.

살인 방식

팬 해트리는 죽음이 기다리고 있는 뉴욕을 찾아왔다. 미국 중서부 센터타운에서 온 그녀는 한 동네에 살던 옛 급우들과 재회하는 만찬회가 한창인 때에 죽은 것이다. 서부 12번가에 있는 집의 가파른 계단 아래에 죽어 있었다. 작은 체구의 그녀는 그날 하얀 드레스를 입고 있었다. 밝고 푸른 그녀의 눈은 생각지도 못했던 자신의 죽음을 응시하고 있는 듯했다.

여느 파티와 그다지 다를 바가 없는 분위기 속에서 파멜라 노스는 조금씩 긴장감을 느끼고 있었다. 친구들의 옛 이야기에 미소로만 답하고 있는 자기 자신의 태도에 내심 불안해하고 있었기 때문이었다.

'오랜만에 만난 친구들이 이렇게 서먹하게 느껴지다니……'

팜(파멜라 노스의 애칭)은 웃음띤 얼굴로 팬을 바라보고 있었다. 팬은 학창 시절의 추억을 이야기하고 있었다. 그녀는 센터타운의 사우스웨스트 고등학교에서 팜과 같은 반이었다. 호텐스 노트슨과 필리스 피트도 마찬가지였다. 팬은 역시 같은 반이었던 빨강 머리 소녀가 생각났다.

"그래, 그 빨강 머리."

팬 해트리의 눈은 추억으로 빛났다. 그녀는 몸을 앞으로 내밀며 말했다.

"그 애, 베튼 선생님 반이었지, 아마? 기억나지, 팜? 말더듬이 남자애와 사귀고 있던 애 말야."

"그랬나? 왜 아무 기억도 안 나지?"

"머리를 초록색으로 염색했었지, 그 선생님?"

팜이 넌지시 물어보았다.

팬은 어이없다는 표정으로 팜을 쳐다보았다.

"팜!"

팬이 말했다.

"그건 다른 선생님이야. 베튼 선생님은ーー."

세 쌍의 부부와 팬 해트리의 이 파티는 시작될 때부터 이런 상태였다. 그들은 피트 부부가 사는 조그마한 집의 거실에 모여 있었다. 옛 뉴욕을 연상시키는 그 집은, 집의 구조상 조금 불편한 점도 있긴 했지만 전체적으로 고풍스런 매력을 풍기고 있었다.

9월치고는 더운 편이었던 그날 밤 파티가 시작될 무렵 이 집의 매력은 절정에 달했다. 활짝 열어놓은 창문으로 부드러운 산들바람이 불어왔다. 팬은 그 산들바람을 맞으며 자신의 옛 추억을 이야기하고 있었다.

그런데 팜 노스에게는 전혀 기억나지 않는 이야기들뿐이었다.

'팬은 정말 기억력이 좋구나. 그에 비하면 나는 너무 건망증이 심해.'

하지만 그녀는 옛 친구들을 실망시키지 않기 위해 계속 미소를 지으며 이야기를 들어주었다.

'다들 어떻게 이렇게 서로에게 신경을 쓰고 있을까? 혹시 이젠

다 잊어버렸다고 체념들을 하고 있는 것은 아닐는지…….'

그러나 호텐스 노트슨도 필리스 피트도 자신과 같이 노력하고 있다는 것을 팜은 느낄 수 있었다. 팬은 2학년 때의 소풍을 마치 어제 일처럼 이야기하고 있었다.

팜은 계속 미소를 지으며 이야기를 들어주고 있었다. 때때로 고개를 끄덕이며 맞장구도 쳐주었다. 모든 팬을 실망시키지 않으려고 애썼다. 다들 번갈아가며 팬의 이야기를 들어주었다. 남자들도 협조해 주었다. 스탠리 피트도 오늘 밤 파티의 호스트답게 잘해 주고 있었다. 팜은 이런 멋있는 주인이 사는 이런 멋있는 집에서 하룻밤을 묵게 되었다는 사실에 너무나도 기분이 좋았다.

스탠리와 제리 노스는 홈 바에서 이야기를 나누고 있었다. 제리는 한 손에 컵을 들고 스탠리의 이야기를 듣고 있었다. 팜은 자기의 잔이 비어 있다는 것이 생각났다. 그런데 아무도 거기에 신경을 쓰고 있지 않은 듯했다.

'텅 빈 내 마음과 잘 어울리는군.'

팬이 진저 에일(생강의 향미가 있는 탄산 청량음료)을 마시고 있는 모습이 보였다. 그녀는 절대로 술은 마시지 않았다. 한 잔만 마셔도 기분이 이상해지곤 했기 때문이다.

팬이 말했다.

"팜, 네가 해주는 얘기는 늘 재미있었지. 기억나니, 팜? 우리가 졸업하고, 네가……."

팜은 기억이 나지 않았다. 팜은 팬의 이야기를 들어주면서 계속 거실 안을 둘러보고 있었다. 필리스 피트는 클라크 노트슨과 이야기를 나누고 있었다. 둘 다 금발이었다. 클라크는 체격이 건장해서 나이보다 젊어 보였다.

클라크는 센터타운에서 호텐스와 결혼했다. 팜은 자신과 친구들이 고등학교에 다니고 있을 때 그가 대학생이었던 것을 기억하고 있었다. 호텐스는 그 무렵 약간 마르고 까무잡잡한 편이었다. 그녀는 번듯한 집 한 채 없이 가게에서 부모와 함께 가난하게 살고 있었기 때문에 자신의 자존심만이라도 지키려는 듯, 남들에게 새침하게 대하곤 했다.

팜은 생각했다.

'아직도 그 성격은 여전하군. 자신만만한 말투하며 옷 차려입은 것하며…….'

스탠리 피트와 제리는 이야기하고 있는 모습으로 보아 굉장히 재미있는 화제를 찾아낸 듯했다. 스탠리는 뭔가를 열심히 이야기하고 있었고, 제리는 그 이야기를 들으며 연신 고개를 끄덕이고 있었다. 스탠리는 이야기를 하면서 계속 손을 움직이고 있었다. 이야기 하나하나에 단락을 짓는 왼손 엄지손가락 끝에 오른쪽 손가락 끝을 일일이 대 가며 말하고 있는 것이었다. 그리고 제리는 흥이 나면 늘 그러듯이 머리칼을 열심히 손으로 쓸어올리고 있었다. 팜은 남자란 버릇도 참 가지각색이라고 생각했다.

"그럼, 그 일이라면 지금도 기억하고 있구말구."

팜은 약간의 거짓말은 상대방을 위한 배려가 될 수 있다고 생각했다.

'팬 정도라면 어떤 사건에서든 훌륭한 증인이 될 수 있겠는걸.'

팜은 생각했다. 아마도 그녀의 마음속에는 아주 어릴 적부터 지금까지의 일들이 모두 새겨져 있을 것이다. 다른 많은 사람들의 마음처럼 무뎌져 있지 않을 것이다. 뉴욕시경의 명물 빌 웨이건드는 언제나 이런 증인을 만나고 싶어했다. 몇 년 전, 빌과 처음 만났을 때부터 팜과 제리가 관계해 온 많은 사건들 중에서 이런 증인을 만난 적은 그녀가 기억하고 있는 한 한 번도 없었다.

팬이라면 정말 무엇이든 똑똑히 기억하고 있는 증인이 될 것이다. 만일 팬이 살인이나 시체가 묻힌 곳 따위에 대해서 알고 있는 것이 있다면 한 가지도 빠짐없이 정확하게 기억할 수 있을 것이다. 하긴 그녀의 기억은 듣는 사람이 걸러 들을 필요는 없겠지만 그런 일이라면 빌이 전문이었다.

팜은 엉뚱한 것을 멍하니 생각하면서 팬이 살인 사건 같은 것을 알게 되지 않았으면 했다. 이런 뛰어난 기억력은 절제하지 않으면 위험을 부를 수가 있다. 팜은 빌과 알게 되고부터 남의 이야기를 지나치게 많이 알고 있는 사람들이 종종 있다는 것을 알게 되었다. 팜은 자신의 기억력과 상상력을 겉으로 나타내는 일은 최대한 삼가했다. 명랑한 성격에 말이 많은 자신이 그 기억력 때문에 위험해질 수도 있다는 것을 알고 있을까?

팜 노스의 입술은 입술대로 아팠고 마음도 팬의 이야기로 어수선해졌다. 그녀는 거실 안쪽의 홈 바에 있는 제리에게 눈길을 보냈다.

'세리, 이쪽 좀 봐요!'

팜은 제리에게로 가고 싶어졌다.

'날 좀 불러 달라구요!'

지금까지 잘 통했던 이 주문(?)이 오늘은 왠지 잘 통하지 않았다. 제리는 여전히 머리칼을 손으로 쓸어넘기면서 스탠리의 이야기에 푹 빠져 있었다. 팜은 팬의 기분이 상하지 않도록 조심하면서 그녀의 이야기를 가로막았다.

"저 말야, 제리가 날 좀 보재. 남편이란 다 저렇게 제멋대로라구."

팜은 급히 입을 다물었다. 팬이 아직 남편이 없다는 것이 생각난 것이다. 남편이 없는 그녀에게 그런 말을 한다는 것은 왠지 미안하게 생각되었다. 팜이 어색해진 그 자리를 떠나려 하자, 필리스가 고맙게도 그 자리를 채워주었다. 팜은 남편 제리에게 가면서 생각했다.

'그런 말은 하는 게 아니었는데…… 아무리 생각해도 이 파티에는 안 오는 편이 좋았던 것 같아. 대화에 제대로 어울리지도 못하고 이렇게 실수는 실수대로 하고 말야.'

팜이 제리에게 말했다.

"나, 기억나는 게 아무것도 없어요. 유일하게 생각난 게 머리를 녹색으로 물들였던 선생님이었는데, 그나마 잘못 기억하고 있던 거였지 뭐예요."

제리는 심드렁하게 대꾸했다.

"어쨌든 과거에 대해서 시시콜콜하게 이야기한다는 건 과히 기분이 좋은 일 같지는 않아요. 만일 아직까지 나쁜 영향을 미칠 수 있는 과거가 있다면 더더욱 그렇구요."

"무슨 말이야, 그게?"

"아무것도 아니에요. 신경쓰지 마세요."

팜은 남편의 그런 무관심한 태도에 안 그래도 좋지 않았던 기분이 더욱 엉망이 되었다. 술이 있으면 기분이 가라앉을 수 있을 것 같았다. 제리는 술 대신 찬 음료수 두 잔을 준비해 그녀에게 한 잔 주었다. 잔을 받으며 팜이 말했다.

"팬은 별걸 다 기억하고 있다구요. 아주 하찮은 것까지."

"그래서 그게 뭐 어쨌는데?"

제리는 여전히 무관심한 것 같은 말투였다. 팜은 이야기를 계속했다.

"누군가가 자신도 잘 기억하지 못하고 있는 자신의 과거를 죄다 기억하고 있다고 생각해 봐요. 기분이 어떻겠어요?"

등을 돌리고 서 있던 스탠리 피트가 돌아서며 말했다.

“방금 해트리양이 호텐스에게 말하는 걸 들었는데——.”

스탠리 피트는 호텐스가 오는 것을 보고 이야기를 멈추었다.

“팬은 하나도 안 변했어.”

호텐스가 말했다.

“팜, 너 이웃집에 살던 남자애 기억나니?”

“아니, 전혀.”

“너도 그렇구나. 실은 나도 그렇거든. 필리스도 기억이 안 난대. 팬이 좀 불쌍하지 않니? 아무도 걔 얘기를 받아주지 못하니 말야. 그건 그렇고, 팬이 그러는데 그 남자애는 항상 ‘O’를 하고 있었대. 그게 무슨 말일까?”

“오오, 머리칼이 녹색이었다는 그 남자애 애긴가?”

제리는 천천히 흉내를 내며 말했다.

사람들은 어이없다는 표정으로 그를 쳐다보았다. 팜이 변명했다.

“제리가 나 때문에 뭔가 잘못 안 것 같아.”

스탠리 피트는 사람들의 어깨 너머로 팬의 이야기를 듣고 있는 아내를 바라보았다. 아무 말도 없이 조용해진 그들에게 팬의 목소리가 들려왔다.

“사실, 그때 아주 무서운 일이 일어났어.”

그 앞뒤 이야기는 알 수가 없었다. 스탠리 피트가 고개를 갸우뚱거리며 말했다.

“과거에 연연하며 살기보다 과거 같은 건 싹 잊고 사는 편이 좋지 않을까요? 난 그런 쪽이 좋을 것 같은데. 안전하기도 하고요.”

스탠리가 계속 이야기를 하려고 할 때, 클라크 노트슨이 그 자리에 끼어들었다. 클라크는 기분이 그다지 좋은 것 같지 않았다.

“해트리양에게 진저 에일을 가져다 주려고요.”

그는 왠지 서두르고 있었다.

“자, 여기.”

바에서 가장 가까이 있던 제리가 새 병을 갖다 주었다. 제리가 은색 병따개를 이용해 병 뚜껑을 땄다. 마개 뽑히는 소리가 유난히 크게 들렸다.

“힘이 꽤 세군요.”

클라크는 그렇게 말하며 제리가 건네주는 병과 얼음이 든 컵을 받았다.

“이것보다 더 강한 건 아마 안 마실 거요. 마실 필요도 없을 테고.”

클라크가 병과 컵을 가지고 말했다.

시간은 8시가 조금 지나 있었고, 그곳의 사람들은 계속 분주하게 움직이고 있었다. 팜은 필리스 피트와 함께 있었다.

“곧 식사 준비가 다 될 거야. 그건 그렇고…… 팜, 옛날 일 뭐 생각나는 거 없어?”

“글쎄…….”

클라크 노트슨이 느닷없이 이야기를 시작했다. 파티에서는 화제가 무궁무진한 법이다. 이야기를 들어보니, 클라크의 회사에서는 치약을 만들고 있는 듯했다. 스탠리 피트도 그들의 이야기에 끼어들었다. 팜은 그 자리를 떠나 진저 에일을 마시고 있는 팬에게 의무적으로 돌아갔다. 팬의 눈은 반짝거리고 있었다. 마치 눈에서 빛을 내고 있는 것 같았다.

‘눈에서 빛이 나다니…… 고양이도 아니고…….’

팬은 방안을 둘러보며 말했다.

“이렇게 여러분들과 재회를 하게 되었고, 그리고 여러분의 멋있는 남편들과…….”

팬은 말을 멈추었다.

"저는 그냥……."

팜은 그녀의 말이 계속되기를 기다렸다.

"왜 그래, 팬?"

"응? 으응, 아무것도 아니야. 신경쓰지 마. 참, 팜 너 그거 기억하고 있니?"

팜은 기억하지 못하는 이야기였다. 팬의 이야기를 듣고 있던 팜은 호텐스가 그곳으로 오자 자리를 옮겼다. 몇 분 후, 혼자가 된 팜은 부드러운 조명이 감싸고 있는 거실을 감상했다. 안쪽에 있는 창문은 아래쪽 정원에서 비추는 조명으로 밝게 빛나고 있었다. 실내는 사람들의 소리로 가득했지만 그 소리가 귀에 거슬리지는 않았다. 팜은 왠지 이곳에 모여 있는 사람들이 7명이 넘는 듯한 느낌이 들었다. 추억 속의 빨강 머리 소녀와 말더듬이 소년이 같이 있는 것 같은 기분이 들었기 때문이다.

팬의 웃음 소리가 들려왔다. 톤이 높고 날카로운 소리였다. 웃음 소리 끝에는 '히— ' 하는 여운이 남았다.

'팬의 웃음 소리에는 저런 특징이 있었군. 그래, 사람들마다 제각기 그 사람이라는 걸 알 수 있는 특징이나 버릇들이 있는 것 같아. 제리는 머리를 쓸어올리는 버릇이 있지. 참, 팬은 생각할 때 코끝에 검지손가락을 갖다 대는 버릇이 있었어. 왜 그랬었지?'

팜은 그런 옛날 일을 기억해낸 자신이 놀랍기까지 했다.

스탠리 피트가 그녀에게 다가와 물었다.

"뭣 좀 먹지 않겠어요?"

"이미 많이 먹었어요."

팜은 사양했다.

"음식은 많이 드셨고…… 어때요? 옛 얘기는 많이 나누셨나요?"

그가 물었다. 팜의 시선은 그의 턱에 있는 작은 상처에 머물러 있었다.

'이것도 팜의 웃음 소리나 제리의 버릇처럼 이 사람과 다른 사람을 구별해 주는 특징의 하나일 거야.'

"전 기억력이 좀 둔한 것 같아요."

"해트리양에 비한다면 그럴지도 모르죠."

스탠리가 말했다.

"다들 댁과 그다지 다르지 않아요. 기억이란 일종의 과거로 가늘게 이어진 한 가닥 실이라고 생각합니다. 그만큼 끊어지기 쉬운 거죠. 마실 거 갖다 드릴까요?"

팜은 그다지 생각이 없었다. 다른 사람들도 모두 그런 것 같았다. 팬 해트리의 목소리가 다른 목소리들보다 뚜렷하게 들려왔다. 조금 흥분된 목소리 같았다. 술을 마시지 않았으므로 알코올 때문은 아니었고, 아마도 파티의 분위기 탓인 것 같았다. 그녀는 매우 **빠른** 어조로 제리와 이야기하고 있었다.

'틀림없이 내가 고등학교 때 어떤 아이였나를 얘기하고 있을 거야.'

팜은 그렇게 지레짐작했다.

'하지만 제리가 알게 된다고 해서 곤란해질 일은 아무것도 없었으니까 뭐…… 그래도 왠지 기분이 별로 좋지는 않은데.'

팬은 들뜬 기분으로 계속 떠들어대고 있었다. 팜은 생각했다.

'칵테일 한 잔에 저렇게 취한 건가? 잠깐, 어쩌면 팬은 모두가 놀랄 만한 일을 기억하고 있을지도 모르는데…… 그리고 다 말해 버릴지도 모르잖아."

시계는 8시 30분을 가리키고 있었다. 가정부가 문 밖에 모습을 나타냈다. 한동안 그곳에 그녀가 서 있다는 것을 아무도 알지 못했다. 이윽고 필리스 피트가 그녀를 발견하고 고개를 끄덕여 보였다.
그리고 그는 사람들에게 말했다.

"여러분, 식사 시간입니다."

식당은 1층에 있었다.

"계단이 낡았으니 모두 조심하세요."

계단은 경사가 급한데다 폭도 좁았다. 그러나 난간도 있고 카펫
도 깔려 있는, 나름대로 구색은 다 갖춘 계단이었다. 계단을 내려오
니 바로 식당이 있었다. 테이블을 장식한 꽃 사이에서 양초가 부드
럽게 빛을 발하고 있었다.

"네 자리는……."

필리스는 팜의 자리부터 정해 주었다.

"그리고 당신은……."

각자 필리스가 가리키는 자리로 갔다.

"그리고 팬은……."

팬이 보이지 않았다.

"어머, 얘가 어딜……?"

필리스는 팬이 계단 이쪽에 있는 것을 보고 말을 멈추었다. 팬의
하얀 드레스와 호리호리한 몸매는 어두운 2층을 배경으로 뚜렷이
보였다. 그녀는 1층에 있는 사람들을 응시하고 있는 듯했다. 그녀의
눈은 이상할 정도로 빛나고 있었고 얼굴은 붉어져 있었다. 그녀의
작은 손은 불안하게 떨리고 있었다.

"나는……."

귀에 거슬릴 정도로 큰 그녀의 목소리는 말이라기보다는 그냥 소
리에 가까왔다.

"나는……."

잠시 후, 팬 해트리는 난간에서 손을 놓더니 계단을 굴러떨어졌

다. 깊은 침묵 속에서 그녀의 몸이 계단에 부딪히는 기묘하고도 부드러운 소리만이 들려왔다. 비명조차 들리지 않았다.

그녀는 붉은 카펫이 깔린 계단 아래에 쓰러진 채 꼼짝도 하지 않았다. 목이 상상도 못할 정도의 각도로 끔찍하게 꺾어져 있었다. 그녀는 그렇게 죽었다.

팬 해트리는 목뼈가 부러져 죽은 것이다. 그곳의 여섯 명은 그녀가 굴러떨어지는 것을 보고 있었을 뿐이다. 그녀가 급경사의 이 계단에서 희미한 소리와 함께 순식간에 굴러떨어져 죽은 것을 그 누구도 평생 잊지 못할 것이다. 구급차를 타고 온 외과의사가 사인(死因)을 확인하고 나자, 다른 의사가 와서 같은 결론을 내렸다. 뒤에 온 의사는 구급차를 기다리다 못해 불러온 개인 병원 의사였다.

먼저 온 의사는 한동안 사체 옆에 한쪽 무릎을 꿇고 앉아 있다가, 다른 의사를 부르더니 거실 쪽으로 갔다. 잠시 후, 그 다른 의사는 구급차를 같이 타고 온 경찰 한 사람을 불러 그와 함께 거실로 갔다. 2, 3분 후, 경찰이 돌아와 모두 2층에서 기다리고 있으라고 정중히 지시하며 형식적인 수속이 두세 가지 있을 거라고 했다.

식당에 있었던 사람들은 2층 거실에서 기다렸다. 아무 일도 하지 않고 2시간이 넘게 기다리고 있으려니 불안이 점점 심해졌다. 이윽고 외모에 별다른 특징도 없는 중키에 마른 남자가 들어와서 그들을 둘러보았다.

"어머, 빌."

팜 노스와 아는 사이인 듯했다.

그 남자는 팜과 제리를 보며 한두 가지 문제가 있다고 말했다.

"그래?"

팜은 쌀쌀한 어조로 대답했다.

오래 전부터 친구인 이 경찰을 살인 사건의 용의자가 된 친구들에게 어떻게 소개할지 팜은 왠지 막막했다.

"됐어, 팜."

빌 웨이건드가 말했다.

"여러분 모두 그녀가 떨어지는 것을 보셨을 겁니다. 그때의 일을 좀 자세히 말씀해 주시겠습니까?"

그는 사건 당시 팬의 상태를 주로 팜에게 물어보았다. 팜은 그의 질문에 자세히 대답해 주었다. 팬은 그때 얼굴이 붉어져 있었고, 움직임이 불안해 보였으며, 목이 쉬어 있었다는 등의 이야기였다. 웨이건드는 거실에 있는 여섯 사람의 얼굴을 차례로 둘러보았다. 모두 팜의 진술에 대한 확인의 표시로 고개를 끄덕여 보였다. 그때 팜은 스탠리가 뭔가 말하려다 그만두는 모습을 보았다.

"여러분도 아실지 모르겠지만, 검시관은 그녀가 술은 한 잔도 마시지 않았다고 단정하고 있습니다."

빌은 누군가가 자기 말에 대해 한마디라도 해주기를 기다리고 있는 듯했다.

"팬은 여태껏 술을 마신 적이 한 번도 없다고 했어."

팜이 그에게 말했다.

"그렇다면……."

빌은 고개를 끄덕였다.

호텐스 노트슨이 긴장된 목소리로 말했다.

"마치 우리 중 한 명이 그녀를 밀었다는 듯한 말투로군요."

웨이건드는 그녀를 가만히 쳐다보았다.

"당치도 않아요, 노트슨 부인. 제 말이 그렇게 들립니까? 여러분은 식당에서 그녀가 떨어지는 걸 보셨잖아요. 그런 상황에서 여러분 중 누군가가 어떻게 그런 짓을 할 수 있겠습니까?"

클라크 노트슨이 갑자기 끼어들었다.

“그렇다면 어떻게 이런 일이 일어난 겁니까? 그녀가 왜…… 혹시 심장발작이 아닐까요?”

“그럴지도 모릅니다.”

빌이 말했다.

“하지만 의사 두 분 모두…….”

“난 당신을 알고 있어요.”

클라크가 의자에 앉은 채로 몸을 앞으로 숙이며 말했다.

“살인과에 계시죠?”

“그렇습니다. 클라크씨의 말대로 저는 살인과에서 일하고 있습니다.”

빌은 천천히 모두의 얼굴을 둘러보았다.

필리스 피트는 울고 있었다. 그녀는 이번 일로 다른 누구보다도 충격을 많이 받은 듯했다.

“어떻게 이런 일이……?”

그녀는 혼잣말처럼 중얼거리고 있었다.

남편 스탠리가 그녀에게 다가갔다. 그는 몸을 숙여 그녀를 가볍게 안으며 가만히 말했다.

“괜찮아, 필리스. 괜찮아.”

빌이 말했다.

“여러분이 보신 대로 해트리양은 마치 술에 취한 듯이 행동했습니다. 하지만 그녀는 술을 전혀 마시지 않았지요. 그리고 의사들의 말에 의하면, 사건 당시 그녀의 동공은 열려 있었습니다. 그래서 뭔가를 응시하고 있는 것처럼 보였던 겁니다. 즉 그녀는 자신이 어디로 가고 있는지도 모르면서 마냥 걷고 있었다는 애기입니다. 그러다가 그녀는 발을 헛디딘 거지요. 저는 그 이유를 밝혀내야 합니다. 그래서 제가 알고 싶은 것은…….”

빌은 파티가 시작되었을 때부터 팬이 죽은 시점까지의 모든 이야기를 되도록이면 상세하게 듣고자 했다. 한 사람의 기억이 또 다른 사람의 기억의 빈 곳을 메워주면서 이야기는 진행되었다. 팜은 자신도 용의자의 한 명으로서 빌에게 협력하는 한편, 경찰인 빌처럼 사람들의 진술을 토대로 팬의 죽음에 대한 수수께끼를 풀려고 노력했다. 고등학교 시절 수학을 곧잘 했던 팜에게도 이 살인 방정식은 풀기 어려운 문제였다.

팬은 적어도 사건이 있기 전까지는 지극히 정상적이었다. 그 점은 모두가 인정했다. 팬은 자신이 옛 급우들과 만나서 그런지 많은 것들이 생각난 듯했다.

"솔직히 말하면, 얘기가 좀 지루했어요."

호텐스였다. 호텐스는 팜과 필리스 피트를 보았다.

"정말 착한 애였는데."

필리스가 말했다.

"팬 자신은 상당히 즐거운 것 같았어."

팜이 말했다.

"꽤 오래 전 얘기들이었어, 빌."

팬은 주로 여자들과 이야기하고 있긴 했지만 남자들도 팬의 이야기 상대가 되었다.

"나한테는 아무런 의미도 없는 얘기들이었습니다."

스탠리 피트가 말했다.

"센터타운 얘기만 하고 있는 것 같았는데, 난 센터타운에 갔던 적이 한 번도 없었거든요. 필리스와 나는 뉴욕에서 만났습니다. 그런데 이런 얘기도 도움이 되나요?"

"모르죠, 아직은요. 여러분, 기억하고 있던 것들은 모두 그렇게 시시한 것들뿐이었나요? 특별한 건 없었습니까?"

"그녀의 기억으로는, 저와 처음 만났을 때 제 눈 근처에 검은 반점이 있었답니다."

클라크 노트슨이 말했다.

"호텐스와 저는 어느 파티에서 우연히 만났습니다. 그때 제 눈에 반점이 있었다는군요. 저는 전혀 기억이 없습니다만, 사실 파티에서 만났었던 것도 해트리양의 얘기가 아니었으면 기억하지 못했을 겁니다."

"이런 얘기도 중요합니까?"

스탠리 피트가 물었다.

"아직 모르죠. 스탠리씨, 해트리양과는 언제 알게 되었습니까?"

"어제 처음 만났습니다. 제가 저녁 초대를 해서 우리집에서 하룻밤 묵게 된 겁니다. 오늘은 필리스가 파티 준비를 해야 했기 때문에 저와 밖에서 점심을 같이 했습니다. 그리고……."

그는 어깨를 으쓱하며 말을 멈추었다. 자신이 괜한 말을 하고 있다고 생각한 듯했다.

제리 노스가 말했다.

"우리 중 누군가가 잊어줬으면 하는 일을 팬이 기억하고 있었던 건 아닐까요?"

"그럴지도 모르죠."

빌이 말했다.

이제 문제가 확실해졌다. 여섯 사람은 서로의 얼굴을 마주 보았다. 상대를 보는 눈에는 경계의 빛이 완연했다.

팜은 생각했다.

'왜들 이렇게 서로 경계를 하지? 아까 팬과 제리가 나누던 얘기 중에 이번 사건과 관계되는 얘기는 없었을까? 있었다고 해도 나와는 관계 없는 일이겠지?'

"모를 일이군요."

필리스는 빌의 태도가 그다지 내키지 않는 듯한 말투였다.

"정말 모르겠어요. 팬이 죽은 일은 저도 매우 슬프게 생각하고 있어요. 하지만 그녀의 죽음을 우리와 연관지어 생각한다는 것은 받아들일 수가 없군요."

모두 필리스의 그 말에 동의하고 있는 듯했다.

"지금으로서는 그렇게 생각할 수밖에 없습니다. 여러분께 큰 실례가 된다는 것은 저도 잘 압니다만, 사건 해결을 위해 협조를 해 주시기 바랍니다. 그럼 계속하겠습니다. 여러분이 해트리양과 나누었던 얘기들을 다시 한번 잘 생각해 주십시오."

빌의 그 말에 모두 수긍해야 했다. 그의 말대로 이 사건은 그렇게 풀어갈 수밖에 없었던 것이다. 그들은 잠시 생각에 잠겨 팬과 나누었던 이야기들을 생각해내려고 애썼다. 그러나 그들이 기억하고 있는 것들은 그다지 중요하지 않은 것들뿐이었다.

"이웃집에 살았었다는 남자 얘기가 생각나는데요."

필리스 피트가 말했다.

"팬의 말로는, 우리들보다 나이가 많았다고 했어요. 팬네 옆집에 살고 있었다는데, 이름이……."

필리스는 고개를 갸우뚱했다.

"글쎄요, 기억이 안 나는데요. 처음 듣는 이름이었거든요. 그 소년에게 뭔가 무서운 일이 일어났었다고 했어요. 무슨 일로 죽었다던가?"

"아니에요."

호텐스 노트슨이 말했다.

"괜히 나한테 그 사람 얘기를 해줬어요. 죽은 게 아니라 교도소에 들어갔다고 했어요."

그녀는 생각하다가 말을 이었다.

"이름이 러셀이라던가? 어쨌든 알지도 못하는 사람에 대한 얘기를 그렇게 오랫동안 자세하게 들었던 건 오늘이 처음이었어요. 그것도 그 사람에 대한 옛 소문 얘기를 말예요."

스탠리 피트가 자리에서 일어섰다. 그는 매우 초조해하고 있는 것 같았다.

"형사님, 여기는 내 집입니다. 여기 있는 이 분들은 내 손님이구요. 이렇게 꼬치꼬치 캐묻는 건 실례가 아닙니까? 그리고 이런 얘기를 계속 들어서 뭘 어쩌자는 겁니까? 해트리양은 단순히 심장 발작으로 죽은 걸지도 모르지 않습니까? 또 먹은 것이 잘못되어……."

갑자기 그는 마치 뭔가에 걸려 넘어진 듯이 말을 멈추었다.

빌은 그의 이야기가 계속되기를 기다렸지만, 피트는 더 이상 말을 하지 않았다. 빌이 말했다.

"저도 그렇게 생각하고 있었습니다. 음식이 잘못됐던 게 아닌가 하고요."

그녀가 나타낸 증상은 식중독이었을 가능성도 있었다. 하지만 팬은 거의 아무것도 먹지 않았다. 그녀에게 카나페를 권한 가정부가 그 사실을 확인해 주었다. 다른 사람이 먹지 않았던 것이라면 그녀도 먹지 않았을 것이다. 그녀가 마신 것이라곤 마개를 갓 뽑은 진저 에일이 전부였다.

빌이 말했다.

"해트리양이 마신 진저 에일의 마개는 당신이 땄지요, 제리씨?"

제리는 빌의 갑작스런 질문에 오른손으로 머리를 쓸어올리고는 그의 얼굴을 멀거니 바라보며 대답했다.

"예, 그렇습니다만."

팜이 끼어들었다.

"뚜껑이 쉽게 열렸던 것 같아요."

"팜이 말한 대로입니다."

사람들의 시선이 제리에게로 향했다.

"그건……."

"잠깐만요."

스탠리 피트가 그의 말을 막았다. 그는 오른손의 엄지와 검지를 맞대고 있었다. 마치 어떤 생각을 그 두 손가락으로 붙잡고 있으려는 듯했다. 모두 피트의 다음 말에 귀를 기울였다.

"해트리양과 점심을 함께 했었다고 아까 제가 말씀드렸죠? 같이 갔던 음식점은 1층짜리 작은 홀이었는데, 음식이 잘 나오기 때문에 몇 년 전부터 내가 자주 이용하는 곳입니다. 하지만 그다지 위생적인 곳이라고는 할 수가 없어요. 게다가 왜 그렇게 후덥지근했던지……."

그는 새롭게 떠오른 생각을 손가락 사이에 끼워넣는 듯 두 손가락을 벌렸다 다시 쥐며 이야기를 계속했다.

"해트리양은 익힌 올리브를 앙껏 먹었습니다. 먹고 싶은 만큼 먹었던 것이 별로 없었다면서요. 그래서 말인데, 그 올리브에 뭔가 안 좋은 게 들어 있었던 것이 아닐까요?"

스탠리 피트는 손바닥을 이마에 갖다 댔다.

"어때요, 그럴 수도 있지 않겠습니까?"

빌이 말을 받았다.

"식중독이었단 말이군요? 글쎄요…… 예전에는 익힌 올리브를 먹고 식중독에 걸리는 일이 있긴 했죠. 그러나 요새는 새 치료법도 개발되었고 해서 그런 일은 없는 걸로 알고 있습니다만, 제가 생각하기로는 아마도……."

그때 경찰관이 그곳으로 들어와 빌에게 쪽지를 건네주었다. 빌은 그 쪽지를 훑어보고는 고개를 끄덕이며 주머니에 넣었다.

"알겠네."

경찰관은 거실 밖으로 사라졌다.

빌은 다시 이야기를 시작했다.

"클라크씨, 당신은 원슬로우 제약회사의 생산부장이죠?"

"예, 그렇습니다만."

"그럼 여러 가지 약품을 취급하시겠군요?"

노트슨은 천천히 고개를 끄덕였다.

빌은 질문을 계속했다.

"그리고 스탠리씨, 당신은……."

팜은 그의 이야기를 들으며 어쩐지 이야기가 빗나가고 있다고 생각했다. 노트슨씨가 약품을 만들건, 스탠리씨가 회사나 공장에서 관리술을 가르치고 있건 간에 이 사건과 연관이 있다는 것인지 팜으로서는 이해하기 어려웠다.

'빌, 내 얘기 좀 들어봐.'

팜은 하고 싶은 이야기가 목까지 차오르는 것을 느꼈다.

'생각이 정리가 잘 안 되는데도 빌의 질문이 빗나가고 있다는 건 알았는데 말야.'

"약품이라……."

빌이 천천히 되뇌었다.

'계속 옆으로 새시는군.'

팜은 답답할 뿐이었다.

"아트로핀을 사용하기도 하나요?"

"예, 그렇습니다."

"그래요?"

빌의 목소리에는 힘이 들어가 있었다.

"검시 결과, 해트리양은 아트로핀을 마셨던 것으로 판명됐습니다."

클라크의 표정이 어두워졌다.

"응급조치를 취하지 않는다면 그게 원인이 돼서 죽을 수도 있어요. 그녀는 현기증이 나고 사물이 두 개로 보일 정도의 양을 마셨습니다. 그래서 의식을 잃으려 할 때, 계단에서 굴러떨어져 목뼈가 부러진 겁니다."

"진저 에일이야!"

제리가 말했다.

"제가 마개를 딴 진저 에일 말입니다. 그건 아주 쉽게 열렸어요. 그거 맞죠?"

"그렇습니다."

빌이 말했다.

"마개를 열이 아트로핀 유산염을 넣고는 다시 감쪽같이 닫은 겁니다. 그녀는 물론, 그녀의 기억도 없앨 수 있는 앙이었지요."

빌은 모두의 얼굴을 둘러보며 말했다. 팜도 그들의 얼굴을 둘러보았다. 모두들 심하게 충격을 받은 듯했다.

"의사들은 처음부터 아트로핀이 아닌가 하고 의심하고 있었다더군요."

빌은 천천히 말했다.

"아트로핀의 중독 증상은 식중독 내지는 프토마인 중독과 흡사합니다. 그녀가 죽지 않고 치료를 받았더라면 식중독이라고 진단했을 수도 있었겠지요. 아트로핀을 사용했다는 것을 알아내기는 어려우니까요. 만일 그랬다면 아트로핀 중독과 식중독은 치료법이 다르기 때문에 그녀에게는 아무런 도움이 안 됐을 겁니다. 그런데 그녀가 기억하고 있었던 것은 과연 무엇이었을까요? 무엇을 기억하고 있었길래 그렇게 죽어야 했을까요?”

필리스 피트는 양 손으로 얼굴을 감싸고 천천히 고개를 흔들었다. 호텐스 노트슨은 눈을 가늘게 뜨고 빌을 보고 있었고, 그녀의 남편 클라크는 팜이 보기에 아주 반항적인 눈빛으로 그를 노려보고 있었다. 스탠리 피트는 시선을 바닥으로 떨구고 골똘히 생각에 잠겨 있는 듯했다.

사복을 입은 경찰관이 나타나 빌을 조용히 불렀다.

“뭔가?”

빌은 그 남자와 잠시 이야기를 나누고는 다시 돌아오며 조용히 혼잣말했다.

“전화란 참 편리한 물건이군.”

그의 표정은 보는 사람에게 사건이 일단락지어졌다는 느낌을 주기에 충분했다.

“센터타운의 경찰은 참 유능하군요. 그 이웃집에 살았었다는 남자 이름은 러셀 클라크슨이었답니다. 당시 나이는 15살 정도였다는군요. 해트리양이 고등학교에 다니고 있을 무렵, 그는 아까 말씀하셨듯이 교도소에 들어갔습니다. 그가 일하고 있었던 곳에 강도들이 들었는데, 그들 중 한 명이 바로 러셀 클라크슨이었습니다. 도난 과정에서 그는 경리를 죽였습니다. 클라크슨은 그 사건으로 20년형을 받았습니다. 그는 형을 언도받은 지 2년 후에 탈옥했는데 끝내 잡히지 않았지요. 그의 직업은 약제사였습니다. 클라크 노트슨씨, 당신과 직업이 거의 같군요. 우연일까요?”

클라크는 벌떡 일어섰다. 얼굴이 매우 빨갛게 상기되어 있었다.

“내가 범인이란 말이오? 말도 안 돼! 난 증명할 수 있소!”

‘그래, 이제 알겠어!’

"잠깐만, 빌. 잠깐만!"

팜은 친구들과 그들의 남편들을 돌아보며 말했다.

"그 '오오'라는 거 말야, 그건 말버릇 같은 게 아니었어. 우리는 그 중요한 점을 지금까지 놓치고 있었던 거야."

모두 주의 깊게 그녀의 말에 귀를 기울이고 있었다.

팜은 호텐스를 보며 말했다.

"맨 처음 그 '오오' 얘기를 꺼낸 사람이 너였지, 호텐스? 고마워. 네가 그 얘기를 안 꺼냈으면 범인을 못 잡을 뻔했어. 우리는 그게 일종의 말버릇이었다고 생각했잖아. 그런데 그게 아니었단 말야. 자, 저것 봐! 손가락으로 '오오'를 하고 있잖아!"

팜은 스탠리 피트를 가리켰다. 그의 손가락은 팜의 말대로 알파벳의 'O'모양을 하고 있었다. 그는 자신의 정체를 드러내고 있는 그 손으로 굳게 주먹을 쥐었다. 그는 바닥에서 눈을 떼지 않은 채 조용히 말했다. 몸이 떨리고 있었다.

"팬은 나에 대해서 그다지 자세하게 기억하고 있는 것 같지는 않았어."

먼 옛날의 일을 이야기하고 있는 듯한 말투였다.

"하지만…… 하지만 난 그녀가 어쩌면 아직도 나를 기억하고 있을지도 모른다고 생각했지. 알다시피 그녀의 기억력은 보통이 넘으니까. 난 너무나 불안했어."

스탠리는 자신의 손을 보았다. 그의 손은 어느새 원상태로 돌아가서 엄지와 검지가 원을 이루고 있었다.

"내가 늘 이러고 있었나……?"

그는 손가락을 펴고 자신의 손을 뚫어지게 보았다.

"팬이 날 기억하고 있었다면, 지금이라도 난 여지없이 교도소행이었을 거야."

그는 고개를 들어 아내 필리스를 쳐다보았다.

"필리스, 나로선 정말 어쩔 수가 없었어."

스탠리 피트는 자신의 손으로 눈길을 돌렸다. 그는 자신의 손가락을 처음 보는 것처럼 열심히 그 움직임을 관찰했다. 빌이 그의 어깨에 손을 짚으며 조용히 이야기했다.

"자, 이제 슬슬 가봅시다."

타이피스트실의 여왕 / 조이스 해링톤

Queen of Office

• 조이스 해링톤(193?~   )
Joyce Harrington

　　뉴저지주 저지시에서 태어나 캘리포니아로 옮겨 파사디너 플레이 하우스에서 연극 배우를 지망했다. 1960년에 사진가 필립 해링톤과 결혼, 두 명의 아들을 키우면서 은행과 보험회사 근무를 한 뒤 소설을 쓰기 시작했다. 〈엘러리 퀸 미스테리 매거진〉 데뷔작으로 에드가상 수상 후, 착실한 페이스로 집필 활동을 계속해 모두 수준을 넘는 30여 편의 단편으로 현대 여성단편작가로서의 지위를 굳혔다. 현재는 부르클린에 살면서 뉴욕의 광고대행사에 근무하는 유능한 캐리어 우먼. 초기 단편에는 「플라스틱 정글」 「밤에 기는 것」 「The Cabin in the Hollw」 등이 있고, 「재색 고양이」 「유택」 「두 자매」 등 선명하고 강렬한 인상을 주는 신작도 있다. 인물 묘사, 정경 묘사가 정확하고 대단히 섬세하다. 「No One Knows My Name」(1980)과 「Family Reunion」(1982) 두 작품으로 장편 미스테리에 대한 의욕도 보이고 있다.

타이피스트실의 여왕

'당신 자신도 알고 있을 것이다. 우리들 대부분이 귀찮아서 당신을 제거하고 싶어한다. 다만 누구나 그만한 용기가 없을 뿐이다.'

그 메모는 회사의 머릿글이 찍힌, 구멍이 두 개 뚫린 종이에 솜씨 좋게 타이프되어 있었다. 어디에도 오자는 없었다. 게다가 오자를 지우거나 이중으로 친 흔적도 볼 수 없었다. 여백이 불필요하게 벌어지거나 수정 테이프로 다시 찍은 것도 없었다. 그리고 그 문장 자체에 불필요한 단어가 없었다.

귀찮아서 당신을 제거하겠다니! 누구를, 나를? 미스 멜챠는 메모에서 눈을 떼고 칸막이로 만들어진 개인용 사무실 맞은편의 칸막이를 주시했다. 반투명의 플라스틱판이 반짝이며 눈을 비췄다. 우리들의 대부분은 누군가? 도대체 어디의 어떤 사람일까? 누가 이런 메모를 작성했을까? 미스 멜챠는 눈썹을 모아 점점 적이라고 생각되는 인물을 떠올려 보았다. 그 누구도 이런 짓을 할 만큼의 용기는 없는 것 같다. 이 문자에 문득 웃음을 머금었다. 그렇다, 이런 메모를 정말로 받아들인다는 것은 바보스럽다. 이 20년 동안이라는 것,

즉 그녀가 평타이피스트에서 타이피스트장으로 일거에 승진해 온 이후 대량의 똑같은 안내장이나 이치에 맞지 않는 통고, 요구의 거절(이런 거래야말로 그녀가 바라는 것이었지만), 예전에 서랍이라는 서랍, 예라는 예를 다 매운 주소록으로 오히려 그녀의 왕국을 위협하려는 자는 아무도 없었다. 그녀는 한숨을 내쉬었다.

칸막이판의 틈 사이에서 쉼 없이 움직이는 기계의 탁탁거리는 소리가 부드럽게 울려왔다. 그것은 억제되어 있으며 인간다움을 끊임없이 느끼지 못하게 하는 소리였다. 그래도 때때로 자신에게는 어느 기계와 다른 기계의 소리를 분간해서 들을 수 있는 능력이 있다고 미스 멜챠는 뽐내고 있었다. 그러나 일단 기계들이 즐비한 곳에 발을 들여놓으면 표정은 험악하게 되고 비난을 퍼붓는 곳은 없을까 하고 혈안이 되었다. 기계 쪽은 그런 그녀를 무시하고 끊임없이 타이프를 계속 쳤다.

'전략, 보험, 계약자 전……' 혹은 '귀사의 요망에 답하며 당사가 기쁘게 보험의 설명을 해드리겠습니다' 등등. 거기에는 옛날의 그림자는 없다.

그녀는 조금 전의 메모를 책상의 가장 위쪽에 있는, 깨끗하게 정리된 서랍에 그대로 집어넣고 버저를 눌러 비서를 불렀다. 요즘에는 회사의 윗분이라고 해도 좀처럼 비서를 데리고 있는 것을 허용하지 않는 분위기였다. 소문에 의하면 보험업자협회의 회장조차 걸려온 전화에 자신이 응대한다고 한다. 미스 멜챠는 그런 간략한 방법을 싫어하고 소극석인 자세를 취했다. 일에 있어서 그녀가 정해둔 철칙의 하나는 전화를 걸어온 상대를 최저 15초 동안은 기다리게 해 둔다는 것이었다. 기다리는 시간은 상대의 지위에 따라서, 그녀에게 의뢰하는 정도에 따라서, 아니면 그 반대의 입장에 따라서 더 연장되게 된다. 그리고 이 규칙을 지키기 위해서는 비서 에비가 필요했다.

칸막이방의 문에 머뭇거리는 노크 소리가 들리고 살짝 열린 문틈에서 에비의 일상적인 얼굴이 보였다.

"자아, 들어와. 용무가 있어서 불렀어."

미스 멜챠는 단호한 어조로 말했다.

에비는 겁을 내며 시나몽 같은 적갈색의 나일론제 카펫의 바닥으로 발끝을 디디면서 들어와, 책상에서 1피트 정도 떨어진 곳에서 주저하듯이 섰다. 손에는 속기용 연필과 노트를 휴대하고 언제든지 일을 시작할 태세를 갖추고 있었다. 미스 멜챠는 비서의 그 기술을 활용하는 것을 계산할 정도는 아니었지만 속기할 수 있는 비서라는 점을 감안해서 일을 시키지는 않았다.

"오늘 아침, 내 사무실에 누가 오지 않았나?"

"에에, 오지 않았습니다."

에비는 꺼질 듯한 목소리로 말했다.

"그럼, 한 번두 자리를 비운 적이 없었어? 분명히 대답해. 나는 모기 같은 소리로 지껄이면 참을 수가 없어."

에비는 헛기침을 하고 나서 신경쓰는 자세를 취했다.

"화장실에 갔을 뿐입니다."

"그래서, 그것은 언제지? 몇 번 화장실에 갔었어?"

에비는 얼굴을 붉혔다. 그것이 화를 나타내는 것인지 당혹함을 나타내는지는 에비 본인 이외에는 모른다. 그러나 미스 멜챠는 그런 것에는 신경쓰지 않았다.

"한 번입니다. 과장님이 아래층 인사과에 계실 동안에."

에비는 지금이 능률 사정의 시기에 해당한다는 것을 알고 있었기 때문에 기도하는 시선으로 승진의 통지를 기다렸다. 미스 멜챠는 그런 그녀의 끝없는 염원을 무시했다. 그녀는 이미 에비의 능력에 대해 '하'라고 사정을 내렸기 때문에 승진의 전망은 전혀 없었다. 그래도 그녀는 인사과장이 에비를 해임시키고 직접 자동 워드프로세서로 통신문을 베껴쓰자고 제안했다면 경멸하는 어조로 튕겼을 것이다.

"이제 나가도 좋아. 그리고 예의 분석 리포트만이라도 점심 시간이 끝나면 바로 제출하도록."

에비는 머뭇머뭇 뭔가 말하고 싶어하는 표정이었다.

"변명이야 있겠지."

미스 멜챠는 계속했다.

"취업 시간의 규칙을 확실히 지키지 않았다면 점심 시간 동안에도 일을 해야겠지. 1시까지 그 리포트를 끝내. 그리고 오자는 하나도 없도록."

미스 멜챠는 빙긋이 웃었다. 에비는 지금까지 데리고 있었던 비서 중에서 최고다. 젊고 수줍어하며 조금만 질책하면 바로 수그러든다. 요즘 이런 비서란 혼하지 않다. 대개 이런 비서는 요즘 들어서 점점 보기 힘들어진다. 모두 모델이 되고 싶어한다든가 그것도 아니면 중역실로 가려고 하기 때문이다. 그래도 에비는 자동 기계처럼 빠르게 타이프를 치고 게다가 좀처럼 오자를 내지 않는다. 그녀가 입사한 지 6개월 동안 미스 멜챠는 그녀를 바쁘게 움직이도록 하기 위해 누구도 읽으려고도 하지 않는 방대한 리포트를 만들어 내도록 종용했다. 그러나 에비 자신에게 자신이 얼마나 유능한가를 알게 해서는 아무 이익도 되지 않는다. 그것은 또한 미스 멜챠의 또다른 철칙을 깨뜨리게 되는 것이다. 즉 말단 직원을 기어오르게 한다는 룰이다. 그렇지 않으면 이쪽의 자리를 빼앗기게 될지도 모른다.

미스 멜챠는 쿠션이 놓여진 회전의자에 깊숙이 앉아 에비의 타이프라이터가 부드럽게 작동하려는 데 귀를 기울였다. 이윽고 그 소리가 나기 시작하자 그녀는 만족스런 숨을 내쉬고 옛날 일상의 추억 속에 빠져들어갔다. 옛날이라고 해도 그 정도는 오래된 이야기가 아니다.

그 무렵은 백 명이나 되는 타이프라이터가 일제히 탁탁 소리를 내면 거대한 방에 그야말로 우뢰와 같은 소리가 울렸다. 그 후 그 큰 방은 토막토막 끊겨 지금 그녀가 있는 작은 칸막이방 등에 몇 개가 만들어졌다. 조금 남겨진 중앙의 주위에는 오늘날 3대의 워드프로세서가 설치되어 일을 대량 생산하고 있었다.

타이피스트실은 지금까지 그녀의 왕국이었다. 따라서 타이피스트들이 약탈당한 것은 그녀에게는 거의 본의가 아니었다. 그녀는 고교를 갓나온 아가씨들 위에 절대적인 존재로서 군림해 왔다. 그녀는 자신이 규칙을 정했다. 우선 여기는 타이프를 쳐야 할 장소로 수다를 떨거나 괜히 쿡쿡 웃거나 손톱에 매니큐어를 칠하는 장소가 아니다. 사사로운 전화는 긴급한 경우 이외에는 사용을 금지한다. 부모가 병인 경우는 사용을 허락하지만 그 외에는 인정할 수 없다. 타이프 책상에서 식사를 금하는데 그 이유는 기계 안에 빵 부스러기가 들어가면 고장의 원인이 될지도 모르고 바퀴벌레가 모여드는 원인이 되기도 하기 때문이다. 휴식은 반드시 시간표에 따르며, 거기에 화장실에 가는 시간도 합해서 15분으로 한다. 이 규칙들의 위반은 해고에 해당하는 중죄를 면치 못한다. 이것을 범하는 경우에는 의식에 걸맞게 피고인의 죄상을 하나하나 열거하여 엄하게 행해진다.

미스 멜챠는 자신이 증오받고 있다는 것을 알고 있었지만 어디까지나 이러한 방식을 양보하지 않았다. 여자 사원 사이에는 '이무기'라든가 '마녀' 혹은 더 입에 담지 못할 별명을 지어서 부른다는 것을 알고 있었다. 아가씨들에게 노동과 자기 수련의 존엄함을 주입시키고 있으니까 뒷구멍으로 험담하는 것은 그냥 두어도 상관없다. 그녀는 타이피스트들이 언젠가 꼭 자신에게 감사할 날이 올 것이라고 믿고 있었다. 그녀는 그녀 나름의 방식으로 여사원들에게 호의를 품고 있었다. 그들이 결혼하면 항상 메모를 주어서 좋은 나날을 보내게 했다. 메모에는 '바람직한 결혼이란 일종의 일과 다름없다. 근면의 습관, 일찍 일어남, 세밀한 일에 이르는, 주도면밀하게 신경쓰는 것에 의해서 유지된다'라고 썼다.

그런 그녀도 역시 오래 사귄 친구인 아이다 윌리스와 함께 셰리주를 한두 잔 마시면 극히 가끔 보이는 우아함이 얼굴에 나타난다. 그런 때는 마치 타이피스트실이 감당할 수 없는 커다란 가족인 것 같은 어조로 말하기 시작한다. 완고하고 게으른 주제에 허영심만 강해서 별 쓸모가 없지만 아가씨들을 의리나 예의라는 것을 분별할 수 있는 훌륭한 사회인으로 만들지 않으면 안 된다고 말한다. 또 그녀는 자신이 여사원의 어머니며 교사이며 소년원의 간호사이기도 하다고 자부했다.

그러나 워드프로세서에 대해서는 어떻게 하면 어머니 같은 마음을 품을 수 있을까? 이쪽이 가르쳐 주는 일은 아무것도 없다. 오히려 그 반대였다. 이 기계의 취급 방법을 익히기 위해 미스 멜챠는 새삼스럽게 학교를 다녀야만 했다. 기계는 인격 교육이나 나쁜 버릇 따위를 알 리 만무하고 게으름 또한 몰랐다. 학교에서 그녀는 타인의 눈을 피해 화장을 다시 고치거나 쿡쿡 웃거나 쓸데없이 수다를 떠는 것에 열중한 적이 없었다.

미스 멜챠의 타이프는 오래된 목제의 타이프대 위에 놓여져 있다. 그것은 그녀가 이 회사에 입사한 때에 사용한 것으로 지금도 훌륭한 상태로 보존되어 있었다. 이 타이프를 사용해서 그녀는 최우

수상을 받았고, 이 타이프 위에서 민첩한 그녀의 손가락이 춤추듯이 키를 두드려 다른 아가씨들의 모범이 되었다. 그렇다 해도 도대체 누가 저런 메모를 책상에 두었을까?

옛날이면 여사원 중 누군가가 범인이라 해도 이상하지 않은 사건이었다. 그래, 예전에도 가끔 그런 일이 발생했다. 의자에 츄잉껌을 붙이기도 하고, 쥐의 시체를 그녀의 찻잔 속에 집어넣기도 하며, 그런가 하면 또 화장실 거울에다 치약으로 추한 얼굴을 그녀와 비슷하게 그린 적도 있었다.

지금은 에비 혼자밖에 없다. 에비에게 저런 일을 할 수 있는 배짱이 있을까? 아니, 그럴 리가 없다고 미스 멜챠는 생각했다. 에비는 저런 장난을 할 수 있는 아가씨가 아니다. 어른스럽고 소극적이어서 뒤에서 장난치려는 생각 같은 것은 하지 못할 것이다. 게다가 지금은 승진을 기다리고 있다. 그래서 에비가 저 메모를 두었다고는 생각할 수 없다.

그럼 도대체 누굴까?

미스 멜챠는 책상 서랍을 열고 아까의 메모를 꺼내어 책상 위에 펼쳤다. 완벽한 테크닉으로 타이핑된 2행의 문장은 검고 선명하게 찍혀 있으며 잘못된 곳은 전혀 없었다. 그녀는 서체 타입을 한눈에 알았다. 이 메모는 자동타이프라이터로 타이프된 것이었다. 에비는 미스 멜챠의 명령에 의해서 IBM의 이그젝티브를 사용하고 있다. 그것은 이 서체와 전혀 다르다. 메시지를 전화로 기계에 보내고 나중에 타이프된 메모를 꺼내 아무도 없는 때를 망보다 슬쩍 그녀의 책상에 두고 갈 정도는 누구나 손쉽게 할 수 있을 것이다. 아무튼 범인을 찾아낼 방법은 있을 것이다.

그녀는 메모를 접어 핸드백 속에 집어넣었다. 오늘은 수요일이기 때문에 여느 때처럼 아이다와 함께 점심 식사를 하기로 되어 있었다. 이 메모를 보이고 그녀의 의견을 들어야지. 아이다는 영리하니까. 그녀는 미스 멜챠보다 오래 이 회사에 근무하고 있으며, 타이피스트로서의 미스 멜챠와 같을 정도로 유능한 장부계 직원이다. 그러나 점점 출세해서 요즘에는 부사장이 되어 회사 내 조직의 모든 사정을 훤히 알고 있었다. 때로 그녀는 미스 멜챠에게 윗분들의 실책을 몰래 가르쳐 주었다. 따라서 1주일에 한 번 하는 아이다와의 점심 식사는 사내에 떠도는 소문을 '무 그 게이 빵'(닭가슴 고기의 슬라이스, 설탕콩, 매슈얼의 프라이)'에 입맛을 다시며 즐길 수 있어서 좋았다. 수요일 이외의 날은 책상 위에서 도시락을 먹으며 바바라 카틀랜드의 최신물이나 가십란 '내셔널=잉크와이야라'를 읽는다.

칸막이방을 나와 미스 멜챠는 멈춰서서 에비의 어깨를 보았다. 그리고 타이프라이터에 끼워진 종이을 보았다. 에비의 손가락이 가볍게 키 위를 날아 'maximized out'(최대 생산고)라는 문자를 찍었으나 'smcixrfouypuy'라고 종이 위에 찍혀 나왔다.

"다시 쳐."

미스 멜챠는 말했다.

"오자가 하나도 없는 리포트를 정각 1시에 내 책상 위에 갖다 놓도록".

에비는 한숨을 내쉬며 그 종이를 타이프라이터에서 잡아 빼고, 타이프쳐야 될 원고 더미를 원망스러운 눈초리로 바라보았다. 그녀는 배가 고팠지만 데이터 처리과에 있는 스탠레이와 사원 식당에서 만나는 것을 단념해야 했다. 3주 간이나 뜸을 들여 말을 걸어온 그는 오늘쯤에 겨우 과감히 영화 보러 가자고 권유해 올 것 같은 예감이 들었는데 포기해야 했다. 스탠레이는 부끄러움을 잘 탄다. 그래서 만약 그녀가 식당에 나타나지 않는다면 두 번 다시 요리가 놓여진 보온대가 있는 곳, 그녀의 쟁반 뒤쪽에서 일부러 자신의 쟁반을 부딪치는 흉내를 내지는 않을 것이다.

"멍하니 있으면 언제까지라도 끝나지 않아."

그렇게 말한 미스 멜챠는 곧바로 복도를 걸어 나갔다.

회사에서 두 블럭 떨어진 중국 요리집에 미스 멜챠가 들어서자, 아이다 윌리스는 이미 와서 두 사람이 항상 앉는 테이블에 앉아 있었다.

"오늘 아침은 최저야!"

미스 멜챠는 신음하듯이 혀를 차면서 칸막이로 된 작은 방으로 들어가더니 스커트에 주름이 가지 않도록 앉았다.

"무슨 하고 싶은 말이라도 있어?"

그녀의 친구가 빨간 테이블 너머에서 숨죽인 소리로 말을 걸었다.

"너라면 상상도 하지 못할 거야."

항상 두 사람을 시중하는 웨이터가 어두운 레스토랑의 그늘에서 나티나 하얀 술이 들어 있는 글라스 두 잔과 국수가 들어 있는 그릇 하나를 테이블에 놓았다.

"언제나 드시는 것으로?"

웨이터가 물었다.

"네에, 같은 것으로……."

그녀들은 고개를 끄덕였다. 미스 멜챠는 일이 모두 이런 식으로 정해진 습관이 되어 버리면 인생에는 귀찮은 것이란 조금도 없을 텐데 라고 진지하게 생각했다.

"자아, 빨리 말해."

그녀가 재촉했다.

"그렇지만 우선 건배."

그녀들은 각각의 글라스를 들어 와인을 마셨다.

"저어."

아이다가 말을 꺼냈다.

"너, 라이오넬 켄틴네 과에 새로 들어온 아가씨에 대해서 알고 있니?"

미스 멜챠는 고개를 끄덕였다.

"30에 가깝고 코가 구부러진 아가씨 말야?"

"그래, 그래."

아이다는 계속했다.

"대단한 자격증도 없는 주제에 어째서 처음부터 그렇게 높은 급료를 받을 수 있는지 이상하게 생각했어. 그런데 드디어 진상을 알아냈지. 그 두 사람이 두시에 고주망태가 되도록 취해서 그릴 바나나에서 나오는 것을 봤단다."

"누구한테 들켰는데?"

"어느 신뢰할 수 있는 관계자야."

미스 멜챠는 고개를 끄덕이고 와인을 더 마셨다. 아이다가 말하는 신뢰할 수 있는 관계자란, 즉 그녀 자신이 알고 싶어 견디지 못해 사립탐정을 고용해서 캐냈다는 것을 의미한다. 이렇게 되면 이미 흐 생자의 파멸은 면할 수 없다. 게다가 그녀는 약삭빠르게 든 비용을 종업원 관계비로 회사에 청구했다.

"라이오넬의 부인에게 편지를 할래?"

"글쎄, 어떻게 하면 좋지?"

미스 멜챠는 빙그레 웃었다. 이런 때 자동 타이프기는 편리하다. 내일 점심 시간에라도 사무실이 비게 될 때 걸작을 만든다. 아무것도 인쇄되지 않은 새하얀 종이에 불쾌한 사실과 교묘한 추측을 섞어 몇 행의 완벽한 문장을 그 기계로 타이프하는 것이다. 그대로 편지를 바로 라이오넬의 부인 앞으로 보내면 주말에는 어떤 수라장을 볼 수 있을 것이다. 그렇게 하면 월요일까지는 미스 구부러진 코는 반드시 새로운 직업을 찾아 돌아다닐 것이다. 이 일의 좋은 점은 설령 라이오넬이 미스 멜챠의 타이프기를 사용해서 편지가 타이프된 것을 찾아낸다 하더라도 실제로 누가 문장을 타이핑했는가는 절대로 모른다는 점에 있다. 회사에는 6백 명이나 되는 종업원이 있고, 그 누구도 그저 수화기를 드는 것만으로도 기계를 조작할 수 있기 때문이다.

이.자동 타이프기가 설치된 이래 아이다 윌리스와 알바이트 멜챠의 손에 의해서 두 쌍의 부부가 이혼했고, 9명이 해고되었고, 두 사람이 좌천을 당했으며, 한 명에게 불명예의 낙인이 찍혔다. 불명예를 준 한 건에 대해서는 난폭해진 남편이 사내 야유회에서 추태를 부렸다는 것을 문제삼았기 때문에 약간 양심의 가책을 느꼈다. 그러나 전체적으로 보면 사원의 품행 의식을 높이고 규율을 어지럽히는 자에게 감시의 눈을 떼지 않는다는 점에서 회사를 위해 크게 공헌하고 있다고 느꼈다.

웨이터가 두 사람의 '무 그 게이 빵'을 가져왔다.

그러나 포크를 손에 쥐기 전에 미스 멜챠는 핸드백을 열고 접혀진 메모를 꺼냈다.

"이것 좀 봐."

그녀는 말했다.

아이다 윌리스는 민첩하게 종이에 씌어진 문자를 읽고 눈썹을 꿈틀 올렸다.

"누군가 너를 싫어하는 사람이 있는 것 같구나."

그녀는 말했다.

"아니, 두 사람한테겠지."

미스 멜챠는 정정했다.

"어머, 나에게는 그런 메모는 한 통도 오지 않았어. 이것은 누군
가가 너에게 준 것이라고 생각되는데."

"오늘 아침 내 책상 위에 놓여 있었어."

"그럼 네 비서의 소행일지도 모르지."

미스 멜챠는 고개를 가로저었다.

"그런 겁쟁이는 할 수 없어."

"그럼 이것만으로는 어쨌다고 할 수 없다고 생각되는데……. '귀
찮아서 당신을 제거하고 싶어한다. 그러나 누구도 그 정도의 용
기는 없다'고 했지. 나라면 신경쓰지 않고 내버려 두겠는데."

"그렇지만 만약 누군가가 용기를 불러일으킨다면?"

"자신이 어떤 식으로든 해결하는 수밖에 없어."

아이다는 메모를 돌려주고 음식을 먹기 시작했다.

미스 멜챠는 메모를 접었다. 여느 때 같으면 왕성한 식욕이 음식
을 다 해치워 버렸을 텐데 그저 음식을 접시 위에서 빙빙 돌릴 뿐
이었다. 웨이터가 길흉을 점치는 제비가 들어 있는 접시를 가져와
도 그것을 받아보고 싶은 마음이 들지 않았다. 아이다가 아무리 받
아들이라고 해도 듣지 않았다. 두 사람은 항상 각각의 쿠키에 들어
있는 운세를 서로에게 읽어주거나 듣곤 했다. 그것이 그들의 습관
의 하나가 되었다.

"섬세한 배려에 의해서 사람들이 모인다."

아이다는 큰 소리로 자신의 것을 읽어주었다.

"와아, 멋있지 않니? 네 것은 뭐라고 씌어 있니?"

미스 멜챠는 마지못해 자신의 쿠키를 부쉈다. 아까의 메모를 본
때의 아이다의 태도가 그녀를 불안하게 했다. 만약 쿠기 안에 마음
에 들지 않는 단어가 씌어 있다면 아이다에게는 읽어주고 싶지 않

왔다.

그녀는 작은 종이를 꺼내 뚫어지게 보았다. 마침 그때 입이 벌어지며 안심하는 듯한 웃음을 지었다.

"친구의 도움으로 고민이 해소된다."

그녀는 읽어주었다.

"이 친구란 반드시 너겠지. 다른 친구란 생각할 수 없어."

목소리에 의지하고픈 마음이 들어 있는 것에 미스 멜챠 자신은 신경쓰지 않았다.

"그래서 하는 말인데……."

아이다가 말했다.

"아무래도 걱정하고 있었어."

사무실로 돌아와서 책상 위에 예의 리포트가 가지런히 쌓여 있는 것을 보고 미스 멜챠는 만족했다. 그러나 에비의 모습은 보이지 않았다. 아마도 늦게 점심 식사를 하러 나간 모양이었다.

'허가도 받지 않고 나가다니……?'

미스 멜챠는 불끈한 얼굴로 의자에 앉아 바로 틀린 곳을 찾기 시작했다. 잘하면 에비가 돌아올 무렵까시는 몇 매는 다시 시킬 페이지를 발견할 수 있을 것이다. 그러나 잘못된 곳을 찾지 못한 4, 5페이지를 넘긴 곳에서 미스 멜챠는 파딱 몸을 일으켰다. 타이프의 활자가 변해 있었다.

다음 종이에는 틀림없는 자동 타이프기의 서체로 그저 한 줄만 타이프되어 있었다.

미스 멜챠는 그 문장을 읽고 부르르 떨었다.

'당신이 하고 있는 것을 알고 있다. 우리들은 점점 용기를 갖기 시작했다. 길을 건널 때는 정신을 바짝 차려야 할 것이다. 선물에도 주의를 하라. 특히 초콜렛에는 독극물이 들어 있을지 모르니

까. 위에서 떨어진 것도 주의하라. 결국 사고가 날 것이다. 당신의 몸에……'

"에비!"

그녀는 째지는 소리를 냈다.

에비는 지갑과 버거킹이 담긴 봉투를 든 채 진지한 얼굴로 칸막이방으로 뛰어들어왔다.

"무슨 일이십니까, 미스 멜챠? 상태가 좋지 않습니까?"

"도대체 지금까지 어디에 있었어? 내 사무실에 들어온 사람은 누구야? 누가 자리를 비워도 좋다고 말했어? 어디서 이런 것이 온 거야?"

질문이 소방차에서 물을 뿜어내듯이 거품을 문 미스 멜챠의 입에서 동시에 쏟아져나왔다.

에비는 깜짝 놀라 그곳에 얼어붙은 듯이 서 있었다. 그녀는 이 정도로 새빨갛게 물든 인간의 얼굴을 지금까지 본 적이 없었다. 양 눈이 튀어나올 것처럼 반짝이며 이쪽을 째려보고, 손가락은 짐승의 손톱처럼 단단하게 굳어 있었다. 발작이 일어났는지도 몰라? 아니면 정신이 이상하게 되어 버렸는지도 몰라?

"저는 잘 모릅니다. 밖에 나갔고, 아무도 없었는데. 그것은 아까의 리포트입니다. 무슨 얘긴지 모르겠습니다."

그녀는 말을 더듬으며 대답했다.

미스 멜챠는 예의 메모를 양 손으로 가리고 책상 위에 몸을 떨구었다.

"나가 있어."

그녀는 소곤거리듯이 말했다.

"문을 닫아. 아무도 들어오지 못하게 해. 전화도 받고 싶지 않아. 잠시 혼자 있고 싶어."

"네, 알았습니다."

에비는 뒤로 물러섰다. 두려웠지만 동시에 걱정도 되었다.

'화로 인해 여기서 죽게 되거나 발작을 일으키기라도 한다면 어떻게 하지?'

"저, 의사라도 불러올까요?"

"아니, 괜찮아. 나가 줘."

에비는 뒷걸음질쳐서 방을 나와 손으로 조용히 문을 닫았다. 불쌍한 저 사람은 아마 스탠레이처럼 멋진 사람을 만난 적도 없이 지금까지 인생을 보내 버렸을 거야. 스탠레이는 결국 그녀가 식당에 나타나지 않았기 때문에 그녀가 있는 곳까지 와서 맹렬한 스피드로 타이프치는 그녀를 발견했다. 그는 타이프치는 손을 잠시 정지시키고 이렇게 이야기했다.

"'레이더스, 잃어버린 성궤'를 보러 갑시다. 오늘 밤이오. 일이 끝나면 회사의 로비에서 기다리겠소."

에비는 기뻐서 갑지기 타이프라이터를 치는 속도가 향상되었다. 그렇지만 덕분에 점점 배가 고파졌다. 미스 멜챠가 돌아오기 진에 타이프를 끝내자, 그녀는 리포트를 책상 위에 두고 햄버거를 사러 뛰어나갔다.

엘리베이터 맞은편에서 그녀는 이전에 몇 번인가 본 적이 있는 청년과 엇갈렸다. 청년은 급한 일을 자동 타이프로 찍어내고 있었다. 잘생겼지만 빈혈증이 있는 것처럼 얼굴이 창백했다. 스탠레이와는 크게 다르다. 어쩌면 경리과 사람이 아닌지도 몰라. 그러나 저녁에 할 즐거운 데이트를 생각하니 그런 청년의 일은 까맣게 그녀는 잊었다.

칸막이방으로 돌아와 햄버거를 먹고 쿠키를 먹으면서 그녀는 이상하게 생각했다.

'미스 멜챠는 무엇을 그렇게 고민하고 있는지 모르겠어.'

아무튼 아까의 리포트와 관계가 없으면 좋겠는데. 잔업을 하게 되고 그것을 또다시 쳐야 된다면 이번에야말로 엉망진창이 될 거라고 걱정했다. 미스 멜챠의 방안에서는 아무 소리도 들리지 않았다.

통로의 맞은편에 있는 타이프가 윙 소리를 내며 마음대로 카닥카닥 소리를 내고 있었다. 에비는 무료함을 달래기 위해 스탠레이를 생각했다. 그녀의 얼굴을 정면으로 바라보지 못하고 속눈썹을 깜박거리는 모습이나 때때로 웃음짓는 귀여운 소년 같은 모습. 식당에서는 살짝 내 손을 잡았을 뿐인 그가 오늘 밤 영화관에서는 내 손을 힘껏 쥐어줄 것 같아 조금 마음이 설레기도 했다. 시간은 순식간에 지나갔다.

오후도 거의 다 지날 무렵, 배달부가 포장된 꾸러미를 그녀의 책상 위에 놓고 갔다. 아무래도 캔디 상자 같았기 때문에 스탠레이가 나에게 초콜렛이라도 보냈는지 모른다며 에비는 마음을 두근거렸지만, 그녀에게 온 것이 아니었다. 수취인 성명은 미스 알바이트 멜챠였다. 그녀는 사인을 하고 양 손으로 받아 무게를 측정해 보았다. 적어도 2파운드는 되었다.

'누가 미스 멜챠에게 초콜렛을 보냈을까? 그리고 이것은 어떻게 할까? 미스 멜챠는 누구에게도 방해받고 싶지 않다고 말했는데. 그렇지만, 아마 이 캔디를 받으면 기분이 좋아질지도 몰라. 미스 멜챠가 저렇게 괴로워하고 있는데 나만 이렇게 행복해하면 안 되겠지.'

그녀는 손에 꾸러미를 들고 마음에는 비애를 품으면서 미스 멜챠의 방문을 노크했다. 대답이 없었다. 한번 더, 이번에는 조금 세게 노크했다. 그러자 안에서 한숨을 내쉬는 듯한 소리가 들렸다.

에비는 미스 멜챠가 생각했던 것보다 용감했다. 그녀는 문을 열었다. 미스 멜챠는 낡은 타이프 테이블에 앉아 사용한 지 오래된 언더우드의 타이프라이터를 닦고 있었다. 방안은 타이프 청소액 냄새가 났다. 미스 멜챠는 털이 짧고 튼튼한 브러시로 키를 싹싹 문지르고 있었다. 양 손에는 잉크로 까맣게 물들어 있고 볼까지 까맸다. 그녀는 에비를 누구였던가 라고 생각하는 것처럼 물끄러미 쳐다보았다.

"이것이 방금 도착했습니다만……."

"그게 뭔데?"

미스 멜챠의 목소리는 쌀쌀맞고 생기가 없었다.

"모르겠어요. 그렇지만 캔디 상자 같아요. 맛있겠죠?"

에비는 방으로 들어와 상자를 미스 멜챠의 무릎 위에 놓았다. 그러면서 그녀는 미스 멜챠가 이것으로 기분을 풀고 고민을 잊어버렸으면 좋겠다고 생각했다.

"캔디라…… 선물이라…… 바로 보내 주다니, 준비가 잘되었군."

미스 멜챠는 중얼거렸다.

이렇게 말하고 상자를 집어 방 저쪽에 던졌다. 상자는 벽에 부딪히고 바닥에 떨어졌다.

"빨리 그것을 갖고 여기서 나가."

그녀는 타이프라이터에 푹 엎드려 울기 시작했다.

뭐가 뭔지 모른 채 에비는 상자를 주워 자기 책상으로 가져왔다. 상자를 책상의 가장 아랫 서랍에 집어넣고, 문득 누군가 미스 멜챠에게 도움을 줄 수 있는 사람을 부르는 편이 낫겠다고 생각했다.

'그렇지만 도대체 누구를 불러온다? 저 지독한 사람에게 기분을 맞출 사람은 거의 없을 텐데.'

미스 멜챠는 여사원 누구와도 친하지 않았기 때문이다.

에비는 잠시 후 한 생각이 떠올랐다.

‘그렇다, 경리 담당 미스 윌리스가 있다. 그녀라면 미스 멜챠와 자주 점심 식사를 함께 하러 나가기 때문에 어쩌면 친한 친구일지 모른다. 어쩌면 좋을까? 그녀라면 아마 알고 있을 것이다.’

수화기를 들고 에비는 다이얼을 돌렸다.

수화기에 미스 윌리스가 나왔다. 그녀는 대단히 흥미를 갖고 여러 가지 질문을 했다. 에비는 겨우 안심하면서 질문에 답하고, 캔디 상자 이야기와 미스 멜챠가 낡은 타이프라이터 위에서 울고 있음을 말했다.

“그런 때는 가만히 혼자 있도록 해주는 것이 좋아요.”

아이다 윌리스가 충고했다.

“그런 인생의 시기에 접어들면 사소한 일에 기분이 나빠지는 경우가 있어요. 그러나 타인에게 알리고 싶지 않죠. 그러니까 이 얘기는 우리 두 사람만의 비밀로 해 두기로 해요. 5시가 되면 그쪽으로 가서 그녀가 무사히 집으로 돌아가는 것을 지켜볼게요.”

“감사합니다.”

‘역시 내가 한 행동은 옳았어. 그래도 미스 멜챠는 저렇게 배려해 주는 친구가 있어서 다행이야.’

안심하고 수화기를 놓았을 때, 에비는 미스 멜챠의 방에서 나오는 낮은 소리를 들었다. 무엇인가가 혹은 누군가가 바닥에 떨어지는 듯한 소리였다.

‘어쩌면 좋지? 미스 멜챠의 마음을 두 번이나 혼란스럽게 하는 짓은 하고 싶지 않은데. 무엇인가를 떨어뜨린 것뿐인지도 모르고. 그러나 어쩌면 방안에서 정신을 잃던가 하는 일이 생길 수도 있어.’

에비는 발 소리를 죽이고 문 쪽으로 다가가서 귀를 기울였다. 아무 소리도 들리지 않았다. 한쪽 손을 문의 손잡이에 댔다. 문을 조금만 연다면 이쪽의 모습을 보이지 않고 방안을 들여다볼 수 있으리라고 생각했다.

  '아마 이쪽에서 멜챠를 보더라도 내 모습을 볼 수는 없을 것이다.'

  이렇게 생각한 그녀가 문을 조금 열고 본 것은 천장의 조명 세트에 대롱대롱 매달려 있는 미스 멜챠의 모습이었다. 목 주위에는 타이프라이터의 리본이 몇 겹으로 감아져 있고, 양 다리는 뒤집어진 의자 위에 흔들흔들 떠 있었다. 소름끼치는 자색을 띤 얼굴의 한쪽에, 그리고 양 손이나 평소라면 기미 하나 없는 새하얀 블라우스 위에도 검은 잉크 얼룩이 가득 차 있었다.

  에비는 소리를 질렀다.

  그날 밤, 늦게 에비는 스탠레이의 팔 속에서 울었다. 두 사람은 결국 영화를 보러 가지 않았다. 그 대신 미스 멜챠의 시체가 운반된 후에 스탠레이는 에비를 집으로 데리고 가서 그녀를 위해 부드러운 음악을 연주하고 오믈렛을 만들기도 하였다. 그리고 어떻게 슬퍼해야 책임을 느끼게 되는가라는 그녀의 말에 귀를 기울여 주었다.

  "미스 멜챠는 하루 종일 혼란스러워했어요. 나는 뭔가 진정시킬 수 있도록 해 주었어야 했어요. 그런데 내가 할 수 있는 것이란 돌이킬 수 없는 일이 발생한 후에 언더우드의 타이프라이터 위에 있었던 그 작은 기묘한 잿더미를 정리하는 것뿐이었죠. 아마 미스 멜챠는 그렇게 지저분한 것을 누구에게도 보이고 싶지 않았을 텐데."

  스탠레이는 그녀의 손을 잡고 뺨의 눈물을 닦아주었다. 그녀가 집으로 돌아가야 되는 시각이 되자, 그는 부드럽게 이마에 키스를 하고 택시를 불렀다.

  다음날 아침 경리과의 예의 창백한 청년이 미스 멜챠의 사무실로 들어와서 앉았다. 언더우드의 타이프라이터는 이미 보이지 않는다. 미스 아이다 윌리스가 와서 오늘부터 이 아더 길버트씨가 워드 프로세서의 설비를 인계받고, 에비는 그의 비서로서 그대로 여기서 일을 계속할 수 있다고 설명했다.

미스 윌리스와 길버트씨는 함께 점심 식사하러 나갔다. 나갈 때 미스 윌리스는 청년의 팔에 자신의 팔을 살짝 걸었다. 길버트씨는 스쳐 지나가면서 에비에게 윙크를 하고 아니꼬운 웃음을 지었다.

수개월이 지나 결혼을 하게 되어 퇴사하는 날, 에비는 책상을 깨끗이 청소하고 정리했다.

그때 풀지 않고 그대로 처박아둔 상자를 꺼냈다. 문득 눈에 눈물이 흘렀다. 그녀는 그 상자를 쓰레기통에 처넣었다. 그러나 생각을 고쳐 먹고 그것을 다시 주웠다. 뭐라 해도 그것은 캔디 상자였고, 게다가 스탠레이는 초콜렛을 굉장히 좋아했다. 플로리다로 신혼 여행 갈 때 가지고 가면 좋겠다고 생각한 것이다. 포장지가 더러워져 에비는 그것을 벗겼다. 그러자 접혀진 한 장의 종이가 있었다. 내용은 읽을 필요가 없다. 그것은 미스 멜챠에게 온 것이기 때문에. 그렇지만 뭐라고 씌어 있을까? 이 메모를 보면 미스 멜챠의 자살 원인을 어느 정도 알 수 있을지 모른다. 그녀는 종이를 펴고 깨끗하게 타이프된 글씨를 읽었다.

'충실한 친구로부터. 당신 마음의 비밀을 알고 있다. 이것은 처음 보내는 선물이지만, 앞으로 당신은 내가 소식을 전하지 않으면 하루가 끝났다고 느끼지 않게 될 것이다.'
얼마나 멋있는 편지인가라고 에비는 생각했다.
'만약 이 상자를 열었다면 미스 멜챠는 죽지 않았겠지. 이렇게 멋있는 사랑의 메시지를 받으면서 자살을 꾀하는 여자가 어디 있겠는가? 운 없는, 정말로 운 없는 미스 멜챠. 그렇지만 그녀는 이

미 이 세상에 없으니까 이 메모는 특별히 중요한 의미는 없다.'
이렇게 생각한 에비는 메모지를 쓰레기통에 버렸다.

에비는 캔디를 집으로 가지고 돌아온 후 비행기 안에서, 호텔 안
에서, 낚시하러 나간 보트 위에서 스탠레이와 함께 그것을 먹었다.
스탠레이는 너무 많이 먹어 기분이 안 좋아졌다. 아니면 배멀미 탓
인지도 몰랐다. 고기는 한 마리도 낚이지 않았다.

두 개 의 시계 / 엘리자베스 페라스

Drawn into Error

• 엘리자베스 페라스(1907~   )

Elizabeth Ferrars

　Morna Doris Brown 및 E.X. Ferras라는 필명도 사용하는 영국작
가. 1907년 9월 미얀마 랭군에서 태어나 영국 런던 유니버시티 칼리지
에서 저널리즘을 전공했음. 1940년 Robert Brown과 결혼. CWA 창
립 멤버이며, 1953년에 협회장을 지냈음. 1981년 CWA 실버대거상
수상.

두 개의 세계

리나 에드워드는 공포에 질려 눈을 크게 떴다. 방 맞은편에 있는 남편을 바라보는 눈이 촛점을 잃고 있었다.

"잘되지 않을 거예요."

목소리가 날카로웠다.

"이 방법밖에 없어."

해리 에비트의 목소리는 아내의 두려워하는 목소리와는 달리 감정이 없다. 두려움을 감추고 있는 것이다. 그는 난로 앞에 깐 값비싼 회색의 융단에 구멍을 뚫기라도 할 듯이 한쪽 뒤꿈치로 누르고 있었다.

"아무튼 할 수밖에 없어."

그 목소리에는 흥분도 의혹도 정열도 없었다.

리나는 양 손으로 얼굴을 감쌌다. 머리카락이 흩어져 있는 손끝에는 밝은 빛은 있어도 생기가 없었다. 얼굴이 길고 이목구비가 정연한 리나는 눈을 크게 뜨고 있었다.

"난 할 수 없어요. 이제는 시간도 없고 그렇게 여러 가지의 일을 한꺼번에 생각할 수 없어요."

하려고 마음만 먹으면 할 수 있기 때문에 남편은 그다지 신경쓰지 않았다.

"괜찮아, 생각할 수 있어."

그는 말했다.

"어려운 것은 타이밍뿐이야. 그 뒤는 간단하지. 다만 타이밍만큼은 확실히 맞춰 줘."

그는 한쪽 발에서 다른 한편으로 체중을 옮기고, 또한 새롭게 발꿈치를 융단에 파묻으며 힘껏 비틀었다. 잠시 동안 탄력이 있는 융단 털 끝에 눌린 혼적이 남았다.

"확실히 다른 사람들은 시간대로 돌아가게 해. 그러면 그 사람들과 함께 미니도 차도까지 전송하러 나가겠지. 그렇게 되면 여기에 와서 시계침을 돌려 그녀에게 들키지 않고 전화를 걸 수 있을 거야. 그저 1초의 실수도 없이 정확하게 해야 돼. 그렇게 되면 나중은 간단하지."

리나는 갑자기 얼굴을 들고 새삼스럽게 그를 물끄러미 쳐다봤다. 보통 체격에 보통 키, 짙은 회색의 바지에 하얀 와이셔츠와 짙은 회색의 넥타이…… 모두 고급품인데도 그리 눈에 띄지는 않았다. 하얗고 둥근 얼굴의 매부리코는 마침 발로 비벼 누르고 있는 융단의 털과 비슷해서 어울리지 않는 그 자체였다. 색이 엷어진 새카만 머리카락은 좁고 튀어나온 이마에서 올백으로 빗어넘겨져 있었다.

매우 침착하고 둔한 그의 얼굴에 눈길을 고정시킨 채 리나는 말했다.

"이런 일을 급히 생각하지는 않았겠죠, 해리? 어제 오늘의 얘기는 아니겠죠? 훨씬 전부터 준비했을 테죠? 조지의 그 돈에 대해서 알아차린 때 생각했겠죠?"

"아, 그래. 훨씬 전부터 준비해 왔어. 그것도 주도면밀하게 준비를 했지."

에비트가 대답했다.

"훨씬 전부터 준비를 했으면서 나한테는 한마디도 하지 않았다니……."

"그것이 내 방식이야. 그 정도만 알고 있어."

그가 그녀의 말을 가로막았다.

"결혼한 지 몇 년이나 됐어?"

그녀는 고개를 흔들지도 끄덕이지도 않았다. 애매하게 머리를 움직였다. 의자에 주저앉아 풀이 죽은 그녀는 아담하고 가냘퍼서 무력하게 보였다. 실제로는 키가 크고 야위었지만 균형잡힌 여자였다.

"몇 년이라도 싫은 것은 싫어요. 인정하는 거죠?"

그녀가 대꾸했다.

에드워드의 검붉은색의 입술은 희미하게 만족한 표정을 지으며 끝을 약간 오므렸다. 그러나 얼굴은 곧바로 원래의 무표정으로 돌아갔다.

"좋아, 생각해 보지. 혼자 남지 말고 차도로 나오게 할 것."

그는 또다시 강하게 자기 주장을 내세우며 혹독하게 말했다.

"거기서 달리는 도중에 되돌아가서 시계를 늦추고 전화를 한다. 그 동안에는 절대로 미니를 밖에 있게 한다. 장미꽃에 주의를 기울이게 하면 좋겠지. 혹은 비료에라도…… 아무튼 뭐든지 좋아. 하려면 할 수 있어."

"그래도 그 나중이 만약 잘 안 된다면……."

리나가 말했다.

"잘 돼."

"잘 안 될 거예요. 어렵고 복잡하고 실패의 위험율이 너무나도 커서……."

그녀의 목소리는 쇳소리가 나며 떨렸다.

잠시 동안의 침묵 후, 에비트는 차갑게 말했다.

"알았어. 그럼 그 대신 어떻게 하지?"

그는 그녀가 대답을 하지 않았기 때문에 말을 계속했다.

"자아, 이제 가서 옷을 갈아입어, 리나. 그린색의 드레스가 좋아. 방을 정리하고, 허비할 시간은 별로 없어."

그녀는 멍하니 눈을 돌렸다.

"이 방은 이대로가 좋죠, 언제나 같이?"

"그래, 좋아."

목소리에 어떤 자부심이 나타났다.

두 사람 다 자랑스럽게 생각하는 방이었다. 플로어는 마호가니 나무로 만들어졌다. 맑은 창으로는 넓은 잔디밭이 보이고, 낙엽송 아래 풀숲에는 일찍 핀 수선화가, 멀리에는 집의 지붕과 그 맞은편에 언덕이 보였다. 고전풍의 가구는 고급 잡지에서 보고 산 것이었다. 방 전체는 중앙난방장치가 되어 있었다.

"차 준비는 다 할 수 있어요. 나중에는 브릿지 테이블과 램프를 가져오기만 하면 돼요."

리나가 말했다.

"그래, 들고 오면 돼."

에비트는 이렇게 대꾸하고 명령하듯이 말했다.

"바쁘게 움직여, 걸터앉아서 깊이 생각하지 말고…… 좋은 것이 아냐."

"당신은……?"

그는 성큼성큼 다가갔다. 그리고 그녀의 겨드랑이 사이에 손을 넣어 의자에서 일으켜 세웠다.

"나는 상관하지 마."

그녀는 하이힐을 신지 않아도 남편보다 키가 조금 컸다. 이렇게 남편과 마주하고 서 있으면 머리 너머 창으로 낙엽지는 나무들, 그리고 그 맞은편에 있는 낮은 언덕의 녹색 능선이 보였다.

"괜찮아? 할 수 있어, 리나?"

그는 팔을 잡은 손에 힘을 주었다.

"아무튼 해 보죠."

그녀는 이렇게 답하고 덧붙였다.

"그러나 내키지는 않아요."

"내가 좋아서 한다고 생각하는가?"

그는 내키지 않아하는 것이 아니었다. 그는 완력에 호소하는 것보다 나쁜 지혜를 움직이게 하는 인간이었다. 그러나 나쁜 지혜도 실패로 끝나는 경우가 있다. 그렇다면 완력에 호소하는 것 이외에 무엇이 있을까?

리나의 브릿지 모임은 여느 때와 마찬가지로 6시에 끝나게 되어 있었다. 매주 수요일에 모이는 4명의 부인들 중에 두 사람은 거리가 떨어진 곳에서 6시 10분발 버스를 타지 않으면 안 되었다. 빙구 석의 낡고 큰 시계의 바늘이 6시 10분 전을 가리키자, 패자는 핸드백을 뒤적거려 승자에게 지불해야 될 빚진 돈을 지불했고, 마지막 3회의 승자는 거기서 실수했기 때문에 크게 졌다는 등 수다를 떨어 부드러운 분위기가 되었다.

"오늘 오후는 잘되지 않아."

미니 홉디는 가라앉은 목소리로 진지하게 말했다. 세트가 흐트러진 회색의 머리카락을 한 줌 뒤로 넘겼지만 플레이에 열중한 나머지 다시 머리가 얼굴에 흘러내려 부드러운 목양견의 풍모를 생각케 했다.

"이제 나이가 들어서 이 게임도 할 수 없구나."

미니의 왼쪽에 앉아서 앞에 둔 점수표를 집계하던 리나는 미니의 손목을 가볍게 연필로 두드렸다. 어쩐지 마음에 든다는 행위였다. 리나가 입고 있는, 금테이프로 둘러진 에머랄드색의 울드레스와 팔에 찬 중후한 금팔찌가 조화를 이루고 있었다.

"나이 따윈 문제가 되지 않아."

그녀는 빙긋이 웃어 보였다.

"뭔가 신경쓰이는 것이 있어, 미니?"

"아니, 역시 나이 탓이야."

미니 홉디는 집요하게 반복했다.

"별로 손해라 생각할 수도 없고, 어떤 건 완전히 잊어버린 것도 있어."

그런데 실은 그녀에게는 정말 신경쓰이는 일이 있었다. 요 3일 동안, 남편 조지가 거의 입을 열지 않았고, 오늘은 이유도 말하지 않고 런던으로 가버렸기 때문에 굉장히 신경쓰였다. 아무튼 이런 일은 처음 있는 일이었던 것이다.

미니가 하루 종일 고민하고 있는 남편에 대한 강한 의혹을 누구에게라도 털어놓고 싶어졌다 해도——조지의 건강이 나빠졌는지도 몰라. 뭔가 중대한 중증이어서 그것을 아내인 나에게도 말할 수 없고, 대신 전문의에게 진찰받으려고 런던으로 혼자서 간 것은 아닌지 몰라——이런 것은 도저히 리나 에비트에게 털어놓을 수는 없었다. 그녀들 두 사람은 사이가 틀어진 적이 한 번도 없었다. 리나가 경매와 부동산 매매를 하는 홉디 앤드 홉디사의 공동 경영자인 조지와 결혼하고 나서 5년 동안 1주일에 한 번씩 브릿지 게임으로 오후를 즐긴다든가 가깝게 교제를 해 왔지만, 미니는 이 젊은 여자에게는 적어도 친근감을 품고 있지는 않았다.

이 점에 대해서는 유감스럽게 생각했다. 그녀와 리나가 조지와 해리만큼만 친하게 되더라도 모두를 위해 훨씬 좋았을 것이다. 그러나 미니 홉디의 자기 비판적인 설명에 의하면, 리나는 젊고 머리가 좋으며 여행을 좋아해서 분명히 더 즐겁게 지낼 수 있는 사람들을 알고 있음에 틀림없었다. 그렇다면 나 따위는 지루하다고 생각했을 것이다. 그 밖의 것을 생각할 수 있을까?

평소에 미니는 리나가 자기를 지루하고 어쩐지 불만스럽게 여긴다고 느끼고, 게다가 자신에게 지금 이상으로 무엇인가를 바란다는 것을 알았었다. 리나는 만족할 줄 모르는 여자라고 미니는 생각했다.

'리나는 무엇을 손에 넣더라도 만족하는 것을 몰라. 그래도 나에게 뭔가 걱정하는 일이 있다는 것을 느낀 것은 역시 머리가 좋기 때문이야.'

항상 리나는 마치 꿈을 꾸는 어린이처럼 자기 자신의 틀에 틀어박혀 나이 든 얼굴에 나타나는 고통을 인정하는 적이 없었다. 그녀는 몇 년 전부터 문 옆에 있었던 알 수 없는 두 종류의 관목의 이름에 돌연 흥미를 갖는 등 그녀의 속내를 짐작할 수 없었다.

'분명 리나에게 뭔가가 일어나고 있다. 기분의 호전이라든가 진전이……'

그렇다면 아주 잘됐다고 생각한 미니는 다른 두 부인과 문까지 가서 관목이 인동덩굴과 고추나물의 일종인 것을 확인했다. 그런데 그것을 가르쳐 주려고 리나 쪽을 보자, 그녀는 마침 안으로 들어가고 있었다.

조지가 역에서 돌아가는 도중 들른다고 했기 때문에, 미니는 역시 돌아가지 않고 있었다. 리나는 그녀가 조지를 기다릴 것이라 예측하고 있었다. 그녀는 집안으로 들어가 셰리주의 디캔타와 4개의 유리잔을 얹은 쟁반을 낮은 커피 테이블에 놓고 있었다.

"남성을 그저 기다리기만 하는 적은 없겠죠?"

리나가 말했다.

"한 모금 마시면 괜찮아지겠죠. 아마 마이켈 때문에 걱정하는가 봐요. 걱정하지 말아요. 괜찮아지겠죠."

마이켈은 홉디의 아들로 차를 고속으로 몰고 다니면서 때때로 지나친 짓을 하기 때문에 지금까지도 몇 번인가 부모의 골칫거리가 되었다. 그러나 최근에는 분별 있게 행동하였다.

"그렇지 않아요. 마이켈 때문에 걱정하고 있는 것은 아니에요. 정말 특별한 걱정거리는 없어요."

미니가 말했다.

그녀는 리나가 내민 잔을 들고 힐끔 시계를 봤다. 조지가 이제 도착해도 좋을 무렵인데 라고 그녀는 생각했다. 걱정스런 긴 하루도 이제 끝이었다.

그녀는 그가 그렇게 늦지는 않을 것임에 틀림없다고 생각했다. 아니, 그렇게 믿고 싶었던 것이다. 그녀는 1, 2분마다 한 번씩 손목 시계를 봤다.

갑자기 그녀는 깜짝 놀라 크게 소리쳤다.

"제 시계가 이상해요, 리나!"

"저 큰 시계가, 정말!"

리나가 말했다.

"그것도 10분이나 늦어요."

미니가 말했다.

"조지는 이미 도착했을 시간인데……."

리나는 머리를 옆으로 흔들었다. 크고 소박한 눈망울이 웃고 있었다.

"그 정도로 신용할 수 없는 건 아녜요, 미니. 게다가 해리의 꼼꼼

한 손질을 생각하면 말예요. 그리고 상당히 값비싼 건데…….”
“그래도 내 시계는 한 번도 틀린 적이 없었어요. 22년 동안 차고
있지만, 한 달에 2분도 틀린 적이 없어요.”
점점 더해지는 걱정 때문에 미니의 어조는 고조되었다.
“이것은 굉장히 비싼 거예요.”
리나는 난로 쪽으로 돌아섰다. 그을린 땔감을 손끝으로 만지작거
렸다. 앞에 늘어뜨려진 밝은 색의 머리카락으로 얼굴은 보이지 않
았다.
“당신 손목시계를 분해해서 청소를 해주는 쪽이 좋지 않을까 몰
라요.”
리나가 말했다.
“2개월 전에 청소했어요. 아무튼 틀린 것은 그 시계예요. 그 시
계가 맞다면 조지는 이미 도착했을 거예요.”
자기 목소리의 긴장된 울림에 미니는 움찔했다.
“알았어요.”
리나는 침착하게 말했다.
“해리에게 말해 두겠어요. 그런데 마이켈 말이에요, 조금 애먹이
긴 하지만 굉장히 좋은 아이예요. 그렇게 생각해요. 게다가 마이
켈과 조지, 모두가 조금씩 양보하게 되면 마이켈은 나쁜 아이가
아니라고 할 수 있겠죠.”
눈썹을 조금 찌푸리고, 리나는 어째서 마이켈의 이야기에 집착하
는 걸까 하고 생각했다.
“아들과 조지가 양보하다니, 무슨 의미죠? 요즘은 굉장히 친한
친구 같아요. 물론 마이켈은 한때 어려운 시기가 있었지만, 남자
라면 누구에게나 있을 수 있는 일이죠.”
미니는 말을 중단했다. 바깥 차도의 자갈을 밟는 소리가 들리는

것 같았기 때문이다.

리나도 그 소리를 들었다.

"해리예요."

그녀가 말했다.

"조지인지도……."

에비트가의 시계보다는 자신의 손목시계를 신용하는 미니는, 남편이 탄 기차가 10분 전에 틀림없이 도착했을 것이라고 생각했다. 그리고 샛길을 가로질러 오면, 에비트의 집에 그가 도착할 때까지 걸리는 시간은 겨우 5분 정도라는 것도 생각했다.

"그렇지, 어쩌면 조지인지도 몰라."

리나는 그렇게 말하고 허둥지둥 방을 나갔다.

미니는 남편이 두려운 통지를 할지도 모른다고 생각하자 긴장되었다. 그녀는 어지럽게 흩어진 머리카락을 한움큼 잡고 이마 뒤로 넘겼다. 그것과 동시에 온화하게 웃는 얼굴로 꾸몄다. 그러나 웃는 얼굴로 맞이할 수 있었던 것은 조지가 아니라 해리 에비트였다.

"야아, 미니 아닌가!"

그는 상당히 기쁜 듯한 목소리를 냈다.

"안녕, 해리."

"조지하고는 만나지 않았어요? 여기 오기로 돼 있는데."

에비트는 시계를 봤다.

"그는 6시 20분 기차로 도착하지 않나요? 지금 겨우 20분이 되었잖습니까?"

"그렇지만 저 시계는 늦어요."

미니가 말했다.

"지금은 6시 30분이에요."

"저 시계는 늦을 리가 없습니다."

에비트의 어조는 조금 전에 리나가 말했던 것과 똑같았다.

마치 에비트의 큰 시계와 그녀의 손목시계 사이에 어느 쪽에라도 늘은 것이 큰 문제라도 되는 듯이 미니는 더 큰 소리로 말했다.

"그러나 내 시계는 이미 6시 30분이에요. 조지가 아직 도착하지 않았다는 것이 이상해요. 역에서 사무실로 가지 않고 여기로 바로 온다고 했어요."

에비트 부부는 서로 눈짓을 했다.

"그렇다면 전화로 알아보죠."

해리 에비트가 말했다.

"말하는 대로일지 모르죠, 미니. 만약 그렇다면 아마 열차가 늘어지는 것은 아닐까요. 그렇다고 한다면 내가 역까지 가서 확인해 보죠. 저 확인……."

그는 말을 흐렸다. 마치 이러한 상황에서 도대체 무엇을 확인하면 좋을지 모른다는 식이었다.

리나는 이미 전화가 있는 곳으로 갔다. 수화기를 들고 뭔가 이야기하고 곧 끊었다.

"교환수가 말하기로는, 교환국의 시계도 6시 21분이라는데요."

그녀는 남편을 맞이하러 나가기 전에 놓았던 셰리주가 든 잔을 들고 단숨에 마셔 버렸다. 갑자기 숨이 막혔다.

에비트가 등을 톡톡 두드려 주었다. 그 두드리는 소리가 놀랄 정도로 컸다.

눈에서 눈물이 흐르며 리나는 희미한 소리로 말했다.

"미니는 정말 마이켈을 걱정하지 않아요. 그렇게 소란스러웠는데도……."

"대단한 것은 아닙니다."

에비트가 한마디했다.

"신경쓸 것 없습니다. 셰리 대신 뭐를 드시죠, 미니. 조지도 곧 오겠죠."

그러나 한 시간이 지나도 조지는 에비트의 집에 나타나지 않았다.

아마도 더 늦은 열차를 탔을 것임에 틀림없다고 에비트 부부는 똑같이 말했다. 미니도 그렇게 생각하고 더 이상 남편을 기다리지 않기로 했다. 에비트는 그녀가 집까지 얼마 안 되는 거리를 걸어간다는 것을 알고 있었다. 그는 미니를 그녀의 집 문까지 보내고, 그녀가 현관으로 이어지는 작은 길을 걷는 동안에 어둠 속으로 들어갔다. 그녀가 창가로 가서 빅토리아풍의 포치에 끼워진 문을 열자, 넓지만 단조로운 벽지로 장식된 정면의 전기시계가 희미한 소리를 내고 있었다. 그녀가 손목시계와 비교해 보자, 자신의 시계 쪽이 빨랐다. 하지만 그저 3분뿐이었다.

그것이 7시 40분.

7시 55분에 경찰이 도착했다. 조지는 늦은 열차로도 귀가하지 않았다. 그가 말했던 대로 런던에서 6시 20분에 열차로 돌아왔다. 개찰하는 사람이 표를 건네준 것을 분명히 기억하고 있었다. 그리고 조지는 에비트의 집을 향하여 샛길을 가로질렀다.

머리를 맞은 그의 시체가 담 밑에서 발견된 때는 이미 사후 1시간이 지나 있었다.

로널드 두손 경감은 미니의 손목시계에 상당한 흥미를 가졌다.

"그녀는 에비트의 집에서 시계가 나타내는 시각이 늦었음을 알고 바늘을 맞췄던가요, 맞추지 않았던가요?"

그러나 미니는 아직 신뢰할 만한 대답을 할 수 있는 상태가 아니었다. 그녀가 처음에는 비탄에 빠진 나머지 멍하니 침묵 속에 잠겼다. 가능한 한 그간의 사정을 경찰에 말했지만 바보처럼 말의 조리가 맞지 않아, 결국 영화를 보고 있던 19세의 키 큰 아들 마이켈이 그녀를 2층의 침실로 데려가 의사에게 진정제를 놓게 했다.

자제심을 잃었다기보다 정신을 잃었다고 해야 할 그녀가 방으로 들어가는 것을 본 두손은, 이 살인 사건이 어렵지 않게 해결되리라고 보았던 것이 잘못이라는 것을 깨달았다. 그에게 극한에 달하는 분노가 치솟아 뭔가 두려운 감정을 말하자면 생각을 방해당하는 느낌을 받았다.

결국 이것은 잔인한 살인이며 그의 피가 더 끓어오르게 하는 종류의 흉악범죄라고 확신했다. 그러나 그의 분노는 항상 피로를 초래하여 어떻게 풀기도 전에 자신에게 괴로움을 주었다. 그리고 일시에 확증 없는 결론을 짓게 하였다.

그가 그날 밤 근무를 마치기 전에 일시에 도달한 확증 없는 결론이란, 조지 홉디는 공동 경영자인 해리 에비트에게 살해되었다는 것이었다.

큰 시계라는 것, 교환국으로 전화했다는 것, 어쩐지 모두 이상했다. 아무래도 상황이 너무 좋다. 그러나 두손은 아직 그것에 대해서 다른 누구에게도 말할 작정이 아니었다.

"지금, 에비트에게 불리한 증거는 생기지 않아."

두손은 경사인 제임즈 개리에게 중얼거리듯 말했다. 한밤중의 1시, 그의 사무실에서 두 사람은 차를 마시고 있다.

"이것은 단순한 사실입니다. 확고한 것이 아닌, 다만 미세스 홉디가 귀가 전에 시계의 바늘을 돌려 놓지 않았다고 생각할 경우입니다. 하지 않았음에 틀림없습니다! 확고한 사실이죠. 그렇게 생각하지 않습니까?"

개리는 두손처럼 젊고 건강이 좋았다. 그는 말을 계속했다.

"그러면 문제는 전화죠? 미세스 에비트는 교환국에 다이얼을 돌려 시각을 물었고, 6시 21분이라는 것을 확인했습니다. 그래서 에비트가의 시계가 정확하고 미세스 홉디의 손목시계가 틀리므로 에비트는 홉디가 탄 기차의 도착 시각 및 그 후 1시간은 미세스 홉디와 같은 방에 있는 것이 됩니다. 이런 논리죠. 고민하고 있는 것은?"

두손은 그렇다는 식으로 머리를 크게 흔들고 고개를 끄덕여 보였다.

"적어도 동기에는 신경쓰지 않아."

그는 입술을 깨물고 웃음을 지어 보였다.

"회사의 장부를 보면 일목요연하겠죠, 아마."

개리가 말했다.

"에비트가 어디서 그런 돈을 입수할 수 있는지 모르겠어요. 요즘 평판이 좋아서 그런 것은 아닐 테고……. 홉디가 런던으로 만나러 간 그 회계사와 말할 때는……."

"돌리지 말고 솔직하게 말해 줘."

두손이 말했다.

"내 생각이 틀린 것은 그 전화의 조회를 한 때가?"

"전화는 두 번 걸었습니다."

개리가 말했다.

"그렇지."

두손은 고개를 끄덕였다.

"아마도 그렇겠지. 한 번은 교환국에, 또 한 번은 어디도 아닌 곳에…… 미세스 홉디가 물은 것은 그 어디도 아닌 곳에 물었겠지. 미세스 홉디가 들은 것은 그 어디도 아닌 곳에 걸었을 때였어. 아마 그런 속임수를 썼겠지만, 그렇더라도 어쩐지 시원찮은 구석이 있는데…….”
개리는 자신의 생각이 들통나서 좀 낙담하는 듯했다.
“어떻습니까, 아주 간단하죠?”
“간단!”
두손은 마치 그 한마디의 울림 때문에 기분이 나빠진 것 같았다.
“괜찮습니까?”
개리가 계속했다.
“부인이 브릿지 모임에 도착한다. 미세스 홉디와 다른 두 부인이
죠. 그리고 2, 3시간을 즐긴다. 세 사람은 다 손목시계를 차고 있
었습니다만, 그때는 한 명도 에비트가의 큰 시계가 늦다고는 하
지 않았습니다. 게임은 언제나 같은 시간에 끝나게 됩니다. 두 부
인이 버스를 타야 되기 때문이죠. 그래서 모두가 함께 집에서 나
와 전송을 한다. 미세스 홉디도 뭔가 말하면서 관목을 보러 밖으
로 나간다. 이것은 미세스 에비트가 급히 흥미를 나타내고 그 이
류을 알고 싶어했기 때문입니다. 그런데 무슨 이유에서인지 미세
스 홉디가 관목을 살피는 동안 미세스 에비트는 집안으로 들어가
고, 미세스 홉디가 나중에 집으로 들어가자 거실에서 마실 것을
준비하고 있었다. 그러나 그때까지 미세스 에비트는 3, 4분간 혼
자 있었을 것이고, 그 정도의 시간만 있으면 교환국에 전화를 해
서 시각은 6시 21분이라고 상대에게 말하게 하고 시계의 바늘은
6시 10분으로 돌리는 작업을 합니다. 그리고 그곳에 머지 않아
에비트가 귀가한다. 실제는 6시 30분입니다. 그는 역에서 홉디와
만나, 함께 샛길을 가로질러 홉디를 죽이고 집으로 돌아왔다. 그
런데 시계는 아직 6시 21분을 가리켰고, 미세스 홉디가 저 시계
는 틀렸다고 말하자, 교환국에 위장의 전화를 하여 노부인에게
그녀의 손목시계가 틀렸다고 생각하도록 한 것입니다. 도대체 어

디가 마음에 안 듭니까?”

“그녀의 손목시계가 귀가한 때 돌아가지 않았던 경우에만 해당
되겠지.”

두손은 대답했다.

“거기에 3분이 빨라 있었다. 이것은 대단한 의미는 없을 거야.
아니면…….”

그는 생각에 잠긴 듯이 턱을 낮췄다.

“아니면, 의미가 있을까?”

“그러나 이것을 증명하는 열쇠는 손목시계가 고장나지 않았다는
거죠.”

개리가 말했다.

두손은 아니라는 식으로 머리를 흔들었다.

“에비트, 저 에비트 같은 남자는 거기까지 생각했어, 짐. 그런데
우리들이 그와 마주쳤을 때 녀석은 침착했지. 녀석이 기도한 대
로 뭔가 잘되었다는 듯이 말이야. 그리고 녀석이 다른 비장의 카
드를 발견했다는 것은 뭔가 다른 것이 일어나는…… 우리들의 좌
절, 확 쓰러질 듯한 뭔가가…… 그래도…….”

옆에 있는 전화가 울렸기 때문에 두손은 말을 끊고 전화기에 손
을 뻗으면서 젖은 듯한 목소리로 반복했다.

“그래도 뭔가가 다른 것이 일어나…….”

전화기에서 벨이 수분 동안 계속되었다. 수화기를 놓고 그는 무
표정하게 개리의 얼굴을 보고 나서 의자의 등에 기대어 그을린 천
장을 물끄러미 바라보았다.

“말한 대로야.”

“뭡니까?”

“홉디의 자식 때문이야.”

두손은 계속 말했다.

"미니의 시계는 현재 35분을 가리킨다. 약 6시간에 대략 30분 지난 상태지. 이 점을 어떻게 생각하는가, 짐?"

알았다는 듯이 개리는 큰 소리로 말했다.

"즉 그녀의 손목시계는 에비트가에서 고장났다는 얘기군요. 꼭 바늘을 그곳에 맞춰두고 잊어버렸겠죠. 그래서 집에 돌아오는 데 3분 걸렸죠. 시계는 엉망진창으로 고장났습니다. 그래도 누군가가 만질 기회가 있었을까요?"

"아들이 없었다고 했지. 주사를 놓기 전, 잠시 어머니와 둘이만 있을 때 충분히 냉정하게 말했고, 그 누구도 시계에 잔재주를 부릴 틈이 없었다고 분명히 말했다고 했지."

"그러면 에비트의 알리바이는 간단하게 성립되지 않는군요."

"22년이나 몸에 지녔던 시계, 그것도 고급품인 시계가 하필이면 남편이 살해된 것과 같은 시각에 고장난다, 그런 바보 같은 우연의 일치가 있을까?"

지금까지 많은 난제를 투명해 온 천장을 물끄러미 쳐다본 채 두손은 머리를 옆으로 흔들었다.

"아내."

그는 확실히 말했다.

"그럼 누군가가 잔재주를 부렸다…… 그렇다고밖에 생각할 수 없잖아요?"

개리가 말했다.

"그렇지."

"아들일까요?"

"이유는?"

"에비트와 공범일 것 같아요, 아마. 그는 아버지와 잘 지내지 못했던 것이 아닐까요?"

"에비트의 허풍이지. 다른 누구도 그렇게 말하지는 않았어."

"그럼 그렇게 되면……."

개리는 문득 생각이 미치자 자신도 천장을 바라보았다. 그러나 두손이 떠올린 듯한 영감은 떠오르지 않았다. 여기서 또 시선을 이동해서 두손의 얼굴을 보았다. 천장처럼 찌들고 주름잡힌 무표정한 얼굴이었다.

"그러나 그렇게 되면 미세스 홉디 이외는 시계를 만나지 않았다 이 말인데……."

개리가 말했다.

"미세스 홉디 자신입니다. 그러나 그녀가 어째서? 남편과는 사이도 좋았는데. 그러면, 왜 에비트를 보호하려는 짓을 하지 않으면 안 되었죠?"

"아직 생각해 보지 않았는가, 짐?"

두손이 천천히 말했다.

"잠시 생각해 보게."

오전 중, 해리 에비트는 사무실로 출근하지 않았다. 그것은 좋지 않다고 생각했지만, 리나를 혼자 둘 순 없었다. 전날, 그녀는 역할을 훌륭하게 해냈다. 미니 홉디와 경찰, 양쪽을 대하면서 그녀는 주위 사람들 때문에 흥분했지만 기대한 대로 배짱과 임기응변을 발휘했다. 그러나 거의 잘 수 없는 밤을 보낸 다음날 아침, 집에 혼자 두게 되면 무슨 일을 저지르게 될지 몰랐기 때문이다.

홉디의 집으로 방문하는 것이 중요하다는 것을 알면서도 그녀가 과연 수긍할지 그에게는 자신이 없었다. 남편이 계획한 대로 모든 것이 잘되었다는 보증을 받았어도, 리나는 한시도 그에게서 떨어지지 않았다.

그런 오전 무렵, 경찰이 다시 방문하자 에비트는 불안한 심리 상태가 되었다. 그러한 때야말로 그는 사무실에 있지 않아도 된다는 그 이유를 설명하지 않으면 안 되었고, 미망인이 된 사람을 위로하기 위해 곁에 있어 주는 것이 보통인데도 리나가 여기에 있는 것을 변명해야 했다.

"집사람은 지독히 흥분해 버려서…… 필경…… 그 악몽을…… 꼭 누군가가 방황했든가 누군가가 두려워서……."

변명은 흐지부지됐다. 이런 것은 좋지 않다고 에비트는 속으로 생각했다. 살인을 범했다면 설명이나 변명은 일체 하지 않는 것이다.

그리고 나쁜 것은 두손이 의아하게 생각해서 무엇을 하려고 하면 에비트는 한마디도 해서는 안 된다는 것이다. 두손은 거실로 가서 난로 앞의 의자에서 일어난 리나에게 가볍게 인사하고는 뭔가를 찾는다는 듯이 방을 쭉 돌아봤다. 일부러 뭔가 찾는 듯한 그 모습으로 인하여 에비트의 두꺼운 손은 핏기가 사라졌다.

그는 리나의 옆으로 갔다. 어깨와 어깨를 대고 난로 앞의 바닥에 깔린 융단에 서자 무의식중에 불꽃에 손을 쬐게 되었다. 그러나 방에서의 난로는 단순한 장식에 불과했다. 어제의 땔나무는 그저 잿더미였다.

"제가 방문한 것은 미세스 홉디가 댁의 시계가 고장났다고 어제 저녁 얘기한 진술을 철회한 것을 전해 드리기 위해서입니다. 고장난 것은 그녀의 시계였다고 방금 생각났다고 하셨습니다. 우리는 실제로 집에 도착한 시간에 의심이 가서 우선 당신 쪽이 큰 시계를 늦추고 교환국에 전화를 하여 거짓말을 시켜서 알리바이를 조작했다고 의심했습니다. 그러나 지금은 여기 있는 동안에 무의식적으로 고쳤음에 틀림없다고 생각하게 되었습니다.”

두손은 말하는 동안 계속 큰 시계 쪽을 보고 있었지만, 지금은 시선을 에비트의 얼굴에 고정시키고 있다.

에비트는 인사라도 하는 것처럼 깊이 고개를 끄덕였다. 그는 뭔가 친구이며 공동 경영자였던 고인을 진정으로 추모하고 있다는 인상을 꾸몄다. 말하는 것이 단어를 잘 선택하는 것 때문에 느낌을 잘 전해 주는 것 같았다. 그러나 그의 발은 가만히 있지 않았다.

“알았습니다. 그런데, 왜 그녀는 진술을 바꿨죠?”

에비트가 말했다.

“귀가한 후에도 시계가 빨랐기 때문입니다.”

두손이 말했다.

“아, 그렇습니까? 불행한 우연의 일치군요.”

“그런가요?”

두손은 입술을 있는 대로 벌려 한껏 웃어 보였다. 그는 전화가 있는 곳으로 서서히 걸어가서 그것을 물끄러미 내려다보았다.

“부인은 그렇게 생각하고 있죠. 불행한 우연의 일치입니까? 그러나 저로서는 아직…….”

그는 전화기 옆에 있었던 작은 메모지를 집어들었다. 방의 한쪽에서는 표지가 초록색과 금색의 가죽으로 만들어진 것처럼 보였다. 그러나 실제는 손에 차가운 감촉을 주는, 채색된 금속이었다.

“저에게는 아직 이해가 되지 않는 점이 있습니다. 미세스 에비트, 이 메모장에 있는 연필로 무엇을 했죠?”

리나는 덜컥했다. 에비트는 팔짱을 낀 상태에서 떨림을 느낄 수 있었다. 그러나 그녀의 목소리는 평상시보다 조금 날카로울 뿐이었다. 그녀를 평소에 잘 알고 있는 사람이 아닌 한 느낄 수 없는 그런 목소리였다. 연기해 보일 관중이 있을 때는 항상 잘해낸다고 생각했다.

"연필이라뇨? 아아, 그거 모르겠어요. 거기에 있었어요?"

그녀는 입을 열었다.

"제가 말하는 것은 여기에 있었던 연필, 그린과 금색의 연필입니다. 미세스 훕디가 오늘 아침 얘기해 주었습니다. 당신은 어제 오후 브릿지를 하는 동안 그 연필로 손목을, 그녀의 왼쪽 손목을 가볍게 두드렸다고…… 물론 그녀의 시계도 상당히 탕탕거렸죠."

두손은 말했다.

"그런 짓을 하다니오? 생각나지 않아요. 아아, 그 때문에 그녀의 시계가 고장난 것은 아닐까요?"

에비트는 당황해서 자기가 말을 이었다.

"잘해 주십시오, 경관님. 그것으로 시계를 고장낼 수 있다니, 생각할 수 없군요. 그렇게밖에 생각할 수 없나요? 겨우 연필 같은 것으로 가볍게 두드려서 그렇다니……?"

"그렇습니다. 겨우 연필 같은 것입니다. 당신의 생각과는 좀 틀립니다. 그런데 이 메모장은 흔히 있는 것입니다. 여기에 붙어 있는 연필은 속에 자석이 들어 있습니다. 금속의 표지에 달라붙게 하기 위한 것이죠. 그래서 어딘가에 놓고 잊어버릴 일은 없습니다. 생각해 보십시오. 그렇기 때문에 상당히 강력한 자석으로 시계를 계속 두드리면 정말로 시계를 고장낼 수 있죠. 당연히 어느 정도의 고장인지는 알 수 없습니다. 확실한 것은 그 자석을 시계 따위에 붙이면 그것을 고장나게 하고 댁에 있는 것 같은 큰 시계와 전화 교환국에의 가짜 문의를 뒤집을 증거로써는 쓸모없는 시계로 되어 버린다는 것입니다. 그 연필은 어디에 있습니까, 미세스 에비트?"

두손은 말했다.

방에 침묵이 흘렀다. 일순 에비트 부부는 긴장되어 표정이 딱딱해졌으며, 몸도 완전히 굳어진 채 서 있었다. 리나는 남편 몸에서 빠져나와 갑자기 남편의 둥글고 무표정한 얼굴에 손톱 자국을 내며 날카로운 소리를 질렀다.

스두의 저택에서 / 루드야드 키플링

In the House of Suddhoo

• 루드야드 키플링 (1865~1936)

Joseph Rudyard Kipling

인도 봄베이 출생.

영국의 소설가, 시인.

영국에서 노스데본 유나이티드 서비스 대학 졸업.

루드야드는 인도·해양·정글·야수 등 다양한 소재로 작품을 썼음.

1907년 노벨문학상 수상.

「Kim」, 「정글북」 등의 많은 소설과 시집 「The Five Nation」 등이
있음.

스두의 저택에서

마술사는 무대 위에서 기묘한 동작을 연출하고, 환각을 이용해서 관객을 속이며, 어떻게 해서든 사실이 아닌 것을 사실인 것처럼 믿게 한다. 무대 이외의 장소에서도 교활한 마술사는 관객을 속일 수 있다. 성가신 일이 생기는 것은 그런 때이다. 거짓말장이, 온갖 종류의 사기꾼 등은 모두 사실이 아닌 것을 어떻게 해서든 사실인 것처럼 믿게 해 버린다. 그들은 모두 상대방이 꼭 듣고 싶어하는 것을 말해 준다면, 가장 손쉽게 속일 수 있다는 사실을 이미 알고 있다.

오랜 세월에 걸쳐, 영국의 가장 인기 있는 작가인 루드야드 키플링은 그러한 마술사의 근본 원리를 간파하고 있었다. 그는 또한 인간에 대해서도 알고 있었다. 「스두의 저택에서」는 오래 전에 씌어진 이야기지만, 바로 어제 쓴 것이라고 말해도 이상하지 않을 정도다.

이 이야기가 씌어진 이후, 세계 인구가 증가한 만큼이나 속임수의 대가들이나 사기꾼들도 증가했다. 그럼에도 불구하고 놀랄 만한 것은, 그들의 농간 수단이 거의 변화하지 않았다는 것이다. 일찌기 효과를 거둔 속임수는 지금도 역시 통용된다. 미신은 변하지 않는 것 같다. '악령'이나 '악운'을 물리치기 위해서, 몸을 보호하거나 악마를 물리치기 위한 부적을 목에 걸고 있는 사람들이 지금도 얼마나 많은가?

「스두의 저택에서」는 처음에는 「인도 형법 420조」라는 제목으로 〈시빌 앤드 밀리터리 가제트〉의 1986년 4월 30일호에 발표되었다. 인도 형법 420조란 사기에 의한 금전 취득에 관한 것이다.

질서 정연한 길에서 어디에라도 돌을 던져 닿을 수 있는 만큼을 내디려보면,
온 세계가 미친 듯 날뛰는 알 수 없는 땅이다.
아귀나 악귀나 악령이나 또는 못된 요정이
이 밤을 함께 해 주는
도착한 곳은 너무나 오래된 땅
어둠의 힘이 군림하는 곳이기 때문에.

―――「황혼부터 새벽까지」

스두의 저택은 태크서리 게이트에 가까이 있는 2층 건물로, 낡고 허름한 갈색나무에 조각을 입힌 창이 네 개 있고, 지붕은 평평하다. 위쪽 두 개의 창 가운데에는 회반죽으로 마치 다이아몬드 다섯 개가 있는 것처럼 새빨간 손 모양의 무늬가 다섯 개 나란히 있기 때문에 금방 알아볼 수 있었다. 상인인 바그완 다스 그리고 도장을 새겨서 생계를 꾸려가는 한 남자가 많은 처첩, 하인, 친구, 추종자들과 1층에서 지내고 있었다. 2층의 두 방에 일찌기 살고 있던 사람은 쟈누, 아디즌, 그리고 어느 군인이 영국 사람의 집에서 훔쳐와 쟈누에게 주었다는, 검은 바탕에 갈색 반점이 있는 작은 영국산의 애완용 개 테리아였다. 지금은 쟈누 한 사람만 2층에 살고 있었다.

스두는 보통 때는 지붕 위에서 자고, 그렇지 않을 때에는 길에서 잔다.

옛날에는 추워지면 페샤워르까지 나가 에드워드 게이트 근처에서 골동품 가게를 하고 있는 자식을 찾아가, 정말로 흙으로 된 지붕 밑에서 잤다. 스두는 나의 절친한 친구이다. 이렇게 말할 수 있는 것은 그의 사촌의 아들이 나의 추천으로 위수지에 있는 어떤 큰 회사의 배달 책임자가 되었기 때문이다. 신은 장래에 나를 부총독으로 삼아주실 거라고 스두는 말했다. 글쎄, 그 예언은 일단 믿어두기로 하자.

그는 상당히 나이를 먹어서, 머리카락은 새하얗고, 이빨이라고 말할 수 있는 것은 하나도 없으며, 완전히 늙어빠져 망령까지 들었을 정도다. 망령이 들었기에 거의 모든 걸 잊고, 그저 페샤워르에 있는 자식을 사랑하고 있다는 것만을 잊지 않고 있다. 샤누와 아디즌은 캐시미르 지방의 사람으로 거리의 여자였다. 그 전에는 고풍스럽고 온아한, 다소 명예로운 직업을 가진 여자였다. 그러나 아디즌은 그 후 북서부 출신 의학생의 부인이 되어, 바레에리 근처에서 다소 풍족하고 단아한 생활을 하고 있었다. 이 남자는 부자였다. 도장을 파서 생계를 잇고 있다는 남자는 무척 가난하다고 했다. 스두의 저택에 사는 중요한 네 사람에 대하여 필요한 것은 이상이다. 그리고 물론 내가 있다. 그러나 나는 맨 마지막에 등장하여 사정을 설명하는 곁다리에 지나지 않는다. 때문에 나는 숫자에 넣을 수는 없을 것이다.

스두는 현명한 남자는 아니었다. 샤누를 뺀다면, 도장을 판다고 하는 남자가 이 네 사람 가운데 가장 영리했다. 바그완 다스는 거짓말을 하는 것에 능할 뿐이었다. 게다가 샤누는 잘생기기도 했지만, 그 점은 여기서는 관계가 없을 것이다.

페샤워르에 있는 스두의 자식은 늑막염을 앓아, 늙은 스두는 걱정하고 있었다. 도장을 파는 남자는 스두의 근심을 듣고 그것을 훌륭히 이용했다. 그는 시류에 뒤떨어지지 않는 남자였다. 페샤워르에 있는 아는 사람에게 부탁해서 그 자식의 병 상태를 매일 전보로 보고하게 했던 것이다. 여기서부터 이 이야기가 시작된다.

스두의 사촌의 아들이 어느 날 밤에 찾아와서는, 스두가 나를 만나고 싶어한다고 말했다. 늙고 약한 몸이었기 때문에 직접 올 수가 없었다, 내 편에서 와 준다면 스두의 저택으로선 영원한 명예라는 것이었다. 나는 갔다. 그러나 스두가 그 당시 상당히 유복했던 점을 생각해 보면, 1인승 마차 따위가 아닌, 좀더 나은 것을 보내 와도 좋았을 것이다. 이 1인승 마차는 덜커덩덜커덩 무섭게 흔들리며 4월의 무더운 밤에 장래의 부총독을 마을로 싣고 가고 있었던 것이다. 그러나 달리는 속도가 너무 느렸다. 성채의 정문에 가까운, 란지이트 시그의 묘지 입구 맞은편에 마차가 겨우 도착한 것은 해가 완전히 지고 나서였다. 스두는 거기서 기다리고 있었다. 일부러 나를 청했던 까닭에 그는 내 머리카락이 희어지기 전에 반드시 부총독이 될 거라고 말했다. 그리고 나서 별이 빛나는 밤하늘 아래서 15분 정도, 우리는 기후나 나의 건강 상태, 밀의 수확에 관한 이야기들을 했다.

드디어 스두는 요점에 들어갔다. 쟈누로부터 들은 것인데, 정부가 마술을 금지하는 명령을 내렸다고 했다. 마술이 어느 날엔가는 인도의 여왕을 살해할 것 같다고 두려워하고 있었기 때문이라고 했다. 나는 재미있는 일이 일어날 것 같다고 느꼈다.

"정부가 마술은 금지하고 있기는커녕, 크게 장려하고 있는 것은 아닐까?"

나는 말했다. 나라의 고급 관료들이 자진해서 보여주고 있었다

(재정보고가 마술이 아니라면, 도대체 뭐가 마술이란 말인가?). 그리고 나서 그에게 좀더 기력을 북돋아주기 위해서 나는 이렇게 말했다.

"마술이 있다고 한다면 기꺼이 그 편을 두둔하여 같은 편이 되고, 또 그것이 청정한 마술인지 어떤지 보고 싶은걸."

청정한 마술이란 것은 하얀 마술, 즉 인간을 죽이는 부정한 마술과는 구별되는 것이다. 한참 시간이 지난 뒤에야 겨우 스두는 그 일로 나를 불렀다고 털어놓았다. 그는 부들부들 떨면서 도장을 파는 일을 하는 남자가 청정한 마술사라고 말했다.

매일 페샤워르에 있는 아픈 아들의 병 상태를 번개보다도 빨리 전해 주는데, 그 후에 오는 편지의 내용과 똑같다는 것이었다. 그래서 그 남자가 스두에게 말했다는 것이다. 자식의 몸에 큰 위험이 닥쳐오고 있으나, 청정한 마술에 의해 제거할 수 있다. 물론 큰 돈이 필요하다.

나는 사태가 확실히 보였기 때문에, 나도 서양식 마술을 약간 터득하고 있었으므로 그의 집에 가서 모든 일이 잘 행해지고 있는지 확인해 보고 싶다고 스두에게 말했다.

우리들은 함께 나갔다. 길을 걸어가면서, 스두는 그 도장을 파는 남자에게 처음에는 100루피를 지불했고, 이어 200루피를 지불했으며, 그리고 오늘 밤의 마술에 또 200루피가 든다고 말했다. 아들에게 닥친 커다란 위험을 생각해 보면 싼 것이라고 그는 말했다. 그러나 본심은 아닌 것 같았다.

우리들이 도착했을 때 집 정면의 빛은 모두 꺼져 있었다. 도장을 파는 가게 안에서 어쩐지 기분 나쁜 소리가 들려왔다. 누군가가 혼을 쥐어짜내는 듯한 신음 소리를 내고 있는 듯했다. 스두는 온 몸을 떨며 손으로 더듬어 계단을 올라가면서, 벌써 마술이 시작되었다고 말했다.

쟈누와 아디즌이 계단 위에서 기다리고 있다가, 마술은 자신들 방에서 행해진다고 말했다. 그쪽이 넓기 때문이라고 했다. 쟈누는 자유 사상을 소유한 여자였다. 그녀는 이 마술은 스두로부터 돈을 우려내기 위한 농간이며, 저 도장 파는 남자는 죽으면 지옥에 갈 것이라고 속삭였다.

스두는 공포와 노령으로 흐느껴 울 뿐이었다. 그는 희미한 방안을 여기저기 걸어다니며 자식의 이름을 몇 번이나 부르고 있었다. 그리고 집주인이므로 도장 파는 남자는 값을 깎아주어도 좋지 않겠느냐고 자꾸만 아디즌에게 말하고 있었다. 쟈누가 조각이 새겨진 창문 안쪽 가려진 곳으로 나를 끌어당기고 있었다. 준비가 갖추어져 방안의 빛은 작은 램프 한 개뿐이었다. 내가 죽은 듯 가만히 있는다면 보일 가능성은 없었다.

이윽고 아래층의 신음 소리가 그치고, 계단을 올라오는 발소리가 들려왔다. 그 남자가 문 앞에 멈춰서자, 테리아가 짖으며 아디즌의 쇠사슬을 당겼다. 남자는 스두에게 램프를 끄도록 명령했다. 램프를 끄자 방안 전체가 깜깜 절벽이 되고, 단지 쟈누와 아디즌이 피우는 파이프에서 발하는 붉은 빛만이 남아 있었다.

도장을 파는 남자가 들어왔다. 그러자 스두가 바닥에 몸을 내던지며 신음하기 시작하는 소리가 들렸다. 아디즌은 바짝 긴장하였고, 쟈누는 몸을 떨면서 침대로 물러섰다. '찰칵'하고 뭔가 금속성의 소리가 나자 바닥 가까이에서 푸르스름한 연기가 피어올랐다. 이 빛으로 겨우 아디즌의 모습이 보였는데, 그녀는 테리아를 양 다리 사이에 낀 채 방구석에 바짝 몸을 붙이고 있었다. 스두는 얼굴을 파묻고 떨고 있었다. 그리고 도장을 파는 남자도 있었다.

나는 그 도장을 파는 남자 같은 사람은 두 번 다시 보고 싶지 않았다. 그는 허리까지 아무것도 걸치지 않고, 내 손목만큼 하얀 쟈스민의 꽃다발을 이마에 장식하였으며, 붉은색 속치마를 허리에 둘렀고, 양 발꿈치에는 강철로 된 고리를 달고 있었다. 이것뿐이라면 오싹하지는 않았을 것이다. 내가 한기를 느낀 것은 남자의 얼굴을 본 순간이었다. 그 얼굴빛은 푸른빛이 도는 회색이었다. 또한 양 눈이 빙글빙글 돌아서 드디어는 눈의 흰자위만 보였다. 또한 그 표정은 악마, 특히 시체를 먹는 악마와 같은 그런 표정이었다. 낮에는 아래층에서 도장판을 주무르고 있는 늙은 악당의 매끄럽고 기름진 얼굴과는 전혀 딴판이었다.

그는 엎드려서 양 팔을 등으로 돌려 십자가 모양으로 끼고 있었다. 뒤로 손이 결박당해 내던져진 모습이었다. 머리와 목만이 바닥으로부터 떨어져 있었다. 덤벼들려고 하는 코브라처럼 목이 몸과 거의 직각이 되어 있었다. 오싹한 모습이었다. 방안 맨 가운데의 노출된 흙바닥에 크고 깊은 유기 주전자가 놓여져 있었고, 파르스름한 녹색 연기가 그 중앙에 야간등처럼 떠 있었다. 그 주전자 근처의 바닥 위를 남자는 세 번 기어서 돌았다. 어떻게 그런 곡예를 해 보였는지는 모르겠다. 근육이 등골을 따라 물결치고, 그리고는 매끈매끈해지는 것이 보였다.

그러나 그 이외의 어떤 동작도 보이지 않았다. 꾸물꾸물 부풀어올라서는 원래대로 되는 그 등의 근육 이외에는 목의 위쪽만이 살아 있는 것처럼 느껴졌다.

침대 쪽에서는 호흡이 가빠지는 소리가 들려왔다. 아디즌은 양손으로 눈을 가리고 있었다. 그리고 늙은 스두는 흰 턱수염에 파고든 진흙을 손가락으로 만지면서 훌쩍훌쩍 울기 시작했다. 무서운 것은 그 살금살금 기어가는 생물이 소리 하나 내지 않는다는 것이었다. 그는 기어서 돌아다녔다. 게다가 이것이 10여 분이나 계속되었던 것이다.

그 동안 테리아는 계속해서 캉캉 짖었고, 아디즌은 끊임없이 몸을 떨었고, 쟈누는 양 손을 꽉 움켜쥔 채 떨고 있었으며, 스두는 흐느껴 울고 있었다.

나는 머리카락이 거꾸로 서는 것을 느꼈고, 심장은 실내 냉각기의 물갈퀴와 같은 소리를 냈다. 다행히 도장을 파는 남자는 소중히 간직해 둔 비장의 속임수에 의해 드디어는 정체가 폭로되어 날 안심시켰다. 배로 기는 것을 다하자 그는 머리를 바닥 위로 최대한 쳐들어서 콧구멍에서 불을 뿜어내기 시작했던 것이다. 나는 불을 뿜어내는 방법을 알고 있었다——나도 할 수 있었던 것이다——그래서 안심할 수 있었다. 이것은 모두 속임수인 것이다. 그가 오로지 배로 기는 것만 하고, 더 이상 효과를 높이려는 짓을 하지 않았더라면, 내가 어떻게 생각했을지도 모르겠다. 두 여자는 모두 불이 뿜어져 나오는 것을 보며 비명을 질렀다. 그러자 그 남자의 머리는 턱에서 바닥으로 떨어졌다. 몸 전체가 양 팔을 결박당한 시체처럼 가로뉘어져 있었다. 5분 정도 후에 청록의 불꽃은 사라져 갔다. 쟈누는 웅크린 채 한쪽의 발꿈치 고리를 가지런히 하고, 아디즌은 벽을 향해 테리아를 안고 있었다. 스두는 무의식적으로 쟈누의 파이프에 손을 뻗었으나, 그녀는 한쪽 발로 그것을 바닥 저쪽으로 비켜 놓고 있었다.

남자 몸의 바로 윗벽에는 영국 여왕과 웰즈 황태자의 현란한 초상화 두 개가 테이프를 두른 종이 테두리에 넣어져 걸려 있었다. 그 두 사람이 이 곡예를 보고 있어서 전체적인 신비함을 고조시켜 주고 있는 듯했다.

침묵이 점차 참을 수 없을 지경에 이르렀을 때, 남자의 몸이 홱 한 번 돌더니 주전자 가까이에서 바의 한쪽 구석으로 굴러가서 고개를 쳐들어 보였다. 주전자에서 희미한 소리가 들렸다. 물고기가 튈 때와 똑같은 소리였다. 그리고 가운데의 초록색 빛이 다시 켜졌다.

나는 주전자를 보았다. 그러자 가운데에서 둥실둥실 움직이고 있는 것이 보였다. 원주민 갓난아이가 바싹 말라 버려 오그라진 시커먼 머리였다. 두 눈을 크게 뜬 채 입을 벌리고 있었으며, 머리카락을 박박 깎은 모습이었다. 너무나 갑작스러운 일이어서, 이것은 배로 기는 곡예에 비할 바가 아니었다. 누구 한 사람 소리를 낼 틈도 없이 그 머리가 말하기 시작했다. 포오(미국의 시인)가 묘사한, 최면술에 걸려 죽어가는 남자가 말하는 소리도 그 머리가 말하는 소리의 두려움엔 비할 바가 아니었다.

한마디 한마디가 발음되어질 때마다 1, 2초의 간격이 있었으며, 그리고 그 소리의 성조(聲調)에는 방울 소리처럼 일종의 '링······ 링······ 링······'하는 울림이 있었다. 그것이 마치 혼잣말을 하고 있는 것처럼 천천히 울려퍼져 내 등의 식은땀이 식기까진 몇 분이나 걸렸다.

그때 나는 문득 훌륭한 해결법을 발견해냈다. 문 앞쪽에 길게 누워 있는 몸을 본 것이다. 그런데 목구멍의 쑥 들어간 곳과 등이 연결된 곳에서 인간의 보통 때 호흡과는 전혀 무관한 근육이 하나 끊임없이 벌떡벌떡 움직이고 있었던 것이다. 이것은 모두 이따금 책 등에 씌어 있는 이집트의 가신상(家神像)을 정성들여 흉내내서 꾸며낸 것이었다. 그리고 목소리는 더 이상 바랄 수 없을 정도의 기교로 배로 말하는 기술에 의한 것이었다. 그 동안 계속 머리를 주발 가장자리에 '철썩철썩' 부딪히면서 계속 중얼대고 있었다. 도장을 파는 그 남자가 페샤워르의 전보 시작에 완전히 충실, 그 자체였던 점은 나로서는 언제까지나 존경할 것이다. 목소리는 여전히 계속되었다. 경험이 풍부한 의사가 자식의 목숨을 밤낮으로 지키고 있다. 그리고 주발 속의 머리를 하인으로 삼고 있는 유력한 마술사에게 사례를 두 배로 하면 자식은 곧 회복할 것이라고 하였다.

여기가 예술적 관점으로부터 잘못되어져 있었다. 예수가 무덤에서 부활할 때에 발했던 것 같은 목소리로 마땅히 결정되어 있었던 사례금을 두 배로 하자고 요청한다는 것은 아무래도 어처구니가 없었다. 쟈누는 남자에게 뒤지지 않는 영리한 여성이었기에 나와 같이 재빨리 이 점을 알아차렸다.

"말도 안 돼! 속임수야!"

그녀가 경멸스럽게 외치는 소리가 들렸다. 그녀가 그렇게 말하는 것과 동시에 주발 속의 빛이 사라지고 머리는 중얼거림을 멈추었다. 그리고 방문이 삐걱거리는 소리가 났다. 그리고 나서 쟈누가 성냥불을 그어 램프에 불을 켰다. 보니 머리도 주발도 도장을 파는 남자도 사라지고 없었다.

스두는 양 손을 꼭 쥐고 설령 영겁의 구원의 가능성이 거기에 달려 있다고 해도 또다시 200루피를 더 낼 수는 없다고 누군가에게 중얼거리고 있었다. 아디즌은 구석에서 반미치광이 상태가 되어 있었다. 쟈누는 정신을 가다듬고 침대에 걸터앉아서 모든 것이 이른바 '날조'일 가능성을 따져보려고 했다.

나는 도장을 파는 남자의 마술 방식에 대해 알고 있는 도든 것을 말했다. 그러나 그녀의 논법은 훨씬 간결 명료했다.

그녀는 말했다.

"으레 보수를 요구하는 마술 따위는 진짜 마술이 아닙니다. 엄마께서 말씀해 주셨어요. 유력한 단 하나의 사랑의 글귀는 사랑을 위해 말해진 그런 글귀라고요. 저 도장 파는 남자는 거짓말장이에다 악마예요. 나는 유감스럽지만 아무것도 말할 수 없고, 아무것도 할 수 없으며, 무언가 시킬 수도 없습니다. 왜냐하면 저 상인인 바그완 다스에게 금가락지 두 개와 무거운 발꿈치테를 하나 빌렸기 때문이에요. 나는 그의 상점에서 식료품을 사지 않으면 안 됩니다. 도장을 파는 남자는 바그완 다스의 친구이기 때문에 내가 먹는 것에다 독을 넣지 않으리라는 보장이 없습니다. 광대의 마술이 벌써 10일 간이나 계속되어 스두는 매일 밤 많은 레몬 등을 사용했습니다. 하지만 이런 짓을 해 보인 것은 오늘 밤이 처음입니다. 아디즌은 바보이기 때문에 곧 사람들 앞에서 얼굴을 보이지 않는 여자가 되겠지요. 스두는 기력도 분별도 잃고 있습니다. 아, 나는 스두가 살아 있을 동안에 많은 루피를 손에 넣고, 저 사람이 죽은 다음부터는 좀더 많이 얻어낼 생각이었어요. 그런데 이게 뭡니까? 저 사람은 모든 것을 저 악마와 암당나귀의 아들에게, 도장 파는 저 남자에게 다 써 버렸습니다!"

여기서 내가 말했다.

"그렇다고 해도, 어째서 스두는 나를 이런 일에 끌어들였을까? 물론 나는 도장을 파는 남자와 흥정을 해서 스두에게 돈을 돌려주도록 할 것이다. 모든 것이 너무 속이 빤히 들여다보이는 어린애 속임수 같지 않은가? 부끄럽다. 어처구니가 없다."

쟈누가 말했다.

"스두는 늙었지만 어린애예요. 70년 간 계속해서 지붕 위에서 지내고 있을 정도이고, 산양 새끼처럼 분별이고 뭐고 하나도 없어요. 당신을 여기에 데려온 것은 꽤 오래 전에 실시된 정부의 법률이 깨지지 않았다는 것을 듣고 싶었기 때문입니다. 저 사람은 도장을 파는 남자의 발끝에 있는 먼지까지 숭배하고 있고, 저 소를 먹는 야만인은 저 사람을 자식과 만나지 못하게 합니다. 스두는 당신들의 법률이나 피뢰침의 일 따위를 알 턱이 없습니다.

난 저 사람의 돈이 매일매일 이 밑에 사는, 누워 뒹구는 짐승의 것이 되는 것을 묵묵히 보고 있을 수밖에 없었습니다."

쟈누는 분하고 괘씸해서 발을 동동 구르며 금방이라도 울어 버릴 것 같았다. 스두는 구석에서 모포를 뒤집어쓰고 훌쩍훌쩍 울고 있었고, 아디즌은 스두의 늙고 얼빠진 입에다 파이프를 대주려 하고 있었다.

사건은 이상과 같다. 인도 형법 제420조에서는 사기에 의한 금전 취득을 금지하고 있었다. 경솔하게도 나는 그런 범죄를 방조한 혐의를 가진 곤란한 처지가 되었다. 나는 다음과 같은 이유로 손을 쓸 방도로 경찰에 알릴 수도 없었다. 나의 진술을 지지하는 증인이 누가 있을까?

쟈누는 딱 잘라 거절했다. 아디즌은 베일로 얼굴을 가리고 바레리 근처의 어디엔가 있는 여자다. 이 거대한 인도에서 찾을 도리가 없었다. 스스로 도장 파는 남자에게 제재를 가해서 해결해 볼 수도 없었다. 스두가 나를 신뢰하지 않게 될 뿐만 아니라 그런 식으로 나오면 결국 쟈누가 독살당할 것임에 틀림없었다. 그녀는 저 상인에게 수족을 결박당해 있는 것이나 다름없었다. 게다가 스두는 너무 망령이 들어 있었다. 만나면 으레 정부가 마술에 의한 사기를 오히려 장려하고 있다고 말하는 나의 독특한 농담을 지껄여댔다. 아들은 지금은 건강하게 되었다. 그러나 스두는 무엇이든 도장 파는 남자가 말하는 대로, 즉 그 남자의 입에 발린 말 한마디로 인생 문제를 처리하려 한다. 쟈누는 스두에게서 슬쩍 훔치려고 했던 돈을 도장 파는 남자가 빼앗는 것을 날마다 보면서 그때마다 미친 듯 화를 내며 불쾌한 기분으로 지냈다.

그녀는 누구에게도 말하지 않을 것이다. 그럴 용기도 없었다. 그러나 뭔가 그녀에게 방해되는 일이 일어나지 않는 한 도장을 파는 남자는 죽게 될 것이라고 생각됐다——흰 비소 종류일 것이다—— 5월 중엽이 될 것이다.

그래서 나는 스두의 저택에서 살인의 유일한 목격자가 되지 않으면 안 되었다.

줄리엣과 마술사 /마뉴엘 페이로

Juliet and Magician

• 마뉴엘 페이로
Manuel Payrou
아르헨티나에서 태어남.
스페인 문학 최초의 스토리 테일러.
페이로의 처녀 작품집은 추리물의 단편을 모은 「잠자는 칼」(1945)
이다. 「줄리엣과 마술사」는 그의 작품 가운데 최초로 영역되어 〈성 데
테크티브 매거진〉(1958. 8)에 실렸다. 그 밖에 「장미의 뇌성」(1948년),
「반복의 밤」(1953) 등 다수.

줄리엣과 마술사

마술사 후앙의 본명은 페드로 이그나시오 고메스이다. 그는 이그나시오 고메스 장군의 아들로 같은 이름의 대령과 특무상사가 각각 조카, 손자에 해당한다. 백부 카리버드 장군은 '병기창의 전투'의 7인 전사자 중 한 사람이었고, 종형, 즉 앞에서 말한 대령의 자식은 '신맥 작전'에서의 과로를 치료하기 위해 수년 간 유럽 각지를 여행하고 왔을 정도였다. 앞으로 쉽게 추측할 수 있듯이, 대대로 군인이란 점이 고메스가의 이만저만이 아닌 자랑이었다. 하긴 그것은 쉽게 추측할 수 있다고 말할 수 있는 것이지 정확한 것은 아니다. 왜냐하면 일가는 그 허영심을 더욱더 등장시켜 주는 데 필요한 만큼의 성직자도 수없이 많이 세상에 내보내고 있기 때문이다.

소년 페드로 이그나시오의 생활은 대열을 지어 행진하는 군인에 대한 외경과 종교 의식 사이에 이분되어져 있었다. 그는 또 한 사람의 백부, 고메스 신부의 교구에서 미사를 도와주었다. 신부는 관대하며 유유한 인품으로 널리 알려져 있었다.

이렇게 너무 어렸을 적부터 전례에 친숙했던 것이 어린 페드로의 인생에 있어서 중요했다는 것은 부정할 수 없다. 그는 정말 어린아이였지만, 상징이 아니라 오히려 현실을 믿었다. 시간이 가는 사이에 그는 그러한 사항이 모두 마술과 비슷한 것은 아닐까 하고 생각하기 시작했고, 보다 단호한 경험을 행하여 분명한 결과를 확인해 보고 싶어하였다. 그럴 의도는 없지만 이 이야기를 길게 하려고만 한다면 고메스 신부에게 부드럽게 조롱당하면서 그가 신부의 입으로부터 닭의 알을 꺼내려다가 몇 번이나 실패했던 것을 이야기해도 좋다. 또는 밀봉한 여행 가방 속에서 탈출하는 순서를——통신 교육에서 배워 기억했던 순서를——갑자기 잊었기 때문에 그땐 질식해 죽을 뻔했던 극적인 한순간을 써 두어도 좋다. 그러나 그것보다는 그가 후앙이라는 이름으로 바꾸어 고향 마을에서 놀라 열광하는 관객들 앞에 데뷔를 장식한 날의 일부터 이야기를 해나가는 편이 좋을 것이다.

페드로 이그나시오는 어느 편인가 하면 피부는 황색이고, 눈은 약간 치켜올라갔으며, 코가 작았다. 정말 작은 선으로라도 그린다면 훌륭한 중국인으로 통했다.

고메스 신부가 죽었을 때, 그는 산타페 은행의 어느 지점에 맡겨 놓고 있던 1천 달러 상당의 액수를 페소(중남미의 화폐 단위)로 상속받았다. 예술인 특유의 영감으로 그는 많은 액수를 투자해 옷과 휘장, 병풍과 죽세공품 등을 샀다. 그가 바다를 건너 런던에 도착했을 때, 누구라도 그가 상해에서 온 남자라고 생각했다. 그는 수년간 영국과 스코틀랜드에서 뮤직홀에 출연하고 있었다. 그러다가 마술의 여러 가지를 익혀 1930년에 파리의 파레스 극장에 등장했다.

파리에서 우리들의 흥미를 끄는 드라마가 시작되었다. 당시 몽마르트르의 어느 극장에서 요술사 대 듀플레가 조수인 미녀 줄리엣과 함께 출연 중이었다.

미녀 줄리엣은 휴일 오후, 후앙의 공연을 보러 왔다. 그리고 대

듀플레의 운명은 봉인되고 말았던 것이다. 마술사로서 그는 큰 힘을 가졌다 해도 처녀의 변덕스러운 마음을 고동치게 하고, 몇 줄기 가는 샘이 만들어내는 살아 있는 듯한 매력을 깨부술 수는 없었다. 12월의 어느 날, 줄리엣은 친구에게 작별을 고하고 후앙과 함께 남미로 여행을 떠났다.

아름다운 여자가 출연한 것으로 무대는 한층 화려해지고 마술 자체의 주가가 솟아올랐다. 그러나 줄리엣의 정열은 순간적이었다. 후앙이 중국인이 아니라는 걸 알자, 그녀는 화를 내며 미친 듯이 흥분하였다. 사실, 그녀는 후앙이 중국인이 아니라는 것은 조금도 기분 상하지 않았다. 단지 그가 남미인인 것에 참을 수 없었던 것이다. 그러나 후앙은 이 같은 인종 문제는 줄리엣이 갖다 붙이는 구실에 지나지 않은 것임을 간파하고 있었다. 심술을 부리는 진짜 이유는 마술사의 벌이가 시원치 않은 데 있었다. 그녀는 마술사의 벌이를 지나치게 높이 평가했던 것이다. 돈이 줄리엣의 감정을 좌지우지하고 있었던 것이다. 그녀는 체스터톤의 표현을 쓰면 일체의 예속 상태 가운데에서도 가장 야비한 부의 노예가 되어 있었다. 경제력이 있는 남자가 힘이 있다는 단순한 이유에서 그녀는 그러한 남자에게 불가사의한 매력을 느끼고 있었다. 그녀에게 있어서 돈은 지성과 훈훈함이었고, 때로는 남자의 육체상의 외견을 감추는 매력이었다.

1937년 우리들의 이야기에 제3의 인물이 등장한다. 줄리엣이 꾸민 음모로 후앙의 조수들이 그의 곁을 떠났다. 그래서 후앙은 일간지에 광고를 내기도 하고 곡예인 소개소에 의뢰도 하는 등 할 수 있는 모든 방법을 동원했지만, 자신이 필요로 하는 다소곳하고 재치 있는 남자를 구하지 못하였다. 그러던 어느 날 밤, 부에노스아이레스의 콜리엔테스 거리의 카페에서 그녀는 키가 작은 한 사나이와 대화를 나누게 되었다.

"무슨 일이든지 하겠습니다. 말씀하시는 대로 최선을 다해 보겠습니다."

그 키 작은 사나이가 말했다. 후앙은 이 말이 미덥지 않았다.

그러나 믿을 수 없는 그의 약속은 곧 사실로 나타났다. 게다가 이 남자는 후에 죽음을 무릅쓰고 그것을 증명했던 것이다.

그는 라바레 이 몬테비디오 거리 모퉁이에 있는 레스토랑에서 접시를 닦고 있었는데, 마술에 흥분되고 매료되어 있었다. 후앙이 차례로 펼치는 갖가지 마술을 보기 위해 카메라를 저당잡혀 준비한 20페소를 주고 입장권을 샀다고 했다. 그런데 이 남자는 가벼운 황달에 걸려 있었으며 땅딸막했다. 숯으로 눈썹을 약간 그리고 얼굴에 황갈색을 칠하면 중국인처럼 보일 듯했다.

이름은 베난시오 페라르타였다. 후앙은 아주 신명이 나서 놀렸다.

"이름이 베난시오라…… 그 이름 그대로 써도 좋겠군. 키가 작은 중국인을 시골에서는 자주 그렇게 부를 거라고 생각할 테니까."

줄리엣은 냉정하고 박정하고 게다가 약간 현명했다. 그녀는 후앙과의 결혼이 자기 인생의 비극이라고 생각하고 그에게 한을 남김없이 풀고 있었다. 그런데 후앙은 베난시오라고 하는 헌신적인 아군을 유능한 조수로 얻은 것이다.

1940년 12월, 후앙은 캐피탈 극장에서 대만원을 이룬 흥행을 계속했다. 프로그램을 변경한 지 이미 2주 간이 되었지만 흥행은 잘되었다. 새롭게 집어넣은 마술 가운데에서 가장 인기를 끄는 게 하나 있었다. 관객 중에서 증인으로 몇 명을 뽑아 그들로 하여금 자루 입구를 묶고 잠그어 봉인하게 한 다음, 수초만에 거기서 멋지게 탈출하는 마술이었다. 후앙이 큰 감색 비단 자루에 들어가면 그 입구를 단단히 묶고 나서 매듭에 납으로 봉인한다. 이어 둥근 막이 내려와 후앙이 들어 있는 자루를 푹 쌌다. 그리고 그 막이 올라가면 마

술사 후앙은 자루에서 빠져나와 모습을 나타내고 묶은 매듭도 봉인
도 원래대로 있는 자루를 보여주었다. 물론 이 마술에서 묶고 봉인
하는 역할을 맡았던 관객들이 자루를 검사하고 묶인 상태에 이상이
없음을 확인하였다.

그날 밤은 오케스트라석에서 부인과 함께 관람하던 두 사람과 특
등석의 한 사나이 등 세 사람이 예의 자루를 조심스럽게 조사하였
다. 거짓으로 꿰맨 자국도 없고, 아가리 외에는 다른 구멍도 없음이
확인되었다. 후앙은 자루 아가리에 발부터 집어넣고 다른 사람들의
도움을 받아 자루 속으로 쏙 들어갔다. 베난시오는 곱게 꼰 끈을 꺼
내 보이고 나서 자루 아가리를 모아 그 끈으로 묶었다. 뽑혀 나온
한 관객이 매듭에 납을 떨어뜨려 봉인했다. 후앙이 들어간 자루를
둘러싼 인물의 배치는 다음과 같았다. 관객을 등진 곳의 1층석에서
올라온 두 사나이, 그리고 베난시오, 다음에 특등석에서 올라온 남
자, 그리고 줄리엣이었다. 밀랍으로 봉인하는 일이 끝났을 때 베난
시오가 말했다.

"새가 도망갔다." 그리고는 잠시 뒤, 그는 한 손으로 가슴을 누르
며 몇 발자국 무대를 걸어가더니 "계속해 줘, 막을 내리고."라고 말
하면서 무대 뒤로 사라졌다. 줄리엣은 놀란 눈으로 그 뒤를 쫓았다.

그러나 둥근 막이 내려와서 후앙이 들어가 있는 자루를 푹 쌌다.
그리고 10초 후, 줄리엣이 막을 올리자, 후앙은 감색 자루를 한 손
에 들고 관객을 향하여 깊숙이 머리 숙여 인사하고 있었다.

그 순간, 한 남자가 무대 옆쪽에서 튀어나와 뭔지 모를 말을 외쳤
다. 그리고 나서 막이 내렸는데, 곧이어 무대 뒤가 혼란스러워졌다.
후앙과 줄리엣, 그리고 세 사나이가 굳은 얼굴로 무대 옆쪽에서 달
려갔다. 거기에는 베난시오가 쓰러져 있었다. 세 관객 중 한 사람이
자신은 의사라며 베난시오를 진찰했다. 그의 가슴에는 단검이 꽂혀

있었다. 베난시오는 온 힘을 다해 "누구의 탓도 아니에요. 내 스스로 했어요."하고는 숨을 거두었다.

사건은 곧 지배인에게 알려졌다. 지배인은 무척 낭패스러운 얼굴로 관객들 앞에 나가서 공연을 중지한다고 알린 다음 술렁대는 관객들에게 당황하지 말고 차례차례 밖으로 나가 달라고 부탁했다. 무대 담당이 뛰어나가서 경찰관을 데리고 왔다. 그 경찰관은 여러 사람들의 이야기를 자세히 수첩에 쓰기만 하였는데, 그 시간이 무려 10분이나 걸렸다. 이윽고 연락을 받은 경감이 와서 공식 절차를 밟았다. 그 절차란 대부분 한결같이 지시를 억제하기 위해 몇 번이나 전화를 거는 일이었다.

1시간 후, 판사 파비안 히메네스 박사가 도착했다. 히메네스 박사는 사치스러운 생활을 하면서 술을 좋아하는, 50세쯤 되는 남자였다. 직업상의 여러 가지 형편이 좋지 못함에 불평을 계속 늘어놓으면서도 한편으로 체념한 듯이 직무를 계속 맡고 있었다. 실크로 드 알마스에서 식사를 하고 있다가 불려왔기 때문인지 그는 하필 이런 시각에 잔학한 행위를 한, 아직은 알 수 없는 범죄자를 중얼거리듯 욕하고 있었다. 그는 비서인 가르시아 길러드를 동반하고 있었다.

줄리엣의 요청으로 무대 위에 올라왔던 세 남자는 시립병원의 내과의사 안헬 코포라 박사, 회계사보 뉴엘 고메스 테리, 그리고 신문기자 막시모 릴리엔페르도였다.

코포라 박사는 뚱뚱한 남자로 단골 바느질집에서 지금 막 나왔을 뿐이라고 말하는 것과는 어울리지 않게 점잔을 빼고 있었다. 백발인데도 얼굴에는 천진난만한 면이 있었다. 턱수염은 단정히 면도되어 있었다. 그가 잇달아 의학 지식을 자랑삼아 내보였기 때문에 축구 외에는 장부, 중개인, 분배금, 증서의 일밖에 모르는 고메스 테리는 완전히 압도당하고 있었다. 릴리엔페르도는 이들의 대화를 들으며 시답잖다는 눈으로 두 사람을 관찰하고 있었다. 릴리엔페르도는 키가 작은, 마른 사나이로 머리카락은 금발이고, 눈썹은 밤색이 바래서 된 듯한 갈색이었으며, 입고 있는 옷은 싸구려 기성품이었다. 한편 코포라 박사는 이 풍채가 좋아 보이지 않는 작은 사나이, 즉 릴리엔페르도가 어떻게 그와 같은 무대 정면의 귀빈석에 자리잡고 있었는지 이상하게 생각하고 있었다. 박사는 릴리엔페르도가 신문기자라는 것을 몰랐던 것이다.

히메네스 판사는 모든 사람들의 공술을 받았다. 그것을 가르시아 길러드 청년이 요약해서 썼다. 그날의 쇼는 다른 날과 같은 절차대로 진행하고 있었던 듯했지만 두 가지 점만은 여느 날과 달랐다. 자루가 봉인된 시점에서의 베난시오와 줄리엣의 위치, 그리고 찔린 후 수초 후에 베난시오가 말한 내용이었다. 극장 직원 한 사람에 의하면 마술의 수행을 원활히 하기 위해 베난시오는 항상 무대의 오른쪽에 서고 줄리엣은 항상 그 맞은편인 무대의 왼쪽에 섰다는 것이다. 만약 이날 곡예를 할 때 두 사람이 여느 날과 같은 위치에 자리잡았다고 한다면 순서는 다음과 같이 되었을 터이다. 관객을 등에 두고 코포라와 고메스 테리, 후앙의 옆에 줄리엣과 릴리엔페르도, 그리고 마지막에 베난시오가 자리잡았을 것이다. 그런데 실제로는 앞서 쓴 바와 같은 순서대로였다. 우선 의사와 회계사보 다음에 두 사람의 왼쪽에 베난시오, 그 다음이 릴리엔페르도, 그리고 줄리엣의 순서로 후앙을 둘러싸고 있었던 것이다.

후앙은 조수이며 친구였던 베난시오의 죽음이 매우 마음 아팠는지 판사의 허락을 받고 분장실에 들어가 틀어박혀 있었다. 히메네스 박사는 후앙이 있는 곳으로 자리를 옮겨 비단의 꽃무늬 옷이나 날이 없는 검이 흩어져 있는 속에서 비둘기나 닭이 우왕좌왕하는 가운데에 급히 취조실을 설치했다. 베난시오의 죽음은 한 극장의 모든 사람들에게 혼란을 일으키고 있었다. 그런데 줄리엣은 그저 혼자서 태연히 자신의 의상과 얼굴 손질에 여념이 없었다.

의사인 코포라 박사는 득의양양한 얼굴로 입을 열었다.

"어떻습니까, 판사? 이러한 작은 부분에도 특별히 주의하면 어떻겠습니까? 즉……."

그는 몇 번이나 반복해서 '어떻겠습니까'라고 말하는 주제에, 결코 제안을 내기에 어울리는 어조가 될 수 없는 류의 인간이었다. 판사는 그가 말하는 것을 최후까지 참을성 있게 들으면서 그것을 기록했다. 코포라의 말에 따르면, 의학상의 지식으로 단검이 검증되어진 각도에서 베난시오의 가슴에 꽂혀진 유일한 가능성은 눈대중으로 해서 감색 주머니로부터, 즉 후앙으로부터 일직선이다 라고 하는 의견이었다.

판사 히메네스 박사는 코포라의 의견을 참고하겠다고 하고는, 후앙을 불러 심문을 시작했다. 후앙은 직업상의 심문이 행해지기 전에 그가 여태까지 입을 다물고 있었던 이유를 해명하고, 그것은 납득이 가는 것이었다. 그러나 자신이 범죄자라는 의심이 분장실에 퍼져 있는 것을 눈치채자 흥분하기 시작했다.

"난 자루 속에 있었단 말이오. 관객들이 나와서 자루 아가리를 묶고 봉인해 주었습니다."

지금은 중국어 사투리는 완전히 없어지고 말투도 거친 스페인 말로 후앙은 말했다.

히메네스 박사가 자루를 제시해 줄 것을 요구하자, 무대 담당원이 가서 자루를 가지고 왔다. 자루는 아직도 아가리가 묶여 있었고, 밀랍의 봉인은 어디에도 이상이 없었다. 내부를 조사할 목적으로 판사가 손수 봉인을 뜯었다. 자루의 재료는 촘촘하게 짜인 직물로 뭔가가 뚫고 지나간 흔적은 하나도 없었다. 코포라 박사가 또 입을 열었다.

"나도 어렸을 때부터 계속 프로였어요. 지금도 이것저것 책임 있는 몸이지만, 조카나 근처의 아이들에게 마술을 보여주었습니다. 판사님 앞에서 외람됩니다마는, 그 자루를 조사하는 것은 완전히 헛일입니다."

판사는 의자를 뱅그르르 돌려 놀란 듯이 그를 보았다.

"안에 뭔가 흔적이 있는지 없는지 확인해 보려고 하는데, 이 조사가 헛일이라는 겁니까?"

"'그 자루'를 조사하는 것이 헛일이라는 것입니다."

의사는 잔뜩 비난을 담아 말했다.

"왜 '그 자루'라는 말을 강조하십니까?"

"또 하나의 자루가 있기 때문이죠."

후앙은 이 남자를 때려 죽이고 싶다는 듯이 의사를 쏘아보고 있었다.

"판사님, 나 자신도 이 마술을 몇 번이나 해봤습니다. 오늘 이 극장에 온 것은 그 좋은 솜씨의 좋은 점을 잘 보고서 나 자신의 마술에 결함이 있다면 그것을 개선하려고 생각했기 때문입니다. 사실, 자루는 두 개 있습니다. 후앙은 관객이 보는 자루에 들어갑니다만, 자루를 또 하나 호주머니에 접어서 갖고 있습니다. 그 바깥쪽의 자루에 일단 들어가자마자 상대가 그 입구를 묶어 버리지 않은 사이에 후앙은 그것과 똑같은 자루를 호주머니로부터 꺼내어 그 입구 부분을 불쑥 내밉니다. 그래서 묶여져 봉인시키는 건 제2의 주머니인 것이죠. 처음의 주머니가 아니고…… 이 순간의 앞뒤가 맞게 성공시키려면 숙련된 조수가 필요하지요. 관객 중에서 나온 증인들이 묶고 봉인하는 과정을 도와주면서 거기에 숨겨진 사실을 보지 못하도록 하는 것이 조수의 역할입니다. 이것이야말로 그 다음에 원통막이 내려오면 후앙은 그저 제2의 자루 아가리 부분에 가볍게 매달린 제1의 자루를 당겨내려서 그것을 재빨리 접어 호주머니에 넣어 버리면 되는 것입니다. 이렇게 해서 그는 봉인이 완전히 원래대로인 제2의 자루를 모두에게 보일 수 있는 것입니다.”

“그럼, 이 자루는 후앙이 처음부터 호주머니에 숨겨둔 것입니까?”

“그렇습니다. 또 하나의 자루를 꼭 찾아주세요.”

의사에 이야기에 직면하자, 후앙의 표정은 돌연 마치 현장에서 붙잡힌 사기꾼의 모습으로 변했다. 그는 호주머니에 손을 넣어 행방불명이 되어 있던 자루를 꺼내어 판사에게 넘겼다. 판사는 그것을 세세히 조사했지만 앞의 자루와 마찬가지로 어떤 흔적도 없었다.

“이 자루일 리가 없어요. 이런 패거리들은 대체로 세 개나 네 개 아니면 더 많은 여분의 자루를 준비해 두니까요.”

의사가 말했다.

판사는 극장의 구석구석을 수색할 것을 명령했다. 1시간 동안 수색이 이루어졌다. 후앙의 속임수는 남김없이 탐색되고, 무대 위에 산처럼 쌓인 대도구 소도구들은 물론 분장실의 천장 속과 마루 밑까지 철저하게 조사가 행해졌지만 얻은 것은 하나도 없었다.

게다가 후앙이 자루를 두 개밖에 쓰지 않는다는 것이 극장 지배인과 무대 종사원들, 그리고 줄리엣에 의해 확인되었다.

이때 신문기자 릴리엔페르도가 처음으로 입을 열었다.

“왜 베난시오가 ‘새가 도망갔다’라고 말했던 것일까요?”

그리고 나서 그는 엷은 갈색 눈썹을 세우고 물끄러미 후앙을 쳐다보았다. 후앙은 한 발 앞으로 나아가서 이유를 설명했다.

"그것은 확실하게 들렸던 것은 아닙니다. 대개 베난시오는 내게서 자루 아가리를 받아 들고 그것을 묶으려고 할 때 뭔가 말했었기 때문에……."

"과연 그랬을까요? 내가 알기로는, 그가 '새가 도망갔다'고 말했을 때는 이미 자루의 봉인을 끝낸 다음이었고……."

판사는 계속해서 침묵하며 분장실 천장의 한 곳을 응시하고 있었다. 가르시아 길러드는, 판사가 아까의 실크로 드 알마스에서 한 식사의 일을 생각하고 있다는 것을 알고 있었지만, 다른 사람들은 모두 그가 이 범죄의 불가사의한 성격에 대하여 깊은 생각에 빠져 있는 거라고 믿어 의심치 않았다. 드디어 그는 뭔가 짚이는 것을 찾는 듯했다.

"한 가지 중요한 사실이 있소."

판사가 말했다.

"베난시오 페라르타는 죽기 전에 '누구의 탓도 아니에요. 내 스스로 했어요.'라고 외쳤소. 이 사실을 후앙의 부인 뿐만 아니라, 코포라, 고메스 테리, 릴리엔페르도가 증언하고 있어요. 아무도 이 사실을 부정할 수 없을 게요. 미치지 않았다면 무대 한가운데서 스스로 단검으로 목숨을 끊는 그런 남자는 없을 거라는 것, 그것은 나도 이해할 수 없는 건 아니오. 그건 어쩔 수 없는 행위라고 보오. 의심할 바 없는 증상을 나타내고 있으니, 그 엄밀한 성격은 의학적 판정에 의해 결정되지 않으면 안 된다고 보오. 그렇기 때문에 우리들이 여기서 이 이상 우물쭈물하고 있어 보았자 별도리가 없을 거라고 봅니다. 제군들은 각각 명예를 걸고, 법적 조사가 완료할 때까지 수도를 떠나지 않도록 해 주기 바라오. 현 시점에서 누구든지 체포할 이유는 없다고 생각합니다."

후앙은 박사의 말에 너무너무 고마울 뿐이었다. 그리고 줄리엣의 그늘 있는, 약간 냉정하고 기묘한 빛이, 왠지 사람의 눈을 훔쳐보는 듯한 반짝임이 언뜻 스쳤다. 그곳의 모든 사람들이 판사의 지시에 따를 것을 선서하였다. 그러자 판사는 비서를 대동하고 돌아갔다.

경찰이 판사의 지시에 따라 베난시오의 사체를 운반해내는 조치를 취했다. 그러고 나서 공식 보고서 작성에 필요한 준비를 위해 판에 박힌 절차에 들어갔다.

오전 3시 코포라 박사, 고메스 테리, 그리고 막시모 릴리엔페르도는 겨우 거리로 나왔다. 오케스트라석에서 관람하던 두 사람의 부인이 극장의 로비에서 남편을 기다리고 있었기 때문에 그들은 함께였다. 릴리엔페르도는 배가 고파서 한잔 마시러 가자고 말을 꺼냈다. 코포라 박사는 진찰이라도 하는 듯이 이 저널리스트를 관찰하고 약간 주저했다. 그는 릴리엔페르도가 자신에게 식사대를 부담시키려 하고 있다고 생각했다. 게다가 신문기자 같은 남자와 함께 있는 것을 다른 사람들이 본다면 하고 생각하자, 어쩐지 기분이 언짢아졌다. 그러나 조금 걸어가서 술집이 발견됐을 때, 그는 그런 언짢은 기분이 사라졌다. 이런 장소라면 아는 이들 중 그 누구에게 알려질 리 없었기 때문이다.

릴리엔페르도는 맥주를 주문했다. 고메스 테리는 커피, 의사는 소다수, 부인들은 커피였다. 마치 검약을 서로 경쟁하는 듯했다. 곧 릴리엔페르도가 맥주 1잔을 더 주문하고 샌드위치도 주문했다. 코포라 박사는 식욕이 맹렬히 솟았지만 참았다. 뭔가 더 먹으면 신문기자가 그것에 대해 계산 전부를 자기에게 떠맡길 것이라고 판단했기 때문이다.

"자살이라면 그렇게 성가신 문제는 되지 않았을 텐데 말입니다."

고메스 테리가 이야기할 기회를 잡으려고 입을 열었다.

릴리엔페르도는 맥주와 샌드위치를 추가로 주문했다. 그리고 피

곤함을 모르는 듯 실룩실룩 움직이는 눈썹의 운동에 맞추어 게걸스
럽게 먹으며 큰 소리로 말했다.

"어처구니가 없군! 자살이 아니라는 것만큼은 틀림없어요!"

"그래도 그는 말했죠. '누구의 탓도 아니에요. 내 스스로 했어
요.'라고 말입니다."

릴리엔페르도가 말을 받았다.

"그거지요, 내가 말하는 건. 그가 말한 '내 스스로 했어요.'라는
것은요, 나는 치명적인 실수를 했다. 이것은 당연한 응보이다. 나
때문이다. 또는 비슷한 표현이라면 뭐든 좋다. 그러한 의미인 거
죠. 오늘 밤의 사건과 그러한 말과의 논리적 관계를 아직 누구
한 사람도 발견하지 않고 있어요."

"그럼 당신은 뭔가 추리라도 했습니까? 왜 거리낌없이 말씀하시
지 않았던 것입니까?"

의사가 비난하듯 물었다.

"시종일관 당신이 말하고 있었기 때문에 난 말할 틈도 없었던 겁
니다. 게다가 판사는 정말이지 의기양양한 얼굴로 나를 보고 있
었고……."

릴리엔페르도는 말했다. 그는 자꾸만 맥주를 주문하여 의사를 놀
라게 하고는 계속 말했다.

"오늘 밤은 보통 때의 절차를 깨는 특별한 일이 세 가지 있었어
요. 베난시오가 '새가 도망갔다'고 말하고, 후앙은 언제 그 말을
들었는지 모른다고 거짓말을 했지만, 사실은 그 말의 의미를 잘
몰랐던 거예요. 알고 있었다면 이 비극은 일어나지 않았을 겁니
다. 두 번째는 후앙을 둘러싼 사람들의 순서가 마지막 단계에 바
뀌어 줄리엣이 베난시오의 위치로 살짝 이동했지요. 그리고 세
번째는 베난시오가 말한 '누구의 탓도 아니에요. 내 스스로 했어

요.'라는 말입니다.”

릴리엔페르도는 맥주를 한 모금 마시고 계속 말하였다.

“해답은 이렇습니다. 후앙은 어쩌면 이유는 여러 가지가 있으리라고 추측됩니다만, 여하튼 줄리엣에 대해 자포자기한 기분에 싸여 그녀를 죽이려고 기도했습니다. 그런데 보통 방법으로는 죽일 수가 없었어요. 왜냐하면 두 사람이 사이 좋지 않다는 건 모든 사람이 알고 있으므로 금방 혐의를 받게 될 것이기 때문이지요. 유일한 해결책은 많은 관중들이 있는 가운데서, 완벽한 알리바이가 있는 상태에서 살인을 하는 것이었죠. 이 범죄를 행하기 위해서는 마술과 마찬가지로 공범자가 한 사람 필요했을 거예요. 베난시오는 그의 우방, 실질적으로는 그의 노예였던 겁니다. 그는 은인의 계획에 따랐고, 어쨌든 후앙에게 너무 심취한 나머지 그것이 증오이든 애정이든 간에 그대로 흉내를 내게 된 거지요. 그래서 두 사람은 이러한 준비를 한 걸 거예요. 후앙이 자루 안에 쑥 들어가 버리고 나서 베난시오가 마술의 손에 단검을 쥐어 준 거지요. 그 흉기라면 자루의 주름이나 뭔가에 간단하게 숨겨둘 수 있었을 테니까요. 그들은 이 마술을 몇 년이나 해왔고, 줄리엣은 언제나 똑같은 위치에 서 있었죠. 그리고 자루가 납으로 봉인될 때 그 절차가 끝날 때까지 모두 후앙 가까이에 있었어요. 따라서 후앙은 줄리엣의 심장 위치를 정확하게 잴 수 있었습니다. 줄리엣은 다분히 직감적으로 자신에 대해 어떤 음모가 꾸며지고 있다는 걸 자각하고 있었을 거요. 아마도 베난시오가 무척 침착하지 않았을지도 모르죠. 드디어 자루 아가리를 묶는 때가 되었을 때 줄리엣은 살짝 움직여 베난시오의 위치에 섰던 게요. 그래서 베난시오는 그녀의 위치에 설 수밖에 없었죠. 당황하여 어떻게 해야 좋을지 모른 베난시오는 최후에 ‘새가 도망갔다’라고 후앙에게 암시를 한 것입니다. 그런데 후앙은 그 소리를 듣고도 그 의미를 잘 몰랐던 거요. 이래서 베난시오가 화를 당한 겁니다. 가엾게도 베난시오는 목숨을 걸고 후앙에게 충성을 다했지만, 결과는 죽음이었던 겁니다.”

코포라 박사와 고메스 테리는 처음으로 존경한다는 눈길로 릴리엔페르도를 쳐다보았다.

“판사에게 꼭 말씀드려야 합니다.”

“그렇게는 하지 않겠습니다. 난 법률에 사사건건 말려들고 싶지 않으니까요. 여러분도 말하지 마시기 바랍니다.”

릴리엔페르도가 말했다.

“게다가 후앙의 운명도 이젠 끝입니다. 줄리엣은 그가 자신을 죽이려고 했다는 것을 알고 있기 때문에 그를 마음대로 할 수 있습니다. 안됐지만 그 남자는 자살하는 길 외는 없지요. 아마도 자신의 죽음을 위해 훌륭한 마술을 생각해내겠죠.”

코포라와 고메스 테리가 어안이벙벙해져 있는데, 릴리엔페르도가 보이를 부르더니 빳빳한 100페소짜리 돈을 지불했다. 그때 그는 맥주를 10잔이나 마신 것이다.

“먼저 실례하겠습니다. 용무가 있어서요.”

그가 계산을 마치며 말했다.

“돌아가서 쉬시려고요?”

의사가 물었다.

“아니오, 이제부터 친구와 한잔 하지 않으면 안 돼서요.”

그가 대답했다.

꼭대기에 올라가 보면 / 존 콜리어

Rope Enough

• 존 콜리어(1901~1980)

John Collier

런던의 부유한 가정에서 태어나 독학으로 문학수업을 하고, 20세의 젊은 나이로 첫 시집을 자비 출판하기도 했다. 〈Time and Tide〉 잡지의 시부문 편집을 맡으면서 첫 작품 「His Monkey Wife」(1930년. 원숭이와 결혼한 남자가 주인공인 장편 환상소설)과 단편집 두 권으로 일약 유명한 신인 작가로서 인정받았다. 1932년에는 세번째 단편집 「Green Thoughts」를, 1933년에는 미래풍자소설 「Tom's A Cold」를, 1934년에는 장편 판타지 「Defy the Foul Fiend」를 발표, 특이한 환상소설 작가로서 이름을 날렸다. 그 후 미국으로 건너가 시나리오 작가로서 헐리우드에 체재(그곳에서 만난 여자와 결혼). 한때 영국의 시골에 살려고 했으나 2차대전이 일어나서 다시 미국으로 이주했다(1945년 재혼). 그 후 프랑스에도 살았으나, 만년은 런던에서 지냈다. 콜리어 스타일의 유니크한 단편은 약 60편. 그 반이 '퀸의 정원'에 선정된 「Fancies and Goodnight」(1951)에 수록되어 있고, 최우수단편집으로서 에드가상이 수여됐다.

꼭대기까지 올라가 보면

헨리 프레이저는 기묘한 술수는 대개의 경우 거울을 사용하면 가능하다고 확신하고 있는 남자였는데, 이번에 인도에서 직장을 얻게 되었다. 인도에 도착하자마자 그는 바보 웃음을 터뜨리기 시작했다. 맞이하러 나온 사람들은 두려워하면서 조심스럽게 그 바보 웃음을 터뜨리는 이유를 물었다. 그는 인도의 로프 기술 따위를 생각하는 것만으로도 웃음이 나온다고 대답했다.

공식적으로 개최된 환영회의 점심 식사 자리에서도 그는 마찬가지로 커다랗게 웃음을 터뜨리고 나서 똑같은 설명을 했다. 그것은 광장에서도, 한잔 마시고 있을 때에도, 인력거를 타고 갈 때에도, 시장·클럽·폴로 경기장에서도 마찬가지였다. 곧 그의 이름은 인도의 로프 기술을 웃어 넘기는 남자로서 봄베이에서 칼카타까지 알려졌다. 그는 그 명성을 당연한 것으로 알고 의기양양해하였다.

그런데 헨리가 방갈로에서 견딜 수 없이 무료하게 지내고 있던 날, 하인이 와서 공손히 예를 올리고 말했다.

"밖에 대도예인(大道藝人)이 와서 꼭 나으리에게 인도의 로프 기술을 보여드리고 싶다고 합니다."

헨리는 예의 웃음을 터뜨리며 승낙하고는 베란다로 나가 의자에 앉았다.

먼지가 가득한 정원을 내려다보니 몹시 마른 인도인이 민첩하게 생긴 사내아이를 데리고 서 있었다. 그리고 그 옆에는 커다란 바구니와 기이하게 생긴 큰 칼이 놓여져 있었다. 인도인은 그 바구니에서 30피트 정도의 튼튼한 로프를 꺼내더니 손을 두세 번 움직이면서 주문을 외고는 로프를 하늘로 던졌다. 로프는 그대로 우뚝 서 있었다. 이것을 본 헨리 프레이저는 웃음을 억지로 참는 듯 킥킥거렸다.

그러자 사내아이가 날렵하게 로프에 달려들어 원숭이처럼 쭈르르 올라갔다. 그리고 꼭대기까지 다 올라가더니 연기처럼 자취를 감추었다. 헨리는 껄껄 웃었다.

그때, 걱정스럽게 위를 올려다보고 있던 인도인은 사내아이를 향하여 큰 소리로 호통치기 시작했다. 내려오라고 호소도 하고, 엄한 명령도 내렸다. 그래도 내려오지 않자 간절히 애걸하기까지 하더니, 결국에는 심한 욕설을 퍼붓기 시작했다. 사내아이는 전혀 걱정하고 있는 모습이 아니었다. 헨리는 배를 잡고 웃었다.

이번에는 흑인이 아주 무섭게 생긴 커다란 초승달 모양의 칼을 입에 물고는 로프를 타고 올라갔다. 그리고 꼭대기에서 자취를 감췄다. 헨리의 웃음 소리는 더 커졌다.

곧이어 허공에서 호통치는 소리와 비명 소리가 났다. 피가 얼어붙을 듯한 그 무서운 비명 소리가 계속 들려왔다. 다리 하나가 커다란 소리를 내며 떨어졌고, 계속해서 팔뚝, 허벅다리, 머리, 그리고 그 밖의 부분이 떨어졌으며, 마지막에는 (다행히 부인은 아니었지만) 벌거벗겨진 엉덩이 부분이 내동댕이쳐지듯 떨어졌다. 헨리의 웃음은 그치지 않았으며, 졸도라도 해 버릴 것처럼 더 심하게 웃었다.

드디어 인도인이 흥분을 해서 뭔지 모를 말을 하며 한 손으로 로프를 잡아내렸다. 그리고 예를 올리고는 헨리더러 직접 조사하라는 듯이 피가 뚝뚝 떨어지는 칼을 내밀었다. 그래도 헨리는 웃음을 멈추지 않았다.

인도인은 몹시 후회스럽다는 듯한 모습으로 뿔뿔이 흩어져 있는 사내아이의 시체를 주워 모았다. 그리고 그 고깃덩어리 같은 시체 조각 하나하나에 아낌없는 애도의 말을 던지면서 큰 바구니 속에 넣었다.

그때 헨리는 마침내 이 연극도 막판에 이르렀다고 보고, 1,000대 1로 져도 좋지만 자신을 여기에 불러내기 전에 정원 안에 거울을 장치해 놓았을 것이라고 생각하고, 권총을 뽑아서 한 발 정도는 그 거울을 맞출 것이라고 기대하며 여섯 발 전부를 각각 다른 방향으로 쏘았다.

예상했던 일은 일어나지 않았지만, 인도인은 깜짝 놀란 모습으로 휙 뒤돌아섰다. 발 아래의 땅을 내려다보니 연필 크기만한 독사가 있었다. 헨리가 쏜 권총의 유탄에 맞아 죽은 것이다. 독사를 집어올린 인도인은 안도의 숨을 내쉬며 정중히 터번에 손을 댔다. 그리고 돌아서서 바구니 위에서 두서너 번 손을 움직여 주문을 걸었다. 그러는 순간 아까의 사내아이가 장난스러운 얼굴에 웃음을 띤 채 활기차게 발버둥치며 바구니에서 뛰어나왔다.

인도인은 로프를 끌어내린 다음 허리를 구부리고 헨리가 있는 쪽으로 달려와서 독사로부터 생명을 구해 준 데 대한 고마운 표시를 장황하게 말하였다.

그것은 실로 물리자마자 무서운 독으로 11초 동안 어른의 경우 팽이처럼 핑핑 돌다가 결국에는 목숨을 잃는다고 하는 맹독을 지닌

뱀이었다.

"나으리가 아니었다면 소인은 이미 이 세상 사람이 아니고, 소인의 자랑이자 기쁨인 이 아이도 바구니 속에서 뿔뿔이 흩어진 채, 결국에는 나으리의 하인들 손으로 악어의 먹이가 되었을 겁니다. 저희들의 보잘 것 없는 생명도, 저희들의 약간의 소유물도 모두 나으리의 뜻에 맡기겠습니다."

헨리는 말했다.

"알겠다, 알겠어. 그런 것보다는 부탁이 있다. 지금 보여준 그 기술을 가르쳐 다오. 그렇지 않으면 앞으로 내가 웃음거리가 되니까 말이야."

인도인은 머뭇거리며 조심스럽게 말했다.

"그것보다도 효과가 확실한 털을 나게 하는 양모제의 비법이 마음에 드시지 않습니까?"

"안 돼. 그 로프 기술을 가르쳐 주는 것 말고는 아무것도 필요 없어."

"신통한 정력제의 비법도 있습니다. 이것이라면 나으리도, 아니 지금 당장은 아니겠지만 나중에는 반드시……."

"빨리 보여줘."

"알겠습니다. 이것만큼 간단한 것은 없습니다. 손으로 주문을 거는 것입니다. 이런 식으로……."

"잠깐만, 이렇게 말이야?"

"그렇습니다. 그 다음에 로프를 내던집니다. 이렇게…… 자, 우뚝 섰습니다."

"과연, 그렇구나."

"어떤 아이라도 올라갈 수 있습니다. 올라가 봐, 나으리께서 보실 수 있도록……."

사내아이가 싱글거리면서 올라가더니 곧 헨리가 있는 곳으로 되돌아왔다. 인도인은 다리와 팔을 모으며 말했다.

"이것뿐입니다. 그러므로 누구라도 할 수가 있습니다. 단, 이때 조금 요령이 필요합니다. 좀더 가까이에서 보아주십시오. 이런 식으로……."

"이런 식으로 말이야?"

"바로 그렇습니다."

"상당히 재미있구나. 그런데 로프의 꼭대기에는 어떤 것이 있느냐?"

"그것은 정말 재미있는 일입니다, 나으리."

그렇게만 말하고는 인도인은 예를 올린 다음 로프와 커다란 바구니와 큰 초승달 모양의 칼을 가지고 사내아이와 함께 물러갔다. 혼자 남은 헨리는 약간 후회하였다. 인도의 로프 기술을 비웃은 남자로서 데칸 고원에서 카이바르 고개에 이르기까지 온 인도에 그 이름이 알려졌는데 다시는 웃을 수 없게 된 것이다.

이 일은 누구에게도 말하지 않겠다고 마음속으로 결심하고 있었는데, 결심만으로는 아무래도 되지 않았다. 점심 식사 자리에서도, 술집에서도, 클럽에서도, 광장에서도, 시장에서도, 폴로 경기장에서도 그가 말처럼 웃는 것을 모두 기대하고 있었다. 더구나 인도에는 사람의 기대를 배신하는 행동을 해서는 안 되는 습관이 있었다.

헨리의 인기는 떨어졌고 그를 함정에 빠뜨리려는 음모가 계획되어, 곧 그는 그 직책에서 물러나는 신세가 되었다.

그는 그때 이미 결혼을 했기 때문에 사태는 한층 더 심각했다. 부인은 이목구비가 반듯하고 키도 늘씬하며 옷차림도 단정하고 눈치도 빨랐지만, 태도는 조금 방자하고 거만한 면이 있는 질투심이 많은 여자였다. 하지만 어디를 봐도 어느 누구에게 뒤지지 않는 빼어

난 부인으로 자신이 어떠한 대우를 받아야 하는지 잘 알고 있었다. 그녀는 헨리에게 미국에 가서 깃발을 세우자고 설득했다. 헨리도 동의하여 두 사람은 살림을 정리하고 미국으로 여행길에 올랐다.

하늘을 배경으로 선명히 나타난 뉴욕의 경치를 바라보며 헨리가 말했다.

"당신이 말한 대로 잘됐으면 좋겠는데……."

"잘될 거예요. 뭐라도 해봐야죠."

"그래야지."

그러나 상륙해 보니 깃발을 꽂을 땅이 남아 있지 않았다. 몇 주일을 여기저기 흘러다니다 아무 직업이라도 좋다, 나중에는 좀 하찮은 일이라도 좋다, 그리고 결국에는 식사와 하룻밤의 잠자리를 얻을 수 있다면 좋다라는 식으로 희망을 전락시키기에 이르렀다.

이렇게 희망을 전락시켜 오다가 밥줄이 끊긴 것은 중서부에 있는 어느 조그만 마을에서였다. 그래서 헨리는 마지막 기대였다는 듯이 심각하게 의견을 말했다.

"이젠 어쩔 도리가 없소. 인도의 로프 기술이라도 이용해서 밥벌이를 해 볼 수밖에."

남편의 이 말에 부인은 반대했다. 남편이라는 사람이 많은 구경꾼들 앞에서 인도의 곡예를 한다고 생각하니 기가 막혔던 것이다. 그녀는 그가 직업을 잃은 일, 남자로서 가치가 없는 것, 해안 거리에서 그녀의 귀여운 강아지가 차에 치어 죽은 것에 손도 못 대고 보고 있었던 때의 일 따위로 시작하여 봄베이에서 피아시 교도의 소녀에게 추파를 던졌던 일까지 끄집어내서 그를 공격했다. 그러나 굶주림에는 당할 수가 없었다.

드디어 그녀의 마지막 장신구를 저당잡혀 로프 한 개와 큰 가방, 그리고 고물상에서 어처구니없이 크고 녹슨 초승달 모양의 칼을 샀다.

이 고물 칼을 보자 아내는 자신이 주연, 헨리가 조연을 하는 것이 아니라면 이 장사는 그만둘 것이라고 쌀쌀맞게 말했다. 기분 나쁘게 녹슨 칼의 들쑥날쑥 빠진 날을 엄지손가락으로 어루만지며 불안한 듯이 헨리는 말했다.

"안 돼, 당신은 주문하는 방법을 모르잖아."

"가르쳐 주세요. 그래서 잘 안 되면 당신 책임이에요."

헨리는 할 수 없이 주문을 가르쳤다. 그가 자세히 가르쳐 준 것은 독자 여러분도 결코 의심하지는 않을 것이다. 그녀는 완전히 암기하여 나중엔 능숙하게 되었다. 헨리는 적당한 터번과 허리띠를 만들었고, 그녀는 사리를 입고 호텔에서 빌린 재떨이를 양 가슴에 달았다. 그리고 적당한 빈 터를 발견하자 구경꾼이 대성황을 이루고 쇼가 시작되었다.

로프가 던져졌다. 확실히 똑바로 위로 섰다. 구경꾼은 낄낄거리며 거울이 장치되어 있는 것이라고 수군거렸다. 헨리는 한숨을 쉬며 숨을 죽이고 올라갔다.

꼭대기까지 다 올라가자, 그는 구경꾼과 아내, 자신마저도 깡그리 잊어버렸다. 눈앞에 나타난 광경이 생각도 못 할 정도로 너무나 즐거운 것이었다.

언제부터인지 우물과 같은 곳에서 딱딱한 땅 같은 곳을 향하여 기어가고 있었다. 주위의 풍경은 아래 세상과는 조금도 닮지 않았다. 인도인이 말한 극락이란 곳은 이런 곳을 말한 것인지 계곡이랑 정자랑 진홍빛 따오기랑, 그 외에 이름도 모를 것들로 가득 차 있었다. 그 무엇보다 즐거운 것은 바로 곁에 있는 정자에 서 있는 젊은 여자의 모습이었다. 그 정자는 황홀한 꽃들로 둘러싸여져 있고, 꽃은 활짝 피었으며, 풀들은 무성하게 자라나 서로 엉켜 있었다. 선녀

와도 같은 그녀는 얇은 천을 걸치고 있었는데, 헨리가 오는 것을 이미 알고 있었다는 듯이 서둘러 그를 맞았다.

완전히 넋이 나간 헨리는 여자의 목덜미를 끌어안고 눈동자를 들여다보았다. 그 눈은 놀랄 만큼 태연하고 아름다웠다. 마치 '차려놓은 밥상을 먹지 않는 것은 남자의 수치'라고 말하는 듯했다.

그는 맞다고 생각하고 여자의 입술에 천천히 키스를 했다. 밑에서 욕을 퍼붓는 아내의 목소리가 들려왔지만 그다지 개의치 않았다.

'이런 때 욕을 퍼붓다니, 눈치도 없고 배려도 없는 여자…….'
그는 이대로 아내의 일은 완전히 잊어버렸다.

여자의 팔에서 갑자기 떨어져나가게 됐을 때, 그의 아쉬움은 독자의 상상에 맡기기로 한다. 뒤돌아보니 아내가 구멍으로 기어서 올라오려 하고 있는 참이었다. 얼굴은 새빨갛게 붉어져 있고, 눈은 분노로 불타올랐으며, 입에는 커다란 칼이 꽉 물려져 있었다.

헨리는 일어나려고 했으나 아내 쪽이 빨랐다. 아직 왼쪽 발을 땅에 댄 채 그녀는 날이 닳아 있는 큰 칼로 그의 허리에 일격을 가했다. 그것이 멋지게 다리를 잘라내어 그는 어떻게 할 사이도 없이 그녀의 발 아래로 쓰러졌다.

"부탁이야, 살려줘! 모두 마술이야. 연극이라구. 아무것도 아니란 말야. 구경꾼들이 있어. 쇼를 계속해야 해."
"계속하고말고요."
그녀는 이렇게 말하며 남편의 팔과 다리를 잘랐다.
"와아, 이 이빨! 부탁이야. 제발, 잠깐 숫돌로 갈고 나서 해주지 않겠어?"
"그런 따위는 이것으로 충분해요."
그녀는 그렇게 말하면서 정신없이 마구 여기저기를 잘랐다. 드디어 헨리는 수족이 없는 몸체만이 되었다.

"제발 그 주문만은 잊어버리지 말아줘. 나중에 모든 걸 설명할
테니까."

"주문 따위는 알 바 아녜요!"

그녀는 이렇게 말하며 최후의 일격을 가했다. 그러자 머리가 축
구공처럼 굴렀다.

그녀는 산산조각이 난 헨리의 몸뚱이 조각을 곧 주워서는 지상에
서 갈채를 하며 웃고 있는 구경꾼들에게 던졌다. 구경꾼들은 이것
을 보고 또 거울 장치가 있다고 믿었다.

그녀는 칼을 쥐고 나중에 내려가려고 했지만 남편의 몸을 원래대
로 해놓으려는 생각은 전혀 없었다. 오히려 좀더 큰 부분이 있다면
좀더 마구 잘라 주자는 마음뿐이었다. 그때 누군가가 뒤에 있는 것
이 느껴져서 뒤를 돌아보니 고귀한 왕자 같은, 발렌티노와 똑같은
늠름한 청년이 있었다. 그의 눈은 그녀에게 이러한 말을 하고 있는
것 같았다.

'전기 의자에서 타오르는 것보다 정열의 깔개 위에서 타오르는
편이 좋지 않겠습니까?'

여기에는 저항하기 힘든 마력이 있었다. 그녀는 내려가는 것을
그만두고 로프가 통한 틈새로 얼굴을 내밀고 소리를 쳤다.

"어떤 말뼈다귀인지도 모르는 여자와 달라붙어 나를 배신한 돼
지 같은 남자에게는 이게 좋은 본때가 될 거예요."

드디어 경찰들이 현장에 도착했다. 거기엔 아무것도 없고 그저
모습이 보이지 않는 산비둘기가 다정하게 지내다 날아가려고 하는
울음 소리가 들릴 뿐이었다. 지상에는 헨리의 몸뚱이 조각들이 사
방으로 흩어져 있었으며, 그 육신에는 파리가 날아와 요기를 하고
있었다.

구경꾼들은 거울을 사용한 마술이라고 설명했다.

"아무래도 굉장히 큰 거울이 떨어져 산산조각이 난 것 같군."

형사부장이 말했다.

하얀 드레스의 소녀 / 토니 아스플러

The Girl in the White Dress

• 토니 아스플러
Tony Aspler
캐나다 추리작가협회 창립 멤버이며 초대 회장을 3년간(1982~84
년) 지냄.
1972년에 처녀작 「아스켈로의 거리」를 발표했으며, 1982년에는 5
번째 작품 「음악 전쟁」을 발표하여 크나큰 호응을 얻었다.

하얀 드레스의 소녀

1달러짜리 은화 같은 태양이 폐가가 된 여름 리조트 호텔 위로 펼쳐져 있는 푸른 하늘에 반짝이고 있었다. 셔터가 산들바람에 흔들리며, 칠이 벗겨져 떨어진 정면 벽에 부딪혀 소리를 내고 있다. 벌써 몇 년 동안이나 베지 않았는지 풀이 썩은 널빤지 위를 덮어씌우고, 한때 이 온타리오호 호반에서 가장 인기 있던 여름 리조트 호텔로 통하는 단 하나의 도로를 메워 버릴 듯이 무성했다.

온타리오호를 내려다보는 언덕배기에 있는 그 호텔은 3층 목조 건물로, 무수한 동굴이 있는 석회암 절벽 위에 세워져 있다. 절벽 아래는 여자아이들이 좋아하는 리본같이 새파란 호수가 있다. 호수의 물은 아스라이 멀리 흰 물안개가 낀 저편까지 계속되었으며, 아주 맑게 갠 날은 저쪽 뉴욕주 기슭을 볼 수 있었다.

호텔 건물은 비록 폐허가 되었지만 지나간 옛날을 되새기게 하는 당당한 풍모를 간직하고 있었다. 그 무렵, 이곳은 7, 8월 도시의 더위를 피해 찾아오는 토론토의 부자나 휴가를 즐기는 미국인들이 머무르는 고급 휴양지였다. 본관은 사이에 가로대가 없는 E자형이며, 지붕 달린 통로가 댄스홀——더운 여름 밤에는 주위 판벽을 위로 올리게 되어 있다——과 몇 개의 손님용 코티지, 그리고 부지 내로 연결되는 단 하나의 도로에 면한 게이트하우스로 통해 있었다.

그날 오후, 높다랗게 우거진 풀숲에서 붕붕거리며 나는 여치나 바람에 흔들려 벽에 부딪히는 셔터 소리를 압도하는 소리가 났다. 두 가지 색깔로 된 링컨 컨버티블이 흙먼지를 일으키며 다가와서 호텔 앞에 멈추었다. 차는 게이트하우스 창가에 앉아 유리가 깨져 버린 창틀 너머로 잘 보이지 않는 눈을 찌푸려 가며 내려다보고 있는 노인의 눈에 들어왔다.

노인은 운전자가 자동차 문을 열고 호텔의 폐허를 가만히 응시하며 서 있는 것을 바라보고 있었다. 햇빛이 금으로 된 커프스 버튼을 번쩍거리게 했으며, 악어가죽 구두가 모래에 파묻혔다. 남자는 실크 손수건으로 이마의 땀을 닦았다.

"미스터 키니아!" 남자가 불렀다. 그러나 대답 대신 여치의 금속적인 날개 소리와 풀잎을 스치는 바람 소리만 들려왔다. "아무도 안 계십니까?"

게라트 키니아는 헛기침을 한 번 하고 창가에서 일어섰다. 그리고 입고 있는 데님 작업복 바지의 끈을 끌어올렸다. 다시 다른 놈이 왔다. 왜 이렇게 귀찮게 찾아오는 거지? 노인은 기침을 하고 바닥 위에 침을 탁 뱉었다.

노인이 발을 질질 끌며 햇살 속으로 나갔을 때, 남자는 다른 쪽을 보고 있었다. 노인은 호숫물에 반사되어 내리쬐는 햇빛을 눈이 부신 듯 손으로 가렸다. 어째서 이렇게 질리지도 않고 찾아들 오는 거지?

"무슨 일이오?"

남자는 그 소리에 놀라 홱 돌아다보았다.

"키니아씨입니까?" 사내가 반문하며 노인을 자세히 보려고 차를 돌아 다가왔다.

"당신은?"

"나는 아미테지. 아미테지 개발회사의 사장입니다." 남자는 거드 럭거리는 손놀림으로 윗 호주머니에서 명함을 꺼내 키니아에게 내 밀었지만, 키니아는 받지 않았다.

"이 장소를 살까 해서 보러 왔습니다."

남자는 호텔을 가리켰다. 게라트 키니아는 상대방의 목소리가 아 닌 자기 머릿속의 소리에 귀를 기울이고 있는 듯이 얼굴을 찌푸렸 다.

"영감님, 들으셨습니까?"

"몰라, 그런 건. 누구한테도 들은 바 없는걸."

"군청에 가서 이야기를 했습니다만."

"난 단지 관리인일 뿐이오. 누구 다른 사람에게 말해 보시지." 노 인은 외면하며 담배를 발로 비벼끄듯이 스니커를 모래에 비벼댔다.

"꾸물기리고 있을 시간이 없소, 키니아. 어서 문을 열고 안으로 들어갑시다."

"이곳을 어떻게 할 참이오?"

"사기로 결정되면 부수어 모텔을 세울 겁니다."

남자는 안주머니에서 지갑을 꺼내 이것 보란 듯이 속의 지폐를 세었다.

"모텔로 말이오?"

키니아가 말하면서 데님 바지를 스치듯이 하며 손을 내렸다. 아 미테지는 10달러짜리를 꺼내 노인의 손에 쥐어 주었다. 키니아는 반가워하는 기색도 없이 받아들곤 정면 입구 쪽을 향하여 걷기 시 작했다.

"옛날에는 이렇지 않았지."

노인이 이야기했다.

"이 호숫가에서 가장 으리번쩍한 시설이었지. 아마, 프린스 에드워드군에서 제일 가는 장소였을걸."

안으로 들어서자, 눅눅한 흙냄새와 곰팡이 냄새가 났다. 남자는 옛날 이 호텔의 현관 로비였던 장소를 둘러보았다. 부서진 널빤지가 몇 개 남아 있을 뿐인 프론트데스크, 왼쪽으로는 식당, 그리고 중앙에는 물이 나오지 않게 된 지 오래된 녹슨 분수식 음료수기.

"언제부터 이렇게 되었습니까?"

아미테지가 물었다.

"폐쇄된 지 10년이 되었소. 내가 관리를 해 왔소만."

키니아는 천장을 올려다보며 말했다.

"그래요? 급료는 받나요?"

"급료?"

"영감님은 어떻게 먹고 사십니까?"

"연금을 받지. 그리고 당신 같은 손님들도 있고."

아미테지는 호주머니 속에서 수첩을 꺼내 작은 은색 연필로 메모를 시작했다.

"무얼 쓰는 게요?"

노인이 물었다.

"견적을 빼보는 겁니다."

아미테지가 대답했다.

"부수기 위한."

게라트 키니아는 발길에 놓인, 삐져나온 마루창을 밀어젖히고 또 침을 뱉었다.

"이 위에는 뭐가 있죠?"

아미테지가 물었다.

"객실이오."

노인이 대답했다.

"좀 봅시다."

키니아는 사업가라는 그 남자를 따라 계단 아래로 왔다. 두 사람이 움직일 때마다 떡갈나무 바닥이 삐걱거렸다. 널빤지를 박아놓은 창틈으로 비치는 햇살 속에서 먼지가 부옇게 일어났다.

"계단은 괜찮을라나?"

아미테지가 물었다.

"벌써 몇 년 전에 부서져 버렸다 해도 이상할 것 없어 보이는데."

"호수의 전망은 여기가 제일 좋지. 손님들 모두가 기뻐했고, 숙박부에 감상을 적어놓고 가는 손님도 있었으니까. 보여주겠소."

키니아가 말했다.

아미테지는 시험해 보듯이 한 발을 제일 아래칸에 디뎌 보았다.

"영김은 여기서 넣 년 간이나 일했습니까?"

"어릴 때부터 계속."

키니아가 말했다.

"1928년부터요. 전망은 3층에서 바라보는 것이 최고요."

"절대로 괜찮겠죠?"

"난 하루에 백 번씩도, 그야말로 심장이 이상해질 정도로 이 계단을 오르락내리락했었지."

하면서 노인은 난간에 기대어 천천히 계단을 오르기 시작한 아미테지를 향해 어서 올라가라는 듯이 고개를 끄덕여 보였다.

"매년 여름이 되면 손님들이 몰려왔어. 모두들 멋진 마차나 차를 탄 근사한 사람들이었지. 그 무렵에는 미스터 브로크가 주인이었어. '게라트, 넌 테이블 서비스와 손님들 짐 시중을 들어.'라고 미스터 브로크가 말했지. '사모님 구두를 위층 14호실까지 들어 드려.'라고도 했지. 그래, 아주 아름다운 가죽 구두였어. 건초의 향긋한 냄새가 나는 부인들은 모두 흰색 옷을 입었지."

"전망은 좋군요."

아미테지가 2층 층계참에서 말했다.

"맨 꼭대기 층은 훨씬 더 전망이 좋지."

키니아가 위를 향해 외쳤다.

"안쪽 느릅나무 위로 보는 전경은 일품이라구."

키니아는 아미테지가 3층 계단을 올라가며 내는 삐걱거리는 소리에 귀를 기울였다.

"일요일에는 손님들을 위해 바윗돌터에서 옥수수를 구웠지. 거기서 바위가 안 보이우? 피크닉도 갔었지. 풀밭 위에 테이블크로스를 펼치는 것을 돕기도 하고, 그리고 홀에서 춤을 추었지. 춤을 매일 밤처럼 추었다오. 음악이 들려오지 않소, 아미테지씨?"

돌연, 썩은 마루청이 무게 때문에 우지끈하는 소리가 들렸다. 뒤따라서 아미테지가 계단 공간에 푹 빠지는 소리. 게라트 키니아는 아미테지가 3층에서 거꾸로 떨어지는 비명 소리와 지하실 바닥에 쿵 부딪치는 무시무시한 소리를 들었다.

노인은 고개를 끄덕이며, 다시 오후의 햇살 속으로 나갔다. 노인의 머리 속에는 재즈밴드가 연주하는 '메이플리프 럭'이 울려퍼지며 50년 가까운 세월 전에 만난 그 하얀 드레스의 소녀 모습이 떠올랐다……

클레아라 파우엘과 18살된 딸 안젤라는 피크론역에서 기차를 내렸다. 피서지에서 체재하는 기간을 위한 짐이 11개. 두 사람은 주위를 둘러보며 호텔측이 약속한 차를 찾기 시작했다. 이윽고 어설프게 보이는 젊은 남자가 다가와서 모자를 벗고 게라트 키니아라고 자기 소개를 했다. 지붕이 없는 마차가 대기하고 있었다. 청년은 마차에 짐을 싣고 모녀를 호텔로 안내했다.

청년은 안젤라로부터 눈을 뗄 수가 없었다. 이렇게 아름다운 아가씨를 본 적이 없었던 것이다. 호텔까지 10마일 정도의 거리를 가는 동안 청년은 사이드미러에 비치는 소녀의 얼굴을 훔쳐보면서 모녀의 대화를 듣고 있었다.

"7년 동안이나 여름마다 이곳에 오잖아, 엄마."

안젤라가 토라진 듯한 말투로 따졌다.

"어디 좀더 재밌는 곳으로 가고 싶어. 뉴올리언즈 같은 곳으로."

"아버지가 요즘 바쁘시잖니, 안젤라. 겨울에 모두 함께 남쪽으로 가자꾸나."

호텔에 도착하자 게라트 키니아는 두 여자가 마차에서 내리는 것을 도와주었다. 호텔 주인 아들인 샘 브로크가 프론트데스크에 앉아 있었다. 키니아는 안젤라와 아들 사이에 시선이 마주치는 것을 재빨리 눈치챘다. 그 시선은 안젤라의 어머니도 보았다.

샘 브로크는 데스크에서 걸어나와 게라트 키니아가 들고 있는 여행 가방을 받았다.

"작년보다 키가 더 컸구나, 브로크군."

클레아라 파우엘이 말했다.

"매번 묵는 연결된 그 방을 쓸 수 있을까?"

"그럼요, 사모님. 이쪽으로 오시지요."

"안젤라, 저 애하곤 사귀지 말아라."

방으로 들어가 문을 닫고 여행용 모자를 벗은 뒤 클레아라가 다짐했다.

"호텔하는 집안은 뻔하잖니? 접객업 따위는 천한 직업이야. 그보다 이곳에 묵으러 오는 젊은이들하고 친구로 사귀렴. 좀더 너하고 어울릴 만한 사람과. 자아, 피곤하지? 낮잠이라도 자려무나."

"하나도 안 피곤해, 엄마. 나 호숫가에서 책을 읽고 싶어."

게라트 키니아는 소녀가 크로켓 잔디밭을 가로질러 호수가 내려다보이는 평범한 바위 위에 걸터앉는 것을 보고 있었다. 흰 드레스가 거품 방울이 이는 우유처럼 퍼졌다. 태양은 마치 그녀만을 위해 빛나고 있는 것처럼 보였다. 프론트데스크에서 보고 있는 자가 없었던 것을 다행으로 생각하며, 키니아는 파라솔을 들고 크로켓을 하고 있는 사람들 사이를 바쁘게 누벼 소녀가 있는 곳으로 갔다. 딱딱 공을 치는 소리 같은 것은 전혀 들리지 않았다.

"이게 있는 편이 나을 것 같은데요."

키니아는 가슴의 동요를 감추려고 무뚝뚝하게 말했다. 그러나 소녀는 웃으면서 거절했다. 소녀의 눈에는 호수의 푸르름이 깃들었고, 머리카락에는 태양이 버터색으로 빛나고 있었다.

그날 저녁 식사 때 클레아라와 안젤라가 식당으로 들어가서 물 마시는 곳 옆테이블에 앉자, 모든 사람의 머리가 그쪽으로 쏠렸다. 그렇지만 조리실 문 옆에 서서 쳐다보고 있던 게라트 키니아만큼 정신없이 소녀에게 눈을 박고 있는 사람은 없었다. 모녀의 테이블에서 식기를 치울 때 키니아는 그만 실수하여 나이프를 소녀의 무릎 위에 떨어뜨리고 말았다. 그녀의 어머니는 그런 조심성 없음을 나무랐지만, 소녀는 생긋 웃음을 보이고 냅킨으로 드레스를 닦았다.

"자네, 5번 테이블 여자애에게 이상한 생각을 하는 것 아냐?"

조리실에서 샘 브로크가 말했다.

"오늘 밤 내가 댄스에 데려갈 거야."

찬방 창으로 게라트 키니아는 샘 브로크가 소녀의 테이블로 다가가는 것을 지켜보았다. 안젤라가 샘을 향하여 환하게 웃음을 머금었으며, 어머니의 얼굴에 불쾌한 빛이 떠오르는 것이 보였고, 샘이 어머니 어깨 너머로 소녀를 향해 윙크하는 것이 보였다.

그날 밤, 안젤라는 조그맣게 엄마를 불러 잠이 들었는지를 확인하였다. 대답이 없었으므로 안젤라는 살짝 침대에서 빠져나와 옷을 갈아입었다. 그리고 신을 들고 삐걱거리는 마루를 살금살금 걸으며 방을 나와 가만가만 문을 닫았다.

샘 브로크는 댄스홀 건물 밖의 나무 그림자 속에서 기다리고 있었다. 5명의 밴드가 연주하는 음악이 대리석 바닥에서 튀어 잔디밭을 넘고 호수를 향하여 흘러갔다. 나뭇가지에 매단 중국풍 제등 행렬이 낭떠러지 부근에서 뚝 끊어져 정원의 경계를 나타내 주었다. 안젤라 파우엘이 샘 브로크에게 손을 내밀자, 두 사람은 몸을 끌어당기며 댄스 플로어로 미끄러져 갔다.

"작년보다 훨씬 어른스러워졌군."

샘이 말했다.

"우리 엄마 이야기를 들으면 절대 그렇게 생각하지 않을걸."

안젤라가 대답했다.

당김음 리듬에 맞춰 흔들리고 있으니 젊은 두 사람의 육체는 뜨거워졌다. 호수 쪽에서는 달콤한 바람이 솔솔 불어왔다. 댄스 플로어 위로 춤추는 사람들의 수가 늘어나자, 샘 브로크는 주위를 살펴보았다. 기둥 옆에 게라트 키니아가 서서 물끄러미 두 사람을 바라보고 있었다.

"좀 걸을까?"

샘이 말했다.

손을 잡고 걸어가다 보니, 두 사람은 어느 사이엔가 제등 행렬 바깥쪽으로 나와 있었다. 한 줄기 길이 낭떠러지 위로 이어져 있었고, 구름 없는 하늘에는 달이 휘영청 떠 있었다. 음악 소리는 들려왔지만 호텔 건물은 모래산 그늘에 가려 보이지 않았다. 은색으로 자욱

한 호수 저편에서는 고요한 수면 위에 어선의 불빛이 반딧불처럼
반짝이고 있었다.

샘 브로크는 멈춰서서 안젤라를 끌어안았다. 키스를 하자 소녀는
가만히 응했다. 샘은 드레스 위로 소녀의 가슴을 더듬었다. 상대의
손에 힘이 가해지자, 안젤라는 깜짝 놀라 자신의 반응을 퍼뜩 깨닫
고 당황하여 몸을 뺐다.

"그만, 샘. 나 오늘 첫째날이야."

"그럼 내일은 괜찮겠지?"

안젤라는 웃으며 스커트를 치켜쥐고 호텔로 향하여 뛰어갔다.

살그머니 자기 방으로 돌아가자, 소녀는 옷을 벗고 침대로 파고
들어갔다. 그리고 어머니의 숨소리를 들으면서 한동안 그대로 누워
있었다. 어둠 속에서 눈을 반짝이며 소녀는 마음속으로 일기에 샘
브로크에 관해 어떻게 쓸까 생각하였다. 불이 켜졌더라면 천장에
금이 간 것에 신경썼을 것이다. 위의 다락방에서는 게라트 키니아
가 바닥의 틈새에 눈을 갖다 대고 있었다. 그는 안젤라가 잠들기까
지 무려 한 시간을 그렇게 하고 있었다.

"도대체 어디에 가 있었느냐 말이다, 샘."

아버지이며 리조트 호텔의 주인인 헨리 브로크가 호텔 서쪽에 있
는 석회암 절벽 아래의 동굴 속에 설치한 작은 도크 위에 서 있었
다. 뱃전까지 흠뻑 물에 잠길 만큼 나무 궤짝을 잔뜩 실은 모터 보
트가 조용히 파도에 흔들리고 있었다.

"늦으면 곤란해, 이럴 때. 위에 보초는 세워 두었겠지?"

헨리 브로크의 소리가 동굴 속에 메아리쳤다.

"테이블 서비스를 하고 있는 키니아에게 망을 보라고 했습니다.
우둔한 자식이지만 눈 하나는 좋거든요."

"좋지 않으면 안 돼. 미국 연안경비대와 연방정부의 수사대가 호수 위에 우글우글하니까. 내일 밤 소다스 베이 거래처에 이걸 보내게 되어 있어. 그러니까 적하 목록을 체크해."

아버지는 아들에게 리스트를 넘겨주고 돌아갔다.

샘은 방수 시트를 걷어내고 상자를 조사했다. 아버지가 소리가 들리지 않는 곳으로 가 버리자, 케이스 하나를 비집어 열고 위스키 한 병을 꺼내 윗옷 주머니에 넣었다. 그리고 상자 수를 센 뒤 방수 시트를 본래대로 고정시키고 동굴을 나와 모래산 능선 아래의 바위를 등지고 섰다. 그리고는 동굴 입구를 어린 나무로 가리고 절벽의 길을 더듬어 기어올라갔다. 절벽 위에는 밤 하늘에 실루엣을 드러낸 게라트 키니아가 꿈꾸는 듯한 눈으로 은빛 호수를 응시하고 있었다.

"아무도 안 왔니?"

키니아는 고개를 저었다.

"그럼 이제 돌아가자. 내일은 일찍 시작해야겠지."

샘 브로크는 청년이 호텔을 향하여 어둠 속을 정확한 발걸음으로 걸어 사라지는 것을 바라보았다.

다음날 아침 꽤 강한 바람이 호수 쪽에서 불어와 잔디밭에서 크로켓에 열을 올리고 있는 여자들의 스커트를 다리에 휘감았다. 게라트 키니아는 파우엘 모녀의 방문을 두드렸다. 안에 아무도 없는 것이 확인되자, 스페어 열쇠로 문을 열고 안으로 들어갔다. 연한 화장수 냄새가 코를 간지럽혔다. 그는 어지럽게 흐트러져 있는 안젤라의 침대에서 베개를 집어 얼굴을 갖다 대고 냄새를 맡았다. 그러더니 베개를 끌어안고 그는 창가로 가서 아래를 내려다보았다. 안젤라가 혼자서 멍하니 크로켓볼을 치고 있었다.

"그 베개로 뭘 하는 거지?"

매서운 얼굴을 한 클레아라 파우엘이 수상쩍다는 듯이 서 있었다.

게라트 키니아는 홱 돌아서서 막다른 골목으로 쫓긴 짐승처럼 눈을 두리번거렸다.

"저, 저는 그냥…… 침대를 치우려고……."

키니아가 우물거리며 말했다.

"청소해야 할 방을 찾아달라고 메이드가 부탁해서……."

키니아는 침대 맞은편으로 빠져나와 문 쪽으로 갔다. 클레아라 파우엘은 다가온 젊은이로부터 베개를 빼앗아 딸의 침대 위로 던졌다.

"메이드에게 침대 청소는 오후에 하라고 해줘요. 지금부터 낮잠을 잘 테니까."

미세스 파우엘은 거만하게 말했다.

게라트 키니아는 안쪽 계단을 통해 조리장으로 내려가서 식기 선반 위의 작은 창으로 안젤라 파우엘의 관찰을 계속했다. 보고 있으려니 샘 브로크가 크로켓 잔디밭으로 다가와서 안젤라에게 가까이 갔다. 안젤라가 화사하게 웃어 보였다.

"안녕."

샘이 말을 건넸다.

"잘 있어?"

"엄마가 코를 곯아서."

안젤라가 얼굴을 찡그리고 볼멘 소리를 했다.

"넌 어때?"

샘이 물었다.

"그런 건 숙녀에게 묻는 게 아냐."

안젤라가 뽀로통하게 말했다.

"그보다 산책하러 데려가 주지 않을래?"

"어디를 가고 싶은데?"

"엄마는 잠드셨어. 으응, 우리가 어렸을 때 자주 놀러 갔던 동굴에 가볼까?"

샘이 인상을 썼다.

"그곳은 출입금지 구역으로 되었어. 지금은 위험해. 석회암이 부식해 있거든."

"나하고 둘이만 있고 싶지 않으니까 그러는 거지?"

안젤라는 약올리듯이 말했다. 그리고 스커트를 말아쥐고 동굴 쪽을 향해 놀리는 듯한 모습으로 뛰기 시작했다. 불러도 안젤라가 멈추지 않자, 샘은 할 수 없이 뒤를 쫓아갔다. 처음에는 그냥 놀릴 셈이었는데 샘이 너무 정색을 하고 쫓아오는 바람에 그대로 달음박질하며, 갈대가 빙 둘러싼 모래산을 빠져나가 절벽으로 가는 한길로 나섰다. 샘이 큰 소리로 부르며 쫓아오는 것이 뒤에서 들렸지만 계속 뛰어가자, 결국 몇 년 전 샘이 데리고 갔던 동굴 입구가 나왔다.

안젤라는 동굴로 들어가는 좁은 바윗길을 엎드려 기다시피하며 내려갔다. 물 위에 반원형의 희미한 빛이 보이고, 눈이 어둠에 익숙해짐에 따라 모터 보트의 윤곽과 작은 나무 도크가 보였다. 안젤라가 물가의 작은 돌 위에 서서 숨을 헐떡거리고 있으니, 샘이 위의 동굴 입구에서 불렀다.

"여기에 오면 안 된다고 했잖아!"

샘은 보트 옆에 서 있는 안젤라 곁으로 와서 말했다.

"이런 걸 보여주고 싶지 않았어."

"술이지? 그렇지, 샘? 술 밀수를 하는 거지!"

안젤라가 완전히 흥분하여 외쳤다.

"위스키야."

샘이 말했다.

“미국으로 보내는 거야.”

샘은 과장된 몸짓으로 방수 시트를 들쳤다. 안젤라는 시트 아래 쌓여 있는 궤짝의 양에 침을 꿀꺽 삼켰다.

“이거, 언제 운반할 거야?”

“오늘 밤에.”

샘이 말했다.

“너무 맑게 개이지만 않는다면.”

“저어, 샘, 나도 데려가 줘. 이렇게 재밌는 일은 한 번도 해본 적이 없어, 응? 부탁이야, 샘.”

“너, 어떻게 된 거 아니니? 위험한 일이야. 호수 위에는 순찰정이 우글거려. 잡히면 감옥행이라구.”

“잡히지 않아. 넌 그렇게 허수룩하지 않잖아. 누구보다도 이 호수에 관해 잘 알고 있잖아, 응? 제발, 나도 데려가 줘.”

샘은 모래산으로 올라가는 돌계단으로 안젤라를 잡아끌었다.

“그건 안 돼. 그러니 방금 본 것에 관해서는 잊어버려야 해. 너를 위해서나 나를 위해서야. 자, 나가자.”

샘은 소녀의 팔을 붙들고는 밝은 햇빛 속으로 데리고 나왔다. 안젤라는 버티고 서서 샘을 돌아다봤다.

“그럼, 어떻게 하면 데려가 줄래?”

안젤라는 샘의 입술에 키스하고 옆의 모래 위에 샘을 끌어앉혔다.

“으응, 데려가 줘, 응?”

안젤라가 아양을 떨었다. 샘은 고개를 설레설레 혼들었다. 안젤라는 다시 키스했다. 두 사람의 머리 위, 그들 쪽에서는 보이지 않는 바위산 뒤에서 게라트 키니아가 두 사람의 사랑의 교환을 내려다보고 있었다. 샘 브로크가 소녀의 흰 드레스 아래로 손을 넣는 것이 보이고, 소녀의 한숨 소리가 들렸다. 마침내 브로크가 소녀 위에 몸을 덮고 소녀의 다리를 벌렸다. 샘이 몸을 움직이기 시작하자, 소녀는 소리를 질렀다…….

게라트 키니아의 눈에 분노의 눈물이 솟구쳤다. 그는 발밑의 모래를 차고 피가 나올 때까지 아랫입술을 깨물었다. 몸을 돌려 호텔을 향해 몸을 내던지듯이 뛰어가는 키니아의 귓가에 쾌락의 신음 소리가 울려퍼졌다.

"주방장이 찾았어."

키니아가 식료품 저장실로 뛰어가서 문을 닫자, 마스터가 말했다. 어두운 저장실에서 감자와 양파 냄새를 맡으며 게라트 키니아는 지금부터 하려는 일을 마음속으로 다짐했다.

손님들이 점심 식사에 식당으로 몰려들어 호텔 종업원들이 분주하게 움직이고 있을 때, 키니아는 매니저 방에서 그 지역 경찰에 익명의 전화를 걸었다. 오늘 밤 호수 한가운데서 샘 브로크는 밀수 위스키를 실은 보트와 함께 붙잡히겠지.

"대관절 어디를 갔다 온 거니? 옷을 이 꼴로 만들면서."

모녀가 저녁 식사를 하러 내려갈 준비를 하면서 클레아라 파우엘이 딸에게 따져 물었다. 안젤라는 머리를 빗으면서 거울 속의 자신을 향해 생끗 웃었다.

"듣고 있니, 안젤라?"

"듣고 있어, 엄마. 옷 때문에 그러는 거야?"

"그래, 이것 좀 보렴. 완전히 버려 놨잖니."

"모래가 묻은 것뿐이잖아. 모래산으로 걸어다녔으니까."

"넌 이제 어린애가 아니야, 안젤라."

클레아가 말했다.

"좀 숙녀답게 행동해라. 자, 빨리 옷을 갈아입어."

두 사람이 계단을 내려오자, 게라트 키니아가 밑에서 기다리고 있었다. 안젤라 파우엘은 살짝 웃으며 지나갔다. 스쳐 지나갈 때 키니아는 어색하게 어머니한테 들키지 않도록 작은 종이쪽지를 안젤라에게 건네주었다. 테이블에 앉아서 안젤라는 냅킨으로 가리고 종이쪽지를 펴 보았다. 거기에는 커다란 블럭 스타일 문자로, '아직도 사랑하고 있습니다.'라고 쓰여 있었다.

안젤라는 그 의미를 깨닫고 얼굴이 새빨개졌다. 어리숙한 그 청년은 안젤라를 줄곧 주시하고 있었던 것이다. 그리고 모래산에 있던 안젤라와 브로크도 훔쳐봤던 것이다. 안젤라는 화끈거리는 뺨을 들고 식당 안을 둘러보았다.

"왜 그러지, 안젤라? 너, 흥분한 것 같아 보이는구나."

어머니가 물었다.

"집에 가고 싶어!"

안젤라가 말했다.

"기분이 나쁘니? 햇빛을 너무 많이 쐬었나 보구나."

"그게 아냐. 집에 돌아가고 싶단 말이야! 여기가 싫어졌어."

"조용히 이야기해. 사람들이 다 쳐다보잖아."

클레아라 파우엘은 가까운 테이블의 손님 쪽을 향해 빵긋 웃어 보였다.

"엄마, 난 이제 어린애가 아냐. 기분이 나쁜 것이 아니라구. 그만 집에 돌아가고 싶다고 말하고 있는 거라구."

"안젤라, 방으로 가거라, 어서. 알겠니? 그 이야기는 식사가 끝난 뒤에 하자."

클레아라는 후유 하고 한숨을 내쉬며 딸을 노려보았다.

안젤라는 테이블에서 발딱 일어서더니 냅킨을 내던졌다. 그리고 입구 쪽을 보면서 종종걸음으로 음료수기 옆을 통과하여 식당에서 복도로 나갔다. 게라트 키니아가 조리장 문 옆에 서 있었지만 거들떠보지도 않고 눈에 뜨거운 눈물을 글썽이며 계단을 뛰어올라가 침실로 들어갔다.

클레아라 파우엘은 식사를 끝내고도 곧장 딸의 뒤를 쫓아가지 않고 잠시 시간을 끈 뒤 일어섰다. 그러나 침실 문을 두드려도 대답이 없었다. 방에는 아무도 없었다. 걱정이 된 클레아라는 곧 아래층으로 되돌아왔다.

"혹시 우리 딸애 못 봤나요?"

클레아라는 프론트 데스크에 있는 아가씨에게 물었다.

"아뇨, 못 봤는데요."

소녀가 대답했다.

클레아라는 정원으로 통하는 문을 열었다. 밴드가 연주를 시작하였으며, 잔디 위로 달아놓은 제등에는 이미 불이 들어와 촛불처럼 바람에 조용히 혼들리고 있었다. 조각 구름이 베일처럼 달 표면을 덮고 있었다.

클레아라는 어깨에 손을 두르고 딸을 찾으러 댄스홀 쪽을 향하여 걸어갔다.

절벽 아래 동굴에서는 샘 브로크와 아버지가 위스키 운반의 마지막 준비를 하고 있었다.

"알았지? 명심해야 한다."

헨리 브로크가 소곤거렸다.

"저쪽의 신호는 짧은 플래시가 두 번, 긴 것이 두 번이야. 그것이 보이면 엔진을 끄고 가만히 있어라. 저쪽에서 올 테니까. 반드시 상대방 눈앞에서 돈을 세도록 해라. 재촉하더라도 침착하게 말이야. 알겠지?"

샘이 고개를 끄덕였다.

"자아, 부탁한다, 샘. 타라. 내가 밀 테니까."

샘이 엔진을 스타트시켰다. 좁은 동굴 속에서 그 소리는 마치 전기톱처럼 요란스럽게 귀청을 울렸다. 짐을 잔뜩 실은 배는 조용히 도크를 떠나 동굴 문을 통과하여 호수 위로 미끄러져 나왔다. 샘은 하늘을 올려다보았다. 일기예보대로 이미 한 무리의 구름이 달 표면을 덮고 있었다. 파도를 일으키지 않도록 극력 애쓰면서 스피드를 떨어뜨리고 나아갔다. 호수 기슭에서 반 마일 정도 간 지점에서 몇 척인가 밤낚시하는 어선 곁을 지나쳤다. 모든 배들은 뱃머리에 단 등불로 누구의 배인지 구분이 갔다.

갑자기 뒤에서 부시럭거리는 소리가 났다. 그리고 방수 시트가 들썩거리더니 안젤라 파우엘이 주뼛주뼛 웃으면서 나타났다. 샘은 반사적으로 화를 내며 키를 탁 쳤다.

"거기서 뭘 하고 있었어! 네가 올 곳이 아니라고 말했잖아!"

"내게 단 하나의 삶의 보람은 너와 함께 있는 거야."

안젤라가 말했다.

"배를 돌리겠어."

샘이 여전히 화가 난 목소리로 말했다.

"안 돼! 제발 부탁이야. 절대로 방해하지 않겠다고 약속하겠어."

안젤라는 좁은 갑판을 지나 샘 곁으로 와서 팔에 매달렸다.

"그럼 절대로 조용히 하지 않으면 안 돼. 그리고 불빛에 주의해 줘. 곧 국경선을 넘어 미국으로 들어가니까. 뭐가 보이면 즉시 알려 줘."

안젤라는 샘의 어깨에 기대어 뺨으로 바람을 받았다. 사랑하는 사람과 함께 있는다는 것, 그리고 함께 같은 일을 한다는 것은 멋진 일이었다.

"무슨 소리 안 들려?"

샘이 속삭였다.

안젤라가 귀를 기울였다. 희미하게 엔진 소리가 들려왔다. 샘은 드로틀 레버를 눌러 보트를 멈췄다. 엔진 소리가 점점 커졌다. 그와 함께 한 줄기 빛이 휙 어둠 속에서 나타나 수면 위에서 움직였다. 2백 미터쯤 맞은편 어둠 속에서 시커먼 형체가 떠오름과 동시에 확성기에서 외쳤다.

"우리는 미국 연안경비대다. 엔진을 끄고 정지하라. 지금 그리로 간다."

샘은 순식간에 엔진을 걸고 키를 180도 회전시키면서, "꼭 잡아!" 하고 안젤라에게 말했다. "우리 수역으로 돌아갈 테니까!"

갑자기 동력이 걸린 모터 보트는 심하게 기울어지더니 윙 소리를 내면서 달리기 시작했다. 확성기에서 다시 고함소리가 들렸다.

"엔진을 멈춰라, 멈추지 않으면 쏜다!"

샘은 키를 붙들고 보트의 스피드를 올리려고 이를 악물었다.

기관총이 불을 뿜고 두 사람의 눈앞에서 물보라가 일어났다. 안젤라는 공포에 질려 샘에게 꼭 달라붙었다. 샘은 연안경비대의 보트가 바싹 다가올 때마다 좌우로 방향을 돌리면서 달아났다. 확성기 소리는 한층 강력하고 집요하게 따라왔다. 그리고 다시 기관총 연타. 그 탄이 보트 뒷부분에 맞고 연료 탱크가 인화하였다. 엔진이 폭발하고 순식간에 배는 화염에 휩싸였다.

리조트 호텔의 손님들은 절벽 위에 모여 공포에 떨면서 미국 연안경비대의 패트롤선 스포트라이트에 호수 위로 치솟는 불길을 바라보고 있었다.

게라트 키니아도 잔인한 만족감에 고개를 흔들면서 다락방에서 그것을 보고 있었다. 그리고 안젤라 파우엘의 모습을 천장의 틈새로 엿보기 위해 어둠 속에서 가만히 그녀가 돌아오길 기다리고 있었다…….

금이 간 댄스홀의 대리석 바닥은 젖은 낙엽들로 어지러웠다. 머리 위 지붕은 썩어 뼈만 남아 있었다. 바람이 길게 뻗은 풀잎을 흔들어 썩은 건물의 널빤지를 때렸다. 바닥 위에는 푸른 데님 작업복 바지를 입은 노인이 홀로 머리속에서 울려퍼지는, 기억도 까마득한 멜로디에 맞추어 춤을 추고 있었다.

게라트 키니아의 손에는 오래된 천조각이 꼬옥 쥐어져 있었다. 그는 바람 소리와 석회암 절벽 아래의 호수 소리 반주에 맞추어 미끄러지듯이 스텝을 밟았다.

"그대에겐 흰 드레스가 참으로 잘 어울린다오."

그가 속삭였다.

"내가 지켜줄 테니까 걱정 말아요. 사랑해요! 절대로 그대 곁을 떠나지 않겠소. 언제까지라도 이 호텔에 머물기로 합시다. 그대와 나 둘이서만. 괜찮겠지요?"

마이애미에서 보낸 사랑의 편지 / 하워드 엥겔

My Vacation in the Numbers Racket

• 하워드 엥겔
Howard Engel
　캐나다의 토론토에서 태어나 온타리오주의 세인트 캐더린에서 자라
났다.
　현재 CBC(캐나다 국영방송)의 라디오 PD로 재직중.
　대표작으로는 「자살의 거리」, 「몸값 게임」 등이 있음.

마이애미에서 보낸 사랑의 편지

사랑하는 베니에게.

서리가 내려 유리창에 나뭇잎 무늬를 그린 듯한 그 호텔에서 네가 혼자 있다는 것이 문득 생각나 너에게 보내는 목소리의 편지를 녹음하는 동안, 이 녹음기가 잘 작동할 것인지 확인해 보아야겠다는 생각이 들었단다. 버튼을 잘못 눌렀거나 그런 일은 없다고 생각되지만, 애써 녹음한 것이 실수로 지워지면 곤란하니까 이 녹음을 다시 틀어볼 용기는 나지 않는구나.

듣고 놀라겠지만, 아버지와 나는 사라소타에 와 있다. 아직 마이애미에 있을 것이라고 너는 생각하고 있겠지. 마이애미에서 그림엽서를 보내려고 했지만, 여러 가지 일이 계속해서 빠른 속도로 일어나는 바람에 보낼 겨를이 없었다. 올 겨울은 시작부터 지금까지 우리가 플로리다에서 지낸 어느 겨울보다 특별했던 것 같다. 어떤 일들이 있었는지 아직 기억이 남아 있을지 자신은 없지만, 이제부터 너에게 이야기를 해주려고 한다.

지금 갑자기 생각난 것이 있는데, 그 이야기부터 하기로 하마. 그것은 '빨간 모자'에 관한 일인데, '빨간 모자'라고 하는 것은 아버지와 내가 셔얼과 함께 갔던 가게 이름이란다. 셔얼이 누군지 기억이 나니? 그 금발 말이야. 만약 나만 없었다면, 몇년 전의 아버지였으면 완전히 뿅 갔을지 모르는 아가씨지. 아버지 가게에서 일한 적도 있었는데, 그 후 미용사가 되었다가, 레너드 호텔 안에 있는 부인 모자점으로 옮기고는, 잠시 그곳에 다니는 사이에 데이브 슈타이너를 알게 되었다. 셔얼이 알고 지낸 남자 중에서 마춤 와이셔츠를 입고 있던 것은 데이브가 처음이었다. 장사면에서는 데이브는 시원치 않은 면이 있었는데, 셔얼에 관한 일에는 활기가 넘쳤었지. 아버지와 나는 마이애미에 가게 된 후부터 겨울만 되면 2~3일간 셔얼과 데이브에게 가서 묵곤 했었다. 그건 그렇고, 이야기를 '빨간 모자'로 다시 돌리겠는데, 마이애미 변두리에 있는 그 가게에 그들은 우리를 자주 데리고 갔지. 술집의 일종이고 실속 있는 싸구려 카페인데, 그 이름이 '빨간 모자'란다. "이 도시에는 이제 이 카페 외에는 술집은 없습니다."라고 할 정도의 가게에서 철야 영업을 하며, 매우 먼 곳의, 뭐라고 했더라? 그 큰 도시가스 저장 탱크⋯⋯에 둘러싸인 지역 한가운데에 있지. 그리고 길 건너 반대쪽에는 마이애미시 전역에 전력을 공급하는 발전소가 있다. 그것도 변전소라든가 그런 시설이 아니고 버젓한 발전소란다. 그런데 '빨간 모자'라고 하는 그 가게는 그런 가스와 전기를 공급하는 지역 한가운데에 있어서 말이야, 벗겨지려고 하는 네온사인이 마치 그런 일을 자랑하듯 깜박거리고 있단다.

가게에는 피아노를 치는 사람이 한 명 있었지, 자주 오는 술주정뱅이지만. 들은 바로는 예전에는 꽤나 유명했던 인물이라지만, 남의 말은 믿을 수가 있어야지. 그 주정뱅이는 마치 피아노 건반을 자기 몸을 감싸듯이 몸을 앞으로 수그리는데, 고개를 든 모습을 나는 한 번도 보지 못했어. 가게 점원이 그가 비운 잔을 술인 담긴 것과 바꿔 줄 때에도 고개를 숙인 채 들려고 하지 않더라구.

그 사람만이 그 가게의 연주자는 아니고, 재즈 연주자들이 카페에서 출연을 마치고 집에 가는 도중에 들르는, 밤이 깊은 후에 가게 되면 반드시 어떤 재즈곡을 연주하곤 했지.

내가 돌의 눈(스톤 아이)씨와 알게 되었던 밤이 일의 시작이었다. 데이브와 너의 아버지는 비지네스에 관한 일로 함께 나가고 없었고, 그 일이 끝나면 '빨간 모자'에서 우리와 만나 함께 돌아가기로 되어 있었지. 셔얼은 자기 차를 가게 뒤에 대고 나와 함께 네온 빛이 희미하게 빛나고 있는 정면 입구 쪽으로 걸었지. 한편 셔얼은 가게 주인과 농담을 하기 전에 나에게 이렇게 말했지. 내가 먼저 소개하지 않았던 사람은 누구와도 말을 하면 안 됩니다, 라고 말이야. 그렇게 하면 안전하다는 것은 나도 알지만. 그런데 내가 어떤 인간인지 너는 알고 있겠지? 나는 언제나 약간의 불량 소녀가 아니니? 그래서 나도 모르게 카운티에 앉아 있던 키가 큰 남자랑 이야기를 해 버렸지. 마치 돌로 만든 것 같은 눈을 가진 사나이였어. 그런 눈은 생전 처음 보았단다. 정말 돌로 만든 것 같았어. 너는 틀림없이, 어머니들은 모두가 돌로 얻어맞은 것처럼 파김치가 되셨던 거겠죠 하고 말하겠지만, 그래, 정말로 그랬다. 좌우간 새벽 4시가 지난 시간이어서 조금 전에 말한 대로 데이브와 마니는 볼일을 보러 나갔었으니까.

그리고 가게 안을 둘러보니 가장자리가 깨졌거나, 색이 퇴색되고 또 벗겨지려 하고 있는 것이 사방에 있었지. 술 종류를 표시한, 불이 켜지는 플라스틱은 말할 것도 없고, 미국산 맥주 이름을 거꾸로 읽을 수 있는 윈도우 네온사인까지 모두가 낡아빠진 듯한 느낌이었어. 정말 싸구려 가게지. 손님들의 질도……

진주를 몸에 걸치고, 투피스 정장을 차려입은 숙녀는 눈을 씻고 보아도 한 명도 볼 수 없는 그런 가게야. 뭐라고 해도 거긴 159번가라는 곳이고, 변두리 중의 변두리, 도시에서 외각으로 가장 끝에 있는 가게니까, 억만장자에서 악당들에 이르기까지 갖가지 타입의 사람들이 모여드는 곳이야. 들은 바에 의하면, 사장님 또는 전 시장님이 늘 그 가게에 드나들었다는구나. 셔얼이 그랬는데, 지금 소개한 그 사람은 마이애미시의 절반을 사유 재산으로 가지고 있다고 했어. 베니, 마이애미에 대해 내가 어떻게 생각하고 있는지 알고 있지? 만약 캐나다에 겨울이 없었다면, 마이애미 따위는 카스트로에게 바쳐도 되는데 말이야. 술을 마시면서 이야기를 하고 있는 그들을 보고 있노라면 악당과 억만장자의 구별이 없어져 버린다. 하지만 나라는 인간은 너도 알다시피 어느쪽이 누구든지 간에 아무 상관이 없어. 셔얼이 소개해 준 악당은 누구 할 것 없이 한 명도 빠지지 않고 나를 숙녀 대접해 주었지. 좌우간 술집에 가면, 나는 언제나 남자들과 이야기를 하지. 캐나다에서 왔고 마이애미에 사는 친구 집에 묵고 있다고 알려주면 금방 친숙해져 이야기가 흥겨워지곤 한단다. 이런 상황이어서 조금 전에 말한 돌과 같은 눈을 가지고 회색 양복을 입은 키 큰 남자와도 말을 하게 되었던 거야.

그날 밤의 악단은 대단하지 않았어. 대단하기는커녕 형편 없었다고 하는 편이 옳을 거야. 나는 절반쯤만 몸을 기울이고 듣고 있었는데, 잠시 후 〈내 마음의 풍차〉를 연주하기 시작하더라구. 돌 같은 사내는 자기 술잔을 마이크 삼아 콧노래를 하고 있었지. 나는 조금 다가가서, "저건 〈돈키호테〉 중의 넘버지요?"라고 말해 봤지.

"무슨 말씀이십니까?"라고 그 사내는 말했지.

"저 음악, 〈내 마음의 풍차〉 말씀예요. 뮤지컬 넘버 말입니다."

"아, 그거 말씀입니까."라고 그는 말했고, 나는 그 남자의 그 돌과 같은 눈을 뚫어지게 보았지.

"세르반테스 원작이죠."

"아니, 뷔르테르예요. 〈칸디드〉라고 하는 원작입니다."라고 사내는 말했어. "어디에서 들어도 알 수 있어요. 당신이 생각하고 계시는 것은 〈라 만챠의 남자〉인 것 같군요. 이것과 그것은 달라요. 〈라 만챠의 남자〉 쪽이 더 낫지요. 길기는 하지만 낫고말고요. 두 작품 모두 매우 웃기는 작품이지만요."

이 말에는 정말 탄복해 버렸단다. 그런 가게에서 돌 눈의 사나이와 의견이 일치하지 않았지만, 당신은 어느 대학을 나왔느냐고 물어보았지. 그랬더니 그는 깜짝 놀란 표정이 되어 웃으면서, 고등학교도 제대로 나오지 못했다고 대답하더라구. 나는 고등학교 1학년 때.중퇴해 버렸다는 이야기는 고백하지 않고, 책을 많이 보시나 보다고 칭찬해 주었어. 그랬더니——.

"뭐든지 질문해 보시지요." 이러는 거야.

"이건 퀴즈 문답 같은 건가요?"

"아니, 뭐라도 좋으니 물어보세요. 시험삼아 성서에 관해서 물어보시죠. 저는 성서가 전문이니까요."

"마라치는 어떤 사람이었나요?"

"마라치란 '사자 : 메신저'라는 의미로 소 예언자들 중 최후의 한 명이었어요. 책 한 권을 다 쓰기도 했죠. 이건 너무 쉬운 질문이었으니 다시 한번 물어보세요."

"나자로는 어떤 사람이었죠?"

"걸고 넘어지시려구요?"

"그건 또 무슨 뜻이죠?"

"나자로라고 하는 이름을 가진 남자는 두 명 있었기 때문이죠. 하나는 예수님이 말씀하신 비유에 나오는 남자이고, 또 하나는 죽었다가 다시 살아난 남자죠."

"그런 것은 내가 알 리가 없잖아요. 그냥 머리에 떠오른 대로 물어본 거니까요."라고 말하고, 어디서 교육을 받으셨지요라고 물었더니, 그는 소리를 내어 웃기 시작했지.

"20년간 계속해서 책을 읽었지요. 교도소에 있는 동안."

나는 하마터면 의자에서 넘어질 뻔했단다——언제였더라? 허리를 다쳐 제네럴모터스의 사원이었던 찰리 윌슨이 일으켜 주고 의사를 불러주었던 그때처럼 말이야. 어떻든 그도 내가 매우 놀랐다는 사실을 알아차렸을 거야. 나는 틀림없이 입을 바보처럼 벌리고 있었을 테니까.

"교도소에서는 책을 읽을 시간이 충분하거든요."

그는 말했지.

"성서는 다른 보통 사람들이 읽은 양보다 더 많이 읽었죠."

나는 찬찬히 그를 훑어보았는데, 교도소에서 갓 나왔다는 느낌은 전혀 없었다고. 다만 머리가 보통보다는 짧은 것뿐이었지. 그러나 그것도 별로 어색하지 않았어. 입고 있는 옷이 네 아버지 것보다 조금도 못하지 않은 훌륭한 것이었으니까. 그래서 나도 빤히 쳐다보지 않고 이렇게 물어보았지.

"20년씩이나 갇혀 있었다니, 도대체 무슨 죄를 지셨던가요?"

"무엇이든 다요."라고 그는 대답했어. 내 입이 또 바보처럼 벌어져서 얼른 다물었지. "때와 장소에 따라 거의 모든 일을 닥치는 대로 저질렀지요."라고 말하는 거야. 그러다가 자기가 저지른 일 중에는 "마누라를 살해한 것도 있었지요." 그러지 않겠니. 이렇게 돼서 나는 카운터 앞에 앉아 소리내어 웃으면서 〈칸디드〉라든가 〈돈키호테〉 혹은 성서 등에 관한 이야기를 자기 아내를 죽인 살해범과 나누고 있었던 거야. 그래서 얼이 빠져 버려 그가 하는 말을 알아듣게 되었을 때, 그는 총에 관한 이야기를 지껄이고 있었어.

"……총은 존중해야 되는 물건이라는 생각이 다분히 있어서 몸에 지니고 다니지는 않습니다. 이 더위 속에 상의 속에 총을 숨기고 다니는 일이 저는 질색입니다. 게다가 총을 가지고 있으면 골치 아픈 일에 말려들기도 하죠. 저는 총을 규제하는 의견에 대찬성입니다. 루이지애나 출신으로 신장병을 앓고 있던 옛 친구에게서 들은 얘기인데, 그 자는 가족과 가까운 친척들이 그에게 하도 성가시게 굴어 권총으로 두세 발 위협사격을 했다나요. 그런데 발사한 순간 신장투절기의 튜브가 끊어져 출혈과다로 죽어 버렸어요. 또 다른 사람 얘기인데, 자고 있는 침대 발치에 좀도둑인지 뭔지가 서 있다고 착각하는 바람에 자기 페니스를 쏴서 날려 버렸답니다. 이런! 이런 말을 해서 실례했습니다."

나는 이번에는 괜찮지만 이런 이야기는 잘 익숙치가 않다고 말해 주려고 했지.

그런데 바로 그때 카운터 안에 있던 아가씨가 나에게 음료수를 가지고 왔어. 파운데이션 밑에 파란 멍이 보이는 그 아가씨에게 주문하지 않았는데라고 말했더니, 옆에 계시는 선생님께서 주문하셨어요라고 대답했지. 하지만 받을 수가 없어요라고 말했더니, 그 아가씨는 카운터 위에 몸을 기대고 이렇게 말하는 것이었어. 이 분은 이 가게의 단골 손님이시고 매일 밤 오시지만, 다른 사람에게 사 드리는 것은 오늘 밤이 처음이세요라고 말이지. 이렇게 되면 내가 어떤 사람인데, 물론 사양하지 않고 받아 먹었지. 문제의 그 남자는 아내를 죽이고 20년간이나 옥살이를 하고 있었으니 또 무슨 짓을 할는지 모르는데, 술집 카운터에서 그 남자 옆에 앉아 이야기를 나눈 것이 바로 나란 말이야! 내가 생각해도 여유가 없었단다. 하지만 그 남자의 돌 같은 눈이 지금도 뚜렷하게 머리에 떠올라서 세르반테스와 베르테르 등의 이야기를 나눈 것을 생각해낼 수가 있단다.

하지만 여기까지가 한다라고 할 수가 있겠지. 왜냐하면 잘 들어봐. 그 남자가 나에게 함부로 무슨 짓을 저지르게 될지 알 수가 없었기 때문이야. 이런 사람에게서 술을 얻어 먹으면, 그 자는 나를 이제는 자기 손아귀에 넣은 양 생각하기 일쑤거든. 라이 위스키 한 잔에 몸이 팔려 버리는 거지.

어떻든 그럭 저럭 있는 동아 아버지와 데이브가 돌아왔어. 그리고 내가 카운터에 앉아 있는 것을 본 듯해서 나는 아버지에게 손을 흔들어 "마니, 이쪽으로 오세요, 친구를 소개할게요."라고 말했지. 데이브는 나의 이야기 상대가 누구라는 것을 알아차렸는지, 셔얼이 계속 가게 주인과 이야기하고 있는 테이블 쪽으로 가 버렸어. 아버지와 돌의 눈씨는 악수는 했지만 서로 이름은 알리지 않았어. 그것뿐이었으며, 우리는 가게를 나왔지. 내가 추측하건대, 아무래도 돌의 눈씨는 전에 어디에선가 데이브를 만난 적이 있어 데이브를 아는 눈치였어. 내가 아닌 다른 사람이었으면 그 교양 있는 전과자에게 옥중 생활에 대해 여러 가지 일을 물어봤겠지만, 나는 그 따위 짓은 하지 않아. 그 자는 그런 질문이 나오리라고 예상하고 있었겠지만, 나는 언제나 예상 밖의 일을 하거든. 이렇게 돼서 좌우간 우리는 셔얼과 데이브의 집에 돌아갔지. 두 사람의 집은 159번가 바로 가까이에 있었지. 다시 두세 잔 마시고 농담에 꽃을 피웠지. 그들의 집은 테라스와 풀이 잇는 멋진 맨션이야. 셔얼은 색깔 무늬가 있는 플라스틱 전기 스탠드 갓을 '두 인투 유어셀프 키트'에서 사가지고 와서 자기가 직접 갓을 여러 개 만들어 실내장식을 멋지게 해놓고 있었지. 셔얼의 미술 솜씨는 그 정도가 고작이야. 언제인가 그 애가 그랜샘에 살 때, 나는 그 애에게 미술에 대한 흥미를 갖게 하려고 해 봤지만, 그 애는 미술 강습회 선생을 호모로 착각해 버려서…… 그 선생 뿐만 아니라 손가락 관절에 털이 나지 않은 남자는 모두 호모라고 그 애는 생각하고 있었지. 좌우간 그들 집에 돌아가서 아까도 이야기한 대로 한잔 더하고 농담 짓거리를 했었지. 하여튼 그 강탈 사건과 보호 관찰이 붙은 집행유예 등등 여러 가지로 고통스러웠던 셔얼의 마음을 어떻게든 해서 위로해 주려고 했거든. 그런데 말이야, 베니, 착각하지 말라고. 셔얼은 자기가 저지른 강도 짓으로 집행유예가 된 건 아니니까. 그야 그 애들에게는 정말 이상한 친구가 있었다는 건 우리도 알고 있었지만, 도박을 제외하면 그 두 사람(셔얼과 데이브)은 매우 조심성이 깊단다. 셔얼은 지금도 그 랜샘에 있는 아버지 가게에서 일하고 있었을 때와 조금도 변하지 않았어. 너도 다시 한 번 셔얼을 만나지 않으면 안 돼. 언제나 그 애는 너를 좋아했으니까. 아버지 말에 의하면, 셔얼과 데이브는 넘버즈 도박에서 매우 신중하여, 셔얼은 넘버즈 도박에 발을 들여 놓고 있다는 사실을 아무에게도 알리지 않았어. 우리도 마이애미에 오게 된 후 처음 몇 년 동안은 그 도박에 대해서 아무것도 몰랐었으니까. 셔얼이 집행유예로 나왔다는 것을 알고 비로소 우리는 큰 맨션이라든가 풀 등 호화로운 생활에 대해 이상하게 여기게 되었지. 그래서, 도대체 무슨 죄 때문에 집행유예가 되었느냐고 물으니, 그 애도 사실을 털어놓지 않을 수가 없었던 거야. 그래서 우리는 매주 목요일과 토요일이면 나오는 가방이 있고, 언제나 셔얼이 그것을 그때마다 다른 모텔에 가지고 가서 번호표를 맞춰 보고 있다는 것을 생각해냈지.

그래서 말인데, 너도 잘 알고 있듯이 개미 한 마리 죽이지 못하는 아버지가 말이지, 그 일에 완전히 빠져 버렸어. 전에 두 번쯤 셔얼을 대신해서 그 가방을 날라준 일이 있었고, 셔얼이 금액을 계산할 때 그 일을 도와준 적이 있다는 것을 아버지는 생각이 난 거야. 아버지에게 그런 일은 가게에서 장부 정리하는 것과 조금도 다르지 않았던 거야. 하지만 나는 그런 일에 끼어든 것이 싫었어. 배경은 마피아겠지 하고 생각해 봤는데, 셔얼의 말은 어떤 독립된 그룹이 하고 있는 일이라고 했어. 그래도 마피아에게는 연줄이 있는데, 마이애미에서 무언가를 하려면 뒤를 봐주는 등 그런 힘을 제공받기에는 역시 마피아에게 신세를 져야지 경찰은 아무 소용이 없어요라고 말했어. 올해 우리가 마이애미에 도착했을 때 셔얼이 알고 있는 마피아 놈들에게 관련되지 않을 수 없는 일이 생겼었단다. 공항에서 아버지가 아무리 애를 써도 차를 빌릴 수가 없어서 하는 수 없이 셔얼에게 전화를 했더니, 어떻게 해 보겠어요라고 대답을 했지. 그런데 30분도 지나기 전에 렌트카를 빌릴 수 있었을 뿐만 아니라 그 차를 가지고 온 사람이 주행 거리계의 표시 바늘을 2백 마일이나 되돌려 줘서, 우리는 2주일 내내 그 차를 타고 다녔지만 아버지 주머니에서는 80달러밖에 나가지 않았지. 만약 지금 너에게 하고 싶은 말이 이렇게 돈을 절약할 수 있었다는 이야기뿐이었다면 펜으로 편지를 써서 보냈지, 이렇게 녹음을 하지는 않았을 거다. 내가 편지를 쓰는 것을 얼마나 싫어하는지 너도 알고 있잖니. 아버지는 달필로 편지도 잘 쓰시지만, 너랑 너의 형은 나를 닮아 버렸어. 만약 집에 편지를 써 보내지 않으면 헤엄을 못 치게 한다고 너에게 말한 합숙소 지도원의 말을 기억하고 있겠지?

그건 그렇고, 내가 말하는 것을 오해하지 말기 바란다. 아버지와 엄마는 범죄자가 되어 버린 것은 아니니까. 그런 엄청난 일은 하느님께서 용서하시지 않을 것이다. 그리고 너는 잊어버렸을지도 모르지만, 셔얼은 이 세상에서 첫째 간다고 할 정도로 선심이 좋고 멋진 여자란다. 여자 친구로는 더 없을 정도이고, 아버지에게도 항상 마음을 써주고 있다. 그런데 사실은 그 애는 별로 바람직하지 못한 사람들과 사귀게 되어 버렸어. 데이브도 그렇고. 언제였는지 데이브가 셔얼의 맨션에서 테라스 벽에 셔얼을 몰아세우고 몸을 흔들며, 공판에서 투우의 이름을 말하지 않는 댓가로 투우에게서 받은 돈의 절반을 내놓으라고 강요하고 있는 것을 나는 보았어. 투우는 늘 셔얼에게 잘 대해 준 사람이야. 맨션 관리를 하기도 하고, 셔얼의 출납을 돌보기도 하며, 아마 전에는 셔얼에게 애정을 갖고 있었던 것이 아닐까? 그랬다고 해도 놀라운 일이 아니지. 좌우간 투우는 자기 몸 대신에 옥살이를 한 댓가로 5만 달러를 셔얼 들에게 주었다는구나.

5만 달러를 받은 셔얼과 데이브는 그 돈을 눈 깜짝할 사이에 다 써 버렸단다. 빨리 쓰지 않으면 없어진다(?)라고 생각하고 있는 것처럼 물쓰듯 써 버렸나봐. 여하튼 그 두 사람은 옛날부터 신분에 맞지 않는 생활을 하고 있었으니, 5만 달러나 되는 돈을 다 쓸 때까지 4주도 걸리지 않았던 것도 무리가 아니지.

게임은 뭐든지 할 수 있는 칼라 T.V., 폴라로이드 카메라, 뭐든지 닥치는 대로 사제꼈지. 셔얼은 새 밍크코트까지 사들였단다. 그렇게 따뜻한 곳에 살면서 말이야! 원래 있던 것도 3년도 안 입었는데.

베니, 아버지와 엄마를 오해하지 말아라. 앞에서도 말했지만, 처음 마이애미에 왔을 때에는 넘버즈 도박을 꿈에도 생각하지 않았었어. 그 이유는, 그 도박에 관련되면 언제나 누구에게 미행당하고 있지 않나 조심하고 있었기 때문에 차로 한 바퀴 돌아보고 맨션 근처에 수상한 차가 없는지 늘 확인하곤 했지. 그런 일이 여러 번 있었어. 그리고 말할 필요도 없지만 아버지는 넘버즈를 맞추는 것을 도와주었을 뿐만 아니라, 데이브와 함께 흑인용 술집에 가서 판돈을 수금하기도 하고, 결과가 좋으면 상금 배달까지 했단다. 베니, 우리는 도대체 너에게 뭐라고 말하면 될까? 이렇게 건달들 장사와 관련 있는 교육을 우리는 아무것도 받지 않았거든. 다만 그뿐이란다. 아버지는 지금까지 계속 장부를 잘해 오셨으니, 이름이 쓰여 있지 않은 장부를 보면 당연히 이상하게 여기게 되지. 네가 놀라서 기절하면 곤란하니까 말해 두지만, 우리 역시 깜짝 놀랐지. 눈을 떠보니 완전히 진흙탕 속에 빠져 있었다는 거야.

플로리다에서는 벌써 수년 전부터 넘버즈 도박이 성행했지. 우리와 관련된 조직은 디트로이트에서 진출해 온 폭력단이 지배하고 있다. 길이 10센티, 폭이 5센티쯤 되는 네모난 종이에 번호가 쓰여 있고, 그것은 여러 장씩 고무 밴드로 묶여 있지. 이 도박은 꽤 번창하고 있는데, 속임수를 쓸 수 없게 되어 있어. 그 번호는 자메이카에서 있었던 첫번 경주와 산타에니타에서 있었던 최종 경주 등에서 이긴 말의 번호를 짠 거야. 모두 유리로 덮여 있어서 자기가 산 번호가 맞으면 바로 알 수 있고 빗나가면 2달러 날리게 되는 거지.

2달러를 걸어 이기면 2백 달러 아니면 그 이상 받게 되나봐. 특별 짜임의 번호라면 말이야. 복권과 같은 거지. 거의 다 빗나가지만, 투우를 수령으로 하는 폭력단은 2, 30만 달러나 손해를 볼 때도 있어. 언제였는지, 2, 3년 전에 데이브가 그랬는데, 어느 날 투우는 택시값도 남에게 빌릴 정도였지만 1주일 후에는 한 회사의 사장이 되었더라는구나. 당연한 일이지만 대개 본토 폭력단은 손해를 보지 않는데, 속임수를 쓰는 것은 아니야. 여기저기서 행해지는 경마의 전부가 짜고 있다는 건 있을 수 없지. 불량배들이 하는 장사치고 이보다 더 정직한 건 없단다.

강도 사건과 맨션이 습격당해서 셔얼과 데이브가 투우 대신 잡혀 들어가는 사건이 일어난 것은 작년 여름이었어. 셔얼의 말이 아니지만, 우리는 불꽃놀이 대회를 볼 수 없게 되어 버렸지. 공판도 방청할 수 없었어. 그런 일들을 모두 볼 수가 없었단다. 올해 우리가 마이애미에 왔을 때에는 분위기가 약간 변해 있어 기분이 섬찟했었어. 데이브를 보자 나는 소름이 끼쳤을 정도였지. 아버지는 데이브를 좋아하셨는데, 나는 정직하게 말해서 데이브를 한 번도 좋게 생각한 점이 없었어. 데이브는 셔얼의 다른 남자들과 달라 거구이며 살결도 검었지. 지중해 연안 타입이라고나 할까. 늘 상의 밑에 총을 숨기고 있는 것처럼 보일 정도로, 보통보다 20킬로그램이나 살이 더 찐 거구, 그 외에는 아무것도 가지고 다니지 않는 사람이지.

좌우간 공판이 끝나자 셔얼과 데이브는 출소했어. 왜 셔얼을 국외 추방하지 않았는지, 나는 알 수가 없다. 셔얼이 마이애미에 계속 살 수 있는 이유를 알 수 없다니까. 두 사람을 변호한 그 변호사 때문이겠지. 셔얼이 왜 자기의 그 맨션을 떠나려 하지 않는지 그 이유는 알 수 있지. 정말 아름다운 곳이거든. 게다가 셔얼은 개도 키우고 있어. 매기라고 하는, 정말 작고 귀여운 푸들인데, 나도 그 매기가 너무 좋단다. 보통 경우라면 나와 개 사이는 좋지 않아 서로 견딜 수 없는 사이라는 건 너도 알겠지. 개도 내 마음을 알고 나도 개의 마음을 알 수 있어 문제가 생긴 일은 지금까지 한 번도 없었어. 그런데 아까부터 말한 것은 개 이야기가 아니라 맨션 이야기였지. 아니었나? 그 맨션은 그야말로 대궐 같아. 그렇게밖에는 표현할 수가 없어. 침실이 다섯 개, 테라스, 풀, 전망용 발코니, 정직하게 말하지만 아버지와 내가 이쪽에 이사를 하고 싶을 정도니까. 그리고 원하는 것이 있으면 뭐든지 갖다 주는 사람을 셔얼과 데이브 그리고 투우가 알고 있다고 하니 정말 죽여 주는구나. 저기, 어디까지 말했지? 그래그래, 맨션 이야기였지. 정말 멋진 맨션이란다. 너에게도 보여주고 싶을 정도로. 어쨌거나 내가 말하려고 한 것은 강도 사건 이후 그 사람들——이라기보다 셔얼——은 그 맨션을 너무 험악하게 다루었단다. 그 애는 불쌍하게도 풀이 죽어 버렸어. 하기야 저 정도로 쓰라린 경험을 했으니 무리가 아니지. 지옥살이와 같았음에 틀림없었을 테니까.

여자란 그런 상태에서는 남자라면 고민하지 않는 그런 일에도 겁을 먹게 되는 경우가 있단다. 그래, 셔얼은 지옥의 고통을 맛보았던 거야. 그럼 데이브는 어떤가 하면 살짝 긁힌 자국 하나 없다고 들었어. 애당초 현장에는 있지도 않았으니까. 데이브란 남자를 나는 한 번도 믿은 적이 없지. 영화에 나오는 살인범과 같은 인상인데다가 정말 살인자처럼 보이는 듯한 짓만 골라서 한다니까. 남성적인 무법자라고나 할까. 하기야 셔얼이 성가대 남성 같은 타입에 반한 적이 한 번도 없기는 했지만. 전에도 말한 대로 그 애는 늘 살결이 검고 튼튼하고 목 사이즈가 18쯤 되는 남자에게 뽕 가는 아이였지. 게다가 대부분의 남자는 천박해서, 그 애가 결혼한 페란 로드의 그 청년과는 차원이 틀리지. 그 청년은 진짜 온유함을 풍기고 있었는데, 셔얼은 그 청년을 거들떠보지도 않았어. 화려한 타입을 더 좋아했나봐. 소홀히 하지 않을 수가 없었던 거지. 셔얼의 남자들은 술에 취하면 언제나 돈을 쓰는 솜씨가 대범해지지. 차를 대는 곳에 고급차를 세워두는 것을 좋아하는데다, 그것 말고도 다른 차도 갖고 싶다고 하는군. 한 대 두 대로 모자라 세 대째도 탐을 낸다는구나. 셔얼이 밍크 코트를 여러 벌 사는 것처럼.

넘버즈를 사방에서 모아 계산하는 장소는 매번 다른 곳이야. 셔얼은 처음에는 자기 맨션을 이용하고 있었지. 그러다가 어느 날 밤 맨션을 이용하는 것은 좋지 않다고 생각하게 되었지. 그런데, 놀랍지 않니? 넘버즈 도박을 하고 있다는 증거가 되는 물건이 몇 개월 만에 맨션에 놓여 있었던 그때를 연방 경찰이 알고 있었다니 말이다. 다만 운이 나빠서 그런 건 아니거든. 내가 밤을 새며 읽는 미스터리에 나오는 것과 같이 누군가가 불었던 거야. 그래서 그들은 어쩌다 손에 넣은 돈을 날려 버렸을 뿐만 아니라 세무서하고도 싸우지 않으면 안 되게 되었지. 국세청에서는 넘버즈 도박에서 번 돈을 소득으로 인정하고, 게다가 그것은 신고하지 않은 소득으로 인정하고 싶은 거지. 즉 몇십만 달러나 가지고 있으면서 공식적으로는 동전 한푼도 없다는 거지. 뭔가 비리가 있었음에 틀림이 없어. 투우와 투우 전에는 그의 사촌이 벌써 몇년간이나 넘버즈 도박을 하고 있었는데, 그때까지는 아무 일도 없었으니 말이야.

공판이 끝난 후, 이번에는 강도 사건이 일어났어. 셔얼의 생각은 어딘가 수상한 데가 있었다는데, 그렇게 생각하는 것도 무리가 아니라고. 올해 우리가 이곳에 와 보니, 셔얼은 완전히 인간이 변해 버리고 있더구나. 뭐라고 하면 좋을지, 특별한 데가 없어져 버렸다고나 할까, 남자라면 모두 뒤를 돌아보던 특별한 데가 말이야. 셔얼과 우리는 오래 사귀었고 아주 친했던 것은 너도 알고 있겠지? 같이 고생을 이겨낸 적도 있었단다. 그러니까 그 비행기에서 내렸을 때 아버지와 나는 그 애를 보고 즉시 느낄 수가 있었지.

잘 들어라, 베니. 셔얼은 아버지에게 정말 마음을 잘 써주고 아버지도 아버지의 할 일이 있는데 그냥 방관할 정도의 인정머리가 없는 사람은 아니지 않니? 말보다 행동, 이것이 아버지의 신조가 아니었니? 그래서 아버지는 바로 맨션 대청소를 시작하셨지. 셔얼이 정말 심할 정도로 엉망으로 살고 있었으니까. 그런 고생을 했으니 무리도 아니지만. 나는 매기를 돌봐 주었지. 그 푸들견 말이야. 아버지는 정원 손질을 하는 것을 좋아하셨지. 나는 그 방면에는 통 무재주여서 어떻게든 해서 없애 버리려고 한 주방에 있던 담쟁이 덩굴 말고는 아무것도 키우지 못했을 정도야. 그 담쟁이 덩굴 말인데, 내가 만약 살려 두려고 했더라면 벌써 죽었을 거야. 나는 그 모양이지만 아버지는 재능이 있는 편이어서, 셔얼의 맨션 마당에서 일을 시작하여 풀을 깎기도 하고, 담을 다듬고, 고무나무 손질도 하고, 말라 버린 식물들을 치우기도 했지. 아버지는 1년생 식물을 이것저것 샀지. 이곳에는 1년 내내 언제든지 1년생 식물이 있거든. 그래서 우리 집에 있는 것과 같이 잘 손질된 마당을 맨션 테라스 주변에 만들어주었지. 정말 아버지는 그런 일에 능숙하셨어. 나는 얼음에 탄 위스키를 조금씩 홀짝거리면서 앉아 구경만 했지만. 하하하…… 이게 바로 내 참모습이거든. 유달리 일이라면 그렇게 되어 버리니 어쩔 수 없어. 셔얼은 아버지를 정말 좋아했지. 언제나 그랬어. 그렇다고 해서 아버지를 유혹하는 일은 하지 않는 사람이지. 오히려 아버지가 그 애의 갓난아기 같은 푸른 눈을 뚫어지게 지켜보며 매료되어 버리는 염려가 더 많을 정도지. 그야 아버지를 나는 믿고 있지만, 아버지도 인간이니까.

모두가 아버지를 좋아하지. 한 명도 예외 없이 말이다. 너의 아버지께는 어딘지 온유하신 데가 있나봐. 살갗 냄새로 알 수가 있어. 나는 어떠냐구? 글쎄, 나도 꽤 특별한 여자라고 사랑하고 있어. 어떻든 아버지는 풀을 깨끗이 치웠어. 때를 벗기고, 진공 청소기로 먼지를 빨아 버리고, 바닥에 붙어 있는 끊어진 전구를 갈아끼웠지. 겨우 맨션이 다시 광이 나기 시작하자, 셔얼도 자기 틀에서 빠져나오기 시작했어. 매우 강하게 말을 하는 때가 있는데도 우리 앞에서는 그런 내색을 하지 않았어. 단 한 번도 없었지, 그런 태도를 취한 적은. 그 애에게는 우리는 언제나 특별한 존재였으므로, 그 애가 우리 앞에서 연극을 하는 일은 없었던 거야. 어느 날 밤, 그 애가 풀에 야간등을 켜서 셋이 함께 수영을 한 적이 있었어. 셔얼은 그 청녹색 빛 속에서도 역시 아름답게 보였단다. 예전처럼 비키니를 입지는 않았지만. 우리는 풀에서 나와 몸을 말리고 한잔 하기 시작했는데, 그제서야 나는 힘이 생겨 강도 사건에 대해 그 애에게 물어볼 수가 있었어.

　새벽 4시 조금 지나 셔얼이 맨션에 들어와서 차를 세우고 집에 들어갔지. 데이브는 함께 있지 않았어. 문을 열어보니 안에서 놈들이 기다리고 있었지. 뒤에서 셔얼의 목과 입을 잡았어. 셔얼에게 보인 것은 스타킹을 덮어쓴 놈들의 얼굴뿐이었고, 그 애의 비명 소리는 고무장갑으로 차단되었지. 놈들은 셔얼의 눈을 가리고 입에는 반창고를 붙여서 의자에 묶었어. 놈들은 처음에는 셔얼을 강간하겠다고 말하고 있었는데, 셔얼은 심장이 나쁘다고 말해 폭행을 당하진 않았지. 그런데 한 가지 재미있는 일이 있단 말야. 셔얼이 목이 긴 스웨터 밑에 다이아몬드 펜던트를 하고 있던 것을 놈들은 알고 있었어. 너무 이상하지 않니? 셔얼에 대해 뭐든지 다 알고 있었다니까, 그 놈들이. 두 벌째 밍크 코트까지 알고 있었어. 어느 것이 셔얼의 차인지도 알고 있었고. 하여간 시간을 들여서 '돈이 되는 것'이면 뭐든지 찾아냈어. 책에서 읽은 것 같군. 강도들은 자기들끼리 네스카페 커피를 끓여 먹고, 베개, 매트리스, 쿠션이 붙은 의자 등 가리지 않고 칼로 갈기갈기 찢어 버렸지. 셔얼의 사진까지 잘라 버렸다는 거야, 불쌍하게시리! 놈들이 돌아갔을 때에는 새가 지저귀는 소리와 옆집에서 차가 나가는 소리가 들렸다는구나. 159번가가 이제 동이 트기 시작했음을 셔얼은 알 수가 있었다는 뜻이지. 강도들은 풀 옆 헛간에서 산(酸)을 꺼내다가 풀에 던지고는 셔얼의 차를 타고 달아났는데, 그 승용차는 수일 후 찾았다더구나. 경찰관이 찾았는데 차 말고는 아무것도 찾을 수가 없을 것 같다, 다른 물건이 나오기 전에는 애를 써도 어쩔 수 없어요, 라고 경찰관이 말했다는군.

　그 반지! 셔얼은 7백 달러 상당의 푸치와 다이아를 가지고 있었지. 그 다이아의 컷은——그건 어디에서도 볼 수 없는 류의 다이아였대. 그런데 무엇보다도 쇼크를 받은 것은 풀 건이라는구나. 셔얼은 풀 얘기는 말도 못할 정도로 풀이 죽어 버렸어. 풀에 산을 던졌다는 얘기는 데이브가 해줬어. 뉴욕에 가 있던 데이브에게 셔얼이 전화로 알리고 나서, 데이브가 돌아와 보니 셔얼은 볼 수 없을 정도로 파김치가 되어 있었다는군. "한 달 정도는 폐인과 같았어요. 그렇지, 셔얼?" 데이브는 그렇게 말하고 있었어. "풀 얘기를 셔얼에게 할 용기가 나지 않았는데, 셔얼은 왜 풀의 물을 빼 버렸느냐고 계속 투덜대고 있었어요. 그랬지, 셔얼? 저는 셔얼에게 거짓말을 하려고 해 봤지만 먹히지가 않아서 하는 수 없이 사실을 알려 줬어요. 그랬더니 또 셔얼이 떨기 시작했죠. 하지만 이젠 괜찮아요. 맞지, 그렇지 셔얼?" 셔얼은 그 일로 소름이 끼치고 있었던 거야. 수영하려고 풀에 들어갔더라면 산 때문에 피부가 상했을 테니까. 그 일을 생각하기만 하면 속이 울렁거릴 정도지. 이상하게도 강도들은 내가 지금까지 말한 것 외에 질이 나쁜 피해를 맨션에 가하지 않았는데, 풀에는 그런 나쁜 짓을 했던 거야. 그런 심한 일을 저지르는 사람의 마음을 나는 도무지 알 수가 없단다.

다음날――이었다고 생각되는데――셔얼과 우리 부부, 셋이서 쇼핑하러 갔었어. 데이브는 볼일이 있어서 없었고, 나는 남부의 맛을 조금이라도 너에게 전해 주고 싶어서 그림엽서를 사고 싶었지. 사무실 게시판에라도 붙여두면 좋을 것 같아서. 네가 그쪽에서 우리 집 식물을 돌봐주고 너의 형이 우리 소식을 며칠마다 한 번씩 받고 싶어하는 것을 나는 알고 있었으니까. 반면에 너나 형은 단 한 줄이라도 편지를 써 보내려고 생각하지는 않았을 테지. 어떻든, 그래서 상점가에 가서 돌아다니고 있었는데, 갑자기 셔얼이 겁에 질린 듯, "빨리 여기를 떠나야겠어요. 그럼 나중에!" 하고 말하고는 사람들 속으로 들어가서 반대쪽 끝에서 나가 버렸단다. 나는 여우에게 홀린 것같이 넋이 빠져서 아버지를 보니, 아버지도 말없이 나를 뚫어지게 보기만 하실 뿐, 우리는 잠시 멍하니 서 있었지. 셔얼이 허겁지겁 그 자리를 떠나갔음을 분명하게 알게 될 때까지 1분쯤 시간이 지났을 것 같았어.

하여튼 대여섯 장쯤의 그림엽서를 사고 자판기에서 우표를 몇 장 산 후 너의 형 앞으로 엽서를 쓰고 있는데, 아버지가 내 팔꿈치를 꼬집었어. 고개를 들어보니 아버지는 3미터쯤 떨어진 곳에 서 있는 두 명의 남자 쪽을 턱으로 가리켰지. 그 남자들은 우리를 감시하고 있었던 거야. 하나는 스포츠 점퍼를 입은 뚱뚱한 남자였고, 다른 하나는 지퍼가 달린 연하늘색 방한복을 입고 있었지. 우리를 감시하고 있는 것은 확실했어. 우리가 그 자들을 보자, 방한복을 입은 꺽다리가 다가와서 셔얼은 어디 있지라고 물었지. 너는 어떻게 생각하니? 기분이 좋은 일은 아니잖니. 그래서 나는 말했지. 셔얼이 어디를 가든 당신과 무슨 상관이냐고 말이야.

그랬더니 그 남자는, "이렇게 눈치가 없기는."하고 말하는 거야. "우린 그 애 친구라구. 데이브도 같이 왔나?" 남자는 친근감 있게 그리고 애써 부드럽게 말하려고 고심했고, 뚱뚱한 남자도 계속 끄덕이다가 얼굴에 미소를 띄웠어. 나는 안됐다는 듯이 그들에게 말했지. "그 사람, 볼일이 있어서."

"한 발 늦었군. 그럼 당신들만이라도 숙소까지 차로 바래다 주겠소."

"그럴 필요는 없어요." 나는 말했지. 호의는 고맙지만.

"우리는 159번가를 지나가는데." 다른 사내가 말했어.

"지금 쇼핑하고 있는 중이라서." 아버지가 말씀하셨지. "상관 말 아주게." 아버지는 못을 박아 버렸지.

"실례지만 꼭 차로 바래다 줘야겠소."라고 말하고 키 큰 남자가 내 팔을 잡으려 했어. 가까이 왔을 때 갓난아기처럼 땀띠분 냄새가 났지. "바로 앞에 차가 있다구." 이러는 거야.

내가 아버지를 보니, 아버지도 나를 보셨어. 우리는 그들이 시키는 대로 하는 수밖에는 없을 것 같았지.

사내들은 둘 다 싱글벙글 웃고 있어서 무섭게는 보이지 않았으니까. 키가 작은 쪽은 영화에 나오는 건달 같았지만, 우리에게 닥친 현실이지 영화가 아니라구, 라고 나는 내 마음에 대고 말했지. 마이애미에서 휴가를 보내고 있는 부부에게 영화와 같은 일이 생길 리가 있겠는가고. 우리는 두 남자를 따라 상점가 끝에 다른 차와 나란히 세워진 차가 있는 곳까지 갔지. 차 안에는 운전석에 남자가 하나 앉아 있고, 엔진은 켜 놓은 채였지. 나는 조금 불안해지고 있었지만, 그 남자가 전에 '빨간 모자'에서 만났던 '돌의 눈'임을 알자 안심이 되었어. 그는 나를 보고 누구인지 알자 놀라는 기색이었단다. 그런데 눈웃음도 짓지 않고 한마디 말도 하지 않았어. 다만 차에서 내려 뒤쪽으로 와서 내가 타는 문을 열어줄 뿐이었지. 아버지와 나는 방한복을 입은 남자와 함께 뒷자석에 앉았고, 돌의 눈과 뚱보는 앞자리에 앉았지. 잠시 동안은 아무도 입을 열지 않았어. 아버지는 옆 창문에서 밖을 내다보았고, 나는 앞자리에 앉아 있는 남자들의 뒤통수에서 눈을 떼지 않았어. 이제 어떻게 될까? 이 자들에게 끌려가는 곳은 어디일까? 도저히 알 수가 없을 것 같았어. 내게는 마이애미의 큰 거리는 모두 똑같이 보이니까 말이야. 그런 생각을 하고 있는데, 잠시 후에 큰 가스 탱크가 나타나기 시작해서 어디쯤인지 대충 짐작이 갔지. 돌의 눈은 텅 비어 있는 주차장에 차를 몰고 가서 뒤쪽을 돌아보고, "어떠세요, 함께 한 잔씩 마시지 않겠어요?"라고 하더군.

비를 손에 든 여점원이 가게는 끝났습니다라고 말하려고 했는데, 남자들은 아랑곳하지 않고 점원 앞을 지나서 가게에 들어갔지. 낮에 보니 가게 안은 좀 달랐어. 어둡고 침침한 곳은 보이지 않았고, 면적도 두 배 정도로 넓어 보였어. 돌의 눈은 아버지를 쳐다봤는데, 나에게 "잠깐 카운터에 앉아 주실래요! 친구와 얘기를 하고 나서 바로 올 테니까요."라고 말했어. 그리고 두 남자와 저만치 떨어져 앉아서 말을 주고 받고 있었어. 5분쯤 지나서 돌의 눈이 카운터로 와서 우리 옆에 앉았지. 나는 얼음을 탄 라이 위스키를 찔끔찔끔 마시고 있었지. 아버지도 그랬고. 즉각 점원이 와서 한마디도 물어보지 않고 술을 돌의 눈 앞에 갖다 놓더군.

"나와 저 아이들은 여기 마이애미에서 당신들이 어떻게 지내시는가에 대해 약간 관심이 있어요. 즉, 이곳에 요양차 오셨는지, 아니면 어떤 분을 방문차 오셨는지? 어떠세요, 그들이 걱정되는 것은 당신들은 요양차 오신 곳에 살려고 하는 것은 아닐까 하고 그런 말을 우리는 저쪽에서 했어요. 도대체 당시들은 우리 교제 그룹 중에서 어떤 위치를 차지하고 있나 하는 점에서 추측을 하고 있는 중입니다. 그야 계속 추측을 해도 되는 일이지만, 당신들 본인 입으로 두세 마디만 말해 주신다면, 의문은 모두 풀리겠지요. 자, 어떠세요, 어떤 대답을 들을 수가 있을까요?"

다른 두 남자가 자기들 자리에서 일어서지는 않고 몸을 우리 쪽으로 내밀어서 우리가 하는 말을 한마디도 놓치지 않고 들으려고 하는 것이 보였지. 아버지는 속상한 것 같아 보였어. 마치 후추가루가 떨어져서 할 수 없이 내가 후추 대신 마늘가루를 썼을 때에 보이는 그때의 표정과 똑같았어. 결국은 언제나 그렇듯이 입을 크게 벌리면서 말한 것은 엄마였다니까.

"우리는 이곳에 온 지가 2주쯤 됐어요. 체류 예정은 3주예요. 당신은 관광과에 관계되는 관리가 아니잖아요? 그런데 왜 탐색을 하고 그러죠?"

　물론, 그 자들이 관광객 조사계 직원이 아니라는 것은 알고 있었지만, 비꼬는 데는 선수가 아니겠지. 알고 있지, 엄마 성격을? 돌의 눈은 엄마의 대답을 머리속에 생각하면서 천천히 술을 한 모금 마셨지.

　"그렇다면 1주일 후에는 캐나다로 돌아가신다——그런가요?"

　"물론 장사 같은 건 하지 않아요."

　"그럼 됐어요. 그것만 알면 되니까요. 곧 올게요."

　돌의 눈은 두 남자에게로 가서 다시 소곤거리기 시작했어. 아버지는 자기 손톱을 보고 있다가 나에게 힘 없는 미소를 보였지. 그때 돌의 눈이 우리 옆으로 돌아왔어. 아버지는 돌의 눈이 우리 옆에 오기 전에 다음과 같은 말을 하실 시간이 있었지.

　"걱정 말아요. 잘될 테니까. 보고만 있으라고."

　돌의 눈은 번갈아 우리 얼굴을 보고 나서 술잔을 집었지. 그리고 술잔이 비어질 때까지 말없이 주머니에서 홀치기 염색을 한 손수건을 꺼내서 입가를 닦고 있었지.

　"자아, 원하신다면 언제든지 댁까지 차로 모셔다 드리겠습니다."

　돌의 눈은 여전히 웃지도 않았단다. 그 남자는 웃는 것을 한 번도 못했을 거야. 그런데 그때만큼은 웃지는 않았지만 미소진 얼굴에 가장 가까운 표정이었어.

　"한 가지 부탁이 있는데요."

　돌의 눈은 내가 의자에서 내려오자 말했지.

　"데이브와 셔얼이 하고 있는 장사에 끼어들지 말아 주었으면 고맙겠습니다."

　나는 끼어든 적이 없다고 말하려고 했더니, 아버지가 한마디도 못하게 내 팔을 잡았어.

　"장사가 어떤 것인지는 알고 계시겠지요?" 돌의 눈은 계속했단다. "장사를 하고 있으면 외부인에게 과민상태가 되어 버려서, 이해하시겠지요. 어제 말씀드린 칸디드는 함부로 끼어들어서 몇 번이나 납작코가 되어 버렸지요. 이런 말을 하는 것도 호의 때문인데, 다시 말해서 친구들은 나처럼 남의 일을 이해하지 못한다는 것을 알아두십시오." 이때쯤에는 '빨간 모자'에서 나가려 하고 있었고, 돌의 눈이 아버지와 나를 위해 문을 열어주고 있었는데, 밖에 나가니 나를 주차장 옆까지 데리고 가서, "잘 들으세요. 제 말대로 하셔야 됩니다."라고 말하는 거야. "1주일 안으로 캐나다로 돌아가시는 게 **빠**르면 **빠**를수록 좋으며, 여기서 보신 것에 대해서는 일체 입 밖에 내지 말아야 합니다. 이것뿐입니다." 그 냉랭한 눈은 걱정스러운 빛을 띠우며 한참 나를 지켜보고 나서, "자아, 이제 댁까지 모셔다 드리겠습니다."라고 말했어.

셔얼의 맨션까지 돌아가는 동안 긴장은 완전히 풀리고 있었어. 땅딸보는 멕시코만에 탱커 기름이 유출되었다는, 열 살난 아들에게서 들었다는 얘기를 하고 있었고, 남자들은 세 명 모두 그 사고의 피해에 대해 화제를 삼고 있었어. 돌의 눈은 선적하는 등록법이 너무 허술해서 그런 결과가 된다고 말하면서, 어디에선가 시행되고 있다는 해운업법에 대해 말했고, 하늘색 방한복을 입은 남자는 차가 셔얼의 맨션 앞에 섰을 때 산성비에 대한 말을 하고 있었어. 또한 남자는 젊은이들이 생태계에 관심을 모으고 있는 것에 매우 감탄하며, "대단하다니까, 요즘 젊은이들은 자원을 보호하거나 보존하는 것을 그토록 바라고 있으니."라고 말했어. 이것이 최후였고, 우리는 차에서 내려 그들과 헤어졌지.

그리고 맨션 안에 들어갔는데 별다른 이상은 없었어. 그런데 한 시간쯤 지나서 셔얼이 돌아와서 조금 전에 일어난 일을 말했더니, 그 애는 매우 흥분하며 먼저 정리장 안에서 데이브의 물건이 사라졌음을 알고 떨기 시작했고, 화장대를 살피고 나서 이번에는 울기 시작했단다. 조금 전에 만난 세 명의 남자가 어떤 인상이었냐고 물어서 대답해 주었는데, 그리고 나서 1분도 지나기 전에 짐을 꾸려서 리무진을 타고 공항을 향하고 있었던 거야. 어때, 상상할 수 있겠니? 조금 전까지 양지 바른 테라스에 앉아서 긴 글라스로 차가운 음료수를 마시고 있었는가 하면, 다음 순간에는 벌써 짐을 정리하고 있었고, 셔얼이 열심히 미소지으려 했지만 여자의 마음은 숨길 수가 없지. 셔얼은 항공회사 터미널까지 전송해 주었고, 우리가 공항행 리무진을 타자 뜨거운 포옹을 해주었어. 최후에 본 그 애 얼굴은 그 크고 푸른 눈에서 흐르는 눈물을 닦으면서 자기 차의 문을 힘껏 닫았을 때였지.

이런 터무니없는 얘기를 너는 들어본 적이 있니?

물론 나는 사라소타에 도착할 때까지 비행기 안에서 모든 수수께끼를 풀 수가 있었지. 데이브가 그 강도 사건에 가담하고 있었다는 것을 셔얼은 알고 있었던 거야. 왜냐하면 데이브는 풀에 산이 뿌려졌던 사실을 알고 있었으니까. 풀에 산이 뿌려져 있다는 것을 알고 있다는 것은 누군가에게 그런 몹쓸 짓을 시킨 장본인이 아니고 누구겠니? 데이브는 자기 행위를 투우가 알아차리지 못하도록 위장작전으로 강도 사건을 공작했던 거야. 그렇고말고. 투우의 넘버즈 도박 수익금의 일부를 가로채고 있었음에 틀림이 없을 거야. 그런 기회를 노리고 있는 놈들이 상당수 있는 법이니까. 인간이란 욕심이 대단한 동물이란다. 그래서 투우는 그 건달들을 고용해서 조사하게 하여 우리 주머니에서 원래 우리 것이 아닌 돈이 나오는가를 확인시킨 거야. 이렇게 되고 보니, 마치 모든 것이 미스터리 소설에 나오는 사건처럼 여겨지게 되었다는 얘기야. 이곳에는 주택 겸용인 배를 타고 있는 사립 탐정은 없을까? 그 존 D. 뭐라더라, 그런 사람이 있었지. 지난 2주 동안에 일어난 일은 그 존씨가 다루었던 사건과 비슷한 데가 있구나.

어떻든 아버지도 나도 잘 있단다. 화요일에는 사라소타발 604편으로 공항에 도착할 예정이니 마중나와 주겠니? 그리고 베니, 내가 아끼는 화분에 물을 주는 것 잊지 말기를!

그럼, 이만 줄인다.

엄마로부터

전쟁터 / 스티븐 킹

Battleground

• 스티븐 킹(1947~   )
Stephen King
1947년 미국 메인주 출생.
고등학교 시절부터 아르바이트 시작.
메인대학 졸업 후 영어교사 역임.
1937년 처녀작 「Carrie」 출판, 영화화되고,
페이퍼백으로 베스트셀러가 됨.
킹은 계속해서 「Shining」, 「Salem's Lot」
등을 내놓으면서 베스트셀러 메이커가
되었고 영화화되었음.
그 외에 「Stand by Me」, 「Pet Sematary」,
「The Running Man」, 「Misery」, 「It」,
「트럭」, 「Gerald's Game」 등 다수.

전쟁터

"렌쇼씨?"

엘리베이터로 가던 도중에 데스크 직원이 그를 불렀다. 렌쇼는 여행 가방을 왼손에서 오른손으로 옮겨 들면서 귀찮은 듯이 돌아다 보았다.

20달러와 50달러 지폐가 가득 들어 있는 묵직한 봉투가 그의 코트 안주머니에 뿌듯했다. 일은 순조롭게 진행되었고, 보수도 훌륭했다. 물론 '조직'측이 중개 수수료로 수입의 15퍼센트를 떼었으나, 그래도 보수는 괜찮은 편이었다. 지금 그가 원하는 것은 뜨거운 샤워와 진토닉 한 잔과 수면뿐이었다.

"왜 그래요?"

"소포가 와 있습니다. 죄송하지만 전표에 사인해 주시겠습니까?"

렌쇼는 서명을 하고, 장방형의 소포를 유심히 살펴보았다. 접착 라벨에 그의 이름과 빌딩 주소가 적혀 있었다. 왼쪽으로 기울어진 날카로운 필체는 낯익어 보이는 것 같기도 했다. 그는 인조 대리석 으로 만든 데스크 위에 놓여 있는 소포를 흔들어 보았다. 안에서 희 미하게 철거덕 하는 소리가 났다.

"방으로 갖다 드릴까요, 렌쇼씨?"

"아니, 내가 가져가겠소."

소포는 한쪽 길이가 18인치 정도였고, 겨드랑이에 끼기는 좀 거북한 편이었다. 그는 빌로드 카펫이 깔린 엘리베이터 바닥에 소포를 내려놓고, 일반용 버튼 위에 있는 펜트하우스용 열쇠 구멍에 열쇠를 꽂았다. 엘리베이터가 소리도 없이 부드럽게 움직였다. 그는 눈을 감고, 마음속에 이번에 한 일을 다시 한 번 돌이켜보았다.

여늬 때처럼 캘빈 베이츠의 전화가 왔었다.

"일 좀 해주겠나, 조니?"

그는 1년에 두 번만 일을 했다. 최소한의 보수는 1만 달러. 그는 절대적으로 믿음직스러운 사람이었지만, 사실 고객들이 그에게 돈을 지불하는 이유는 절대로 실수가 없는 철저한 프로 의식 때문이었다. 존 렌쇼는 인간의 모습을 한 매였다.

그는 빈틈없는 방법으로 두 가지 일을 해냈다. 죽이는 것과 살아남는 것……

베이츠와 통화한 후에, 담황색의 봉투 하나가 렌쇼의 우편함에 배달되었다. 이름, 주소, 사진이 들어 있었다. 그는 이것들을 암기하고 봉투와 내용물을 모두 태워버렸다.

이번에 보내 온 상대는 한스 모리스라는 이름을 가진 마이애미의 혈색이 좋지 않은 사업가였다. 모리스 완구회사의 창립자로서 소유자이기도 했다. 누군가 모리스를 제거하고 싶어서 '조직'을 찾아갔던 것이다. '조직'은 캘빈 베이츠란 이름으로 존 렌쇼에게 일을 맡긴 것이다.

'탕―――.' 조객들은 조화를 보낼 것 없습니다.

엘리베이터 문이 미끄러지듯 열렸다. 그는 소포를 집어들었다. 스위트룸의 문을 열고 안으로 들어섰다. 오후 3시가 넘은 널찍한 거실에 4월의 햇살이 가득했다. 그는 햇빛을 즐기며 잠시 그대로 서 있다가, 문 옆에 있는 테이블에 소포를 내려놓고 넥타이를 풀었다. 그는 돈 봉투를 소포 위에 놓고 테라스 쪽으로 걸어갔다.

유리문을 열고 그는 밖으로 나갔다. 공기는 차가웠고, 바람이 그의 얇은 외투를 칼날처럼 스치고 지나갔다. 그러나 그는 장군이 점령국을 살펴보듯이 도시를 훑어보았다. 거리마다 자동차들이 풍뎅이처럼 기어다니고 있었다. 멀리 오후의 황금빛 안개 속에 거의 파묻혀 있는 베이 브리지가 신기루처럼 반짝였다. 동쪽은 시내의 고층 빌딩에 가려져 거의 보이지 않지만, 스테인리스 스틸로 만든 텔레비전 안테나의 숲을 이룬 싸구려 아파트 건물들이 다닥다닥 모여 있었다. 빈민가보다는 이 위가 훨씬 좋았다.

그는 다시 안으로 들어가서 문을 닫고, 욕실에 들어가 뜨거운 샤워를 즐기기 시작했다.

40분 후에 그가 술잔을 손에 들고 그 소포를 살펴보았다. 오후의 좋은 시간은 지나갔고, 이미 그림자는 와인색의 카펫이 깔린 방의 절반쯤을 가로질러 가고 있었다.

이건 폭탄이다.

물론 그럴 리는 없겠지만, 일단은 그렇게 생각하고 신중히 다루어야 했다. 그래야만 많은 사람들이 천당에 가더라도 그는 살아 남을 수 있을 것이다.

만약 폭탄이라면, 그것은 시계가 달리지 않은 것이었다. 소포에서는 아무런 소리도 나지 않았다. 요즘에는 플라스틱 폭탄일 가능성이 더 많았다. 웨스트클락스와 빅벤에서 제조하는 시계보다는 그쪽이 더 믿을 만하니까.

렌쇼는 우체국 소인을 보았다. 마이애미, 4월 15일. 닷새 전이다. 그렇다면 이 폭탄은 시간을 맞춰둔 것은 아니었다. 만약 그랬다면 호텔 금고 속에서 터져버렸을 것이다.

마이애미. 그렇다. 그리고 왼쪽으로 기울어진 저 날카로운 필체. 그 혈색이 좋지 않은 사업가의 책상 위에는 사진틀이 하나 있었다. 머리에 스카프를 쓰고 있는, 아주 창백한 늙은 할망구의 사진이었다. 아래쪽에는 이런 말이 비스듬히 적혀 있었다.

'너의 아이디어걸이 안부 전한다.——엄마가.'

그렇다. 그 늙은 할망구의 글씨였다.

이 소포는 또 어떤 최고의 아이디어일까? 수제 몰살 세트일까?

그는 팔짱을 끼고 앉아서, 온 정신을 쏟으며 그 소포를 살펴보았다. 모리스 최고의 아이디어걸이 어떻게 내 주소를 알아냈을까 하는 따위의 의문은 그에게 떠오르지 않았다. 그런 것들은 나중에 캘빈 베이츠에게 물어보면 된다. 지금은 중요하지 않다.

갑자기 그는 생각난 듯이 지갑에서 셀룰로이드로 만든 작은 캘린더 카드를 꺼내, 소포의 갈색 종이를 묶고 있는 노끈 밑으로 능숙하게 밀어넣었다. 그리고 그는 접힌 부분을 붙인 스카치테이프 밑으로 카드를 미끄러뜨려 넣었다. 종이가 풀어지면서 노끈이 느슨해졌다.

렌쇼는 잠시 소포를 살펴보다가, 소포 가까이 몸을 기울이고 냄새를 맡았다. 카드 보드, 포장지, 노끈, 그것뿐이었다. 그는 상자를 한 바퀴 돌려보고 다시 쪼그리고 앉아 똑같은 과정을 되풀이했다. 땅거미가 지면서 잿빛의 그늘이 그의 아파트에 비치고 있었다.

소포를 묶은 노끈의 접힌 부분 한쪽이 탁 풀어지면서, 그 밑으로 뿌우연 초록색의 상자가 보였다. 금속으로 만든 상자로 경첩이 달려 있었다. 그는 주머니칼을 꺼내서 노끈을 잘랐다. 노끈은 떨어져 내렸고, 다시 칼끝으로 몇 번 건드리자 상자가 완전히 드러났다.

그것은 검정색 반점이 박힌 초록색 상자였고, 앞면에는 하얀 글자가 스텐실로 찍혀 있었다.

'미국 군인의 베트남 전쟁용 트렁크.'

그 밑에는 '보병 20명, 헬리콥터 10대, 브라우닝 자동소총 사수 2명, 바주카포 사수 2명, 위생병 2명, 지프 4대', 또 그 밑에는 성조기의 그림. 그 아래 한쪽 구석에는 '모리스 완구회사. 플로리다주 마이애미'라고 돼 있다.

그는 상자를 만져보려고 손을 내밀다가 다시 움츠렸다. 그 속에서 뭔가가 움직였던 것이다.

렌쇼는 천천히 일어서서, 방을 가로질러 부엌과 복도가 있는 쪽으로 가서 전등 스위치를 올렸다.

베트남 전쟁용 트렁크가 움직이고 있었다. 그 밑에서 갈색 포장지가 부스럭거렸다. 상자는 갑자기 균형을 잃고, 쿵 하는 소리를 내며 카펫 위로 떨어졌다. 경첩이 달린 뚜껑이 약 2인치 정도 열렸다.

상자에서 키가 약 1.5인치 정도의 조그만 보병들이 기어나오기 시작했다. 렌쇼는 눈도 깜짝하지 않고 그들을 지켜보았다. 그는 자기가 지금 보고 있는 것이 현실인지 아닌지 하는 문제를 생각하기보다는 어떻게 하면 살아 남을 수 있을까 하는 일만을 생각했다.

군인들은 아주 작은 군복을 입고, 철모와 야전 배낭을 메고 있었다. 그들은 조그만 카빈 소총을 어깨에 메고 있었다. 그 가운데 두 명이 그들을 보고 있는 렌쇼를 찾아냈다. 연필 끝 같은 그들의 눈이 반짝였다.

다섯, 열, 열둘, 이윽고 스무 명이 모두 나왔다. 한 명은 다른 군인들에게 명령을 내리며 손짓을 하고 있었다. 그들은 상자가 떨어지면서 열린 융단 틈에 나란히 늘어서더니 융단을 밀기 시작했다. 틈이 더 벌어지기 시작했다.

렌쇼는 소파에서 커다란 쿠션을 하나 집은 다음 그들을 향해 걸어갔다. 지휘관이 돌아서더니 손짓을 했다. 다른 군인들은 휙 돌아서서 카빈총을 어깨에서 내렸다. 거의 들리지 않을 정도의 뭔가가 터지는 소리가 났고, 렌쇼는 갑자기 벌에 쏘인 것 같은 통증을 느꼈다.

그는 쿠션을 던졌다. 그것이 명중하자 그들은 벌렁 넘어졌고, 쿠션은 다시 상자에 부딪히면서 상자를 활짝 열리게 했다. 풍뎅이가 날으는 듯한 날카로운 소리가 나더니, 녹색의 위장색을 칠한 날벌레 같은 소형 헬리콥터의 무리가 상자 속에서 날아 나왔다.

'퓻! 퓻!'하는 작은 소리가 렌쇼의 귀에 들려왔다. 헬리콥터들의 열린 총구가 보이더니 팍! 팍! 하는 섬광이 보였다. 바늘이 배와 오른팔과 목의 측면을 찔러 왔다. 그는 급히 손을 휘저어 헬리콥터 한 대를 휘어잡았다. 그러자 손가락에 갑작스러운 통증을 느끼고 피가 솟아났다. 헬리콥터의 회전 날개가 그의 손가락에 칼자국을 남기며 뼛속까지 파고 들었던 것이다. 다른 헬리콥터들은 급히 선회하여 손이 미치지 않는 곳에서 말벌처럼 그를 둘러싸고 맴돌았다. 그의 손에 맞은 헬리콥터는 카펫 위로 떨어져서는 움직이지 않았다.

별안간 참기 어려운 통증을 느끼고 그는 외마디 소리를 질렀다. 보병 하나가 그의 신발 위에 서서 발목을 총검으로 찔러대고 있었다. 자그마한 얼굴이 헐떡이며 이빨을 드러내고 웃으면서 쳐다보고 있었다.

렌쇼가 그 보병을 걷어차자, 그 작은 몸뚱이는 저만치 날아가 벽에 부딪혔다. 총검에 찔린 곳에 피는 안 나왔지만 자주색의 끈적끈적한 얼룩이 남았다.

곧이어 작은 기침 소리 같은 폭발음이 들리더니, 정신이 혼미할 정도의 통증이 그의 허벅지를 엄습했다. 바주카포 사수 한 명이 상자 속에서 나왔던 것이다. 그의 포신에서 가느다란 연기가 피어올랐다. 렌쇼는 얼른 자기 다리를 내려다보았다. 바지가 검게 그을리고 연기가 솟아올랐다. 자세히 보니 25센트 동전 크기의 구멍이 뚫려 있고, 그 밑의 살은 새까맣게 타 있었다.

저 조그만 녀석이 나를 쏘았어!

그는 돌아서서 복도로 나가 침실로 들어갔다. 헬리콥터 한 대가 그의 뺨을 스쳐 지나갔다. 날개가 윙윙 소리를 내고 있다. 브라우닝 자동 소총이 조그마한 연속 발사음을 내고 헬리콥터는 총알처럼 사라졌다.

그의 베개 밑에 숨겨 놓은 총은 44구경 매그넘이다. 무엇이건 맞기만 하면 두 주먹 크기의 구멍을 뚫어버릴 만큼 커다란 권총이었다. 렌쇼는 권총을 양 손으로 쥐고 돌아섰다. 그러나 자신이 날아다니는 그 표적을 향해 사격을 하더라도 그 표적은 겨우 전구 크기의 것이다. 그는 냉정하게 판단을 내렸다.

헬리콥터 두 대가 윙 소리를 내며 들어왔다. 렌쇼는 침대 위에 앉은 채로 한 발을 쏘았다. 헬리콥터 한 대가 폭발하여 날아가버렸다. 두 대째 없애버렸다. 그는 다음 헬리콥터를 겨냥하고 방아쇠를 당겼다.

빌어먹을! 불발이다!

헬리콥터가 그의 눈을 향해 급강하해 왔다. 앞뒤의 오버헤드 프로펠러가 어지러운 속도로 회전하고 있다. 렌쇼는 브라우닝 자동 소총 사수 하나가 열린 문 옆에 쪼그리고 앉아서 격렬한 폭음을 내며 총을 쏘고 있는 것을 보았다. 그 순간 그는 엎드려 바닥으로 몸을 던지며 굴렀다.

눈이다! 놈들은 내 눈을 겨냥하고 있다.

그는 권총을 가슴 높이로 치켜든 채로 일어나 벽 있는 데까지 물러났다. 그러나 헬리콥터는 물러가고 있었다. 렌쇼의 매그넘의 화력을 인정하고 휴전이라도 하려는 듯 거실 쪽으로 사라졌다.

렌쇼는 일어섰으나 부상당한 다리에 체중이 실리자 통증을 느꼈다. 다리에서는 피가 흐르고 있었다.

그럴 수밖에, 바주카포를 맞았으니. 하지만 바주카 포탄을 정면으로 맞고도 살아 남는 것은 흔한 일이 아니다.

그 작자의 엄마가 최고의 아이디어걸이었다니, 솜씨가 보통이 아닌데.

그는 베갯잇을 찢어서 다리에 묶어 지혈을 한 다음, 옷장에서 면도용 거울을 꺼내 들고 복도 쪽 문으로 다가갔다. 그는 무릎을 꿇고, 카펫 위에 비스듬히 거울을 내밀고 들여다보았다.

그들은 상자 옆에서 야영 준비를 하고 있었다. 생각한 대로였다. 조그만 병사들이 텐트를 치면서 이리저리 뛰어다녔다. 2인치 높이의 지프차가 의기양양하게 돌아다녔다. 위생병 하나는 렌쇼가 걸어찬 병사를 치료하고 있었다.

남아 있는 여덟 대의 헬리콥터가 그들을 보호하듯이 그들의 머리 위에서 커피 테이블 높이로 날아다녔다. 갑자기 그들은 거울이 있다는 것을 알아차리고, 보병 세 명이 재빨리 무릎을 꿇더니 총을 쏘기 시작했다. 몇 초 후에 거울은 박살나고 말았다.

알았다! 렌쇼는 옷장으로 돌아가서, 린다가 크리스마스 선물로 주었던, 마호가니로 만든 무거운 상자를 꺼냈다. 그는 무게를 한 번 가능해 보고 고개를 끄덕인 다음, 문가로 가서 방안으로 뛰어들었다. 그는 속구를 던지는 투수처럼 와인드업을 하고 던졌다. 상자는 빠르고 정확한 궤를 그리며 날아가서 군인들을 모조리 쓰러뜨렸다. 지프차 한 대가 데굴데굴 두 바퀴 굴렀다. 렌쇼는 거실 문가로 전진하여, 나뒹굴어 있는 군인 하나를 조준하고 쏘아버렸다.

다른 군인들 몇 명은 다시 정신을 차리고 있었다. 몇 명은 무릎을 끓고 정식으로 사격을 했다. 다른 군인들은 엄폐물 뒤에 숨어 있었다. 또 다른 군인들은 상자 속으로 후퇴했다.

그의 다리와 상반신에 벌침들이 퍼부어졌으나, 갈비뼈 높이 이상으로 올라오는 총알은 없었다. 아마 사격 거리가 너무 먼 모양이었다. 그러나 대수로운 건 아니다. 그는 어차피 물러날 생각이 없었던 것이다. 이것으로 끝장을 볼 작정이었다.

그의 다음 일격은 빗나갔지만——그들은 너무 작은 표적이었다——그 다음 또 한 명의 군인을 박살냈다. 헬리콥터들은 그를 향해 매섭게 날아들고 있었다. 이제 작은 총알들이 눈 위와 아래의 그의 얼굴을 쏘기 시작했다. 그는 선두의 헬리콥터를 부수고, 다시 다음 것을 격추시켰다. 날카로운 고통이 그의 시야를 흐리게 했다. 나머지 여섯 대의 헬리콥터는 두 개의 편대로 나누어 후퇴했다. 그의 얼굴은 피에 젖어 있었다. 그는 팔뚝으로 피를 닦았다.

그는 한숨을 돌린 다음에 다시 사격을 시작하려고 했다. 상자 속으로 퇴각했던 병사들이 뭔가를 끌고 나왔다. 그것은 생김새가 마치…….

갑자기 눈부신 노란색 불길이 솟아나더니, 그의 왼쪽 벽에서 나무와 석고가 터져나왔다.

……로켓 발사 장치였다!

그는 그것을 향해 가까이 있는 물건을 던졌으나 빗나갔다. 그는 몸을 돌려 복도 끝에 있는 욕실을 향해 달려갔다. 그는 문을 쾅 닫고 잠그어버렸다.

욕실 거울에는 인디언과 똑같이 생긴 얼간이가 혼이 빠진 눈으로 그를 마주 보고 있었다. 후추씨 크기의 구멍들에서 흘러나온 빨간 페인트와 같은 줄무늬가 그어져 있다. 반쯤 미쳐버린 인디언의 얼굴 한쪽 뺨에는 피부가 너덜너덜하게 달려 있었다. 그의 목에는 움

푹 패인 상처가 있었다.

내가 놈들에게 지다니!

그는 떨리는 손으로 머리카락을 잡아뜯었다. 정문은 차단되어 있었다. 전화와 부엌도 마찬가지였다. 놈들은 로켓 발사기를 가지고 있다. 직격탄을 맞으면 머리가 날아가버릴 것이다.

로켓 발사기 같은 것은 상자에 써 있지도 않았는데!

그는 긴 숨을 들이마시기 시작하다가 한숨처럼 소리를 내뱉었다. 그때 갑자기 폭발과 함께 나무 부스러기가 날아들면서 욕실 문에 주먹 크기의 구멍이 뚫린 것이다. 작은 불길이 그 울퉁불퉁한 구멍 언저리에서 타고 있더니, 그들이 한 발을 더 발사하자 섬광이 보였다. 나무 조각들이 날아들어와 욕실 깔개 위에 흩어져 타올랐다. 그는 밟아서 불을 껐다. 헬리콥터 두 대가 폭음을 내며 그 구멍으로 날아들었다. 아주 작은 브라우닝 총탄이 그의 뺨을 팍팍 찔렀다.

그는 분노의 신음 소리를 내며 공중에서 한 대를 맨손으로 후려 쳤다. 손바닥이 베이면서 울타리 같은 깊은 상처가 생겼다. 갑자기 좋은 생각이 떠올랐다. 그는 다른 헬리콥터를 향해 무거운 목욕 수건을 휘둘렀다. 헬리콥터는 바닥으로 추락했고, 그것을 짓밟아 숨통을 끊어버렸다. 그의 호흡은 거칠어졌고, 목쉰 소리를 내고 있었다. 한쪽 눈으로 피가 흘러들었다. 뜨겁고 따가웠다. 그는 손등으로 눈을 닦았다.

어떠냐! 이쯤 되면 저들도 다시 생각하겠지.

그들은 생각을 고친 것 같았다. 15분 동안 아무런 움직임도 없었다. 렌쇼는 욕조 가장자리에 앉아서 머리를 굴리며 생각했다. 이 막다른 골목에서 빠져나갈 방법이 틀림없이 있을 것이다. 놈들을 우회 공격할 방법만 있다면……

그는 시선이 선반 위에 놓인 라이터 기름의 깡통에 가서 멎었다.

그가 그쪽으로 손을 뻗어 그것을 잡으려고 했을 때, 바스락거리는 소리가 들렸다.

그는 매그넘을 치켜들면서 휙 돌아섰다. 그러나 소리를 낸 것은 문틈으로 들이밀어진 작은 종이 쪽지였다. 그 문틈은 그들이 빠져나오기에도 너무 좁았다. 그 종이에는 작은 글씨로 단 한마디가 적혀 있었다.

「항복하라.」

렌쇼는 빙그레 미소를 지으며, 라이터 기름 깡통을 양복 주머니에 집어넣었다. 연필 토막으로 그는 그 종이에 한마디를 적은 다음, 다시 문 밑으로 밀어넣었다.

「엿이나 먹어라!」

갑자기 로켓 포탄의 일제사격이 재개되었고, 렌쇼는 뒤로 물러났다. 로켓들은 문에 뚫린 구멍을 통해 날아들어와, 목욕탕 선반 위의 푸른색 타일에 부딪쳐 폭발했다. 순간 우아하던 벽이 달 표면처럼 변하는가 싶더니, 벽의 석고가 뜨거운 파편의 비가 되어 날아왔다. 렌쇼는 얼른 손으로 눈을 가리며 돌아섰다. 그의 셔츠에 구멍들이 뚫렸고, 그의 등은 파편 세례를 받아 심한 통증을 느꼈다.

사격이 끝나자, 렌쇼는 간신히 움직였다. 그가 욕조 위로 올라서서 창문을 열자, 차가운 별들이 그를 내려다보고 있다. 그것은 비좁은 창문이었고, 그 바깥에는 비좁은 턱이 있었다. 그러나 이것저것 생각할 시간이 없었다.

그는 창문 밖으로 몸을 끌어올렸다. 차가운 공기가 그의 찢어진 얼굴과 목을 매섭게 후려쳤다. 그는 두 손으로 균형을 이루고 밖으로 몸을 기울이면서 아래를 내려다보았다. 40층의 높이다. 이만한 높이에서는 도로가 장난감 철도 정도로밖에 보이지 않았다. 깜빡이는 도시의 불빛들이 저 아래에서 마치 보석을 뿌려놓은 듯이 빛나고 있었다.

훈련받은 체조선수처럼 가벼운 움직임으로, 렌쇼는 두 무릎을 끌어올려 창문 가장자리에 올려놓았다. 말벌 크기의 헬리콥터 한 대라도 구멍으로 날아들어와서 그의 엉덩이에 한 발만 쏘기만 해도 그는 비명을 지르면서 저 아래로 떨어지게 될 판이다. 그러나 헬리콥터는 날아오지 않았다.

그는 몸을 비틀어 한쪽 다리를 밖으로 내밀고, 손을 뻗어 머리 위의 처마를 붙잡았다. 다음 순간, 그는 몸을 날려 창 밖의 턱에 서 있었다. 발밑의 끔찍한 낙하 거리에 대해서는 눈을 감고, 헬리콥터 한 대가 날아오면 어떻게 될까 하는 일에 대해서도 생각하지 않기로 했다. 렌쇼는 건물 모퉁이를 향해 조금씩조금씩 걸어나갔다. 15피트, 10피트…… 간신히 움직였다. 그는 가슴을 벽에 바싹 붙이고 손을 벽면에 펼쳐놓은 채로 잠시 멈추었다. 그는 양복 주머니에 들어 있는 라이터 기름 깡통의 감촉과 허리띠에 쑤셔넣은 매그넘의 듬직한 무게를 느낄 수 있었다.

그러나 저 지겨운 모퉁이를 돌아가야 한다.

렌쇼는 한쪽 발을 모퉁이 반대편으로 갖다 놓고, 그쪽으로 체중을 옮겨 실었다. 이제 그 직각의 모퉁이는 그의 가슴과 배에 면도날처럼 짓눌려 있었다. 그의 눈 바로 앞의 거친 돌벽에는 새 똥 자국이 묻어 있었다. 그는 깜짝 놀랐다. 새들이 이렇게 높은 곳까지 날아오를 줄은 몰랐다.

갑자기 왼쪽 발이 미끄러졌다. 시간이 멈춘 것 같은 그 한순간,

그는 균형을 잡으려고 오른팔을 미친 듯이 허우적거리며 비틀거리다가, 건물의 양쪽 벽을 연인들처럼 얼굴을 딱딱한 모퉁이에 짓눌리며 끌어안았다. 호흡은 씩씩거리는 소리를 내고 있었다.

한 번에 조금씩, 발을 미끄러지듯 끌어당기면서 모퉁이를 돌았다. 30피트 거리에 그의 거실 테라스가 튀어나와 있었다. 그는 호흡을 가다듬고 그쪽으로 다가갔다. 날카로운 돌풍이 그를 턱에서 밀어 떨어뜨리려 하는 바람에, 그는 두 번이나 멈추어야 했다.

이윽고 그는 그곳에 이르러 장식이 붙어 있는 난간을 움켜쥐었다. 그는 소리 없이 몸을 끌어올렸다. 유리문에는 커튼이 반쯤 열려 있었기 때문에 안을 들여다볼 수가 있었다.

그들은 그가 생각한 대로의 상태였다. 그에게 등을 돌리고 있었다.

네 명의 병사와 헬리콥터 한 대가 소형 트렁크를 지키고 있었다. 나머지는 로켓 발사기를 가지고 욕실 문 앞에 있을 것이다.

갱을 쫓는 경찰처럼 요란하게 쳐들어가는 것이다. 트렁크 옆에 있는 놈들을 먼저 해치우고, 정문으로 나간다. 그 다음엔 택시를 잡아타고 공항으로 가서, 마이애미로 날아가 모리스의 최고 아이디어 걸을 찾아낸다. 그녀의 얼굴을 화염 방사기로 태워버리는 일도 생각해 보았다. 응분의 처벌이 될 것이다.

그는 셔츠를 벗어서 한쪽 소매를 길게 찢었다. 나머지는 발밑에 버리고, 라이터 기름 깡통에 달린 플라스틱 마개를 이빨로 물어뜯었다. 그는 천 조각의 한쪽 끝을 통 속으로 쑤셔넣었다가 꺼내고, 다시 반대쪽을 밀어넣어 연료에 젖은 천 조각이 6인치 길이만 밖으로 늘어지게 했다.

그는 라이터를 꺼내고, 깊이 숨을 들이마신 다음, 엄지손가락으로 라이터를 켰다. 그는 천 조각에 라이터를 들이댔고, 불이 확 붙자

유리문을 열어젖히면서 안으로 뛰어들어갔다.

헬리콥터가 즉각적으로 응전하여, 불꽃을 카펫 위로 뚝뚝 떨어뜨리며 돌진하는 그를 향해 카미카제 특공대처럼 달려들었다. 렌쇼는 팔을 뻗어 그것을 막아냈다. 회전 날개가 그의 살을 찢으면서 팔을 따라 전해 오는 충격적인 통증에도 아랑곳하지 않았다. 작은 보병들이 트렁크 속으로 흩어져 들어갔다.

그 다음부터는 무엇이 어떻게 됐는지 알 수 없었다.

렌쇼는 라이터 기름 깡통을 던졌다. 깡통이 발화하면서 불덩어리가 확 퍼졌다.

다음 순간, 그는 문 쪽으로 달려가고 있었다. 그때 무엇인가 그에게 부딪히고, 그는 강렬한 충격을 느꼈다. 그것은 상당한 높이에서 강철 금고가 떨어진 것 같은 충격이었다. 그 충격은 그 고층 아파트의 골조를 진동시켰다. 펜트하우스의 문짝이 경첩에서 떨어지며 날아가, 반대편 벽에 부딪히고 으스러졌다.

아파트 밑에서 손을 잡고 걸어가던 한 쌍의 남녀가 있었다. 고개를 들자, 마치 수백 개의 카메라 플래시가 터지는 것 같은 거대한 섬광을 보았다.

"누가 퓨즈를 터뜨린 모양인데……."

남자가 말했다.

"저게 뭐죠?"

여자가 말했다.

뭔가 그들을 향해 펄럭이며 날아오고 있었다. 그는 한 손을 뻗어 그것을 잡았다.

"이건 누군가의 셔츠야. 작은 구멍들이 잔뜩 나 있는데. 피투성이야."

"기분 나빠요."

그녀가 눈살을 찌푸리고 말했다.

"택시를 불러요, 네, 랠프? 저 위에서 무슨 일이 일어났으면 우리
가 경찰에 진술을 해야 하는데, 난 몰래 나왔단 말예요."

"그래, 알았어."

그는 주위를 둘러보다가 택시를 발견하고 휘파람을 불었다. 브레
이크 불빛이 깜박거렸고, 그들은 길을 보지 못하고 떠났지만, 작은
종이 쪽지 한 장이 날아와서 존 렌쇼의 셔츠 옆에 떨어졌다. 종이에
는 왼쪽으로 기울어진 날카로운 필체로 이렇게 적혀 있었다.

자! 월남전용 소형 트렁크 특별 제공!

(단, 특별 기간 동안만 판매함.)
——로켓 발사기 1대
——지대공 트위스터 미사일 20기
——축소 모델 핵폭탄 1개.

여자인가 호랑이인가 / 프랭크 R. 스톡튼

The Lady or the Tiger

• 프랭크 R. 스톡튼(1834~1902)
Frank R. Stockton
미국 필라델피아 출신.
소설가, 편집자로 뉴욕과 필라델피아 신문 등에 성인들을 위한 작품을 주로 썼다.
대표작은 「Rudder Grange(1879)」, 「Pomona's Travels(1894)」, 「The Adventures of Captain Horn(1895)」 등 17편의 장편과 5권의 단편집이 있다.
「The Lady or the Tiger?」는 센츄리 잡지 1882년 11월호에 실린 작품으로 나중에 같은 제목의 단편집이 나오기도 했다.

여자인가 호랑이인가

옛날 먼 옛날, 한 사람의 반미개인 나라에 왕이 있었다. 그 왕이 바라는 것이라곤 라틴계 이웃 나라의 개화된 문명을 받아들여 어느 정도 세련되는 것이었는데, 자유분방하고 때론 매우 화려한 미개인 다운 그에게 어울리는 생각이었다. 변덕스러운 성질인데다가 엄청난 권력을 갖고 있기 때문에 자신의 여러 가지 계획을 생각한 대로 실행으로 옮겼다. 반성한다는 것을 염두에 두고, 한 번 해 보자는 식으로 결심한 뒤 실행하는 것이었다. 왕족들, 정부의 관리들이 모두 명령받은 대로 옥신각신하지 않고 행동하는 동안엔, 그는 온화한 인물이었다. 조금 복잡한 일이 일어난다든가 왕명이 이행되지 않은 때, 그는 더 기분이 좋아졌다. 이것은 잘못된 것을 바로잡고 울퉁불퉁한 곳을 고르게 하는 것을 좋아하기 때문이 아니었다.

이웃 나라로부터 받아들인 사고방식으로 그는 자신의 야만을 어느 정도 개화시켰다. 그것은 바로 공개 투기장이었다. 이것은 인간적인 혹은 야수적인 용기를 표출시켜 그것에 의해 신민의 머리를 세련시키고 교양을 쌓게 하려는 프로그램이었다.

그러나 이 투기장에서조차 왕성하고 미개인적인 변덕을 억누르지는 못했다. 건설된 왕의 투기장은 민중에게 죽음으로 가는 심사의 서사시를 들려주는 경우라든가, 굶주린 맹수와 투쟁하는 필연적인 결과를 보여주기 위한 것이 아니라, 오히려 민중의 정신력을 크고 넓게 발전시키기 위해 매우 유용한 목적을 지녔다. 주위는 관객석으로 둘러쳐지고 미로를 숨긴 둥근 천장이나 사람 눈에 띄지 않는 통로도 설치했다.

이 거대한 원형 투기장은 공평하고 오류가 없게 기회라는 하늘의 뜻에 기초해서 죄는 벌을 받고 덕은 보답을 받는다는 로맨틱한 정의의 수행을 대표할 수 있게 만들어졌다.

신하 한 사람이 왕의 흥미를 끌기에 충분할 정도로 중요한 죄를 졌다고 운운할 때에, 왕의 투기장에서 그 혐의자의 운명이 결정된다고 고시된다. 왕의 투기장은 너무나 그 이름에 어울리는 건물이었다. 왜냐하면 그 외형이나 설계는 먼 나라로부터 차용한 것이었으며, 그 목적은 이 왕이 직접 생각해낸 것이었기 때문이다. 머리 꼭대기에서 발끝까지 왕답게 차린 그는 전통에 충실하기보다는 자신의 변덕을 충족시키는 것을 즐기고, 인간의 사고라든가 행동 형태의 하나하나에 대해 자신의 미개인적 이상주의와 풍부한 성과를 심었다.

좌석 가득히 민중이 모이고 신하들에게 둘러싸인 왕이 투기장 한쪽의 한층 높은 왕좌에 앉아 신호를 하면, 왕이 좌석 바로 밑의 문이 열리고, 죄인으로 몰린 신하가 이 원형극장에 들어온다. 다른 출입구도 없는 광장의 맞은편에는 둥근 형태를 한 문 두 개가 나란히 있다. 이 문까지 똑바로 걸어가 그중의 하나를 여는 것이 재판받는 인간의 의무이며 특권인 것이다. 어느 쪽을 열든 상관없다. 그는 어떤 시사도 영향도 받지 않고, 앞에서 언급한 것처럼 공평하고 오류가 없는 기회의 손에 맡긴다. 한쪽의 문을 열면 이 세상에서 가장 흉측하고 가장 잔인하기로 소문난 굶주린 호랑이가 재판받는 순간 철로 만든 종이 슬픈 듯이 울리고, 투기장의 외측에 배치된 '곡을 하는 사람'의 자리에서 곡이 크게 울리며, 많은 관중은 그렇게 젊고 아름다운 혹은 늙고 존경할 만한 인물이 이렇게 두려운 운명에 놓인 것을 깊이 슬퍼허면서 머리를 떨구고 무거운 마음을 지닌 채 무거운 발걸음으로 집으로 돌아간다.

그런데 재판받은 인물이 다른 쪽의 문을 열면, 거기에서는 왕이 나라 안에서 뽑은 그 인물의 연령이나 지위에 가장 어울리는 한 명의 여성이 나타나 그가 결백하다는 것의 보상으로써 그 자리에서 그 여성과 결혼하게 된다. 그에게 이미 처자가 있다든가 사랑하는 여자가 있다고 해도 문제삼지 않았다. 왕의 이렇게 약속한 결정에 의해서 자신의 위대한 보상 계획이 방해되는 것을 허용하지 않는다. 식전은 다른 예와 마찬가지로 투기장에서 행해진다. 왕이 앉아 있는 자리 바로 밑에 있는 문이 또 하나 열리면 목사와 소년의 합창대 및 소녀 무용단이 계속 나타나 황금의 나팔로 화려한 곡을 부르고 축혼곡에 어울리는 춤을 추면서 나란히 서 있는 신랑 신부의 앞으로 가서 결혼식이 경사스럽게 행해진다. 놋쇠의 종이 쾌활하게 울리고 사람들이 기쁨에 넘치는 환호성을 지르며 주목받는 몸이 된 남자는 통로에 꽃을 뿌리는 어린이들에게 선도되어 신부를 자신의 집으로 데리고 돌아간다.

이것이 옳고 그름을 판단하는 왕의 반미개적인 방법이다. 그것이 완전무결하게 공평하다는 점에선 한 점의 의심도 품을 여지가 없었다. 죄를 지은 사람은 어느 쪽의 문에서 여인이 나타날지를 전혀 모른다. 다음 순간에는 찢겨 죽는다든가 결혼하게 된다든가 전혀 예상하지 못한 채로 자신이 고른 문을 여는 것이다. 호랑이가 뛰어나올 수도 있을 것이고 그렇지 않을 수도 있다. 이 법정의 판결은 공평할 뿐만 아니라 가차없었다. 자신의 손으로 유죄를 정했다면 그 사람은 곧바로 벌을 받는다. 또한 무죄였다면 좋아하든 좋아하지 않든 간에 그곳에서 보상을 받는다. 누구든지 왕의 투기장 판결로부터 도망갈 구멍은 없다.

이 제도는 상당히 인기가 있었다. 이러한 재판이 열리는 날에 모여드는 사람들은 잔인한 학살이 행해질지 아니면 화려한 결혼식이 행해질지 아무도 예상할 수 없었다. 이 미결정이라는 요소가 다른 곳에서는 맛볼 수 없는 흥미를 주었다. 이리하여 대중은 기뻐하고 만족해 했으며, 사상가들도 이 계획에 불공평하다는 비난을 제기할 수 없었다. 왜냐하면 죄를 지었다는 사람은 그 죄의 유무 판정을 그 자신의 손으로 직접 내리기 때문이다.

이 반미개인 왕에게는 딸이 하나 있었다. 왕의 눈부신 변덕에 지지 않게 아름답고, 부왕에게 뒤지지 않을 정도로 정열적이고 멋대로 하는 성격을 지녔다. 이런 경우 자주 있는 것처럼, 부왕은 딸을 옥이라고 여기고 어디에 비길 데 없이 사랑했다.

한편 궁 안에 한 명의 젊은이가 있었다. 소설 속에서 공주를 연모하는 주인공이 자주 나오듯이 이 젊은이도 그랬다. 혈통은 깨끗했지만 지위가 낮았다. 공주는 이 애인이 지극히 만족스러웠다. 왜냐하면 그는 왕국 중에서 비길 수 있는 자가 없을 정도로 잘 생겼고 용감했기 때문이다. 공주는 정신을 잃을 정도로 사랑했는데, 그 미개인의 정열 때문에 그 애정은 한층 열렬하게 되었다. 이 연애는 오랫동안 행복하게 진행되었다. 그런데 어느 날 우연히 왕이 알게 되었다. 왕은 앞에서 언급한 의무에 관해서는 한순간도 주저하지 않았다. 젊은이는 곧바로 감옥에 넣어졌고, 왕의 투기장에서 행해지는 재판날이 결정되었다.

이것은 말할 것도 없이 중대한 사건이었다. 왕도 그 누구에 못지 않게 이 재판 진행에 대단한 관심을 표명했다. 지금까지 이런 사건이 일어난 전례는 없었다. 신하의 신분이면서 국왕의 딸을 사랑하는 따위의 일을 한 적은 지금이나 예전이나 없었던 것이다. 세월이 지나 이러한 일은 보통 있는 일이 되었지만, 그 당시는 정말 드물고 놀랄 만한 일이었다.

가장 흉포하고 참혹한 호랑이를 구한 국왕은 몸소 호랑이의 철창을 조사했다. 투기장에서 사용할 굶주린 맹수를 고르려는 것이었다. 한편 운명이 뒤바뀌진 젊은이가 신부를 손에 넣을 경우를 위해 가장 아름답고 젊은 아가씨를 유능한 심사관은 신중하게 검토했다. 물론 이 젊은이가 죄를 지은 행위는 모두 다 알고 있었다. 누구 한 사람도 부정하려고 하지 않았다. 그러나 왕은 사건이 이러한 종류라고 해서 자신이 기쁨과 만족을 느끼게 될 재판의 운영이 방해되는 것을 허용하려고는 생각하지 않았다. 재판의 결과가 어떻게 되든 결국 젊은이에 대한 조치는 취해지는 것이다. 여기서 왕은 젊은이의 행위가 옳고 그름이 결정될 때까지의 과정을 봄으로써 기쁨을 느끼게 되는 것이었다.

드디어 그날이 되었다. 여기저기에서 사람들이 모이고 투기장의 좌석은 입추의 여지가 없을 정도였다. 들어오지 못한 군중은 투기장 밖에 모여 있었다. 왕과 신하들은 예의 나란히 있는 두 개의 문 정반대편 지정석에 앉았다. 기분 나쁠 정도로 저 운명의 문 정반대편에 있는 문은 비슷했다.

준비는 다 되었다. 신호는 떨어졌다. 왕좌 밑의 문이 열리고 공주의 애인이 투기장으로 들어섰다. 큰 기, 미모, 금발, 그의 등장은 찬미와 염려의 낮은 소곤거림이 맞이하였다. 관중의 절반은 자신들이 있는 이 나라에 이 정도로 멋진 젊은이가 있었다는 것을 몰랐다. 공주가 사랑한 것도 무리가 아니다! 이런 장소에 나오는 것은 정말 잔

혹한 일이라고들 생각했다.

젊은이가 투기장으로 나왔을 때 습관대로 뒤돌아서서 왕에게 절을 한 번 했다. 그러나 왕을 전혀 염두에 두지 않았다. 그의 시선은 왕의 오른쪽에 앉아 있는 공주에게 고정되었다. 공주에게 미개인의 피가 어느 정도 흐르지 않았다면 여성의 몸으로 이런 장소에 나오지는 않았을 것이다. 그러나 자신이 이 정도로 관심을 품고 있는 심판장에 얼굴을 내밀지 않았다면, 그녀의 강렬하고 정열적인 혼이 식었다는 것을 의미할 것이다.

포고가 발령되어 애인의 왕의 투기장에서 스스로의 운명을 결정하는 것이 정해진 순간부터 공주는 밤이나 낮이나 이 사건과 이것에 관여하는 여러 관리들밖에 생각하지 않았다. 지금까지 이러한 사건에 관여하고 싶어하는 인물보다 세력도 있고 강한 성격을 지닌 그녀는 다른 인간은 할 수 없는 것을 달성했다. 마침내 그녀는 문의 비밀을 손에 넣은 것이다. 두 문의 뒤에 있는 두 방의 어느 쪽에 호랑이의 철창이 있는지 공주는 알고 있었다.

두꺼운 문의 안쪽에는 가죽 커튼이 두껍게 쳐져 있다. 따라서 다가가 어느 쪽인가의 문의 자물쇠를 벗겨야 하는 인간은 문의 안쪽에서 들려오는 소리나 실마리로 추측하는 것은 불가능했다. 그러나 황금과 여자의 굳은 의지의 힘으로 공주는 그 비밀을 마침내 알아낸 것이다.

공주는 어느 쪽의 문에 여자가 있는지 알고 있을 뿐만 아니라 그 여자가 누구인지도 알았다. 그것은 궁정 안에서도 가장 아름답고 사랑스러운 여자로 미치지도 않는 높은 곳의 꽃을 꺾으려고 한 죄를 지었다는 젊은이가 살아나게 될 때 보상으로써 주기 위해 선발된 여자였다. 그러나 공주는 이 여자를 미워했다. 공주는 가끔 이 아름다운 여자가 애인의 모습에 찬미의 시선을 던지는 것을 보았거나 아니면 본 것처럼 여겨졌다. 그리고 이 시선이 받아들여지고 응대했던 것처럼 생각한 적도 있었다.

때로는, 두 사람이 이야기하는 것을 본 적도 있다. 지나치면서 말을 나눈 정도였지만 공주는 어떤 말을 나눴는지 알고 싶어했다. 귀여운 아가씨이긴 하지만 공주의 애인을 향해서 감히 고개를 드는 대담한 행동도 했던 것이다. 몇 대에 걸친 완전한 미개인의 선조로부터 받은 야만스런 피의 격렬함을 지닌 공주는 조용해진 문 뒤에서 얼굴을 들고 있을 여인을 증오한 것이다.

젊은이는 계속 공주를 바라보았다. 불안스러워하는 주위의 얼굴 속에서 누구보다도 창백한 얼굴을 하고 자리에 앉아 있는 공주의 눈과 그의 눈이 부딪칠 때, 그는 혼이 서로 다가가 하나가 된 사람들에게 보여줄 수 있는 저 민첩한 힘에 의해서 그녀가 어느 쪽에 호랑이가 웅크리고 어느 쪽에 여자가 서 있는지 알고 있음을 나타냈다.

전부터 그녀가 이 비밀을 손에 넣으리라고 그는 기대하고 있었다. 젊은이는 공주의 성격을 알았기 때문에 실로 왕에게까지 숨겨진 이 비밀을 알기까지 공주는 편안하지 않으리라고 확신했던 것이다. 젊은이가 의지한 희망이라곤 공주가 이 문의 비밀 발견에 성공이냐 실패냐에 달려 있었다. 그리고 그녀에게 시선을 주자마자 그녀가 성공했음을 알았다. 마음속으로는 그녀가 성공했음을 그리 확신하지는 않았지만……

바로 그의 민첩하고 열정이 담긴 시선이 '어느 쪽의 문인가'라고 물었다. 공주는 그가 서 있는 장소에서 큰 소리로 물은 것처럼 분명히 들을 수 있었다. 한시도 늦을 수 없다. 질문은 한순간에 한 것이다. 다음 순간에 대답하지 않으면 안 된다.

공주의 오른손은 눈앞의 쿠션을 댄 난간에 놓여져 있었다. 그녀는 그 손을 들어 가볍고 민첩하게 움직여서 오른쪽을 가리켰다. 그 것을 본 사람은 젊은이 외에는 없었다. 젊은이 외의 사람들의 눈은 모두 투기장에 서 있는 그에게 쏠려 있었다.

그는 획 돌아서 확실하고 **빠른** 걸음으로 문을 향해서 넓은 투기 장을 걸어갔다. 모든 사람들의 심장은 정지되었고 **호흡**은 거칠어지 고 눈은 젊은이에게 못박히듯 쏠려 있었다. 아무런 머뭇거림도 없 이 젊은이는 오른쪽 문으로 걸어가 그 문을 열었다.

여기서 이야기의 주안점은 '그 문에서 호랑이가 나타났는지, 아 니면 여자가 나타났는지'이다.

이 문제는 생각하면 생각할수록 대답하기가 어려워진다. 이것은 인간 정열의 연구를 포함한다. 인간의 정열이란 좀처럼 출구를 알 수 없는 착잡한 미로로 우리들을 이끌고 가기 때문이다.

독자 여러분, 이 문제를 자신이 결정해야 할 문제가 아니라 절망 과 질투로 얽힌 불에 마음이 태워진 반미개인 공주의 입장에서 생 각하길 바란다. 공주는 이미 애인을 잃었다. 그러나 누구에게 주면 좋을까?

눈을 뜨고 있을 때나 꿈속에서도 애인이 잔인하기 이를 데 없는 호랑이가 기다리고 있는 문을 연다고 생각하면, 그녀는 너무나도 무서운 공포에 떨고 양 손으로 얼굴을 가릴 것이다.

그러나 공주는 더 자주 애인이 다른 문을 열 때의 광경을 마음속 에 그리는 것이다. 슬픈 공상 속에서 애인이 여자가 있는 쪽의 문을 열 때 뛸 듯이 기뻐하는 젊은이를 보면 이를 악물고 머리를 쥐어뜯 을 것이다. 애인이 얼굴을 붉히고 승자인 것처럼 눈을 빛내며 그 여 자를 맞이하기 위해 달려드는 광경을 상상할 때, 목숨이 붙어 있는 기쁨에 씩씩하게 여자의 손을 잡고 나오는 광경을 상상할 때, 또한 군중으로부터 기쁨의 환호성이 일고 축복의 종이 시끄럽게 울려퍼지는 소리를 듣고 화려한 시종을 거느린 목사가 두 사람 앞으로 걸어가 자기의 눈앞에서 부부의 계약을 선고하는 광경을 상상할 때, 그리고 자신의 절규의 외침 따위는 싹 지워지고 활기찬 군중의 환호성이 울려퍼지는 가운데 두 사람이 꽃이 뿌려진 길을 걸어가는 광경을 상상할 때, 공주는 얼마나 괴로워할까?

젊은이로서는 그곳에서 죽어 미개인의 천국으로 가서 공주를 기다리고 있는 편이 나을까?

그렇지만 몸의 털끝까지 소름끼치는 호랑이, 비명, 피!

공주의 신호는 한순간에 전해졌다. 그러나 그것은 몇 날 몇 밤을 괴로워한 끝에 결정한 것이었다. 공주 자신이 젊은이로부터 질문을 받으리라는 것을 처음부터 알고 있었기 때문에 어떻게 대답할지 마음에 정해 두었다. 그리고 아무런 망설임도 없이 그녀는 손을 들어 오른쪽의 문을 가리킨 것이다.

공주가 어느 쪽을 정했는가의 의문은 가볍게 생각할 문제가 아니이서 필자는 어떤 식으로 답을 해서 결정할 마음은 없다. 필자는 모든 해석을 독자들에게 맡긴다. 열린 문에서는 무엇이 나타났을까? 여자일까? 아니면 호랑이일까?

책 끝에

에드가 앨런 포우가 쓴 최초의 추리소설이 단편이었고, 셜록 홈즈가 등장하는 대부분의 작품이 단편인 것을 보면 추리소설의 진정한 맛은 단편에서 볼 수 있는 것이 아닐까?

인간 관계나 사회가 복잡해지면서 그만큼 범죄도 다양해졌고 수사 방법도 과학화되었다. 최근에 단편보다는 장편추리소설들이 많이 나오고 있는 것은 그만큼 작가들이 독자들에게 전달하려는 정보의 양이 많기 때문이라고 본다.

반면에 단편들은 짧은 시간에 추리소설의 에센스를 가장 강렬하게 맛보게 해주는 형식이다.

본 작품집에는 이러한 취지에 맞는 작품들을 선정했다.

부부간의 범죄를 유머러스하게 다룬 「두 개의 시계」, 가장 유명한 리들 스토리(수수께끼 이야기)인 「여자인가? 호랑이인가?」, 신혼부부의 공포 심리를 다룬 서스펜스 「유령」, 전형적인 안락의자형 탐정을 등장시킨 제임스 야페의 「나의 어머니」, 현존 최고의 여류작가 크리스티아나 브랜드의 고스트 스토리 「지옥의 사랑」, 노벨상 수상작가 루드야드 키플링의 「스두의 저택에서」 등 고전에서 현대 작품에 이르는 다양한 작품들이다.

이 단편집에는 국내에 처음 소개되는 작가도 여러 명 등장한다.

독자들은 새로운 작가의 작품을 맛보는 즐거움을 느낄 것이다.

역자 씀

● 역자 약력

서울생. 중앙대학교 예술대학 연극영화과 졸업.
광고대행사「오리콤」.
포스트 프로덕션 A. V. CENTER.
한국전력공사 공보실.
월간 〈미스터리〉 대표 역임.
저서 :「도전추리퀴즈」1, 2, 3권(범조사)
역서 :「에드가상수상작품집」I, II, III권(명지사)
　　　「러브 미스테리」(비전)
　　　「남자들만의 하룻밤」(우담)
　　　「세계의 걸작 미스테리」1, 2, 3권(한길사)
　　　「머리 만들기」(타고 아키라, 산하)
　　　「마지막 파티」(윌리암 캐츠, 고려원미디어)
　　　「벌거벗은 태양」(아이작 아시모프, 고려원미디어)
　　　「일본서스펜스걸작선」(일본추리작가협회, 고려원미디어)
　　　「디스커버리」(스티브 새건, 글사랑)
　　　「서스펜스 블루」(딘 R. 쿤츠, 우담)
　　　「팬톰」(딘 R. 쿤츠, 한나라)
　　　「폰클럽의 여자」(세이모어 슈빈, 이성)
　　　「소녀 탐정 카메라」(D. A. 아들러, 재능출판) 등 수십권.

역자와의
계약으로
인지생략

세계 공포 초특급　　　　　　　　　　　　　　　값 15,000원

1995년 8월 25일 제1판제1쇄인쇄
1995년 8월 30일 제1판제1쇄발행

　　　　　역　자　　정　　　　태　　　　원
　　　　　발행인　　박　　　　명　　　　호

　　　　　펴낸곳　　명　　　지　　　사

　　　　　서울특별시　동대문구　장안동　369-1
　　　　　등　　록 : 1978.　6.　8.　제5-28호
　　　　　전　　화 : 243-6686 · FAX 249-1253
　　　　　사 서 함 : 서울청량우체국사서함　제154호
　　　　　대체구좌 : 010983-31-1742329

ISBN 89-7125-102-6 03840　　　＊잘못된 책은 바꾸어 드립니다.

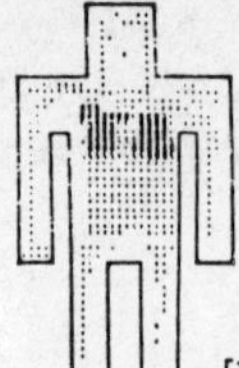

THE ANDROMEDA STRAIN
MICHAEL CRICHTON

「쥬라기 공원」의 작가 마이클 크라이튼의

안드로메다 스트레인

● 마이클 크라이튼 지음
● 정 성 호 옮김

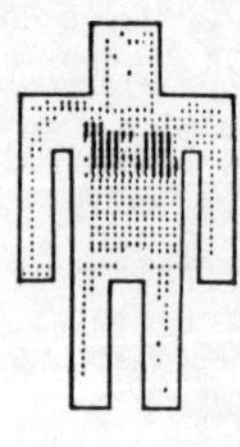

"인간의 달 착륙 장면을 텔레비전으로 지켜보는 것처럼
독자들을 의자에 꽉 붙잡아 매두는 서스펜스로 가득찬 소설!"
—「디트로이트 프리 프레스」지

"올해의 최대 걸작! 쉴새 없는 서스펜스,
머리칼을 곤두세우게 만드는 공포소설!"
— 피츠버그 프레스 지

"전문가적인 과학적 논리의 치밀성, 속도감 있고 드라이한 묘사,
초인종을 끊고 전화를 내려놓고 이 책을 읽기 시작하면,
독자들은 잠시의 중단도 없이 끝까지 독파하게 될 것이다"
— 버팔로 뉴스 지

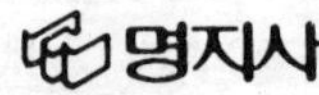

위급한 경우에는
"에드가"
최우수 미스터리 소설상 수상작!
「안드로메다 스트레인」의 저자
마이클 크라이튼 지음/정성호 옮김
(MICHAEL CRICHTON)
의학계의 스캔들,
임신중절, 그리고
살인의 적나라한
충격적인 소설!
명지사

「쥬라기 공원」「안드로메다 스트레인」의 저자 마이클 크라이튼의
대열차 강도
마이클 크라이튼 지음 ● 정성호 옮김
가장 대담한, 세기적인 범죄에 관한 새로운 스타일의 스릴러 소설!
뉴욕타임즈지의 최장기 베스트셀러
명지사